La parfaite lumière
2

EIJI YOSHIKAWA	*ŒUVRES*
LA PIERRE ET LE SABRE - 1	*J'ai Lu* 1770*****
LA PIERRE ET LE SABRE - 2	*J'ai Lu* 1771*****
LA PARFAITE LUMIÈRE - 1	*J'ai Lu* 1937****
LA PARFAITE LUMIÈRE - 2	*J'ai Lu* 1938****

Eiji Yoshikawa

La pierre et le sabre

La parfaite lumière

2

traduit de l'anglais par Léo DILÉ

Éditions J'ai lu

La parfaite lumière *est la suite des aventures de Miyamoto Musashi racontées dans* La pierre et le sabre.

Ce roman a paru sous le titre original :

MUSASHI

LIVRE VI
(suite)

LE SOLEIL ET LA LUNE
(suite)

Le caroubier

Matahachi ouvrit les yeux, les promena autour de lui, se leva et passa la tête par la porte du fond.

– Akemi ! appela-t-il.

Pas de réponse.

Il eut l'idée d'ouvrir l'armoire. Akemi avait à peine terminé la confection d'un nouveau kimono. Il avait disparu.

D'abord, Matahachi se rendit chez le voisin, Umpei, puis suivit l'allée en direction de la rue, demandant anxieusement à tous les gens qu'il rencontrait s'ils avaient vu la jeune femme.

– Je l'ai vue ce matin, répondit la femme du marchand de charbon de bois.

– Vraiment ? Où donc ?

– Elle était très élégante. Je lui ai demandé où elle allait comme ça, et elle m'a dit : voir de la famille à Shinagawa.

– A Shinagawa ?

– Elle n'a donc pas de famille là-bas ? demanda la commère, sceptique.

Il allait répondre par la négative mais se ravisa prudemment :

– Heu... si, bien sûr. C'est bien là qu'elle est partie.

Allait-il courir après elle ? A la vérité, il ne lui était pas spécialement attaché et se sentait plus agacé qu'autre chose. Sa disparition lui laissait dans la bouche un goût doux amer.

Il cracha, lâcha un juron ou deux puis descendit en flânant à la plage, de l'autre côté de la grand-route de Shibaura. Un peu en retrait de l'eau s'éparpillaient quelques maisons de pêcheurs. Il avait coutume de venir ici chaque matin chercher du poisson tandis qu'Akemi faisait cuire du riz. En général, au moins cinq ou six poissons étaient tombés des filets, et il rentrait juste à temps pour les faire cuire pour le petit déjeuner. Ce jour-là, il ignora le poisson.

– Qu'est-ce qui vous arrive, Matahachi ? demanda le prêteur sur gages de la rue principale en lui tapant sur l'épaule.

– Bonjour, dit Matahachi.

– C'est agréable de sortir de bonne heure, hein ? C'est un plaisir que de vous voir faire votre petit tour chaque matin. Et c'est bon pour la santé !

– Vous plaisantez, je suppose. Si j'étais aussi riche que vous, je ferais peut-être de la marche pour ma santé mais, quant à moi, je marche pour travailler.

– Vous n'avez pas l'air en très bonne forme. Quelque chose ne va pas ?

Matahachi ramassa une poignée de sable qu'il laissa filer peu à peu dans le vent. Akemi et lui connaissaient bien le prêteur sur gages, qui les avait plusieurs fois dépannés. Sans se laisser décourager, l'homme reprit :

– ... Vous savez, il y a quelque chose dont j'avais l'intention de vous parler mais je n'en ai jamais eu l'occasion. Allez-vous au travail, aujourd'hui ?

– Pour quoi faire ? Ça ne rapporte pas grand-chose, les pastèques.

– Venez donc pêcher avec moi.

Matahachi se gratta la tête et prit une expression confuse :

– Merci mais, à la vérité, je n'aime pas la pêche.

– Eh bien, vous n'avez pas besoin de pêcher si ça

ne vous dit rien. Mais venez tout de même. Ça vous fera du bien. Voilà mon bateau, là-bas. Savez-vous ramer ?

– Je pense.

– Venez donc. Je vais vous dire comment gagner beaucoup d'argent... peut-être un millier de pièces d'or. Ça vous plairait ?

Matahachi s'intéressa soudain beaucoup à la pêche.

A quelque mille mètres du rivage, l'eau était encore assez peu profonde pour que l'on pût toucher le fond avec la rame. Laissant le bateau dériver, Matahachi demanda :

– Que dois-je faire au juste pour gagner tout cet argent ?

– Je vous le dirai bientôt.

Le prêteur sur gages installa son opulente personne sur le siège, au centre du bateau.

– ... Vous me feriez plaisir en tenant une canne à pêche au-dessus de l'eau.

– Pourquoi ?

– Il vaut mieux que les gens nous croient en train de pêcher. Deux personnes ramant aussi loin juste pour bavarder auraient l'air suspect.

– Comme ça ?

– Parfait.

Il sortit une pipe à fourneau de céramique, la bourra de tabac de luxe et l'alluma.

– ... Avant que je vous dise ce que j'ai en tête, permettez-moi de vous poser une question. Qu'est-ce que vos voisins pensent de moi ?

– De vous ?

– Oui, de Daizō de Narai.

– Mon Dieu, les prêteurs sur gages passent pour être avares, mais tout le monde vous dit très généreux pour prêter de l'argent. Ils disent que vous êtes un homme qui comprend vite.

– Je ne parle pas de mes affaires. Je veux savoir leur opinion sur moi personnellement.

– Ils vous trouvent bon, un homme de cœur. Ce n'est pas simple flatterie de ma part. Voilà ce qu'ils disent.

– Est-ce qu'il leur arrive de faire des commentaires sur mon esprit religieux ?

– Oh ! oui, naturellement. Votre charité étonne tout le monde.

– Des hommes du magistrat sont-ils jamais venus enquêter à mon sujet ?

– Non, pourquoi ?

Daizō eut un petit rire.

– Vous devez trouver mes questions absurdes mais la vérité, c'est que je ne suis pas vraiment prêteur sur gages.

– Quoi ?

– Matahachi, vous n'aurez peut-être jamais une autre occasion de gagner autant d'argent d'un seul coup.

– Sans doute avez-vous raison.

– Voulez-vous la saisir ?

– Quoi ?

– La chance.

– Que... que dois-je faire pour cela ?

– Me faire une promesse et la tenir.

– C'est tout ?

– C'est tout, mais si vous changez d'avis ensuite, vous êtes un homme mort. Je sais que l'argent vous intéresse, mais réfléchissez bien avant de me donner votre réponse définitive.

– Que dois-je faire au juste ? demanda Matahachi, soupçonneux.

– Devenir un puisatier. Rien de plus.

– Au château d'Edo ?

Daizō contempla la baie. Des bateaux chargés de matériaux de construction et portant les drapeaux de plusieurs clans importants – Tōdō, Arima, Katō,

Date, Hosokawa – se suivaient presque proue contre poupe.

– Vous comprendrez vite, Matahachi.

Le prêteur sur gages bourra de nouveau sa pipe.

– ... Le château d'Edo est précisément ce que j'ai en tête. Si je ne me trompe, Umpei a essayé de vous convaincre de forer des puits pour lui. Il serait parfaitement naturel de votre part d'accepter sa proposition.

– Je n'ai rien d'autre à faire ?... Comment le fait de devenir puisatier me rapportera-t-il autant d'argent ?

– Un peu de patience. Je vous dirai tout.

Quand ils regagnèrent le rivage, Matahachi était euphorique. Ils se séparèrent sur une promesse. Le soir même, il devait, à l'insu de tous, aller chez Daizō toucher une avance de trente pièces d'or.

Il rentra chez lui, s'assoupit, et se réveilla quelques heures plus tard avec, dansant devant ses yeux, l'image de la forte somme qui serait bientôt sienne.

Beaucoup d'argent, assez pour compenser toute la malchance qu'il avait connue jusqu'alors. Assez pour lui durer jusqu'à la fin de ses jours. Plus exaltante encore était la perspective de pouvoir montrer aux gens qu'ils se trompaient sur son compte.

En proie à la fièvre de l'or, il n'arrivait pas à se calmer. Sa bouche restait sèche. Il sortit dans l'allée déserte, face au bosquet de bambous derrière la maison, et se dit : Qui est-il ? Qu'a-t-il au juste derrière la tête ?

Puis il se remémora sa conversation avec Daizō.

Les puisatiers travaillaient présentement au Goshinjō, le nouveau château de l'enceinte ouest. Daizō lui avait dit : « Vous devrez guetter l'occasion, puis abattre le nouveau shōgun avec un mousquet. » L'arme et les munitions seraient dans l'enceinte du château, sous un énorme caroubier séculaire, près du portail du fond, au pied de la colline de Momiji.

Il va sans dire que les ouvriers étaient étroitement surveillés, mais Hidetada aimait inspecter les travaux avec sa suite. La mission serait assez facile à accomplir. A la faveur du désordre qui s'ensuivrait, Matahachi pourrait s'enfuir en sautant dans le fossé extérieur, duquel Daizō et ses complices le tireraient... « sans faute », avait-il assuré.

De retour dans sa chambre, Matahachi contempla le plafond. Il avait l'impression d'entendre la voix de Daizō chuchoter encore et encore certains mots, et se rappelait comment ses propres lèvres avaient tremblé quand il avait dit : « Oui, je le ferai. » Il eut la chair de poule et se releva d'un bond.

– C'est épouvantable ! Je vais de ce pas lui déclarer que je ne veux pas tremper là-dedans.

Alors, il se rappela encore d'autres paroles de Daizō : « Maintenant que je vous ai dit tout ça, vous êtes engagé. Je serais navré qu'il vous arrivât malheur, mais si vous tentez de reculer, mes amis auront votre tête dans les... disons, trois jours au plus. » Le regard perçant de Daizō, lorsqu'il avait prononcé ces mots, étincelait devant les yeux de Matahachi.

Ce dernier parcourut à pied la brève distance qui menait, par l'allée de Nishikubo, à l'angle de la grand-route de Takanawa, où se dressait le bureau de prêts sur gages. La baie, enveloppée de ténèbres, s'étendait à l'extrémité d'une rue de traverse. Matahachi pénétra dans le chemin qui longeait l'entrepôt familier, se rendit à la discrète porte du fond de la boutique, et frappa doucement.

– Ce n'est pas fermé à clé, répondit-on aussitôt.

– Daizō ?

– Oui. Content que vous soyez venu. Allons dans l'entrepôt.

Un volet avait été laissé ouvert. Matahachi pénétra dans le corridor extérieur et suivit le prêteur sur gages.

– ... Asseyez-vous, dit Daizō en posant une chandelle sur un long coffre à vêtements.

Il s'assit lui-même, croisa les bras et demanda :

– ... Avez-vous vu Umpei ?

– Oui.

– Quand vous emmènera-t-il au château ?

– Après-demain, jour où il doit y conduire dix nouveaux ouvriers. Il a dit qu'il m'inclurait dans le lot.

– Alors, tout est au point ?

– Mon Dieu, il nous reste à obtenir du chef de district et des cinq hommes de l'association locale qu'ils apposent leurs sceaux sur les papiers.

– Aucune difficulté. Il se trouve que je fais partie de l'association.

– Vraiment ? Vous ?

– Qu'y a-t-il de tellement surprenant à cela ? Je suis l'un des hommes d'affaires les plus influents du voisinage. Au printemps dernier, le chef a insisté pour que je fasse partie de l'association.

– Oh ! ce n'est pas que ça me surprenait. Je... je ne savais pas, voilà tout.

– Ha ! ha ! Je sais exactement ce que vous pensiez. Vous pensiez qu'il était scandaleux pour un homme tel que moi d'être membre d'un comité qui s'occupe des affaires du quartier. Eh bien, permettez-moi de vous dire une chose : si vous avez de l'argent, tout le monde déclarera que vous êtes un homme comme il faut. Et il vous sera impossible d'éviter de devenir un chef local, même si vous le vouliez. Réfléchissez, Matahachi. D'ici peu, vous serez riche, vous aussi.

– Oui, oui, bégaya Matahachi, qui ne put réprimer un frisson. Vou... voulez-vous me donner l'avance maintenant ?

– Je vous demande un instant.

Il prit la bougie et se rendit au fond de l'entrepôt. Il ouvrit une cassette, compta trente pièces d'or, revint et demanda :

— ... Avez-vous de quoi les envelopper ?

— Non.

— Servez-vous de ça.

Il ramassa par terre un chiffon de coton qu'il lança à Matahachi.

— ... Vous feriez mieux de le mettre sous votre ceinture bien serrée.

— Je dois vous donner un reçu ?

— Un reçu ? répéta en écho Daizō avec un rire involontaire. Hé quoi, seriez-vous malhonnête ? Mais non, je n'ai pas besoin de reçu. Si vous faites un faux pas, je confisque votre tête.

Matahachi battit des paupières et dit :

— Je suppose que, maintenant, il va falloir que je me sauve.

— Pas si vite. Cet argent entraîne certaines obligations. Vous rappelez-vous tout ce que j'ai dit ce matin ?

— Oui... Mon Dieu, juste une chose... Vous disiez que le mousquet serait sous le caroubier. Qui va l'y mettre ?

Etant donné la difficulté qu'il y avait pour le commun des ouvriers à pénétrer dans l'enceinte du château, il se demandait comment un homme pourrait parvenir à introduire en fraude mousquet et munitions. Et comment un homme, à moins d'être doté de pouvoirs surnaturels, pourrait les enterrer afin qu'ils soient prêts pour la quinzaine à venir.

— Ce n'est pas votre affaire. Contentez-vous de faire ce que vous avez accepté de faire. Pour le moment, vous êtes inquiet parce que vous n'êtes pas habitué à l'idée. Quand vous aurez passé quinze jours là-bas, tout ira bien.

— J'espère.

— Avant tout, il faut vous décider à aller jusqu'au bout. Ensuite, vous devrez guetter l'instant favorable.

— Je comprends.

— Et maintenant, je ne veux pas d'erreurs. Cachez

cet argent dans un endroit où nul ne puisse le trouver. Et laissez-le dormir jusqu'à ce que vous ayez accompli votre mission. Quand des projets pareils échouent, c'est toujours pour une question d'argent.

– Ne vous inquiétez pas. J'y ai déjà pensé. Mais permettez-moi de vous poser une question : qu'est-ce qui m'assure qu'une fois que j'aurai fait mon travail vous ne refuserez pas de me verser le reste ?

– Eh bien... peut-être trouverez-vous que c'est une vantardise de ma part, mais l'argent est le cadet de mes soucis. Repaissez-vous les yeux de ce spectacle.

Il leva la chandelle afin de permettre à Matahachi de mieux voir. La salle était remplie de caisses – pour plateaux laqués, armures et maints autres usages.

– ... Chacune contient un millier de pièces d'or.

Sans y regarder de très près, Matahachi déclara d'un ton d'excuse :

– Je ne doute pas de votre parole, bien sûr.

L'entretien secret se poursuivit encore une heure environ. Matahachi, un peu rasséréné, partit par la porte de derrière. Daizō se rendit à une pièce voisine et regarda à l'intérieur.

– Akemi ! êtes-vous là ? appela-t-il. Je crois qu'il va de ce pas cacher l'argent. Vous feriez bien de le suivre.

Après quelques visites au bureau de prêts sur gages, Akemi, impressionnée par la personnalité de Daizō, lui avait ouvert son cœur, se plaignant de sa situation et exprimant son désir de l'améliorer. L'avant-veille, Daizō avait déclaré qu'il avait besoin d'une femme pour tenir son ménage. Très tôt ce matin-là, Akemi s'était présentée à sa porte. En l'accueillant, il lui avait dit de ne pas s'inquiéter, qu'il « s'occuperait » de Matahachi.

L'assassin en puissance, à cent lieues de se croire suivi, rentra chez lui. Houe en main, il grimpa ensuite à travers le petit bois sombre, situé derrière la maison, jusqu'au sommet de la colline de Nishikubo où il enfouit son trésor.

Ayant observé tous ses gestes, Akemi les rapporta à Daizō, lequel aussitôt partit pour la colline de Nishikubo. Le jour était presque levé lorsqu'il regagna l'entrepôt et compta les pièces d'or qu'il avait déterrées. Il les compta une seconde fois, une troisième, mais il n'y avait pas d'erreur. Seulement vingt-huit.

Daizō inclina de côté la tête et fronça le sourcil. Les gens qui lui volaient son argent lui déplaisaient souverainement.

La folie de Tadaaki

Osugi n'était pas femme à se laisser réduire au désespoir par les chagrins et l'amère déception que lui causait l'ingratitude de son fils mais là, avec le crissement des insectes qui chantaient dans les trèfles, avec le grand fleuve qui coulait si lentement, elle ressentait profondément le caractère fugitif de la vie.

– Vous êtes de retour ?

Dans l'air immobile du soir, la voix paraissait bien rude.

– Qui est-ce ? cria-t-elle.

– Je suis de chez Hangawara. Il est arrivé de Katsushika tout un lot de légumes frais. Le patron m'a dit de vous en porter.

– Yajibei est toujours si prévenant !

Assise à une table basse, pinceau en main, elle copiait le *Sūtra sur le grand amour des parents*. Elle avait emménagé dans une petite maison de location du quartier peu peuplé de Hamachō, et gagnait assez bien sa vie en traitant au moxa les maux de sa clientèle. Elle-même ne souffrait pour ainsi dire plus physiquement. Depuis le début de l'automne, elle avait retrouvé sa jeunesse.

– Dites donc, grand-mère, est-ce qu'un jeune homme est venu vous voir en début de soirée ?

– Pour un traitement au moxa ?

– Oui. Il est venu chez Yajibei ; il semblait avoir en tête quelque chose d'important. Il a demandé où vous habitiez et nous le lui avons dit.

– Quel âge avait-il ?

– Vingt-sept, vingt-huit ans, je suppose.

– Comment était-il ?

– La face plutôt ronde. Pas très grand.

– Hum... je me demande...

– Il avait un accent comme le vôtre. J'ai pensé qu'il venait peut-être du même endroit... Allons, je me sauve. Bonne nuit.

Tandis que les pas s'éloignaient, la voix des insectes s'élevait de nouveau comme le son d'une petite pluie fine. Osugi posa son pinceau, les yeux fixés sur la bougie ; elle songeait aux jours de sa jeunesse où les gens lisaient l'avenir dans le halo d'une chandelle. Les femmes abandonnées n'avaient aucun moyen de savoir ce que devenaient leurs époux, leurs fils et leurs frères partis pour la guerre, non plus que de connaître leur propre avenir. Un halo brillant passait pour être un signe de chance ; des ombres pourpres indiquaient un décès. Quand la flamme crépitait comme des aiguilles de pin, un être espéré ne manquerait pas de revenir.

Osugi avait oublié la façon d'interpréter les présages ; mais ce soir, le halo joyeux, aussi beau et coloré qu'un arc-en-ciel, suggérait qu'il se préparait quelque chose de merveilleux.

Pouvait-il s'agir de Matahachi ? La main d'Osugi se tendit vers le pinceau mais revint en arrière. Comme en extase, Osugi s'oubliait elle-même, oubliait ce qui l'entourait et, durant une heure ou deux ensuite, ne pensa qu'au visage de son fils, qui semblait flotter dans les ténèbres de la pièce.

Un froissement, à la porte du fond, la tira de sa rêverie. Se demandant si quelque belette faisait des siennes dans sa cuisine, elle prit la bougie afin d'aller voir.

Le sac de légumes se trouvait à côté de l'évier ; sur le sac, il y avait quelque chose de blanc. Le ramassant, elle constata que c'était lourd... aussi lourd que deux pièces d'or. Sur le papier blanc qui les enveloppait, Matahachi avait écrit : « Je n'ai pas encore le courage de t'affronter. S'il te plaît, pardonne-moi si je te néglige encore six mois. Je me contenterai de laisser ce mot, sans entrer. »

Un samouraï aux yeux de meurtrier s'élançait à travers l'herbe haute pour rejoindre deux hommes debout sur la berge du fleuve. Haletant, il appelait :

– Hamada, c'était lui ?

– Non, gémit Hamada. Ce n'était pas notre homme.

Mais ses yeux étincelaient tandis qu'il continuait à surveiller les alentours.

– Je suis certain que c'était lui.

– Ce n'était pas lui. C'était un batelier.

– Tu es sûr ?

– Quand j'ai couru après lui, il a grimpé dans ce bateau, là-bas.

– Ça ne fait pas de lui un batelier.

– J'ai vérifié.

– Je dois dire qu'il a le pied rapide.

Se détournant du fleuve, ils prirent le chemin du retour à travers les champs de Hamachō.

– Matahachi... Matahachi !

D'abord, le son s'élevait à peine au-dessus du murmure du fleuve ; mais comme il se répétait et qu'il n'y avait pas à s'y méprendre, ils s'arrêtèrent et se regardèrent l'un l'autre, stupéfaits.

– Quelqu'un l'appelle ! Comment est-ce possible ?
– On dirait la voix d'une vieille femme.
Menés par Hamada, ils repérèrent bientôt l'origine du bruit ; quand Osugi entendit leurs pas, elle courut vers eux.
– Matahachi ? Est-ce que l'un de vous...
Ils l'entourèrent et lui lièrent les bras derrière le dos.
– ... Voulez-vous me lâcher ? s'écria-t-elle, furieuse. Et d'abord, qui êtes-vous ?
– Nous sommes des élèves de l'école Ono.
– Je ne connais personne de ce nom.
– Vous n'avez jamais entendu parler d'Ono Tadaaki, instructeur du shōgun ?
– Jamais.
– Comment, vieille...
– Attends. Voyons ce qu'elle sait de Matahachi.
– Je suis sa mère.
– Vous êtes la mère de Matahachi, le marchand de pastèques ?
– Que voulez-vous dire ? porc ! Marchand de pastèques ! Matahachi descend de la Maison de Hon'iden, grosse famille de la province du Mimasaka. Sachez que les Hon'iden sont d'importants serviteurs de Shimmen Munetsura, seigneur du château de Takeyama, à Yoshino.
– Assez sur ce chapitre, dit l'un des hommes.
– Que faire ?
– La soulever et l'emporter.
– En otage ? Crois-tu que ça marchera ?
– Si elle est sa mère, il faudra bien qu'il vienne la chercher.
Osugi rassembla ses maigres forces pour se battre comme une tigresse, mais en vain.

En proie à l'ennui et à l'insatisfaction depuis plusieurs semaines, Kojirō avait pris l'habitude de beaucoup dormir, de jour comme de nuit. Pour le moment, couché sur le dos, il grommelait à part soi en serrant son épée contre son cœur :

– Assez laissé pleurer ma « Perche à sécher ». Une pareille épée, un pareil homme d'épée... pourrir dans la maison d'un autre !

Il y eut un violent cliquetis et un éclair métallique.

– Imbécile !

L'arme décrivit un grand arc de cercle au-dessus de lui, et se glissa de nouveau dans son fourreau comme un être vivant.

– Magnifique ! s'exclama un serviteur, de la véranda. Etes-vous en train de vous exercer à frapper couché sur le dos ?

– Ne sois pas stupide, répondit avec mépris Kojirō.

Il se retourna sur le ventre, ramassa deux petits fragments et les lança vers la véranda.

– ... Il me gênait.

Le serviteur écarquilla les yeux. L'insecte, un genre de papillon de nuit, avait eu ses deux ailes tendres et son corps minuscule bien proprement tranchés en deux.

– ... Tu viens préparer mon lit ? demanda Kojirō.

– Oh ! non ! Pardon ! Il y a une lettre pour vous.

Sans se presser, Kojirō déplia la lettre et se mit à lire. Au fur et à mesure, son visage exprimait une certaine excitation. D'après Yajibei, Osugi n'avait pas reparu depuis la veille au soir. Kojirō était prié de venir aussitôt conférer d'un plan d'action.

La lettre expliquait de manière assez détaillée comment ils avaient appris où se trouvait la vieille femme. Yajibei l'avait fait rechercher toute la journée par l'ensemble de ses hommes, mais le nœud de l'affaire était le message laissé au Donjiki par Kojirō. On avait barré ce message et inscrit en marge : « A Sasaki Kojirō. La personne qui garde prisonnière la mère de Matahachi est Hamada Toranosuke, de la Maison d'Ono. »

– Enfin, dit Kojirō d'une voix gutturale.

Au moment où il avait secouru Matahachi, il avait soupçonné les deux samouraïs qu'il avait abattus d'avoir un lien quelconque avec l'école Ono. Il gloussa de joie et dit :

– ... C'est exactement ce que j'attendais.

Debout sous la véranda, il leva les yeux vers le ciel nocturne. Il y avait des nuages, mais pas la moindre menace de pluie. Un instant plus tard, on le vit monter la grand-route de Takanawa sur un cheval de louage. Il était tard lorsqu'il atteignit la maison Hangawara. Après avoir interrogé Yajibei en détail, il résolut de dormir sur place et de passer à l'action le lendemain matin.

Ono Tadaaki avait reçu son nouveau nom peu de temps après la bataille de Sekigahara. C'était sous le nom de Mikogami Tenzen qu'il avait été convoqué au camp de Hidetada pour donner des cours d'escrime, ce qu'il fit avec distinction. En même temps que son nouveau nom, il reçut sa nomination de vassal direct des Tokugawa et une résidence nouvelle sur la colline de Kanda, à Edo.

Cette colline offrait une vue magnifique sur le mont Fugi ; le shōgunat la désigna donc comme quartier résidentiel pour les vassaux de Suruga, la province où était situé le mont Fuji.

– On m'a dit que la maison se trouve sur la pente de Saikachi, déclara Kojirō.

Lui et l'un des hommes de Hangawara étaient au sommet de la colline. Dans la vallée profonde, au-dessous d'eux, ils pouvaient voir Ochanomizu, une section de la rivière d'où provenait, disait-on, l'eau destinée au thé du shōgun.

– Attendez ici, dit le guide de Kojirō. Je vais voir où elle est.

Peu de temps après, il revint pour leur dire qu'ils l'avaient déjà dépassée.

– Je ne me rappelle aucun endroit qui eût l'air d'appartenir à l'instructeur du shōgun.

– Moi non plus. Je croyais qu'il aurait une grande résidence, comme Yagyū Munenori. Mais il s'agit de la vieille maison que nous avons vue à droite. J'ai ouï dire qu'elle appartenait autrefois au palefrenier du shōgun.

– Je suppose qu'il n'y a pas là de quoi s'étonner. Ono ne vaut que quinze cents boisseaux. La majeure partie des revenus de Munenori a été acquise par ses ancêtres.

– C'est là, dit le guide, l'index tendu.

Kojirō s'arrêta pour inspecter la disposition d'ensemble des bâtiments. Le vieux mur de terre montait de la partie médiane de la pente jusqu'à un hallier situé sur une colline, au-delà. L'enceinte était fort vaste. Par l'ouverture sans porte, Kojirō pouvait distinguer, derrière la maison principale, un bâtiment qu'il prit pour le dōjō, et une annexe, apparemment de construction plus récente.

– Tu peux rentrer, maintenant, dit Kojirō. Et préviens Yajibei que si je ne suis pas revenu ce soir avec la vieille dame, il peut me considérer comme mort.

– Bien, monsieur.

L'homme redescendit en courant la pente de Saikachi ; il s'arrêta plusieurs fois pour se retourner.

Kojirō n'avait pas perdu de temps à tenter d'approcher Yagyū Munenori. Il n'y avait aucun moyen de le vaincre et, par là, de confisquer à son profit la gloire de l'autre : le style Yagyū servait en fait aux Tokugawa. En soi, c'était une excuse suffisante pour que Munenori refusât d'affronter les rōnins ambitieux. Tadaaki avait tendance à affronter tout ce qui se présentait. En comparaison du style Yagyū, celui d'Ono était plus pratique, le but étant non de faire un étalage d'adresse, mais de tuer vraiment. Kojirō n'avait entendu parler de personne qui eût réussi à s'attaquer à la Maison d'Ono et à lui infliger la honte. Alors que Munenori était en général le plus respecté, Tadaaki passait pour être le plus fort.

Dès son arrivée à Edo, et dès qu'il avait pris connaissance de cette situation, Kojirō s'était dit qu'un de ces jours, il frapperait au portail d'Ono.

Numata Kajūrō regarda par la fenêtre du vestiaire du dōjō, et ses yeux balayèrent la pièce à la recherche de Toranosuke. Il le repéra au milieu de la salle, en train de donner une leçon à un élève plus jeune, courut à lui et, à voix basse, bredouilla :

– Il est là ! Là-bas, dans la cour du devant !

Toranosuke, son sabre de bois brandi, cria à l'élève :

– En garde !

Puis il se précipita en faisant sonner ses pas. A l'instant où les deux hommes atteignaient l'angle nord, l'élève exécuta une culbute et son sabre de bois vola dans les airs. Toranosuke se retourna et dit :

– ... De qui parles-tu ? De Kojirō ?

– Oui, il est déjà dans l'enceinte. Il sera ici d'une minute à l'autre.

– Beaucoup plus tôt que je ne l'espérais. Prendre la vieille dame en otage était une bonne idée.

– Qu'as-tu l'intention de faire, maintenant ? Qui va le recevoir ? Il faudrait que ce fût quelqu'un de prêt à tout. S'il a le culot de venir seul ici, il risque d'essayer de nous prendre par surprise.

– Fais-le venir au dōjō. Je le recevrai moi-même. Vous autres, restez à l'arrière-plan et tenez-vous tranquilles.

– Du moins sommes-nous très nombreux ici, dit Kajūrō.

En regardant autour de lui, il fut encouragé de voir les visages de champions comme Kamei Hyōsuke, Negoro Hachikurō et Itō Magobei. Il y en avait également une vingtaine d'autres ; ils n'avaient aucune idée des intentions de Kojirō mais savaient tous pourquoi Toranosuke voulait qu'il fût là. L'un des deux hommes tués par Kojirō près du Donjiki était le frère aîné de Toranosuke. Il avait beau être un bon à rien, mal noté en classe, sa mort devait être vengée à cause des liens du sang.

Malgré sa jeunesse et ses revenus modestes, Toranosuke était un samouraï avec lequel il fallait compter à Edo. Comme les Tokugawa, il venait de la province de Mikawa et sa famille faisait partie des plus anciens vassaux héréditaires du shōgun. Il était aussi l'un des « quatre généraux de la pente de Saikachi », les autres étant Kamei, Negoro et Itō.

Quand Toranosuke était rentré la veille au soir avec Osugi, l'avis général fut qu'il avait frappé un grand coup. Maintenant, il serait difficile à Kojirō de ne pas se montrer. Les hommes jurèrent que si en effet il paraissait, ils le battraient presque à mort, lui couperaient le nez et le pendraient à un arbre, au bord du fleuve Kanda, pour être vu de tous. Mais ils n'étaient nullement certains qu'il viendrait ; et même, ils avaient parié là-dessus, la majorité assurant qu'il ne viendrait pas.

Assemblés dans la grand-salle du dōjō, ils laissèrent un espace libre au centre et attendirent avec anxiété. Au bout d'un moment, un homme demanda à Kajūrō :

– Tu es sûr que c'est bien Kojirō que tu as vu ?

– Absolument sûr.

Ils formaient un cercle redoutable. Leurs visages, de bois au début, montraient maintenant des signes de tension. Certains craignaient que si l'attente durait plus longtemps, ils ne fussent victimes de cette même tension. Comme le point de rupture semblait proche, un bruit de pas rapides s'arrêta devant le vestiaire et le visage d'un autre élève, dressé sur la pointe des pieds, parut à la fenêtre.

– Ecoutez ! Il est absurde d'attendre ici. Kojirō ne vient pas.

– Que veux-tu dire ? Kajūrō vient de le voir.

– Oui, mais il est allé droit à la maison. Comment il s'est fait recevoir, je l'ignore, mais il se trouve dans la salle de réception, en train de causer avec le maître.

– Avec le maître ? répéta en écho le groupe avec un haut-le-corps collectif.

– Dis-tu la vérité ? demanda Toranosuke, consterné.

Il suspectait fort que si l'on enquêtait sur les circonstances de la mort de son frère il se révélerait qu'il n'avait rien fait de bon ; bien sûr, Toranosuke avait glissé là-dessus en relatant l'incident à Tadaaki. Et si son maître apprenait qu'il avait enlevé Osugi, il serait dans un bien mauvais pas.

– Si tu ne me crois pas, vas-y voir toi-même.

– Quel gâchis ! gémit Toranosuke.

Loin de sympathiser avec lui, ses condisciples étaient agacés par son indécision.

En conseillant aux autres de rester calmes pendant qu'ils allaient voir ce qui se passait, Kamei et Negoro chaussaient leurs *zōri* lorsqu'une séduisante jeune fille au teint clair sortit en courant de la maison. Ils reconnurent Omitsu, s'immobilisèrent et les autres se précipitèrent sur le seuil.

– Vous tous ! cria-t-elle d'une voix aiguë et surexcitée. Venez tout de suite ! Mon oncle et son hôte ont tiré l'épée. Au jardin ! Ils se battent !

Bien qu'Omitsu fût considérée officiellement comme la nièce de Tadaaki, on chuchotait qu'elle était en réalité la fille d'Ittō Ittōsai et d'une de ses maîtresses. La rumeur voulait qu'étant donné qu'Ittōsai était le maître de Tadaaki, ce dernier devait avoir accepté d'élever l'enfant.

Le visage de la jeune fille avait une extraordinaire expression de frayeur.

– ... J'ai entendu mon oncle et l'hôte parler, d'une voix de plus en plus forte ; aussitôt après... Je ne crois pas que mon oncle coure le moindre danger mais...

Les quatre généraux crièrent d'une même voix et s'élancèrent en direction du jardin, séparé de la partie extérieure de l'enceinte par une baie. Les autres les rejoignirent à la porte en bambou.

– La porte est fermée à clé.

– Ne peut-on pas la forcer ?

Cela fut inutile. La porte céda sous le poids des samouraïs qui se pressaient contre elle. En tombant, elle révéla un vaste espace borné par une colline. Tadaaki, sa fidèle épée Yukihira brandie à hauteur de l'œil, se tenait au centre. Au-delà, à une certaine distance, se tenait Kojirō, la grande « Perche à sécher » brandie au-dessus de sa tête, les yeux étincelants.

L'atmosphère chargée d'électricité semblait dresser une invisible barrière. Pour des hommes élevés dans la stricte tradition de la classe des samouraïs, la solennité qui entourait les combattants, la dignité meurtrière des épées dégainées, étaient inviolables. Malgré leur agitation, ce spectacle privait momentanément les élèves de mouvement et d'émotion.

Mais alors, deux ou trois d'entre eux s'avancèrent derrière Kojirō.

– Halte ! cria Tadaaki, irrité.

Sa voix, rude à vous glacer le sang, pas du tout la voix paternelle dont ils avaient l'habitude, pétrifia ses élèves.

On donnait souvent à Tadaaki jusqu'à dix ans de moins que ses cinquante-quatre ou cinquante-cinq ans, et l'on considérait sa taille comme moyenne alors qu'en réalité elle était un peu inférieure. Ses cheveux étaient noirs encore, son corps petit mais solidement bâti. Les mouvements de ses longs membres n'avaient aucune raideur, aucune gaucherie.

Kojirō n'avait pas encore frappé... à la vérité, il n'avait pas pu.

Toutefois, Tadaaki avait dû immédiatement se rendre à l'évidence : il affrontait là un terrifiant homme d'épée. C'est un autre Zenki ! se dit-il avec un imperceptible frisson.

Zenki était le dernier combattant qu'il avait rencontré de cette envergure et de cette ambition. Or, cela se passait jadis, dans sa jeunesse, alors qu'il voyageait avec Ittō et menait la vie d'un *shugyōsha*. Zenki, fils d'un batelier de la province de Kuwana, avait été le disciple principal d'Ittōsai. Comme Ittōsai prenait de l'âge, Zenki s'était mis à le considérer de haut, allant jusqu'à proclamer que le style Ittō était sa propre invention.

Zenki avait causé beaucoup de peine à Ittōsai : plus il devenait habile au sabre, plus il nuisait à autrui. « Zenki, c'est la plus grande erreur de ma vie, se lamentait Ittōsai. Quand je le regarde, je vois un monstre qui incarne tous les défauts que j'aie jamais eus. Le regarder me pousse à me haïr moi-même. »

Comme par ironie, Zenki rendit service au jeune Tadaaki – en tant que mauvais exemple – en l'incitant à de plus grands exploits qu'il n'en eût accompli sans lui. Enfin, Tadaaki affronta ce diabolique prodige à Koganegahara (Shimōsa) et le tua ; sur quoi Ittōsai lui décerna son certificat de style Ittō et lui donna le livre des instructions secrètes.

L'unique défaut de Zenki avait été que son adresse technique était gâtée par le manque d'éducation. Il n'en allait pas de même pour Kojirō. Son intelligence et sa culture éclataient dans son art de l'épée.

Je ne puis gagner ce combat, pensait Tadaaki, lequel ne s'estimait en aucune manière inférieur à Munenori. A la vérité, il n'avait pas une très haute opinion des talents de Munenori.

Tandis qu'il fixait des yeux son impressionnant adversaire, une autre vérité se fit jour dans son esprit : Les années ont passé, se dit-il avec mélancolie.

Ils se tenaient immobiles ; on ne voyait pas la plus légère modification. Pourtant, Tadaaki et Kojirō dépensaient de l'énergie vitale à un rythme effrayant : la sueur ruisselait de leurs fronts, l'air jaillissait de leurs narines dilatées, leur peau devenait blanche, puis bleuâtre. Bien qu'un mouvement parût imminent, les épées restaient brandies, immobiles.

– ... Je renonce, dit Tadaaki en reculant brusquement de plusieurs pas.

Ils étaient convenus que ce ne serait pas un combat jusqu'à une décision. L'un et l'autre pouvaient se retirer en se reconnaissant pour vaincus. Kojirō bondit comme une bête de proie, assena de haut en bas un coup de la « Perche à sécher » avec une force et une rapidité d'ouragan. Tadaaki esquiva de justesse, mais son toupet tranché vola dans les airs. Il exécuta cependant une brillante riposte en emportant une quinzaine de centimètres de la manche de Kojirō.

– Lâche ! s'écrièrent les élèves, la face empourprée de rage.

En profitant de la capitulation de son adversaire pour déclencher un assaut, Kojirō avait violé le code éthique du samouraï. Tous les élèves s'élancèrent vers Kojirō.

Il réagit en fuyant à la vitesse d'un cormoran jusqu'à un grand jujubier, à une extrémité du jardin, derrière lequel il se cacha à demi. Ses yeux allaient et venaient avec une rapidité à vous couper le souffle.

– Vous avez vu ? criait-il. Vous avez vu qui a gagné ?

– Ils l'ont vu, dit Tadaaki. Ecartez-vous ! ordonna-t-il à ses hommes en remettant son sabre au fourreau et en regagnant la véranda de son cabinet de travail.

Il convoqua Omitsu et lui demanda d'attacher ses

cheveux. Tandis qu'elle le coiffait, il reprit son souffle. Son torse ruisselait de sueur.

Un vieux dicton lui revint à l'esprit : il est facile de surpasser un prédécesseur, mais difficile d'éviter d'être surpassé par un successeur. Il avait joui des fruits du dur entraînement de sa jeunesse, en se complaisant dans la connaissance du fait que son style Ittō n'était pas moins florissant que le style Yagyū. Entre-temps, la société avait donné naissance à de nouveaux génies comme Kojirō. Cette conscience lui causait un choc amer mais il n'était pas homme à l'ignorer. Quand Omitsu eut terminé, il lui dit :

– ... Donne à notre jeune hôte de l'eau pour se rincer la bouche et raccompagne-le à la salle de réception.

Autour de lui, les élèves étaient livides. Certains refoulaient leurs larmes ; d'autres considéraient leur maître avec ressentiment.

– ... Nous nous assemblerons dans le dōjō, dit-il. Maintenant.

Lui-même ouvrit le cortège. Tadaaki prit place sur le siège élevé, en face, et contempla en silence les trois rangs de ses disciples assis devant lui. Enfin, il baissa les yeux et déclara doucement :

– ... J'ai bien peur d'avoir vieilli, moi aussi. Quand je regarde en arrière, il me semble que ma meilleure époque d'homme d'épée a été celle où j'ai vaincu ce démon de Zenki. Au moment où cette école a été fondée et où l'on a commencé à parler du groupe Ono sur la pente de Saikachi, en qualifiant le style Ittō d'invincible, mon apogée d'homme d'épée était déjà derrière moi.

La signification de ces paroles était si étrangère à leur mode de pensée habituel que les élèves n'en croyaient pas leurs oreilles. La voix de Tadaaki s'affermit et il regarda en face leurs visages marqués par le doute et le mécontentement.

– ... A mon avis, c'est là une chose qui arrive à tous les hommes. L'âge nous gagne à notre insu. Les temps changent. Les disciples surpassent leurs maîtres. Une génération plus jeune ouvre une voie nouvelle... Il devrait en aller ainsi car le monde ne progresse que grâce au changement. Pourtant, c'est inadmissible dans le domaine du sabre. La Voie du sabre devrait être une voie qui ne permet pas à l'homme de vieillir... Ittōsai... Je ne sais pas s'il est encore en vie. Voilà des années que je suis sans nouvelles de mon maître. Après Koganegahara, il a pris la tonsure et s'est retiré dans les montagnes. Son but, disait-il, était d'étudier le sabre, de pratiquer le Zen, de chercher la Voie de la Vie et de la Mort, de gravir le grand pic de l'illumination parfaite... Maintenant, c'est mon tour. Après aujourd'hui, je ne pourrai plus me présenter la tête haute devant mon maître... Je regrette de n'avoir pas vécu une vie meilleure.

– Maître ! interrompit Negoro Hachikurō. Vous dites que vous avez perdu ; mais nous ne croyons pas que vous seriez vaincu par un homme comme Kojirō dans des conditions normales, même s'il est jeune. Aujourd'hui, il devait y avoir quelque chose qui n'allait pas.

– Quelque chose qui n'allait pas ? répéta Tadaaki en hochant la tête et en s'esclaffant. Tout allait bien. Kojirō est jeune. Mais ce n'est pas pour cela que j'ai perdu. J'ai perdu parce que les temps ont changé.

– Que voulez-vous dire ?

– Ouvrez vos oreilles et vos yeux.

De Hachikurō, son regard passa aux autres visages silencieux.

– ... Je vais tâcher d'être bref car Kojirō m'attend. Je veux que vous prêtiez une oreille attentive à mes idées et à mes espérances d'avenir.

Alors, il leur apprit que, de ce jour, il se retirait du dōjō. Son intention n'était pas de prendre sa retraite au sens ordinaire mais de suivre l'exemple d'Ittōsai et de partir en quête de l'illumination.

– ... Telle est ma première grande espérance, leur déclara-t-il.

Ensuite, il demanda à Itō Magobei, son neveu, de prendre en charge son fils unique, Tadanari. Magobei eut aussi le devoir de relater les événements de la journée au shōgunat et d'expliquer que Tadaaki avait décidé de se faire moine bouddhiste. Après quoi, il dit :

– ... Le fait d'avoir été vaincu par un cadet ne me laisse pas de profonds regrets. Ce qui me trouble et me cause de la honte est ceci : des combattants nouveaux tels que Sasaki sont en train d'apparaître en d'autres lieux, mais pas un seul homme d'épée de cette envergure n'est sorti de l'école Ono. Je crois savoir pourquoi. Beaucoup d'entre vous sont des vassaux héréditaires du shōgun. Vous avez laissé votre rang vous monter à la tête. Après un peu d'entraînement, vous commencez à vous féliciter d'être maîtres de l'« invincible style Ittō ». Vous êtes trop contents de vous.

– Halte-là, monsieur, protesta Hyōsuke d'une voix tremblante. Ce n'est pas juste. Nous ne sommes pas tous arrogants et paresseux. Nous ne négligeons pas tous nos études.

– Assez ! cria Tadaaki en lui lançant un regard furieux. Le laxisme de la part des élèves reflète le laxisme de la part du maître. Je suis en train de confesser ma propre honte, de me juger moi-même... La tâche que vous avez devant vous consiste à éliminer le laxisme, à faire de l'école Ono un centre où les talents juvéniles se puissent développer comme il faut. Elle doit devenir un lieu de formation pour l'avenir. Faute de quoi, mon départ pour céder la place à une réforme sera inutile.

La sincérité de cette déclaration commençait enfin à faire son effet. Les élèves, tête basse, méditaient les paroles de Tadaaki ; chacun réfléchissait sur ses propres défauts.

– Hamada... dit Tadaaki.

Toranosuke répondit : « Oui, monsieur », mais fut manifestement pris par surprise. Sous le regard froid de Tadaaki, lui-même baissa les yeux.

– Lève-toi.

– Oui, monsieur, dit-il sans bouger.

– Lève-toi ! Immédiatement.

Toranosuke se leva. Les autres regardaient en silence.

– ... Je te chasse de l'école.

Il observa une pause afin de donner plus de poids à ses paroles.

– ... Mais, ce faisant, j'espère qu'il arrivera un jour où tu auras amendé ton comportement, appris la discipline et saisi la signification de l'Art de la guerre. Peut-être alors pourrons-nous redevenir maître et disciple. Et maintenant, dehors !

– Maître, pourquoi ? Je ne me souviens pas d'avoir fait quoi que ce soit pour mériter cela.

– Tu ne t'en souviens pas parce que tu ne comprends pas l'Art de la guerre. Si tu y réfléchis longtemps, attentivement, tu verras.

– Dites-moi, je vous en prie. Je ne saurais partir avant.

Les veines saillaient à son front.

– Soit. La lâcheté est la plus honteuse faiblesse dont un samouraï puisse être accusé. L'Art de la guerre met strictement en garde contre elle. C'est une règle absolue, dans notre école, que tout homme coupable de lâcheté doive être expulsé... N'empêche que toi, Hamada Toranosuke, après la mort de ton frère, tu as laissé passer plusieurs semaines avant de défier Sasaki Kojirō. Entre-temps, tu as tenté de te venger sur un insignifiant marchand de pastèques. Et hier, tu as fait prisonnière la mère âgée de cet homme, et l'as amenée ici. Tu appelles ça une conduite digne d'un samouraï ?

– Mais, monsieur, vous ne comprenez pas. Je l'ai fait pour débusquer Kojirō.

Il allait se lancer dans un plaidoyer passionné mais Tadaaki l'arrêta net.

– Voilà précisément ce que j'entends par lâcheté. Si tu voulais combattre Kojirō, que n'es-tu allé droit chez lui ? Que ne lui as-tu envoyé un message de défi ? Que n'as-tu décliné ton nom et ton intention ?

– Mon Dieu, j'y ai pensé plus d'une fois mais...

– Pensé ? Rien ne devait t'empêcher de le faire. Mais tu as eu recours à la ruse lâche d'inciter autrui à t'aider à attirer ici Kojirō pour pouvoir l'attaquer en nombre. En comparaison, l'attitude de Kojirō était admirable.

Tadaaki observa une pause.

– ... Il est venu seul, me voir en personne. Refusant de rien avoir à faire avec un lâche, il m'a défié pour la raison que l'inconduite d'un disciple est l'inconduite de son maître... Le résultat de l'affrontement entre son épée et la mienne a révélé un crime honteux. Maintenant, j'avoue humblement ce crime.

Il régnait dans la salle un silence de mort.

– ... Et maintenant, Toranosuke, à la réflexion, te prends-tu encore pour un samouraï sans honte ?

– Pardonnez-moi.

– Hors d'ici !

Les yeux baissés, Toranosuke recula de dix pas et s'agenouilla par terre, les bras devant lui, prêt à s'incliner.

– Je vous souhaite la meilleure santé du monde, monsieur... Ainsi qu'à vous autres.

Il avait la voix blanche. Il se releva et sortit tristement du dōjō. Tadaaki se leva.

– Moi aussi, je dois prendre congé du monde.

On entendait refouler des sanglots. Ses paroles finales furent sévères, bien que pleines d'affection :

– ... Pourquoi pleurer ? Votre heure a sonné. A vous de veiller à ce que cette école progresse avec honneur dans une ère nouvelle. Désormais, soyez humbles, travaillez dur et tâchez de toutes vos forces de cultiver votre esprit.

Retourné à la salle de réception, Tadaaki paraissait tout à fait calme tandis qu'il prenait un siège et s'adressait à Kojirō. Après s'être excusé de l'avoir fait attendre, il lui déclara :

– ... Je viens de chasser Hamada. Je lui ai conseillé de changer de conduite, d'essayer de comprendre la véritable signification de la discipline du samouraï. Bien entendu, j'ai l'intention de relâcher la vieille femme. Voulez-vous la ramener, ou dois-je prendre des dispositions pour qu'elle parte plus tard ?

– Je suis content de ce que vous avez fait. Elle peut m'accompagner.

Kojirō fit mine de se lever. Le combat l'avait complètement épuisé et l'attente qui avait suivi lui avait paru très, très longue.

– Ne partez pas encore, dit Tadaaki. Maintenant que tout est fini, prenons une coupe ensemble et enterrons le passé.

Frappant dans ses mains, il appela :

– Omitsu ! Apporte du saké.

– Merci, dit Kojirō. C'est aimable à vous de m'inviter.

Il sourit et dit avec hypocrisie :

– ... Je sais maintenant pourquoi Ono Tadaaki et le style Ittō sont si célèbres.

Il n'avait pas le moindre respect pour Tadaaki. Si ses talents naturels se développent dans le bon sens, il aura le monde à ses pieds, se disait Tadaaki. Mais s'il prend la mauvaise direction, un nouveau Zenki se prépare.

« Si vous étiez mon élève... » Tadaaki avait ces mots sur le bout de la langue. Au lieu de les prononcer, il se mit à rire et répondit modestement à la flatterie de Kojirō.

Au cours de leur conversation, le nom de Musashi fut mentionné et Kojirō apprit qu'il était question qu'il devînt membre du groupe choisi des hommes qui donnaient des leçons au shōgun. Kojirō se contenta de remarquer :

– Tiens, tiens ?

Mais son expression trahissait sa contrariété. Détournant vivement les yeux vers le soleil couchant, il assura qu'il était temps pour lui de prendre congé.

Peu de jours après, Tadaaki disparut d'Edo. Il avait la réputation d'être un guerrier simple et direct, l'honnêteté et la modestie mêmes, mais c'était un homme à qui manquait le sens politique de Munenori. Ne comprenant pas pourquoi un homme qui semblait en mesure de réaliser tous ses désirs fuyait le monde, les gens brûlèrent de curiosité et donnèrent à sa disparition toutes sortes de significations. Résultat de son échec, Tadaaki, affirmait-on, avait perdu l'esprit.

Le pathétique des choses

Musashi déclarait que c'était la pire tempête qu'il eût jamais vue.

Iori considérait avec regret les pages trempées et lacérées, çà et là dispersées, et songeait tristement : Finie, l'étude.

Les cultivateurs redoutaient particulièrement deux jours de l'automne : les deux cent dixième et deux cent vingtième jours de l'année. C'étaient ces deux jours-là que les typhons risquaient le plus de détruire la récolte de riz. Plus sensible aux dangers que son maître, Iori avait pris la précaution d'assujettir le toit et de le lester de pierres. Pourtant, durant la nuit, le vent avait arraché le toit et, quand il fit assez clair pour examiner les dégâts, il fut évident qu'il n'y avait aucun espoir de réparer la cabane.

Se souvenant de son aventure à Hōtengahara, Musashi partit peu après l'aube. En le regardant s'en aller, Iori pensa : En quoi sera-t-il plus avancé de voir les rizières de nos voisins ? Bien sûr, elles sont inondées. Sa propre maison ne signifie-t-elle rien pour lui ?

Il fit un feu avec les planches arrachées des murs et du plancher, et fit rôtir pour son petit déjeuner des châtaignes et des oiseaux morts. La fumée lui piquait les yeux. Musashi revint un peu après midi. Une heure plus tard environ, un groupe de fermiers portant d'épaisses capes de paille contre la pluie arrivèrent pour présenter leurs remerciements – pour l'assistance à un malade, pour avoir aidé à drainer l'inondation, pour nombre d'autres services. Un vieil homme avoua :

– Nous nous querellons toujours en des moments pareils : chacun se dépêche de s'occuper d'abord de ses propres difficultés. Mais aujourd'hui, nous avons suivi votre conseil et travaillé ensemble.

Ils apportèrent aussi des présents de nourriture : sucreries, marinades et, à la grande joie de Iori, gâteaux de riz. Toute réflexion faite, Iori conclut que ce jour-là lui avait donné une leçon : si l'on s'oubliait soi-même et si l'on travaillait pour la communauté, la nourriture affluait tout naturellement.

– Nous vous bâtirons une nouvelle maison, promit un fermier. Une maison que le typhon ne démolira pas.

Pour l'heure, il les invita à loger dans la sienne, la plus vieille du village. Lorsqu'ils y arrivèrent, l'épouse de cet homme suspendit leurs vêtements pour les faire sécher et, quand ils furent prêts à se coucher, on leur donna des chambres séparées. Avant de s'endormir, Iori prit conscience d'une musique qui retint son intérêt. Se retournant vers la chambre de Musashi, il chuchota à travers le shoji :

– Vous entendez, monsieur ?

– Hein ?

– Ecoutez : les tambours des danses du sanctuaire. Ne trouvez-vous pas étrange que l'on exécute des danses religieuses un soir de typhon ?

Seule une profonde respiration lui répondit. Le lendemain matin, Iori se leva de bonne heure et interrogea le fermier au sujet des tambours. Revenu à la chambre de Musashi, il dit d'un air fin :

– Le sanctuaire de Mitsumine, à Chichibu, n'est pas très loin d'ici, n'est-ce pas ?

– Il me semble.

– Je voudrais que vous m'y emmeniez faire mes dévotions.

Intrigué, Musashi demanda la raison de cet intérêt soudain ; on lui répondit que les joueurs de tambour étaient des musiciens d'un village voisin qui s'exerçaient pour la danse sacrée Asagaya dont leur famille était spécialiste depuis toujours. Tous les mois, ils allaient jouer à la fête du sanctuaire de Mitsumine.

Les beautés de la musique et de la danse n'étaient connues de Iori qu'à travers ces danses Shinto. Il éprouvait pour elles une extraordinaire passion ; ayant appris que les danses de Mitsumine constituaient l'un des trois grands types de cette tradition, il tenait fort à les voir.

– Vous ne voulez pas m'y emmener ? suppliait-il. Il faudra cinq ou six jours au moins avant que notre maison soit prête.

L'insistance de Iori rappelait à Musashi le petit Jōtarō, qui se rendait souvent odieux – tour à tour pleurnichant, boudant, ronronnant – pour obtenir ce qu'il voulait. Iori, si mûr et indépendant pour son âge, recourait rarement à de pareilles tactiques. Musashi n'y songeait pas particulièrement, mais un observateur eût distingué les traces de son influence. Ce qu'il avait délibérément enseigné à Iori, c'était la pratique d'une stricte distinction entre lui-même et son maître. D'abord, il répondit de manière évasive mais, après y avoir réfléchi un instant, il dit :

– C'est bon, je t'emmène.

Iori bondit en l'air en s'exclamant :

– Et il fait beau, par-dessus le marché !

En moins de cinq minutes, il avait fait part de sa chance à leur hôte, demandé des déjeuners à emporter et s'était procuré des sandales de paille neuves. De retour devant son maître, il lui demanda :

– Partons-nous ?

Le fermier assista à leur départ en promettant que leur maison serait achevée à leur retour.

Ils passèrent devant des endroits où le typhon avait laissé dans son sillage des mares, presque des petits lacs ; mais autrement, on avait peine à croire que le ciel avait déchaîné sa furie seulement deux jours plus tôt. Des pies volaient bas dans le ciel clair et bleu.

Le premier soir, ils choisirent une auberge bon marché dans le village de Tanashi et se couchèrent tôt. Le lendemain, leur route les mena plus avant dans la grande plaine de Musashino.

Leur voyage fut interrompu plusieurs heures à la rivière Iruma, dont le volume avait triplé. Seul restait debout un petit fragment du pont de terre, inutile au milieu du courant. Tandis que Musashi regardait un groupe de fermiers apporter de nouvelles piles des deux côtés pour permettre un passage temporaire, Iori remarquait de vieilles pointes de flèches, les signalait à son maître et ajoutait :

– ... Il y a aussi des morceaux de casques. Il doit y avoir eu une bataille par ici.

Il s'amusa le long de la berge à déterrer des pointes de flèches, des morceaux rouillés de sabres brisés et autres fragments de vieux métal impossibles à identifier. Soudain, il écarta vivement la main de quelque chose de blanc qu'il allait ramasser.

– C'est un os humain ! s'exclama-t-il.

– Apporte-le ici, dit Musashi.

Iori n'avait pas le courage d'y toucher à nouveau.

– Qu'en ferez-vous ?

– Enterre-le dans un coin où l'on ne risquera pas de marcher dessus.

– Il n'y en a pas seulement un ou deux. Il y en a des quantités.

– Eh bien, ça nous occupera. Apporte tous ceux que tu pourras trouver.

Tournant le dos à la rivière, il ajouta :

– ... Tu peux les enterrer là-bas, à l'endroit où ces gentianes fleurissent.

– Je n'ai pas de pelle.

– Sers-toi d'un sabre cassé.

Quand le trou fut assez profond, Iori y mit les ossements puis rassembla sa collection de pointes de flèches et de bouts de métal, qu'il enfouit avec les os.

– Ça va ? demanda-t-il.

– Mets des pierres par-dessus. Fais-en un véritable monument.

– Quand donc y a-t-il eu une bataille ici ?

– Aurais-tu oublié ? Tu dois avoir fait une lecture là-dessus. Le *Taiheiki* parle de deux combats furieux, en 1333 et 1352, dans un endroit nommé Kotesashigahara. C'est à peu près là où nous sommes. D'un côté il y avait la famille Nitta qui soutenait la Cour du Sud, et de l'autre une énorme armée commandée par Ashikaga Takauji.

– Ah ! les batailles de Kotesashigahara... Maintenant, je me souviens.

Pressé par Musashi, Iori poursuivit :

– Le livre nous dit que le prince Munenaga vécut longtemps dans la région de l'Est et étudia la Voie du samouraï, mais fut stupéfait lorsque l'empereur le nomma shōgun.

– Quel était le poème qu'il composa à cette occasion ? demanda Musashi.

Iori leva les yeux vers un oiseau qui montait dans le ciel azuré et récita :

Comment aurais-je pu savoir
Que je serais jamais le maître de
L'arc de catalpa ?
N'avais-je point traversé la vie
Sans le toucher ?

– Et le poème au chapitre qui raconte comment il passa dans la province de Musashi et combattit à Kotesashigahara ?

Le jeune garçon hésita, se mordit la lèvre et commença dans une formulation qui était pour une large part de son cru :

Pourquoi, alors, devrais-je m'accrocher
A une vie qui est accomplie
Quand elle est noblement donnée
Pour l'amour de notre grand seigneur,
Pour l'amour du peuple ?

– Et la signification ?

– Je la comprends.

– En es-tu bien sûr ?

– Quiconque est incapable de comprendre sans se le faire expliquer n'est pas un véritable Japonais, même s'il s'agit d'un samouraï. Je me trompe ?

– Non. Mais dis-moi, Iori, dans ce cas pourquoi te conduis-tu comme si le maniement de ces os te salissait les mains ?

– Aimeriez-vous toucher les os des morts ?

– Les hommes qui sont morts ici étaient des soldats. Ils se sont battus et ont péri pour les sentiments exprimés dans le poème du prince Munenaga. Les samouraïs de ce type sont innombrables ; leurs ossements, enfouis dans la terre, constituent les fondements sur lesquels notre pays est édifié. Sans eux, nous n'aurions encore ni paix ni perspective de prospérité... Les guerres, comme le typhon que nous avons essuyé, passent. Dans son ensemble, la terre est inchangée, mais nous ne devons jamais oublier notre dette envers les ossements blanchis qui sont sous la surface du sol.

Presque à chaque mot, Iori approuvait de la tête.

– Maintenant, je comprends. Dois-je faire une offrande de fleurs et m'incliner devant les os que j'ai enterrés ?

Musashi se mit à rire.

– T'incliner n'est pas vraiment nécessaire si tu gardes le souvenir vivant dans ton cœur.

– Pourtant...

Pas tout à fait satisfait, le garçon cueillit des fleurs et les disposa devant les pierres entassées. Il était sur le point de joindre les mains en signe de respect lorsqu'il lui vint une autre idée, inquiétante :

– ... Monsieur, tout cela est bel et bon si ces os appartenaient vraiment à des samouraïs loyaux envers l'empereur. Mais s'ils sont les restes des hommes d'Ashikaga Takauji ?... Je ne voudrais pas leur rendre hommage.

Iori le dévisageait dans l'attente de sa réponse. Musashi fixa les yeux sur le fin croissant de lune diurne. Mais aucune réponse satisfaisante ne lui vint à l'esprit. Il finit par déclarer :

– Dans le bouddhisme, il existe un salut même pour ceux qui ont commis les dix mauvaises actions et les cinq péchés mortels. Le cœur lui-même est l'illumination. Le Bouddha pardonne aux méchants à la seule condition qu'ils ouvrent leurs yeux à sa sagesse.

– Est-ce que ça veut dire que les guerriers loyaux et les méchants rebelles sont les mêmes après leur mort ?

– Non ! dit avec force Musashi. Un samouraï tient son nom pour sacré. S'il le souille, c'est à jamais irrémédiable.

– Alors, pourquoi le Bouddha traite-t-il de la même façon les méchants et les serviteurs loyaux ?

– Parce que tous les êtres humains sont fondamentalement les mêmes. Il y a ceux que l'intérêt personnel et le désir aveuglent au point qu'ils deviennent rebelles ou brigands. Le Bouddha accepte de n'en pas tenir compte. Il presse tous les hommes de recevoir l'illumination, d'ouvrir les yeux à la vraie sagesse. Tel est le message d'un millier de livres saints. Bien sûr, quand on meurt, tout devient vide.

– Je vois, dit Iori sans vraiment voir.

Il médita la question durant quelques minutes, puis demanda :

– ... Mais ça n'est pas vrai pour les samouraïs, n'est-ce pas ? Quand un samouraï meurt, *tout* ne devient pas vide ?

– Pourquoi dis-tu cela ?

– Son nom survit, n'est-ce pas ?

– Certes.

– S'il s'agit d'un nom mauvais, il reste mauvais. Si le nom est bon, même quand le samouraï se trouve réduit à l'état d'ossements. N'est-ce pas ainsi que les choses se passent ?

– Si, mais en réalité ce n'est pas tout à fait aussi simple, dit Musashi en se demandant s'il réussirait à satisfaire la curiosité de son élève. Dans le cas du samouraï, il y a ce que l'on pourrait nommer le sentiment du pathétique des choses. Le guerrier à qui cette sensibilité fait défaut ressemble à un arbuste dans un désert. Etre un combattant puissant et rien de plus, c'est être pareil à un typhon. Il en va de même pour les hommes d'épée qui ne pensent qu'épée, épée, épée. Un véritable samouraï, un homme d'épée authentique, a un cœur compatissant. Il comprend le pathétique de la vie.

En silence, Iori réarrangea les fleurs et joignit les mains.

Deux baguettes de tambour

A mi-pente de la montagne, des silhouettes humaines pareilles à des fourmis, qui grimpaient en procession continuelle, étaient englouties par un épais cercle de nuages. Emergeant près du sommet, où se trouvait situé le sanctuaire de Mitsumine, elles étaient accueillies par un ciel dégagé.

Les trois pics de la montagne, Kumotori, Shiraiwa et Moyōhōgatake, se tenaient à cheval sur quatre provinces de l'Est. L'enceinte shinto comprenait des temples bouddhiques, des pagodes, divers autres bâtiments et portails. Au-dehors s'étendait une petite ville florissante avec ses maisons de thé, ses marchands de souvenirs, les bureaux des grands prêtres et les maisons de quelque soixante-dix fermiers dont les produits étaient réservés à l'usage du sanctuaire.

– Ecoutez ! Ils ont commencé à jouer des gros tambours, dit Iori, tout excité, en ingurgitant son riz et ses haricots rouges.

Musashi, assis en face de lui, savourait son repas sans se presser. Iori jeta ses baguettes.

– ... La musique a commencé. Allons voir.

– Ça m'a suffi la nuit dernière. Vas-y seul.

– Mais ils n'ont donné que deux danses, hier soir. Vous ne voulez donc pas voir les autres ?

– Non, pas si ça m'oblige à me presser.

Constatant que le bol en bois de son maître était encore à moitié plein, Iori déclara d'un ton plus calme :

– Des milliers de gens sont arrivés depuis hier. S'il pleuvait, ce serait navrant.

– Oui ?

Quand Musashi finit par dire : « Nous y allons, maintenant ? », Iori bondit vers la porte du devant comme un chien lâché, emprunta des sandales de paille et les disposa sur le seuil à l'intention de son maître.

Devant le Kannon'in, le temple secondaire où ils logeaient, et des deux côtés du portail principal du sanctuaire, de grands feux de joie flambaient. Une torche brûlait à chaque façade, et le site tout entier, à plusieurs milliers de pieds au-dessus du niveau de la mer, se trouvait éclairé comme en plein jour. Là-haut, dans un ciel couleur de laque noire, le Fleuve céleste scintillait comme une fumée enchantée, tandis que dans les rues des essaims d'hommes et de femmes, oublieux de la fraîcheur de l'air montagnard, affluaient vers la scène où l'on exécutait les danses sacrées. Flûtes et gros tambours résonnaient dans le vent. La scène elle-même était vide à l'exception des bannières qui flottaient doucement et serviraient bientôt de toile de fond.

Ballotté par la foule, Iori fut séparé de Musashi mais se fraya un chemin rapide malgré l'affluence jusqu'à ce qu'il l'aperçût debout près d'un bâtiment, le visage levé vers une liste de donateurs. Iori l'appela, courut à lui, le tira par la manche, mais l'attention de Musashi était rivée à une seule plaque, plus grande que les autres. Elle se détachait sur tout le reste à cause de l'importance de la contribution faite par « Daizō de Narai, village de Shibaura, province de Musashi. »

Le vacarme des tambours allait crescendo.

– La danse a commencé ! glapissait Iori dont le cœur volait vers le pavillon des danses sacrées. *Sensei*, qu'est-ce que vous regardez là ?

Tiré de sa rêverie, Musashi répondit :

– Oh ! rien de particulier... Je me rappelais seulement une chose que j'ai à faire. Toi, va regarder les danses. Je te rejoindrai plus tard.

Musashi chercha la sacristie des prêtres shinto, où le reçut un vieil homme.

– ... Je voudrais vous poser une question sur un donateur, dit Musashi.

– Je regrette, nous n'avons rien à voir avec cela ici. Il faut que vous alliez à la résidence du grand prêtre bouddhiste. Je vais vous montrer où elle se trouve.

Bien que Mitsumine fût un sanctuaire shinto, un prélat bouddhiste supervisait l'ensemble de l'établissement. Au-dessus du portail, dans les gros caractères qui convenaient, l'on pouvait lire : « Bureau du grand prêtre ».

Dans l'antichambre, le vieil homme parlementa assez longuement avec le prêtre de service. Quand ils eurent terminé, le prêtre invita Musashi à entrer et, avec une exquise politesse, le mena à une salle intérieure. Le thé était servi, avec un plateau de gâteaux magnifique. Puis vint un second plateau, suivi de près par un jeune acolyte qui apportait du saké. Bientôt parut un personnage qui n'était rien de moins qu'un évêque.

– Bienvenue dans nos montagnes, dit-il. Je crains que nous n'ayons à vous offrir que de simples mets campagnards. J'espère que vous nous pardonnerez. Je vous en prie, mettez-vous à votre aise.

Musashi se perdait en conjectures sur la raison d'une telle sollicitude. Sans toucher au saké, il déclara :

– Je suis venu vous demander des renseignements sur l'un de vos donateurs.

– Quoi ?

La mine bénigne du prêtre, un homme rond d'une cinquantaine d'années, subit une altération brusque.

– ... Des renseignements ? répéta-t-il d'un ton soupçonneux.

En une série de questions rapides, Musashi demanda quand Daizō était venu au temple, s'il y venait souvent, s'il était accompagné et, dans l'affirmative, de quel genre de personnes. A chacune de ces questions, le déplaisir du prêtre augmentait jusqu'à ce qu'il finît par dire :

– Alors, vous n'êtes pas ici pour apporter une contribution mais seulement pour poser des questions sur quelqu'un qui a fait un don ?

Son visage était l'image même de l'exaspération.

– Le vieil homme m'aura mal compris. Je n'ai jamais eu l'intention de faire une donation. Je voulais seulement poser des questions sur Daizō.

– Vous auriez pu le préciser en arrivant, dit le prêtre avec hauteur. A ce que je vois, vous êtes un rōnin. Je ne sais qui vous êtes, ni d'où vous venez. Vous devez comprendre que je ne peux donner de renseignements sur nos donateurs à n'importe qui.

– Je vous donne ma parole qu'il n'arrivera rien de fâcheux.

– Eh bien, vous devrez voir le prêtre qui s'occupe de ces questions.

Avec l'air d'avoir été volé, il congédia Musashi. Le registre des bienfaiteurs ne se révéla pas plus utile : il notait seulement que Daizō était venu plusieurs fois. Musashi remercia le prêtre et s'en alla.

Près du pavillon de danse, il chercha des yeux Iori mais ne le vit pas. S'il avait levé les yeux en l'air, il aurait pu l'apercevoir. Le garçon se trouvait presque au-dessus de sa tête : il était grimpé à un arbre pour être mieux placé.

En regardant le spectacle, Musashi se revit enfant, pendant les fêtes nocturnes au sanctuaire de Sanumo à Miyamoto. Il voyait des images fantômes de la foule, du blanc visage d'Otsū au milieu d'elles. De Matahachi, toujours à mâchonner quelque chose, et de l'oncle Gon, qui allait et venait d'un air important. Il devinait le visage de sa mère, inquiète qu'il fût dehors aussi tard, et qui venait le chercher.

Les musiciens, vêtus de costumes insolites destinés à simuler l'élégance de la garde impériale de jadis, prenaient place sur la scène. A la lueur des feux, leurs clinquants atours, scintillants de brocart d'or, évoquaient les robes mythiques de l'âge des dieux. Le battement des peaux de tambour légèrement détendues résonnait à travers la forêt de cryptomerias, puis les flûtes entamèrent le prélude. Le maître de la danse s'avança, portant un masque de vieillard. Cette face inhumaine, dont la laque s'était écaillée aux joues et au menton, remuait lentement tandis que le danseur chantait les paroles de *Kamiasobi*, la danse des dieux :

Sur la montagne sacrée de Mimuro,
A la clôture divine,
Devant la grande déité
Les feuilles de l'arbre sakaki
Croissent en profuse abondance,
Croissent en profuse abondance.

Le rythme des tambours reprit, à quoi d'autres instruments se joignirent. Bientôt, chants et danses se mêlèrent sur un rythme vif et syncopé.

D'où vient cet épieu ?
C'est l'épieu de la demeure sacrée
De la princesse Toyooka qui est au ciel
– L'épieu de la demeure sacrée.

Musashi connaissait certains des chants. Enfant, il les avait chantés, il avait porté un masque et pris part à la danse au sanctuaire de Sanumo.

Le sabre qui protège le peuple,
Le peuple de tous les pays,
Suspendons-le joyeusement devant la divinité,
Suspendons-le joyeusement devant la divinité.

La révélation le frappa comme la foudre. Musashi regardait les mains de l'un des joueurs de tambour en train de manier deux courtes baguettes. Le souffle coupé, il cria presque :

– C'est ça ! Deux sabres !

Saisi par cette voix, Iori quitta des yeux la scène juste assez longtemps pour regarder au-dessous de lui et dire :

– Ah ! vous voilà.

Musashi ne leva même pas les yeux. Il regardait fixement droit devant lui, non point dans un ravissement rêveur, comme les autres, mais avec une expression pénétrante qui faisait presque peur.

– Deux sabres, répéta-t-il. C'est le même principe. Deux baguettes de tambour, mais un seul son.

Il croisa les bras plus étroitement, et scruta chaque mouvement du joueur de tambour.

D'un certain point de vue, c'était la simplicité même. Les gens naissaient avec deux mains ; pourquoi ne pas se servir des deux ? En effet, on ne se battait qu'avec un seul sabre et, souvent même, avec une seule main. Cela s'expliquait dans la mesure où tout le monde pratiquait de même. Mais, si un seul combattant se servait simultanément de deux sabres, quelle chance de gagner aurait un adversaire qui n'en utiliserait qu'un seul ?

Contre l'école Yoshioka, à Ichijōji, Musashi s'était découvert son sabre long dans la main droite, son sabre court dans la gauche. Il avait empoigné les deux armes d'instinct, inconsciemment, chaque bras occupé au maximum à le protéger. Dans un combat à la vie et à la mort, il avait réagi d'une façon qui n'était pas orthodoxe. Et voici que, tout d'un coup, cela semblait naturel, sinon inévitable.

Si deux armées se faisaient face au combat, il serait inimaginable, suivant les règles de l'Art de la guerre, que chacune se servît d'un seul flanc tout en laissant l'autre inactif. N'y avait-il pas là un principe que l'homme d'épée isolé ne pouvait se permettre d'ignorer ? Dès Ichijōji, il avait paru à Musashi que l'emploi des deux mains et des deux sabres constituait la méthode normale et humaine. La seule coutume, aveuglément suivie à travers les siècles, l'avait fait paraître anormale. Il eut le sentiment d'être parvenu à une indéniable vérité : la coutume avait fait paraître non naturel le naturel, et vice versa.

Alors que la coutume était affaire d'expérience quotidienne, se trouver à la frontière entre la vie et la mort n'avait lieu que de rares fois au cours d'une existence. Pourtant, le but suprême de la Voie du sabre était de pouvoir se tenir à tout moment au seuil de la mort : regarder fermement la mort en face devrait être une expérience aussi familière que toutes les autres expériences quotidiennes. Et ce processus devait être conscient, bien que le mouvement dût être aussi libre que s'il était purement réflexe.

Le style « aux deux sabres » devait être de cette nature : conscient mais, en même temps, aussi automatique qu'un réflexe, entièrement libéré des restrictions qu'impose l'action consciente. Depuis quelque temps, Musashi tentait d'unir en un principe valable ce qu'il savait d'instinct avec ce qu'il avait appris par des moyens intellectuels. Maintenant, il était près de le formuler en mots, et cela le rendrait célèbre dans tout le pays pour des générations.

Deux baguettes de tambour, un seul son. Le joueur de tambour était conscient de la gauche et de la droite, de la droite et de la gauche, mais en même temps il en était inconscient. Là, devant ses yeux, s'étendait le domaine bouddhique de l'interpénétration libre. Musashi se sentait illuminé et comblé.

Les cinq danses sacrées, ayant commencé par le chant du maître de la danse, se poursuivirent par les évolutions des danseurs. Il y eut la danse large et majestueuse d'Iwato, puis la danse d'Ara Mikoto no Hoko. Les mélodies des flûtes s'accélérèrent ; des clochettes tintèrent selon un rythme animé. Musashi leva les yeux vers Iori et dit :

– Tu n'es pas prêt à partir ?

– Pas encore, répondit Iori d'un air absent.

Il avait l'impression d'être l'un des danseurs.

– Ne rentre pas trop tard. Demain, nous faisons l'ascension du pic pour aller au sanctuaire intérieur.

Le serviteur du démon

Les chiens de Mitsumine étaient d'une race sauvage, sans doute le fruit du croisement de chiens apportés par des immigrants de Corée, plus de mille ans auparavant, avec les chiens sauvages des montagnes de Chichibu. Ils parcouraient les pentes montagneuses en se nourrissant, comme des loups, d'autres bêtes sauvages de la région. Mais, étant donné qu'on les considérait comme des messagers de la divinité, et qu'on en parlait comme de ses « serviteurs », les fidèles rapportaient souvent chez eux des images gravées ou sculptées de ces animaux en guise de porte-bonheur.

Le chien noir de l'homme qui suivait Musashi était de la taille d'un veau.

Tandis que Musashi entrait au Kannon'in, l'homme se retourna et dit : « Par ici », et fit un signe de sa main libre.

Le chien gronda, tira sur sa laisse – un morceau de corde épaisse – et se mit à flairer. Fouettant de la laisse le dos du chien, l'homme lui dit :

– ... Chut, Kuro, la paix.

L'homme avait la cinquantaine : solide mais souple, à l'exemple de son chien, il ne semblait pas tout à fait apprivoisé. Mais il était bien habillé. Avec son kimono, qui ressemblait à une robe de prêtre ou au costume de cérémonie d'un samouraï, il portait une obi étroite, plate, et un *hakama* de chanvre. Ses sandales de paille, semblables à celles que les hommes chaussaient pour les fêtes, étaient munies de lanières neuves.

– Baiken ?

La femme reculait pour éviter le chien.

– Couché ! ordonna Baiken en frappant rudement l'animal sur la tête. Je suis content que tu l'aies repéré, Okō.

– Alors, c'était bien lui ?

– Aucun doute là-dessus.

Ils restèrent là quelques instants à regarder en silence, par une déchirure des nuages, les étoiles ; ils entendaient sans vraiment l'écouter la musique des danses sacrées.

– Qu'est-ce que nous allons faire ? demanda-t-elle.

– Je trouverai bien quelque chose.

– Nous ne pouvons laisser passer cette occasion.

Okō fixait Baiken d'un regard interrogateur.

– Tōji est à la maison ? demanda-t-il.

– Oui ; il s'est enivré de saké à la fête et s'est endormi.

– Réveillez-le.

– Et vous ?

– J'ai à faire. Après mes tournées, je passerai chez vous.

Devant le portail principal du sanctuaire, Okō se mit à trotter. La plupart des vingt ou trente maisons étaient des magasins de souvenirs ou des maisons de thé. Il y avait aussi quelques petits restaurants d'où fusait la voix enjouée des fêtards. A l'auvent de la masure où pénétra Okō pendait une enseigne où on pouvait lire « Maison de repos ». Assise sur un des tabourets de la salle du devant au sol en terre battue, une jeune servante faisait un petit somme.

– Encore à dormir ? dit Okō.

La fille, craignant d'être grondée, secoua vigoureusement la tête.

– ... Je ne parle pas de toi... mon mari.

— Oh ! oui, il dort encore.

Avec un claquement de langue désapprobateur, Okō grommela :

— C'est fête et il dort. C'est la seule boutique qui ne soit pas pleine de clients.

Près de la porte, un homme et une vieille femme faisaient cuire à la vapeur du riz et des fèves dans un four en terre. Les flammes apportaient la seule note joyeuse à cet intérieur autrement sinistre. Okō s'approcha d'un banc près du mur où dormait un homme, lui frappa l'épaule et dit :

— ... Debout, toi ! Ouvre les yeux, pour changer.

— Hein ? grogna-t-il en se redressant à demi.

— Mon Dieu ! s'exclama-t-elle en reculant, puis elle éclata de rire et dit : Pardon. Je vous prenais pour mon mari.

Un morceau de natte avait glissé à terre. L'homme, un adolescent à face ronde aux grands yeux interrogateurs, le ramassa, le ramena sur son visage et s'étendit à nouveau. Sa tête reposait sur un oreiller de bois et ses sandales étaient maculées de boue. Sur la table, à côté de lui, un plateau et un bol de riz vide ; contre le mur, un sac de voyage, un chapeau de vannerie et un bâton. Se retournant vers la fille, Okō lui dit :

— ... Je pense qu'il s'agit d'un client ?

— Oui. Il a dit qu'il avait l'intention de monter au sanctuaire intérieur demain matin de bonne heure et a demandé s'il pouvait se reposer ici.

— Où donc est Tōji ?

— Par ici, idiote.

La voix provenait de derrière un shoji déchiré. Couché dans la pièce voisine, un pied dépassant dans la boutique, il reprit d'un ton maussade :

— ... Et pourquoi tant d'histoires quand je fais un petit somme ? Où étais-tu pendant tout ce temps, au lieu de travailler ?

A maints égards, les années avaient été encore

moins clémentes pour Okō que pour Tōji. Non seulement les charmes de ses jeunes années s'étaient évanouis, mais la responsabilité de la maison de thé Oinu exigeait d'elle un travail d'homme que son conjoint amorphe ne prenait pas en charge : Tōji gagnait sa vie en chassant l'hiver, mais ne faisait pas grand-chose d'autre. Après que Musashi eut incendié leur repaire avec sa chambre truquée au col de Wada, leurs complices les avaient tous abandonnés.

Les yeux rouges et chassieux de Tōji accommodèrent progressivement sur un baril d'eau. Il se leva pesamment, s'y rendit et en engloutit une pleine louchée. Okō le considérait par-dessus son épaule.

– Ça m'est égal, que ce soit fête. Il est temps de t'arrêter. Tu as eu de la chance de ne pas recevoir un bon coup de sabre pendant que tu étais sorti.

– Hein ?

– Je te dis que tu ferais mieux d'être plus prudent.

– Je ne sais pas ce que tu racontes.

– Tu sais que Musashi est ici, à la fête ?

– Musashi ? Miyamoto... Musashi ?

Réveillé en sursaut, il demanda :

– ... Tu parles sérieusement ? Ecoute : tu ferais mieux d'aller te cacher au fond de la maison.

– Tu ne penses donc qu'à ça : te cacher ?

– Je ne veux pas que ce qui s'est passé au col de Wada se reproduise.

– Lâche ! Tu ne brûles donc pas de te venger de lui, non seulement pour ça mais pour ce qu'il a fait à l'école Yoshioka ? Moi si, et je ne suis qu'une femme.

– Oui, mais n'oublie pas qu'alors, nous avions des hommes pour nous aider. Maintenant, nous ne sommes plus que tous les deux.

Tōji n'était pas à Ichijōji mais il avait appris comment s'était battu Musashi, et il ne se faisait aucune illusion sur celui qui mourrait si une nouvelle rencontre les mettait en présence. S'approchant de son mari, Okō déclara :

– Voilà où tu te trompes. Il y a ici un autre homme, non ? Un homme qui hait Musashi autant que toi.

Tōji savait qu'elle voulait parler de Baiken, dont ils avaient fait la connaissance lorsque leurs pérégrinations les avaient amenés à Mitsumine.

Comme il n'y avait plus de batailles, l'état de pillard ne rapportait plus rien ; aussi Baiken avait-il ouvert une forge à Iga, dont il avait été chassé quand le seigneur Tōdō avait resserré son emprise sur la province. Dans l'intention de chercher fortune à Edo, il avait dispersé sa bande mais, alors, par l'entremise d'un ami, il était devenu gardien du trésor du temple.

Même maintenant, des bandits infestaient les montagnes entre les provinces de Musashi et de Kai. En engageant Baiken pour garder la maison qui renfermait les trésors religieux et l'argent des donations, les autorités du temple employaient les grands moyens. Il avait l'avantage d'être intimement familier des comportements des bandits ; il était, en outre, un spécialiste reconnu du fléau d'armes. En sa qualité de créateur du style Yaegaki, il eût peut-être attiré l'attention d'un daimyō s'il n'avait eu pour frère Tsujikaze Temma. Jadis, tous deux avaient terrorisé la région située entre le mont Ibuki et le district de Yasugawa. Que les temps eussent changé n'avait pour Baiken aucun sens. A ses yeux, la mort de Temma des mains de Takezō avait constitué la cause suprême de toutes les difficultés qui avaient suivi.

Okō avait depuis longtemps mis Baiken au courant de leurs griefs contre Musashi, en exagérant sa rancœur afin de cimenter son amitié avec lui. Il avait répondu en fronçant le sourcil et en disant : « Un de ces jours... »

Okō venait de raconter à Tōji comment elle avait

aperçu Musashi de la maison de thé, puis l'avait perdu de vue dans la foule. Plus tard, sur une intuition, elle était allée au Kannon'in où elle était arrivée à l'instant précis où Musashi et Iori en partaient pour se rendre au sanctuaire intérieur. Renseignement qu'elle s'était hâtée de communiquer à Baiken.

– C'est donc ça, dit Tōji, encouragé de savoir qu'un allié digne de confiance était déjà acquis.

Il n'ignorait pas que Baiken, en se servant de son arme favorite, avait vaincu tous les hommes d'épée au récent tournoi du sanctuaire. S'il s'attaquait à Musashi, il avait de bonnes chances de gagner.

– ... Que t'a-t-il répondu quand tu lui as dit ça ?

– Qu'il viendra dès qu'il aura fini ses rondes.

– Musashi n'est pas fou. Si nous n'y prenons garde...

Tōji frémit et poussa un grognement inintelligible. Okō suivit son regard vers l'homme endormi sur le banc.

– ... Qui est-ce ? demanda Tōji.

– Un simple client, répondit Okō.

– Réveille-le et fais-le partir.

Okō délégua cette tâche à la servante qui alla secouer l'homme jusqu'à ce qu'il se mît sur son séant.

– Dehors, dit-elle sans ménagement. On ferme.

Il se leva, s'étira et dit :

– J'ai fait un bon somme.

Souriant à la lune et clignant de ses grands yeux, il se déplaçait vite, mais avec souplesse, tandis qu'il enveloppait ses épaules de la natte, coiffait son chapeau de vannerie et ajustait son paquetage. Il mit son bâton sous son bras, dit : « Merci bien », s'inclina et sortit rapidement. A ses vêtements et à son accent, Okō jugea qu'il n'était pas l'un des paysans du coin ; mais il paraissait plutôt inoffensif.

– Drôle de bonhomme, dit-elle. Je me demande s'il a réglé sa note.

Okō et Tōji étaient en train de relever les stores et de mettre la boutique en ordre quand Baiken entra, Kuro sur les talons.

– Content de vous voir, dit Tōji. Passons dans la pièce du fond.

En silence, Baiken ôta ses sandales et les suivit tandis que le chien flairait partout en quête de nourriture. La pièce du fond n'était qu'un appentis délabré, aux murs badigeonnés d'une simple couche de plâtre grossier. De la boutique, on n'entendait pas ce qui s'y disait. Quand la lampe fut allumée, Baiken déclara :

– Ce soir, devant la scène de danse, j'ai surpris Musashi en train de dire au garçon qu'ils monteraient demain matin au sanctuaire intérieur. Plus tard, je suis allé vérifier au Kannon'in.

Okō et Tōji avalèrent leur salive en regardant par la fenêtre ; le pic sur lequel se dressait le sanctuaire intérieur se détachait sur le ciel étoilé.

Sachant à qui il avait affaire, Baiken avait conçu un plan d'attaque et mobilisé des renforts. Deux prêtres, gardiens du trésor, avaient déjà accepté d'apporter leur aide, et étaient partis en avant avec leurs lances. Il y avait en outre un homme de l'école Yoshioka, qui dirigeait au sanctuaire un petit dōjō. Baiken calculait qu'il pourrait mobiliser une dizaine de pillards, des hommes qu'il avait connus à Iga et qui travaillaient maintenant dans le voisinage. Tōji porterait un mousquet tandis que Baiken aurait son fléau d'armes.

– Vous avez déjà fait tout ça ? demanda Tōji qui n'en croyait pas ses oreilles.

Baiken fit un large sourire, mais n'ajouta rien.

Un mince croissant de lune planait très haut au-dessus de la vallée, caché à la vue par un brouillard épais. Le grand pic dormait encore ; seul, le clapotis de la rivière soulignait le silence. Un groupe de silhouettes sombres se pressaient sur le pont de Kosaruzawa.

– Tōji ? chuchota Baiken d'une voix rauque.

– Présent.

– Attention de garder votre mèche bien sèche.

Au milieu de la troupe bigarrée, on remarquait les deux prêtres lanciers aux pans de leurs robes retroussées pour le combat. Les autres portaient des tenues variées, mais tous étaient chaussés de manière à pouvoir se déplacer avec agilité.

– Tout le monde est là ?

– Oui.

– Combien en tout ?

Ils comptèrent : treize.

– Allons-y, dit Baiken.

Il récapitula ses instructions. Tous écoutaient en silence, acquiesçant parfois de la tête. Puis, sur un signal, ils se dispersèrent dans le brouillard pour prendre position le long de la route. A l'extrémité du pont, ils dépassèrent une borne indiquant : « Sanctuaire intérieur, six kilomètres. »

Quand le pont fut de nouveau libre, une troupe de singes sortit de sa cachette ; nombreux, ils sautaient de branche en branche, grimpaient le long des lianes pour converger sur la route. Ils couraient sur le pont, rampaient au-dessous, jetaient des pierres dans le ravin. Le brouillard jouait avec eux, comme s'il eût encouragé leurs ébats.

L'aboiement d'un chien se répercutait à travers les montagnes. Les singes disparurent, comme feuilles de sumac au vent d'automne.

Kuro montait par la route, traînant Okō. Il lui avait échappé, et bien qu'Okō eût fini par rattraper la laisse, elle n'avait pu lui faire rebrousser chemin. Elle savait que Tōji ne voulait pas que le chien fût là pour faire du bruit ; aussi crut-elle pouvoir l'éloigner en le laissant monter au sanctuaire intérieur.

Tandis que le brouillard commençait à se déposer dans les vallées comme de la neige, les trois pics de Mitsumine et les montagnes moins hautes, entre Musashino et Kai, se dressaient dans toute leur majesté. La route sinueuse se dessinait en blanc ; les oiseaux commençaient à lisser leurs plumes et à saluer l'aube de leurs gazouillis. Iori dit, à moitié pour lui-même :

– Comment ça se fait, je me le demande ?

– Quoi donc ? dit Musashi.

– Le jour se lève, mais je ne vois pas le soleil.

– D'abord, tu regardes vers l'ouest.

– Ah !

Iori jeta un rapide coup d'œil à la lune en train de se coucher derrière les pics lointains.

– Iori, il semble qu'un grand nombre de tes amis habitent ces montagnes.

– Où ça ?

– Là-bas, répondit Musashi en riant, et il désigna des singes blottis autour de leur mère.

– Je voudrais bien être l'un d'eux.

– Pourquoi ?

– Du moins ils ont une mère.

Ils gravirent en silence une partie escarpée de la route et parvinrent à un segment assez plat. Musashi remarqua qu'un grand nombre de pieds avaient foulé l'herbe.

Après avoir encore un moment serpenté sur le flanc de la montagne, ils atteignirent un plateau face à l'est.

– ... Regardez ! s'écria Iori en regardant Musashi. Le soleil se lève.

– C'est pourtant vrai.

De l'océan de nuages, au-dessous d'eux, les montagnes de Kai et de Kōzuke jaillissaient comme des îles. Iori s'arrêta et resta pétrifié, pieds joints, au garde-à-vous, lèvres serrées. Il contemplait avec une fascination extasiée la grande sphère dorée et s'imaginait être un enfant du soleil. Tout à coup, il s'exclama d'une voix très forte :

– C'est Amaterasu Ōmikami ! N'est-ce pas ?

Il regarda Musashi pour obtenir confirmation.

– C'est vrai.

Levant haut les bras au-dessus de sa tête, le garçon fit passer la brillante lumière à travers ses doigts.

– Mon sang ! cria-t-il. Il est de la même couleur que le sang du soleil.

Frappant dans ses mains comme il eût fait dans un sanctuaire pour appeler la divinité, il inclina la tête en hommage silencieux et pensa : Les singes ont une mère. Je n'en ai pas. Mais j'ai cette déesse. Eux n'en ont pas.

Cette révélation le remplit de joie et, comme il fondait en larmes, il lui sembla entendre, venue d'au-delà des nuages, la musique des danses du sanctuaire. Ses pieds prirent le rythme et ses bras se balancèrent gracieusement. A ses lèvres montèrent les paroles qu'il n'avait apprises que la veille au soir :

L'arc de catalpa...
A chaque retour du printemps,
J'espère voir la danse
Des myriades de dieux,
Oh ! combien j'espère voir leur danse...

Soudain, s'apercevant que Musashi avait continué sa route, il renonça à sa danse pour le rattraper à toutes jambes.

La lumière du matin pénétrait à peine la forêt où ils entraient maintenant. Ici, aux abords du sanctuaire intérieur, les cryptomerias étaient d'une grosseur impressionnante, et tous à peu près de la même hauteur.

D'une seconde à l'autre, la terre parut trembler sous leurs pieds. Un cri épouvantable retentit, avec une cascade d'échos aigus. Iori se boucha des mains les oreilles et plongea dans les bambous.

– Iori ! Couche-toi ! commanda Musashi de l'ombre d'un grand arbre. Ne bouge pas, même si on te piétine !

La pénombre lugubre semblait infestée de lances et de sabres. A cause du cri, les assaillants crurent d'abord que la balle avait atteint sa cible ; mais point de corps en vue. Incertains de ce qui s'était passé, ils s'immobilisèrent.

Iori se trouvait au centre d'un cercle d'yeux et de lames dégainées. Dans le silence de mort qui suivit, la curiosité l'emporta et il leva lentement la tête au-dessus des bambous. A quelques pieds seulement, une lame de sabre, tendue de derrière un arbre, capta un rayon de soleil. Perdant tout contrôle, Iori cria à pleine voix :

– *Sensei !* Il y a quelqu'un qui est caché, là !

Tout en criant, il se releva d'un bond et s'élança vers un abri. Le sabre jaillit de l'ombre et resta suspendu comme un démon au-dessus de sa tête. Mais en un instant seulement, le poignard de Musashi vola droit à la tête de l'agresseur et se ficha dans sa tempe.

– Ah !

L'un des prêtres chargea Musashi avec sa lance. Musashi la saisit et l'empoigna solidement d'une main.

Un autre cri d'agonie retentit. Se demandant si ses assaillants se battaient entre eux, Musashi s'efforçait d'y voir clair. L'autre prêtre visa soigneusement avec sa lance et se précipita vers lui. Musashi attrapa aussi la seconde lance qu'il immobilisa sous son bras droit.

– Sautez-lui dessus, maintenant ! cria l'un des prêtres, en se rendant compte que Musashi avait les mains occupées.

D'une voix de stentor, Musashi cria :

– Qui êtes-vous ? Nommez-vous, ou je vous considérerai tous comme des ennemis. C'est honteux répandre du sang sur ce sol sacré, mais il se peut qu je n'aie pas le choix.

Musashi fit tournoyer les lances autour de lui et envoya les deux prêtres dans deux directions différentes ; il dégaina et en acheva un avant qu'il eût cessé de rouler. En tournant sur lui-même, il se trouva face à trois autres lames, alignées en travers de l'étroit sentier. Sans reprendre haleine, il s'avança vers elles, menaçant, pas à pas. Deux autres hommes sortirent de l'ombre et prirent place, épaule contre épaule, à côté des trois premiers. Tandis que Musashi s'avançait et que ses adversaires reculaient, il aperçut l'autre prêtre lancier qui avait récupéré son arme et poursuivait Iori.

– ... Arrête, assassin !

Mais sitôt que Musashi se fut détourné pour porter secours à Iori, les cinq hommes poussèrent un hurlement et chargèrent. Musashi se précipita au-devant d'eux. Cela ressembla à la collision de deux vagues furieuses, mais dont les embruns étaient de sang. Musashi ne cessait de tourbillonner d'un adversaire à l'autre à la vitesse d'un typhon. Deux cris à vous glacer le sang, puis un troisième. Ils s'abattaient comme des arbres morts, chacun fendu par le milieu du torse. Musashi avait son long sabre dans la main droite, son sabre court dans la main gauche. En poussant des cris de terreur, les deux derniers firent demi-tour et prirent la fuite, Musashi sur leurs talons.

– ... Où courez-vous donc ? cria-t-il, et il fendit en deux la tête de l'un avec le sabre court.

Le sang noir jaillit dans l'œil de Musashi. Par réflexe, il leva la main gauche à son visage et, à cet instant, entendit derrière lui un étrange son métallique. Il donna un coup de son long sabre afin de détourner le cours de l'objet, mais l'effet de son acte fut très différent de son intention. Voyant la boule et la chaîne entourant la lame, près de la garde du sabre, il fut saisi d'inquiétude. Musashi venait d'être pris au dépourvu.

– Musashi ! cria Baiken en tendant la chaîne. Tu m'as oublié ?

Musashi le considéra quelques instants avant de s'exclamer :

– Shishido Baiken, du mont Suzuka !

– Tout juste. Mon frère Temma t'appelle de la vallée infernale. Compte sur moi pour t'y expédier sans tarder !

Musashi ne pouvait dégager son sabre. Lentement, Baiken ramenait la chaîne et se rapprochait pour faire usage de la faucille aussi tranchante qu'un rasoir. Tandis que Musashi cherchait un moyen d'utiliser son sabre court, il se rendit compte avec un haut-le-corps que s'il ne s'était battu qu'avec son long sabre, il eût été maintenant tout à fait sans défense.

Baiken avait le cou si gonflé qu'il était presque aussi gros que sa tête. Ahanant, il tirait puissamment sur la chaîne.

Musashi avait commis une faute et le savait. Le fléau était une arme peu courante, mais qu'il connaissait. Des années auparavant, il avait été frappé d'admiration en voyant pour la première fois cette machine infernale entre les mains de l'épouse de Baiken. Mais l'avoir vue était une chose ; savoir s'en défendre en était une autre.

Baiken exultait ; un large sourire mauvais se répandait sur son visage. Musashi savait qu'il n'avait qu'un seul recours : lâcher son long sabre. Il guettait l'instant opportun.

Avec un hurlement féroce, Baiken bondit, la faucille brandie vers la tête de Musashi, qu'il manqua d'un cheveu. Musashi lâcha le sabre. A peine la faucille retirée, la boule arriva en sifflant dans l'air. Puis la faucille, la boule, la faucille...

Eviter la faucille plaçait Musashi en plein sur le

trajet de la boule. Incapable de s'approcher assez pour frapper, il se demandait avec affolement combien de temps il pourrait tenir. Est-ce la fin ? se dit-il.

Trop tard pour s'abriter derrière un arbre. S'il s'y élançait maintenant, il risquait de tomber sur un autre ennemi. Il entendit un cri aigu, plaintif, et songea : Iori ?

Dans son cœur, il considéra le jeune garçon comme perdu.

– Meurs, coquin ! cria-t-on derrière Musashi, puis : Musashi, pourquoi traînez-vous ? Je m'occupe de la vermine qui est derrière vous.

Musashi ne reconnut pas la voix mais décida qu'il pouvait concentrer son attention sur le seul Baiken.

Pour ce dernier, le facteur le plus important était sa distance par rapport à son adversaire ; sa propre efficacité dépendait de la manipulation de la longueur de la chaîne. Si Musashi pouvait reculer d'un pas au-delà de la portée de la chaîne, ou se rapprocher d'un pas, Baiken serait en difficulté. Il fallait veiller à ce que Musashi ne fît ni l'un ni l'autre.

Musashi s'émerveillait de la technique secrète de cet homme et, tandis qu'il s'émerveillait, une chose le frappa soudain : là, se trouvait le principe des deux sabres. La boule fonctionnait comme le sabre de droite ; la faucille, comme celui de gauche.

Il poussa un cri de triomphe : Bien sûr ! C'est ça... c'est le style Yaegaki.

Désormais confiant en la victoire, il bondit en arrière, mettant cinq pas entre eux deux. Il fit passer son sabre dans sa main droite et le lança aussi droit qu'une flèche.

Baiken ploya le corps ; le sabre dévia et alla se planter au pied d'un arbre proche. Mais au cours du mouvement de Baiken, la chaîne s'enroula autour de son torse. Avant qu'il pût même pousser un cri, Musashi se jeta sur lui de tout son poids. Baiken porta la main à la poignée de son sabre, mais

Musashi, par un coup violent sur le poignet, l'empêcha de la saisir. Du même mouvement, il tira l'arme et fendit Baiken en deux comme la foudre fend un arbre.

Quel dommage, se dit Musashi.

– Le coup *karatake* ! s'exclama une voix admirative. Jusqu'au bas du tronc. Comme on fend un bambou. Je n'ai jamais vu ça de ma vie.

Musashi se retourna et dit :

– Comment, mais n'est-ce pas... Gonnosuke de Kiso. Que faites-vous ici ?

– Voilà bien longtemps que nous ne nous sommes vus, n'est-ce pas ? Le dieu de Mitsumine doit avoir organisé cette rencontre, peut-être avec l'aide de ma mère, qui m'a tant appris avant sa mort.

Ils se mirent à bavarder mais Musashi s'interrompit soudain pour crier :

– Iori !

– Il est sain et sauf. Je l'ai tiré des pattes de ce cochon de prêtre et l'ai fait grimper dans un arbre.

Iori, qui les considérait d'une haute branche, ouvrit la bouche pour parler mais, à la place, s'abrita les yeux pour regarder vers un petit plateau, au-delà de l'orée. Kuro, attaché à un arbre, avait saisi entre ses crocs la manche du kimono d'Okō. Elle tirait frénétiquement de son côté. D'un seul coup, la manche céda et Okō s'enfuit.

L'unique survivant parmi les ennemis, l'autre prêtre, avançait en boitant, pesamment appuyé sur sa lance ; du sang coulait d'une blessure à la tête. Le chien, peut-être affolé par l'odeur du sang, se mit à faire un vacarme effrayant. Un temps, les échos de ses aboiements se démultiplièrent ; bientôt, la corde céda et le chien se mit à la poursuite d'Okō. Lorsqu'il fut à la hauteur du prêtre, celui-ci leva sa lance et visa l'animal à la tête. Blessé au cou, il se sauva dans les bois.

– Cette femme est en train de s'enfuir ! cria Iori.

– Tant pis. Maintenant, tu peux descendre.

– Il y a un prêtre blessé, là-bas. Ne devriez-vous pas l'attraper ?

– Oublie-le. Il n'a plus d'importance.

– La femme doit être celle de la maison de thé Oinu, dit Gonnosuke.

Et il expliqua sa présence, la coïncidence providentielle qui lui avait permis de venir au secours de Musashi. Profondément reconnaissant, ce dernier lui demanda :

– Avez-vous tué l'homme au mousquet ?

– Non, répondit Gonnosuke en souriant. Pas moi ; mon gourdin. Je savais que d'ordinaire vous pouviez vous charger de ce genre de personnes ; mais puisqu'ils entendaient se servir d'une arme à feu, j'ai décidé d'intervenir. Alors, je suis arrivé ici avant eux pour avoir le temps de me glisser derrière l'homme pendant qu'il faisait encore sombre.

Ils examinèrent les cadavres. Sept avaient été tués au bâton, seulement cinq au sabre. Musashi déclara :

– Je n'ai fait que me défendre mais ce terrain appartient au sanctuaire. Je crois que je ne devrais pas manquer d'exposer l'affaire au représentant du gouvernement.

En redescendant de la montagne, ils rencontrèrent un contingent de fonctionnaires armés au pont de Kosaruzawa. Musashi raconta son histoire. Le capitaine écouta, la mine perplexe, mais n'en ordonna pas moins de ligoter Musashi sur-le-champ.

Ce dernier, choqué, en demanda la raison.

– Allez ! cria le capitaine.

Quelle que fût l'irritation de Musashi d'être traité en criminel, une seconde surprise l'attendait. Plus bas, au flanc de la montagne, se tenaient d'autres fonctionnaires. Lorsqu'ils furent en ville, sa garde ne comprenait pas moins d'une centaine d'hommes.

– Allons, assez pleuré, dit Gonnosuke en serrant Iori contre sa poitrine. Tu es un homme, non ?

– C'est parce que je suis un homme... que je pleure.

Il leva la tête, ouvrit la bouche toute grande et hurla vers le ciel.

– Ils n'ont pas arrêté Musashi. C'est lui qui s'est rendu.

Les paroles d'apaisement de Gonnosuke masquaient sa propre inquiétude.

– ... Allons, partons à présent.

– Non ! Pas avant qu'ils le ramènent.

– Ils le relâcheront bientôt. Ils ne pourront faire autrement. Tu veux donc que je te laisse tout seul ici ?

Gonnosuke s'éloigna de quelques pas.

Iori ne bougea pas. A cet instant, le chien de Baiken jaillit des fourrés, le museau ensanglanté.

– Au secours ! cria Iori en courant se réfugier près de Gonnosuke.

– Tu n'en peux plus, hein ? Ecoute : veux-tu que je te porte sur mon dos ?

Enchanté, Iori marmonna des remerciements, grimpa sur le dos si gentiment offert et entoura de ses bras les larges épaules.

A la fin de la fête, la veille, les visiteurs étaient repartis. Une brise légère poussait des écorces de bambou et des bouts de papier le long des rues désertes.

En passant devant la maison de thé Oinu, Gonnosuke jeta un coup d'œil à l'intérieur, désireux de ne pas se faire remarquer. Mais Iori s'exclama de sa voix flûtée :

– Voilà la femme qui s'est enfuie !

– Je pensais bien la trouver ici.

Il s'arrêta et se demanda tout haut :

– ... Si les fonctionnaires ont arrêté Musashi, pourquoi ne l'ont-ils pas arrêtée, elle aussi ?

Quand Okō vit Gonnosuke, ses yeux étincelèrent de colère. Comme elle paraissait rassembler en hâte ses affaires, Gonnosuke lui demanda en se moquant :

– ... On part en voyage ?

– Ça ne vous regarde pas. Ne croyez pas que je ne sache pas qui vous êtes, mouchard. C'est vous qui avez tué mon mari !

– Vous l'avez cherché.

– J'aurai ma vengeance un de ces jours.

– Diablesse ! cria Iori par-dessus la tête de Gonnosuke.

Okō se retira dans l'arrière-salle avec un rire de mépris :

– Vous avez du toupet de dire du mal de moi, alors que vous êtes les voleurs qui avez cambriolé le trésor.

– Qu'est-ce que c'est que cette histoire ?

Gonnosuke laissa glisser Iori à terre pour entrer dans la maison de thé.

– ... Qui traitez-vous de voleurs ?

– Je vois clair dans votre jeu.

– Répétez ce que vous venez de dire.

– *Voleurs !*

Alors que Gonnosuke l'attrapait par le bras, elle se retourna et le frappa d'un poignard. Sans recourir à son gourdin, il lui arracha le poignard et l'envoya s'étaler dans la rue. Elle se releva d'un bond et hurla :

– Au secours ! Au voleur ! On m'attaque !

Gonnosuke visa et lança le poignard. Il s'enfonça dans le dos et la pointe ressortit par-devant. Okō s'abattit, face contre terre.

Surgi de nulle part, Kuro bondit sur le corps ; d'abord, il lapa voracement le sang, puis leva la tête pour hurler à la lune.

– Regardez ses yeux ! s'exclama Iori, horrifié.

Les appels au secours d'Okō étaient parvenus aux oreilles des villageois surexcités. Un peu avant l'aube, on s'était introduit par effraction dans le trésor du temple. Il s'agissait manifestement de gens du dehors : le trésor religieux – sabres et miroirs anciens, etc. – avait été laissé intact, mais une fortune en poudre d'or, or en barres et espèces, accumulée sur plusieurs années, manquait. La nouvelle, qui avait filtré lentement, n'était pas encore confirmée. L'effet du cri d'Okō, preuve la plus tangible jusque-là, fut électrisant.

– Les voilà !

– A l'Oinu !

Ces cris attirèrent une foule encore plus vaste, armée d'épieux de bambou, de fusils à sanglier, de gourdins et de pierres. En un rien de temps, on eût dit que tout le village, assoiffé de sang, cernait la maison de thé.

Gonnosuke et Iori s'enfuirent par-derrière et, durant les quelques heures qui suivirent, passèrent d'une cachette à l'autre. Mais ils tenaient maintenant une explication : on avait arrêté Musashi non pour le « crime » qu'il était sur le point d'avouer mais comme voleur. Ils n'échappèrent aux derniers de leurs poursuivants qu'au col de Shōmaru.

– D'ici, on peut voir la plaine de Musashi, dit Iori. Je me demande ce que devient mon maître.

– Hum... Je suppose qu'il est en prison à l'heure qu'il est et qu'on l'interroge.

– N'y a-t-il pas moyen de le tirer de là ?

– Il doit y en avoir un.

– Je vous en prie, faites quelque chose !

– Inutile de supplier. Pour moi aussi, il est une sorte de maître. Mais, Iori, tu ne sers pas à grand-chose ici. Es-tu capable de rentrer seul chez toi ?

– Je pense, s'il le faut.

– Bon.

– Et vous ?

– Je retourne à Chichibu. S'ils refusent de relâcher Musashi, je le tirerai de là par un moyen quelconque. Même si je dois pour cela démolir la prison.

Pour souligner son propos, il frappait le sol de son gourdin. Iori, témoin de la puissance de cette arme, s'empressa d'acquiescer.

– ... Voilà un garçon raisonnable. Retourne surveiller les affaires jusqu'à ce que je ramène Musashi sain et sauf.

Il prit son gourdin sous son bras et se remit en route vers Chichibu. Iori ne souffrait pas de la solitude ; il n'avait pas peur et ne craignait pas de se perdre. Mais il avait affreusement sommeil et, tout en cheminant sous le soleil brûlant, à peine pouvait-il garder les yeux ouverts. A Sakamoto, il vit un Bouddha de pierre au bord du chemin et se coucha dans son ombre.

Lorsqu'il se réveilla, le soir tombait ; il entendait parler à voix basse, de l'autre côté de la statue. Pour ne pas paraître indiscret, il feignit de continuer à dormir.

Ils étaient deux, l'un assis sur une souche et l'autre sur une pierre. Attachés à un arbre, non loin de là, deux chevaux portaient des coffres laqués suspendus de chaque côté de leur selle. Une étiquette en bois, fixée à l'un des coffres, indiquait : « Province de Shimotsuke. Pour la construction de l'enceinte ouest. Fournisseur de laque du Shōgun. »

Aux yeux de Iori, qui les épiait maintenant de l'autre côté de la statue, ils ne ressemblaient pas aux habituels fonctionnaires bien nourris des châteaux. Ils avaient le regard trop aigu, le corps trop musclé. Le plus vieux était un homme vigoureux de plus de cinquante ans. Les derniers rayons du soleil se reflétaient sur son bonnet qui descendait sur les deux oreilles et faisait saillie devant, cachant ses traits.

Son compagnon était un adolescent mince et nerveux ; il portait sur le devant une mèche qui seyait à son visage enfantin. Il avait la tête couverte d'une serviette nouée sous le menton.

– Que dis-tu des coffres de laque ? demanda le plus jeune. Bonne idée, hein ?

– Oui, c'était astucieux de nous présenter comme mêlés aux travaux du château. Je n'aurais jamais trouvé ça tout seul.

– Il va falloir que je t'enseigne ces choses-là, petit à petit.

– Attention. Ne commence pas à te moquer de tes aînés. Mais qui sait ? peut-être que dans quatre ou cinq ans, le vieux Daizō sera à tes ordres.

– Il est vrai que la jeunesse grandit. Les vieux ne font que vieillir, quels que soient leurs efforts pour rester jeunes.

– Tu crois que c'est mon cas ?

– Ça saute aux yeux, non ? Tu ne penses qu'à ton âge ; voilà pourquoi tu tiens tellement à voir ta mission accomplie.

– Tu me connais fort bien, il me semble.

– Nous partons ?

– Oui ; la nuit nous rattrape.

– Je n'ai pas envie d'être rattrapé.

– Ha ! ha ! Si tu t'effraies aussi facilement, tu ne peux avoir grande confiance en ce que tu fais.

– Il n'y a pas si longtemps que je suis dans le métier. Même le bruit du vent me rend nerveux, quelquefois.

– Parce que tu continues à te prendre pour un voleur ordinaire. Si tu gardes présent à l'esprit que tu fais cela dans l'intérêt du pays, tout ira bien.

– Tu dis toujours ça. Je te crois, mais quelque chose me dit sans arrêt que je fais le mal.

– Il faut avoir le courage de tes convictions.

Pourtant, l'admonestation manquait de conviction, comme si Daizō se fût rassuré lui-même. L'adolescent sauta souplement en selle et partit en avant.

– Garde l'œil sur moi, cria-t-il en se retournant. Si je vois quoi que ce soit, je te ferai signe.

La route descendait longuement vers le sud. Une minute, Iori les observa de derrière le Bouddha de pierre, puis résolut de les suivre. D'une façon quelconque, l'idée s'était imposée à lui qu'il s'agissait là des voleurs du trésor.

Une ou deux fois, ils regardèrent en arrière avec circonspection. Ils ne parurent pas trouver qu'il y avait lieu de s'inquiéter et semblèrent oublier Iori au bout d'un moment. Bientôt, il fit trop sombre pour voir à plus de quelques mètres devant soi. Les deux cavaliers se trouvaient presque à la lisière de la plaine de Musashino quand l'adolescent désigna quelque chose de la main et dit :

– ... Là, chef, voilà les lumières d'Ōgimachiya.

La route devenait plane. Non loin devant eux, la rivière Iruma, serpentant comme une obi jetée sur le sol, brillait d'une lueur argentée au clair de lune. Maintenant, Iori veillait à passer inaperçu. L'idée que ces hommes étaient les voleurs était devenue certitude ; or, depuis l'époque de Hōtengahara, il n'ignorait rien des bandits. Les bandits étaient de méchants hommes qui se livreraient à des voies de fait pour un seul œuf ou une poignée de haricots rouges. Le meurtre gratuit n'était rien à leurs yeux. Ils entrèrent bientôt dans la ville d'Ōgimachiya. Daizō leva le bras et dit :

– Jōta, arrêtons-nous ici pour manger un morceau. Il faut nourrir les chevaux et j'ai envie de fumer.

Ils attachèrent les chevaux devant une boutique faiblement éclairée où ils entrèrent. Jōta se posta près de la porte et ne quitta pas les coffres du regard durant tout le temps qu'il mangea. Quand il eut terminé, il sortit nourrir les chevaux.

Iori entra dans un magasin d'alimentation situé en

face et, quand les deux cavaliers repartirent, il fit glisser sa dernière poignée de riz dans sa main et la mangea en marchant.

Maintenant, ils chevauchaient côte à côte ; la route était sombre, mais plane.

– ... Jōta, as-tu envoyé un courrier à Kiso ?

– Oui, je m'en suis chargé.

– Quelle heure leur as-tu dit ?

– Minuit. Nous devrions arriver à l'heure.

Dans la nuit silencieuse, Iori surprit assez de leurs propos pour apprendre que Daizō appelait son compagnon d'un nom d'enfant, alors que Jōta nommait son aîné « chef ». Cela signifiait peut-être uniquement qu'il était chef de bande ; pourtant, Dieu sait pourquoi, Iori eut l'impression qu'ils étaient père et fils. Ce qui faisait d'eux non de simples bandits mais des bandits héréditaires, des hommes très dangereux qu'il ne parviendrait jamais à capturer seul. Toutefois, s'il arrivait à les filer assez longtemps, il pourrait signaler aux autorités l'endroit où ils se trouvaient.

La ville de Kawagoe dormait profondément. Ayant dépassé des rangées de maisons obscures, les deux cavaliers quittèrent la grand-route et se mirent à gravir une colline. En bas, une borne montrait le sommet et indiquait : « Forêt de la Butte aux Têtes enfouies ».

Iori grimpa à travers les buissons, le long du sentier, et parvint au sommet le premier. Il y avait là un grand pin isolé auquel un cheval était attaché. Accroupis au pied de l'arbre, trois hommes habillés comme des rōnins, bras croisés sur les genoux, regardaient impatiemment en direction du sentier. A peine Iori s'était-il blotti lui-même dans une cachette que l'un des hommes se leva et dit :

– C'est bien Daizō.

Tous trois s'élancèrent et échangèrent des salutations joviales. Daizō et ses complices ne s'étaient pas rencontrés depuis près de quatre ans. Rapidement, ils se mirent à l'ouvrage. Sous la direction de Daizō, ils déplacèrent une énorme pierre et entreprirent de creuser. La terre s'amoncela d'un côté, une grande quantité d'or et d'argent de l'autre. Jōta déchargea les coffres des chevaux et en déversa le contenu qui, ainsi que l'avait soupçonné Iori, représentait le trésor manquant du sanctuaire de Mitsumine. S'ajoutant à la cachette précédente, le butin total devait s'élever à des dizaines de milliers de *ryos*.

Les métaux précieux, déversés dans des sacs de paille ordinaires, furent chargés sur trois chevaux. Les coffres laqués vides, ainsi que d'autres objets qui avaient joué leur rôle, furent jetés dans le trou. Une fois le sol bien égalisé, la pierre retrouva sa position première.

– Ça devrait suffire, déclara Daizō. C'est l'heure de la pipe.

Il s'assit au pied du pin et sortit sa pipe. Les autres époussetèrent leurs vêtements et le rejoignirent. Durant les quatre ans de son prétendu pèlerinage, Daizō avait parcouru le moindre pouce de la plaine de Kantō. Il y avait peu de temples ou de sanctuaires sans une plaque attestant sa générosité proverbiale. Le plus étrange, c'est que nul n'eût songé à s'enquérir de l'origine de tout cet argent dispensé en tout lieu.

Daizō, Jōtarō et les trois hommes de Kiso restèrent assis en cercle près d'une heure, à faire des projets d'avenir. Qu'il fût maintenant risqué pour Daizō de retourner à Edo ne faisait aucun doute, mais l'un d'eux devait pourtant s'y rendre. Il y avait de l'or à récupérer dans l'entrepôt de Shibaura et des documents à brûler. De plus, il fallait faire quelque chose d'Akemi.

Juste avant l'aube, Daizō et les trois hommes commencèrent à descendre la grand-route de Kōshū vers Kiso. Jōtarō, à pied, prit la direction opposée.

Les étoiles que Iori contemplait ne donnaient aucune réponse à sa question : Lequel suivre ?

Sous le ciel automnal d'un bleu transparent, les puissants rayons du soleil d'après-midi semblaient pénétrer dans le corps de Jōtarō. La tête pleine du rôle qu'il allait jouer dans l'époque à venir, il flânait à travers la plaine de Musashino comme si elle lui avait appartenu.

Il jeta derrière lui un regard un peu craintif et se dit : Il est encore là.

Croyant que le jeune garçon voulait peut-être lui parler, il s'était déjà arrêté deux fois mais l'autre n'avait pas fait mine de le rattraper.

Il résolut d'en avoir le cœur net, choisit un buisson et s'y cacha.

Quand Iori atteignit le segment de route où il avait pour la dernière fois vu Jōtarō, il jeta autour de lui des regards anxieux. Brusquement, Jōtarō se dressa et l'appela :

– Eh, là-bas, petit !

Iori tressaillit mais fut prompt à se remettre. Sachant qu'il ne pouvait s'en tirer, il dépassa l'autre et lui demanda nonchalamment :

– Que me veux-tu ?

– Tu me suis, n'est-ce pas ?

– Mais non, répondit Iori en secouant une tête innocente. Je vais à Jūnisō Nakano.

– Tu mens ! Tu me suivais.

– Je ne sais pas ce que tu veux dire.

Iori allait prendre la fuite quand Jōtarō le rattrapa par le pan de son kimono.

– Parle !

– Mais... je... je ne sais rien.

– Menteur ! dit Jōtarō en resserrant son emprise. Quelqu'un t'a envoyé à ma poursuite. Tu es un mouchard !

– Et toi... tu es un sale voleur !

– Quoi ? vociféra Jōtarō dont la face touchait presque celle de Iori.

Ce dernier se courba presque jusqu'au sol et s'échappa.

Jōtarō hésita un instant et se lança à sa poursuite.

D'un côté, Iori apercevait des toits de chaume, disséminés comme des nids de guêpes. Il courut à travers un champ d'herbe rougeâtre, écrasant sous ses pieds plusieurs taupinières poudreuses.

– Au secours ! Au secours ! Au voleur ! criait Iori.

Le petit village où il entrait était habité par des familles chargées de lutter contre les incendies de la plaine. Iori entendait le marteau et l'enclume d'un forgeron. Des gens s'élançaient d'étables obscures ou de maisons où séchaient des kakis suspendus. En agitant les bras, Iori haletait :

– ... L'homme au foulard... qui me poursuit... est un voleur... Capturez-le. Je vous en prie !... Oh ! oh ! le voilà.

Les villageois ouvraient des yeux ronds ; certains regardaient avec effroi les deux adolescents mais, à la grande consternation de Iori, nul ne faisait un geste pour capturer Jōtarō.

– ... C'est un voleur ! Il a cambriolé le temple !

Il s'arrêta au milieu du village, conscient du fait que ses seuls cris troublaient la paisible atmosphère. Puis il reprit ses jambes à son cou et trouva une cachette où reprendre haleine.

Jōtarō ralentit prudemment jusqu'à marcher à une allure pleine de dignité. Les villageois regardaient en silence. Il n'avait certes l'air ni d'un voleur ni d'un rōnin qui prépare quelque mauvais coup ; en réalité, il ressemblait à un adolescent franc comme l'or, incapable de faire du mal à une mouche.

Dégoûté de voir les villageois – des adultes ! – refuser d'affronter un voleur, Iori décida de revenir en hâte à Nakano où, du moins, il pourrait exposer son affaire à des gens qu'il connaissait.

Il quitta la route et s'élança à travers la plaine. Lorsqu'il aperçut le petit bois de cryptomerias derrière la maison, il n'y avait plus qu'un kilomètre et demi à parcourir. Soulagé, il changea de vitesse : du trot au galop.

Soudain, il vit qu'un homme aux deux bras écartés lui barrait la route.

Il n'avait pas le temps de s'expliquer comment Jōtarō l'avait devancé, mais il était maintenant sur son propre terrain. Il sauta en arrière et tira son sabre.

– Gredin ! cria-t-il.

Jōtarō bondit en avant, les mains nues, et saisit Iori au collet ; mais le jeune garçon se dégagea et s'écarta de dix pas.

– Maudit ! marmonna Jōtarō en sentant un sang chaud couler sur son bras droit d'une entaille de cinq bons centimètres.

Iori se mit en garde et se concentra sur la leçon que Musashi lui avait serinée. Les yeux... les yeux... les yeux... Sa force devait se concentrer dans ses pupilles brillantes ; tout son être semblait ramassé dans une paire d'yeux étincelants. Jōtarō détourna les siens et dégaina son propre sabre.

– ... Je vais te tuer, gronda-t-il.

Iori, dont le coup qu'il avait porté redoublait le courage, chargea ; son attaque était celle qu'il avait toujours pratiquée contre Musashi.

Jōtarō réfléchissait. Il n'avait pas cru Iori capable de se servir d'un sabre ; désormais, il mit toutes ses forces dans le combat. Dans l'intérêt de ses compagnons, il devait écarter cet enfant indiscret. Paraissant ignorer l'assaut de Iori, il s'avança et frappa méchamment, mais en vain.

Après deux ou trois assauts, Iori fit demi-tour, courut, s'arrêta et chargea de plus belle. Quand Jōtarō para, il se retira de nouveau, encouragé de voir que sa stratégie réussissait. Il attirait l'adversaire sur son propre terrain. S'arrêtant pour reprendre haleine, Jōtarō embrassa du regard le bois sombre et cria :

– ... Où es-tu donc, petit imbécile ?

Une averse d'écorce et de feuilles lui répondit. Jōtarō leva la tête et cria : « Je te vois ! » bien qu'en réalité, à travers le feuillage, il ne vît que deux étoiles. Jōtarō se mit à grimper en direction du bruit de froissement que faisait Iori en s'avançant sur une grosse branche. A partir de là, hélas ! il n'y avait nulle part où aller.

– ... Maintenant, je te tiens. A moins que tu n'aies des ailes, tu ferais mieux de renoncer. Sinon, tu es mort.

Iori revint en silence à la fourche de deux branches. Jōtarō grimpait lentement et prudemment. Lorsqu'il tendit la main pour le saisir, Iori s'éloigna de nouveau. Avec un grognement, Jōtarō empoigna une branche à deux mains et commença à se hisser en l'air, fournissant à Iori l'occasion qu'il avait attendue. D'un coup sonore, son sabre frappa la branche sur laquelle était Jōtarō. Elle se rompit et Jōtarō tomba au sol comme une pierre.

– Qu'est-ce que tu penses de ça, voleur ? triompha Iori.

Sa chute ayant été amortie par des branches basses, Jōtarō n'eut de blessure grave que d'amour-propre. Il jura et recommença à grimper, cette fois à la vitesse d'une panthère. Lorsqu'il fut de nouveau sous les pieds de Iori, ce dernier fit des moulinets de son sabre pour l'empêcher d'approcher.

Ils se trouvaient dans cette situation sans issue quand les sons plaintifs d'un *shakuhachi* leur parvinrent aux oreilles. Un instant, tous deux s'arrêtèrent pour écouter. Puis Jōtarō décida de tenter de raisonner son adversaire :

– Bon, dit-il, tu te bats mieux que je ne m'y

attendais. Je t'admire. Si tu me dis qui t'a demandé de me suivre, je te laisse aller.

– Avoue que tu es battu !

– Tu perds la tête ?

– Je ne suis peut-être pas bien grand mais je suis Misawa Iori, l'unique disciple de Miyamoto Musashi. Demander merci serait une unique insulte à la réputation de mon maître. Renonce !

– Quoi ? fit Jōtarō, incrédule. Répète ?

Il avait une voix aiguë, incertaine.

– Ecoute-moi bien, dit Iori avec orgueil. Je suis Misawa Iori, l'unique disciple de Miyamoto Musashi. Ça t'étonne ?

Jōtarō était disposé à s'avouer vaincu. Avec un mélange de doute et de curiosité, il demanda :

– Comment va mon maître ? Il va bien ? Où est-il ?

Stupéfait, quoique se maintenant à distance respectueuse de Jōtarō qui se rapprochait, Iori s'écria :

– *Sensei* n'aurait jamais eu un voleur pour disciple.

– Ne me traite pas de voleur. Musashi ne t'a jamais parlé de Jōtarō ?

– Jōtarō ?

– Si tu es réellement le disciple de Musashi, tu dois l'avoir entendu citer mon nom à un moment ou à un autre. J'avais à peu près ton âge, alors.

– Tu mens.

– Non. C'est la vérité.

Envahi de nostalgie, Jōtarō tendit la main vers Iori et tenta d'expliquer qu'ils devaient être amis puisqu'ils étaient disciples du même maître. Encore circonspect, Iori lui envoya un coup dans les côtes.

En équilibre précaire entre deux branches, Jōtarō parvint tout juste à saisir Iori par le poignet. Pour une raison quelconque, Iori lâcha la branche à laquelle il s'accrochait. Ils tombèrent ensemble, atterrirent l'un sur l'autre et perdirent connaissance.

Dans la nouvelle maison de Musashi la lumière était visible de toutes les directions : bien que le toit fût en place, les murs n'avaient pas encore été construits.

Takuan, arrivé la veille en visite, avait résolu d'attendre le retour de Musashi. Ce jour-là, tout de suite après la tombée de la nuit, sa solitude avait été troublée par un prêtre mendiant qui demandait de l'eau chaude afin de préparer son souper.

Après son maigre repas de boulettes de riz, le vieux prêtre avait pris sur lui de jouer de son *shakuhachi* à l'intention de Takuan ; il maniait son instrument de manière hésitante, en amateur. Pourtant, cette musique impressionna Takuan : elle exprimait un sentiment authentique, quoique sur un mode fruste comme ces poèmes écrits par des non-poètes. Takuan croyait aussi pouvoir reconnaître l'émotion que l'interprète essayait d'arracher à son instrument. C'était le remords, de la première fausse note à la dernière : un cri plaintif de repentir.

Il semblait que ce fût l'histoire de la vie de cet homme ; mais alors, se dit Takuan, elle ne pouvait être tellement différente de la sienne propre. Grand homme ou non, la vie intérieure ne différait guère de l'un à l'autre. Aux yeux de Takuan, lui-même et son compagnon étaient fondamentalement un faisceau d'illusions dans une enveloppe de peau humaine.

– Il me semble vraiment vous avoir déjà vu quelque part, murmura Takuan, songeur.

Le prêtre cligna de ses yeux presque aveugles et répondit :

– Maintenant que vous en parlez, j'ai cru reconnaître votre voix. N'êtes-vous pas Takuan Sōhō de Tajima ?

La mémoire de Takuan lui revint. Rapprochant la lampe du visage de l'homme, il dit :

– Vous êtes Aoki Tanzaemon, n'est-ce pas ?

– Alors, vous êtes bien Takuan ! Oh ! je voudrais

me glisser dans un trou de souris pour cacher cette misérable chair !

– Que c'est étrange, de nous rencontrer dans un pareil endroit ! Près de dix ans se sont écoulés depuis l'époque du Shippōji, n'est-ce pas ?

– Penser à cette époque me donne froid dans le dos.

Avec raideur il ajouta :

– ... Maintenant que j'en suis réduit à errer dans les ténèbres, ce misérable sac d'os ne tient debout que grâce à la pensée de mon fils.

– Vous avez un fils ?

– On m'a dit qu'il était avec cet homme que l'on avait ligoté dans le vieux cryptomeria. Takezō, c'est bien ça ? Il paraît qu'on l'appelle maintenant Miyamoto Musashi. On raconte que tous deux sont venus dans l'Est.

– Vous voulez dire que votre fils est le disciple de Musashi ?

– Voilà ce que l'on raconte. J'avais tellement honte ! Je ne pouvais affronter Musashi ; aussi ai-je résolu de chasser l'enfant de mon esprit. Mais aujourd'hui... il a dix-sept ans cette année. Si seulement je pouvais le voir une seule fois, voir quel genre d'homme il va devenir, je serais prêt à accepter la mort.

– Ainsi, Jōtarō est votre fils. Je l'ignorais, dit Takuan.

Tanzaemon acquiesça de la tête. Dans ce corps desséché, rien ne rappelait plus le fier capitaine qui convoitait Otsū. Takuan le considérait avec pitié, peiné de le voir aussi tourmenté par le remords.

Se rendant compte que malgré ses habits de prêtre il lui manquait jusqu'au réconfort de la foi religieuse, Takuan décida que la première chose à faire était de l'amener face à face avec le Bouddha Amida, dont l'infinie compassion sauve même ceux qui sont coupables des dix méfaits et des cinq péchés mortels. Une fois guéri de son désespoir, il aurait tout le temps de rechercher Jōtarō. Takuan lui donna le nom d'un temple zen d'Edo.

– ... Si vous leur dites que c'est moi qui vous envoie, ils vous garderont aussi longtemps que vous le souhaiterez. Dès que j'en aurai le temps, je viendrai vous rendre visite et nous aurons une longue conversation. J'ai une idée de l'endroit où se trouve peut-être votre fils. Je ferai tout mon possible pour que vous le voyiez dans un assez proche avenir. D'ici là, cessez de vous tourmenter. Même à plus de cinquante ou soixante ans, l'homme peut encore connaître le bonheur, voire faire œuvre utile. Vous avez peut-être encore nombre d'années à vivre. Parlez-en avec les prêtres quand vous serez au temple.

Takuan mit Tanzaemon à la porte, sans cérémonie et sans manifester la moindre sympathie ; mais Tanzaemon eut l'air d'apprécier cette attitude dénuée de toute sentimentalité. Après maintes révérences de gratitude, il prit son chapeau de roseau et son *shakuhachi*, et il s'en fut.

De crainte de glisser, Tanzaemon choisit de traverser le bois où le sentier était moins abrupt. Bientôt, sa canne heurta un obstacle. Il tâtonna et eut la surprise de trouver deux corps qui gisaient sans mouvement sur le sol humide. Il revint en hâte à la cabane :

– Takuan ! Pouvez-vous m'aider ? Dans le bois, j'ai trouvé deux jeunes garçons évanouis.

Takuan sortit. Tanzaemon poursuivait :

– ... Je n'ai pas de médicaments avec moi et je n'y vois pas assez pour aller leur chercher de l'eau.

Takuan chaussa ses sandales et cria vers le bas de la colline. Sa voix portait. Un fermier répondit, lui demandant ce qu'il voulait. Takuan lui dit d'apporter une torche, des renforts et de l'eau. En attendant, il déclara à Tanzaemon que la route constituait le meilleur chemin et la lui décrivit en détail. A mi-pente, Tanzaemon croisa les hommes qui montaient.

Quand Takuan arriva avec les fermiers, Jōtarō, revenu à lui, était assis sous un arbre, l'air hébété. La main sur le bras de Iori, il se demandait s'il devait le ranimer pour apprendre ce qu'il voulait savoir ou décamper sans attendre. A la vue de la torche, il réagit comme un oiseau de nuit, les muscles tendus, prêt à fuir.

– Que se passe-t-il ? demanda Takuan.

Comme il y regardait de plus près, son intérêt inquisiteur se mua en surprise, une surprise au moins égale à celle de Jōtarō. Le jeune homme était beaucoup plus grand que l'enfant qu'avait connu Takuan, et son visage était fort changé.

– ... Tu es Jōtarō, n'est-ce pas ?

L'adolescent posa les deux mains par terre et se prosterna.

– Oui, répondit-il avec hésitation, presque avec frayeur.

Il avait reconnu Takuan aussitôt.

– Eh bien, je dois dire que tu es devenu un beau jeune homme.

Tournant son attention vers Iori, il l'entoura de son bras et s'assura qu'il vivait encore. Iori reprit connaissance et, après avoir, durant quelques secondes, promené autour de lui des regards curieux, éclata en sanglots.

– ... Qu'est-ce qu'il y a ? demanda Takuan d'un ton apaisant. Es-tu blessé ?

Iori secoua la tête et larmoya :

– Je ne suis pas blessé. Mais ils ont emmené mon maître. Il est à la prison de Chichibu.

Takuan avait du mal à comprendre Iori à travers ses hoquets mais, bientôt, l'essentiel de l'histoire lui devint clair. Takuan, s'avisant de la gravité de la situation, s'en affecta presque autant que Iori. Jōtarō se trouvait lui aussi dans un état de profonde agitation. D'une voix tremblante, il déclara brusquement :

– Takuan, j'ai quelque chose à vous dire. Pourrions-nous nous retirer pour parler ?

– Il est un des voleurs, dit Iori. Ne le croyez pas. Il ne vous dira que des mensonges.

Il tendait vers Jōtarō un index accusateur ; ils se foudroyaient tous deux du regard.

– Silence, l'un et l'autre. C'est à moi de décider qui a tort et qui a raison.

Takuan les emmena à la maison et leur ordonna de faire un feu au-dehors. S'asseyant près du feu, Takuan les fit asseoir de même. Iori hésitait : son expression disait fort clairement qu'il n'avait aucune intention d'être aimable avec un voleur. Mais, voyant Takuan et Jōtarō s'entretenir amicalement du bon vieux temps, il éprouva de la jalousie et s'assit à contrecœur auprès d'eux.

Jōtarō baissa la voix et, comme une femme qui confesse ses péchés devant le Bouddha, devint très grave :

– Voilà quatre ans que je reçois les enseignements d'un homme appelé Daizō. Il vient de Narai, dans la province de Kiso. Je connais ses aspirations et ce qu'il veut faire pour le monde. J'accepterais de mourir pour lui, s'il le fallait. Et voilà pourquoi j'ai essayé de l'aider dans son travail... Mon Dieu, ça fait réellement du mal d'être traité de voleur. Pourtant, je suis toujours le disciple de Musashi. J'ai beau être séparé de lui, je n'ai jamais un seul jour été séparé de lui en esprit.

Il se hâta de poursuivre, sans attendre qu'on l'interrogeât :

– ... Daizō et moi, nous avons juré par les dieux du ciel et de la terre de ne révéler à personne quel est notre but dans la vie. Je ne puis même pas vous le dire à vous. Pourtant, je ne peux rester les bras croisés alors qu'on jette Musashi en prison. J'irai demain à Chichibu, et j'avouerai.

– Alors, c'est toi et Daizō qui avez cambriolé le trésor, dit Takuan.

– Oui, répondit Jōtarō sans le moindre signe de contrition.

– Alors, tu es bien un voleur, dit Takuan.

Jōtarō baissa la tête afin d'éviter les yeux de Takuan.

– Non, non, murmura-t-il. Nous ne sommes pas des cambrioleurs ordinaires.

– J'ignorais qu'il existât plusieurs variétés de voleurs.

– Eh bien, ce que j'essaie d'exprimer, c'est que nous ne faisons pas ces choses dans notre propre intérêt. Nous les faisons pour le peuple. Il s'agit de déplacer des fonds publics dans l'intérêt du public.

– Je ne comprends rien à ce genre de raisonnement. Veux-tu dire que tes vols sont des délits vertueux ? Veux-tu dire que tu ressembles aux bandits héroïques des romans chinois ? Si oui, il s'agit d'une piètre imitation.

– Je ne puis répondre à cela sans révéler mon accord secret avec Daizō.

– Ha ! ha ! Tu t'en tires à bon compte, hein ?

– Parlez toujours. Je n'avouerai que pour sauver Musashi.

– Musashi est innocent. Que tu avoues ou non, on finira bien par le relâcher. Il me paraît beaucoup plus important pour toi de te présenter devant le Bouddha. Prends-moi pour intermédiaire, et fais-lui ta confession.

– Le Bouddha ?

– Tu m'as bien entendu. Si je te comprends bien, tu fais quelque chose de grand pour le compte d'autrui. En réalité, tu te mets avant les autres. Il ne t'est pas venu à l'esprit que tu laisses bon nombre de gens dans le malheur ?

– On ne pense pas à soi lorsqu'on travaille pour la société.

– Imbécile ! s'écria-t-il en envoyant à Jōtarō un bon coup de poing dans la mâchoire. Le soi est la base de toute chose. Toute action est une manifestation du soi. Un être qui ne se connaît pas lui-même ne peut rien faire pour autrui.

– Ce que je voulais dire... c'est que je n'agissais pas pour satisfaire mes propres désirs.

– Silence ! Tu ne vois donc pas que tu n'es guère adulte ? Il n'y a rien de plus affreux qu'un bienfaiteur à moitié mûr qui ne sait rien du monde, mais prend sur soi de dire au monde ce qui est bon pour lui. Inutile de m'en dire davantage sur ce que vous faites, toi et Daizō ; j'en ai déjà une idée fort claire... Pourquoi pleures-tu ? Mouche-toi.

Ayant reçu l'ordre d'aller se coucher, Jōtarō s'étendit avec obéissance, mais il ne put fermer l'œil car il pensait à Musashi. Les mains jointes sur la poitrine, il demandait pardon en silence. Ses larmes lui coulaient dans les oreilles. Il se tourna sur le flanc et se mit à penser à Otsū. Sa joue lui faisait mal ; les larmes d'Otsū feraient plus mal encore. Néanmoins, révéler sa promesse secrète à Daizō n'était pas concevable, même si Takuan essayait de la lui arracher le lendemain matin, ainsi qu'il ne pourrait manquer de le faire.

Il se leva sans bruit, sortit et regarda les étoiles. Il faudrait se dépêcher ; la nuit était presque achevée.

– ... Halte !

Cette voix pétrifia Jōtarō. Derrière lui, Takuan faisait une ombre énorme. Le prêtre vint à son côté et l'entoura de son bras.

– ... Es-tu décidé à aller avouer ?

De la tête, Jōtarō fit signe que oui.

– ... Ça n'est pas très intelligent, dit Takuan avec sympathie. Tu mourras comme un chien. Tu parais croire que si tu te rends, Musashi sera remis en liberté mais ce n'est pas aussi simple. Les autorités garderont Musashi en prison jusqu'à ce que tu leur dises tout ce que tu as refusé de me dire. Et toi... tu seras torturé jusqu'à ce que tu parles, que cela prenne un an, deux ans ou davantage.

Jōtarō baissait la tête.

– ... Est-ce là ce que tu veux : mourir comme un chien ? Mais tu n'as pas le choix, maintenant : ou bien tu avoues tout sous les tortures, ou bien tu me dis tout. En tant que disciple du Bouddha, je ne jugerai point. Je m'en remettrai à Amida.

Jōtarō se taisait.

– ... Il existe une autre solution. Par le plus grand des hasards, j'ai rencontré ton père, hier au soir. Il porte aujourd'hui l'habit du prêtre mendiant. Bien entendu, je n'imaginais pas une seconde que tu étais là, toi aussi. Je l'ai envoyé dans un temple à Edo. Si tu as pris la décision de mourir, il sera bon que tu le voies d'abord. Et quand tu le verras, tu pourras lui demander si je n'ai pas raison... Jōtarō, trois voies te sont ouvertes. Tu dois décider seul laquelle suivre.

Il se détourna et regagna la maison. Jōtarō eut conscience que le *shakuhachi* qu'il avait entendu la veille au soir devait appartenir à son père. Il imaginait sans peine à quoi celui-ci pouvait ressembler et ce qu'il devait ressentir, errant ainsi, seul, à travers le pays.

– Takuan, attendez ! Je parlerai. Je dirai tout au Bouddha, y compris ma promesse à Daizō.

Il saisit le prêtre par la manche et tous deux se rendirent dans le petit bois. Jōtarō se confessa en un long monologue, sans rien omettre. Pas un muscle de Takuan ne bougea, et il se tut.

– C'est tout, dit Jōtarō.

– En es-tu sûr ?

– Oui.

– C'est bon.

Takuan garda le silence pendant une bonne heure. L'aube se leva. Les corbeaux commencèrent à croasser ; la rosée étincelait autour d'eux. Takuan était assis sur une racine de cryptomeria. Jōtarō, appuyé contre un autre arbre, tête basse, attendait la sentence du prêtre. Quand Takuan prit enfin la parole, il semblait ne conserver aucun doute :

– ... Je dois dire que tu es tombé là dans une drôle de bande. Le ciel leur vienne en aide. Ils ne comprennent pas dans quel sens tourne la terre. C'est une bonne chose que tu m'aies parlé avant que l'affaire ne s'envenime.

Il fouilla dans son kimono dont il tira – ô surprise ! – deux pièces d'or qu'il tendit à Jōtarō.

– ... Tu ferais mieux de prendre le large aussi vite que possible. Le moindre retard risque d'attirer le désastre non seulement sur toi mais sur ton père et sur ton maître. Pars aussi loin que possible, mais sans t'approcher de la grand-route de Kōshū ni de Nakasendō. Aujourd'hui, dès midi, on surveillera de près tous les voyageurs.

– Que va-t-il arriver à *Sensei* ? Je ne puis partir en le laissant en prison.

– Remets-t'en à moi. Dans un an ou deux, quand les choses se seront tassées, tu pourras lui rendre visite pour lui présenter tes excuses.

– Adieu.

– Un instant.

– Oui ?

– Va d'abord à Edo. A Azabu, il y a un temple zen appelé Shōjuan. Ton père devrait y être, à l'heure qu'il est. Prends ce sceau que j'ai reçu du Daitokuji. Ils sauront qu'il est à moi. Fais-toi donner par eux, ainsi qu'à ton père, des chapeaux et des habits de prêtre, et les papiers nécessaires. Alors, vous pourrez voyager sous ce déguisement.

– Pourquoi dois-je faire semblant d'être prêtre ?

– Ta naïveté est donc sans limites ? Toi que voici, mon stupide jeune ami, tu fais partie d'un groupe qui se propose de tuer le shōgun, d'incendier le château d'Iyeyasu à Suruga, de jeter tout le district de Kantō dans la confusion et de prendre les rênes du gouvernement. Bref, tu es un traître. Si tu te fais prendre, tu encours la mort par pendaison.

Jōtarō resta bouche bée.

– ... Maintenant, va.

– Puis-je vous poser une question ? Pourquoi des hommes qui veulent renverser les Tokugawa devraient-ils être considérés comme des traîtres ? Pourquoi ceux qui ont renversé les Toyotami et pris la tête du pays ne sont-ils pas des traîtres ?

– Ce n'est pas à moi qu'il faut le demander, répondit Takuan avec un regard glacé.

La grenade

Takuan et Iori arrivèrent à la résidence du seigneur Hōjō Ujikatsu, à Ushigome, plus tard dans la même journée. Un jeune portier alla annoncer Takuan et, quelques minutes plus tard, Shinzō sortit.

– Mon père est au château d'Edo, déclara Shinzō. Voulez-vous entrer pour l'attendre ?

– Au château ? dit Takuan. Dans ce cas, je poursuis ma route car c'est là que je me rendais. Puis-je laisser Iori ?

– Je vous en prie, répondit Shinzō avec un sourire et un rapide coup d'œil à Iori. Voulez-vous que je vous commande un palanquin ?

– S'il vous plaît.

A peine le palanquin laqué avait-il disparu que Iori se trouvait aux écuries à passer en revue, un à un, les chevaux bien nourris, bais et gris pommelé, du seigneur Ujikatsu. Il admirait particulièrement leurs têtes, qu'il trouvait beaucoup plus aristocratiques que celles des chevaux de somme qu'il connaissait. Pourtant, il y avait ici un mystère : comment la classe des guerriers pouvait-elle se permettre de garder oisifs un si grand nombre de chevaux, au lieu de les faire travailler aux champs ?

Il commençait à imaginer des cavaliers entrant à cheval dans la bataille, quand la grosse voix de Shinzō interrompit sa rêverie. Il regarda vers la maison, s'attendant à une réprimande, mais vit que l'objet de la colère de Shinzō était une mince vieille femme avec un bâton et une expression têtue.

– Faire semblant d'être sorti ? criait Shinzō. Pourquoi mon père devrait-il faire semblant d'être sorti pour une vieille sorcière qu'il ne connaît même pas ?

– Fichtre, quelle colère ! dit Osugi, sarcastique. Si je comprends bien, vous êtes le fils de Sa Seigneurie. Savez-vous combien de fois je suis venue ici pour essayer de voir votre père ? Bien souvent, permettez-moi de vous le dire ; et chaque fois, on m'a répondu qu'il était sorti.

Un peu démonté, Shinzō répliqua :

– Ça n'a rien à voir avec le nombre de vos visites. Mon père n'aime pas recevoir. S'il ne veut pas vous voir, pourquoi revenez-vous à la charge ?

Sans se décourager, Osugi ricana :

– Il n'aime pas voir les gens ! Alors, pourquoi vit-il parmi eux ?

Elle montrait les crocs. L'idée de lui lancer une insulte et de lui donner à entendre le cliquetis de son sabre dégainé traversa l'esprit de Shinzō ; mais il ne voulait pas se mettre dans une colère inconvenante et n'était pas très sûr que ce serait efficace.

– Mon père n'est pas là, dit-il d'un ton neutre. Pourquoi ne pas vous asseoir et m'exposer toute l'affaire ?

– Eh bien, je crois que je vais accepter votre aimable proposition. La route était longue et j'ai les jambes lasses.

Elle s'assit au bord de la marche et se frotta les genoux.

– ... Quand vous me parlez avec douceur, jeune homme, j'ai honte d'élever la voix. Maintenant, je veux que vous répétiez mes paroles à votre père, quand il rentrera.

– Volontiers.

– Je suis venue lui parler de Miyamoto Musashi.

Surpris, Shinzō demanda :

– Est-il arrivé quelque chose à Musashi ?

– Non ; je veux que votre père sache de quel genre d'homme il s'agit. A dix-sept ans, il est allé à Sekigahara se battre contre les Tokugawa. *Contre* les Tokugawa, vous m'entendez bien ? Plus : au Mimasaka, il a commis tant de méfaits que, là-bas, nul n'en pense rien de bon. Il a commis d'innombrables meurtres, et voilà des années qu'il me fuit parce que j'essaie à bon droit de me venger de lui. Musashi est un vagabond inutile et dangereux !

– Un instant...

– Non, écoutez-moi ! Musashi s'est mis à tourner autour de la fiancée de mon fils. En fait, il la lui a volée et il est parti avec elle.

– En voilà assez, dit Shinzō, levant la main pour protester. Pourquoi raconter sur Musashi de pareilles histoires ?

– Je le fais dans l'intérêt du pays, répondit Osugi d'un air suffisant.

– Quel bien cela fera-t-il au pays de calomnier Musashi ?

Osugi changea de position pour dire :

– J'apprends que ce coquin à la langue rusée doit être bientôt nommé instructeur dans la maison du shōgun.

– D'où tenez-vous cela ?

– D'un homme qui était au dōjō d'Ono. Je l'ai entendu de mes propres oreilles.

– Vraiment ?

– Un porc tel que Musashi ne devrait même pas être autorisé à paraître devant le shōgun, à plus forte raison d'être nommé instructeur. Un maître de la Maison de Tokugawa, c'est un maître de la nation. Cette seule idée me rend malade. Je suis venue avertir le seigneur Hōjō, car on me dit qu'il a recommandé Musashi. Comprenez-vous ?

Elle ravala la salive qui coulait aux coins de sa bouche et reprit :

– ... Je suis sûr qu'il est profitable au pays de mettre en garde votre père. Et permettez-moi de vous mettre en garde, vous aussi. Attention de ne pas vous laisser duper par les propos mielleux de Musashi.

Craignant qu'elle ne continuât des heures dans cette veine, Shinzō fit appel à ses ultimes réserves de patience pour dire :

– Merci. Je comprends. Je transmettrai vos paroles à mon père.

– Je vous en prie !

Avec l'air d'une personne qui a fini par atteindre un but désiré, Osugi se leva et s'avança vers le portail ; ses sandales claquaient dans l'allée.

– Sale vieille sorcière ! cria une voix juvénile.

Saisi, Osugi aboya : « Quoi ?... Quoi ?... » et regarda autour d'elle jusqu'à ce qu'elle repérât Iori parmi les arbres. Il montrait les dents comme un cheval.

– Mange ça ! cria-t-il en lui lançant une grenade.

Le fruit frappa si fort la vieille femme que son écorce éclata.

– Aïe ! cria Osugi, la main à la poitrine.

Elle se baissa pour ramasser quelque chose à lui lancer, mais il avait déjà disparu. Elle courut à l'écurie et regardait à l'intérieur lorsqu'un gros morceau de crottin de cheval tout frais l'atteignit en pleine figure.

Toussant et crachant, Osugi s'essuya avec ses doigts et ses larmes se mirent à couler. Tous ses voyages à travers le pays à cause de son fils pour en arriver là !

De derrière un arbre, Iori l'observait à distance respectueuse. La voyant pleurer comme un bébé, il eut soudain grand-honte de lui-même. Il avait à moitié l'envie d'aller lui présenter des excuses avant qu'elle ne franchît le portail ; mais sa fureur de l'entendre diffamer Musashi ne s'était pas calmée. Pris entre la haine et la pitié, il se tint là un moment, à se ronger les ongles.

– Monte donc ici, Iori. Tu verras le Fuji tout rouge.

La voix de Shinzō venait d'une chambre située plus haut sur la colline. Avec un vif soulagement, Iori s'élança. « Le mont Fuji ? » La vision du pic cramoisi sous le soleil couchant balaya de son esprit toute autre pensée.

Shinzō, lui aussi, paraissait avoir oublié sa conversation avec Osugi.

Pays de rêve

En 1605, Iyeyasu transmit les fonctions de shōgun à Hidetada mais continua de gouverner de son château de Suruga. Maintenant que les bases du nouveau régime étaient en grande partie assurées, Iyeyasu commençait à laisser Hidetada exercer son pouvoir légitime.

En lui cédant son autorité, Iyeyasu avait demandé à son fils ce qu'il avait l'intention de faire.

La réponse de Hidetada fut : « Je vais construire », et elle passait pour avoir fait au vieux shōgun un plaisir immense.

Contrairement à Edo, Osaka restait préoccupé des préparatifs en vue de la bataille finale. D'illustres généraux conspiraient ; des courriers portaient des messages à des fiefs sûrs ; des chefs militaires et des rōnins destitués recevaient consolations et compensations. Les munitions s'accumulaient, les lances se polissaient, les fossés s'approfondissaient.

De plus en plus de citadins abandonnaient les villes de l'Ouest pour la florissante cité de l'Est, changeant souvent de parti, car la peur subsistait qu'une victoire des Toyotomi ne signifiât un retour à la guerre civile chronique.

Pour les daimyō et les vassaux de haut rang qui devaient encore décider s'il fallait confier le sort de leurs enfants et petits-enfants à Edo ou Osaka, l'impressionnant programme de construction d'Edo constituait un argument en faveur des Tokugawa.

Ce jour-là, comme de nombreux autres jours, Hidetada se livrait à l'un de ses passe-temps favoris. Vêtu comme pour une excursion à la campagne, il quitta l'enceinte principale et se rendit à la colline de Fukiage pour inspecter les travaux de construction.

Comme le shōgun et sa suite de ministres, serviteurs personnels et prêtres bouddhistes, s'arrêtaient pour se reposer, un incident éclata au bas de la colline de Momiji :

– Arrêtez le coquin !

– Attrapez-le !

Un puisatier courait en cercles, essayant d'éviter les charpentiers qui le poursuivaient. Il fila comme un lièvre entre des piles de bois et se cacha derrière une cabane de plâtriers. Puis il s'élança vers les échafaudages de la muraille extérieure et entreprit de grimper.

En poussant des jurons sonores, deux des charpentiers grimpèrent après lui et le saisirent par les pieds. Le puisatier, dont les bras s'agitaient frénétiquement, retomba sur un tas de copeaux.

Les charpentiers se jetèrent sur lui, le bourrèrent de coups de pied et de coups de poing. Pour une étrange raison, il ne cria ni ne tenta de résister mais s'agrippa au sol de toutes ses forces, comme à son seul espoir.

Le samouraï qui dirigeait les charpentiers et l'inspecteur des ouvriers accoururent.

– Que se passe-t-il, ici ? demanda le samouraï.

– Il a marché sur mon équerre, ce cochon ! pleurnicha un charpentier. L'équerre, c'est l'âme du charpentier !

– Du calme.

– Que feriez-vous s'il marchait sur votre sabre ? demanda le charpentier.

– Ça suffit. Le shōgun se repose là-haut, sur la colline.

Au nom du shōgun, le premier charpentier se calma, mais un autre déclara :

– Ce vaurien doit aller se laver. Ensuite, il doit se prosterner devant l'équerre et présenter des excuses !

– Nous nous chargeons de la punition, dit l'inspecteur. Vous, retournez au travail.

Il saisit au collet l'homme prostré et lui dit :

– ... Lève la tête.

– Oui, monsieur.

– Tu es l'un des puisatiers, hein ?

– Oui, monsieur.

– Que fais-tu par ici ? Ce n'est pas ton lieu de travail.

– Il rôdait par ici hier aussi, dit le charpentier.

– Vraiment ? dit l'inspecteur en examinant la figure pâle de Matahachi et en observant que, pour un puisatier, il était un peu trop délicat, un peu trop fin.

Il conféra une minute avec le samouraï, puis emmena Matahachi.

Ce dernier fut mis sous clé dans un bûcher derrière le bureau de l'inspecteur des ouvriers ; durant les quelques jours qui suivirent, il n'eut rien d'autre à contempler que du bois de chauffage, un ou deux sacs de charbon de bois et des tonneaux pour préparer des marinades. Redoutant que l'on ne découvrît le complot, il fut bientôt dans un état proche de l'épouvante.

Ce qui l'amenait au pied de la colline de Momiji chaque fois qu'il le pouvait au cours de ses temps de repos, c'était une complication imprévue. Une bibliothèque devait être construite et, quand elle le serait, on déplacerait le caroubier. Plein de remords, Matahachi craignait que l'on ne découvrît le mousquet, ce qui le lierait directement au complot. Mais il n'avait pu trouver un moment de solitude pour déterrer le mousquet et le faire disparaître.

Jusque dans son sommeil il en avait des sueurs froides. Une fois, il rêva qu'il était au pays des morts ; partout où il regardait, il y avait des caroubiers. Quelques nuits après son emprisonnement au bûcher, en une vision aussi nette qu'à l'état de veille, il rêva de sa mère. Au lieu d'avoir pitié de lui, Osugi poussait des clameurs irritées et lui lançait un plein panier de cocons. Sous cette averse de cocons, il essayait de fuir. Elle le poursuivait, les cheveux mystérieusement transformés en cocons blancs. Il avait beau courir, courir, elle était toujours derrière lui. Baigné de sueur, il sautait d'une falaise et tombait dans les ténèbres de l'enfer : il tombait sans fin à travers l'obscurité.

« Mère ! pardonne-moi », criait-il ainsi qu'un enfant blessé. Ce fut le son de sa propre voix qui le réveilla. La réalité qu'il retrouvait alors – la perspective de la mort – était plus terrifiante encore que le rêve.

Il essaya d'ouvrir la porte, fermée à clé comme il le savait déjà. Désespérément, il grimpa sur un tonneau de saumure, brisa une petite fenêtre près du toit et se glissa au travers. En se cachant derrière des tas de bois, de pierres, de terre et de gravats, il se faufila jusqu'à la porte arrière ouest. Le caroubier était toujours là. Il soupira de soulagement.

Il trouva une houe et se mit à creuser comme s'il eût espéré découvrir sa propre vie. Effrayé du bruit qu'il faisait, il s'arrêta pour regarder autour de lui. Ne voyant personne, il se remit à l'ouvrage.

La crainte que quelqu'un d'autre n'eût déjà trouvé le mousquet lui faisait manier la houe avec frénésie. Son souffle devint rapide et inégal. Sueur et crasse mêlées lui donnaient l'air de sortir d'un bain de boue. La tête commençait à lui tourner mais il ne pouvait s'arrêter.

Le fer heurta enfin un objet allongé. Il rejeta la houe et tendit la main pour le tirer en se disant : Je le tiens.

Son soulagement fut de courte durée. L'objet n'était pas enveloppé dans du papier imperméable et n'avait pas la froideur du métal. Matahachi le saisit, le souleva et le relâcha aussitôt. C'était l'os d'un bras ou d'une jambe, mince et blanc.

Matahachi n'avait pas le courage de reprendre la houe. Il se croyait dans un nouveau cauchemar. Mais il se savait éveillé ; il pouvait compter chaque feuille du caroubier.

Quel intérêt Daizō aurait-il à mentir ? se demanda-t-il en contournant l'arbre et en lançant un coup de pied dans le tas de terre. A cet instant, une silhouette le rejoignit à pas de loup et lui frappa légèrement l'épaule. Avec un rire sonore, tout près de l'oreille de Matahachi, le nouveau venu déclara :

– Tu ne le trouveras pas.

Le corps entier de Matahachi se liquéfia. Il faillit tomber dans le trou. Il tourna la tête en direction de la voix, ouvrit des yeux vides pendant un long moment avant de pousser un petit grognement de stupeur.

– Viens avec moi, dit Takuan en le prenant par la main.

Matahachi était incapable de bouger. Ses doigts se paralysaient lorsqu'il essayait de saisir la main du prêtre. Un frisson d'horreur lui monta le long des chevilles.

– ... Tu ne m'entends donc pas ? Viens avec moi, dit Takuan, le regard sévère.

La langue de Matahachi était presque aussi inutile que celle d'un muet :

– Ce... terre... je...

D'une voix impitoyable, Takuan lui dit :

– Laisse. Tu perds ton temps. Les choses que font les gens sur cette terre, bonnes ou mauvaises, sont comme de l'encre sur du papier buvard. Mille ans ne suffiraient pas à les effacer. Tu t'imagines que le fait de remuer un peu de terre avec le pied défera ce que tu as fait. C'est à cause de pensées pareilles que ta vie est aussi confuse. Et maintenant, viens avec moi. Tu es un criminel et ton crime est abominable. Je vais te couper la tête avec une scie à bambou et te jeter dans la Mare de Sang de l'enfer.

Il saisit Matahachi par le lobe de l'oreille et l'entraîna. Il frappa ensuite à la porte du baraquement où dormaient les aides-cuisiniers.

– ... Que l'un de vous vienne ici, dit-il.

Un garçon sortit, frottant ses yeux ensommeillés. Lorsqu'il reconnut le prêtre qu'il avait vu s'entretenir avec le shōgun, il se réveilla et dit :

– Bien, monsieur. Que puis-je pour vous ?

– Je veux que tu m'ouvres ce bûcher.

– Il y a un puisatier enfermé dedans.

– Il n'y est pas. Il est ici avec moi. Inutile de le faire rentrer par la fenêtre ; ouvre donc la porte.

Le garçon se hâta d'aller chercher l'inspecteur, lequel accourut, se confondant en excuses et suppliant Takuan de ne pas le dénoncer.

Takuan poussa Matahachi dans le bûcher, y entra à sa suite et ferma la porte. Quelques minutes plus tard, il passa la tête au-dehors pour dire :

– Vous avez bien un rasoir quelque part. Aiguisez-le et apportez-le-moi.

L'inspecteur et l'aide-cuisinier se regardèrent ; aucun des deux n'osait demander au prêtre ce qu'il voulait faire du rasoir. Ils le repassèrent et le lui tendirent.

– ... Merci, dit Takuan. Et maintenant, vous pouvez retourner vous coucher.

A l'intérieur du bûcher, il faisait nuit noire ; seule, la clarté des étoiles était visible à travers la fenêtre brisée. Takuan s'assit sur une pile de bois d'allumage. Matahachi se laissa tomber sur une natte de roseau, tête basse. Il y eut un long silence. Incapable de distinguer le rasoir, Matahachi se demandait avec inquiétude si Takuan l'avait en main. Takuan finit par prendre la parole :

– ... Matahachi, qu'as-tu déterré sous le caroubier ?

Silence.

– ... Je pourrais te montrer comment déterrer quelque chose. Extraire quelque chose de rien, recouvrer le vrai monde à partir d'un pays de rêve.

– Oui, monsieur.

– Tu n'as pas la moindre notion de ce qu'est la réalité dont je parle. Nul doute que tu ne sois toujours dans ton monde de fantasmes. Eh bien, puisque tu as la naïveté d'un bébé, je suppose qu'il va me falloir te mâcher ta nourriture intellectuelle... Quel âge as-tu ?

– Vingt-huit ans.

– Le même âge que Musashi.

Matahachi porta les mains à son visage et pleura. Takuan se tut jusqu'à ce qu'il eût fini de pleurer. Puis il reprit :

– ... N'est-il pas effrayant de penser que le caroubier a failli devenir le monument funéraire d'un fou ? Tu creusais ta propre tombe ; en vérité, tu allais t'y jeter toi-même.

Matahachi agrippa les jambes de Takuan et l'implora :

– Sauvez-moi. Je vous en prie, sauvez-moi. Mes yeux... mes yeux sont ouverts, maintenant. J'ai été dupé par Daizō de Narai.

– Non, tes yeux ne sont pas ouverts. Et Daizō ne t'a pas dupé. Il a simplement essayé de se servir du plus grand imbécile de la terre... d'un benêt cupide, sans finesse, à l'esprit mesquin, qui n'en a pas moins eu la témérité de se charger d'une tâche devant laquelle eût reculé n'importe quel homme sensé.

– Oui... oui... j'étais fou.

– Qui donc au juste croyais-tu qu'était ce Daizō ? Il s'appelle en réalité Mizoguchi Shinano. Il était vassal d'Otani Yoshitsugu, ami intime d'Ishida Mitsunari. Mitsunari, tu dois t'en souvenir, était l'un des vaincus de Sekigahara.

– Non ! haleta Matahachi. Un des hommes de guerre que le shōgunat traque en vain depuis longtemps ?

– Qui d'autre pourrait bien être un homme qui se propose d'assassiner le shōgun ? Tu es d'une stupidité consternante.

– Il ne m'a pas dit ça. Il a dit seulement qu'il haïssait les Tokugawa. Il estimait que cela vaudrait mieux pour le pays si les Toyotomi étaient au pouvoir. Il parlait d'œuvrer dans l'intérêt général.

– Tu n'as pas pris la peine de te demander qui il était en réalité, n'est-ce pas ? Sans te servir une seule fois de ta tête, tu as entrepris audacieusement de creuser ta propre tombe. Ton courage est effrayant, Matahachi.

– Que dois-je faire ?

– Faire ?

– Je vous en prie, Takuan, je vous en prie, aidez-moi !

– Lâche-moi.

– Mais... mais en réalité je ne me suis pas servi du mousquet. Je ne l'ai pas même trouvé !

– Bien sûr que non. Il n'est pas arrivé à temps. Si Jōtarō, que Daizō a entraîné dans cet affreux complot, était arrivé à Edo comme prévu, le mousquet aurait fort bien pu être enterré sous l'arbre.

– Jōtarō ? Vous voulez dire le garçon...

– Peu importe. Ça n'est pas ton affaire. Ton affaire, en revanche, c'est le crime de trahison que tu as commis et qui ne saurait t'être pardonné. Non plus qu'il ne saurait être pardonné par les dieux et le Bouddha. Autant cesser de songer à ton salut.

– Il n'y a donc aucun moyen ?...

– Certainement pas !

– Pitié ! sanglotait Matahachi, cramponné aux genoux de Takuan.

Ce dernier se leva et l'écarta d'un coup de pied.

– Idiot ! cria-t-il d'une voix terrible.

Ses yeux étaient d'une indescriptible férocité : un Bouddha refusant que l'on s'accrochât à lui, un terrifiant Bouddha refusant de sauver même celui qui se repentait.

Durant une ou deux secondes, Matahachi soutint ce regard avec ressentiment. Puis sa tête retomba, résignée, et son corps fut secoué de sanglots.

Takuan prit le rasoir au sommet du tas de bois et en toucha légèrement la tête de Matahachi.

– ... Puisque tu vas mourir, autant mourir en disciple du Bouddha. Par amitié, je t'y aiderai. Ferme les yeux et assieds-toi silencieusement, les jambes croisées. La ligne de démarcation entre la vie et la mort est aussi mince qu'une paupière. La mort n'a rien d'effrayant, rien qui vaille des larmes. Ne pleure pas, mon enfant, ne pleure pas. Takuan va te préparer à mourir.

La salle où se réunissait le Conseil des Anciens du shōgun pour discuter des affaires de l'Etat se trouvait isolée du reste du château d'Edo. Cette chambre secrète était de toutes parts entourée d'autres salles et de couloirs. Chaque fois qu'il fallait recevoir une décision du shōgun, ou bien les ministres allaient dans cette salle d'audience, ou bien ils envoyaient une pétition dans un coffre laqué. Billets et réponses avaient fait la navette avec une fréquence inhabituelle ; Takuan et le seigneur Hōjō avaient été admis à plusieurs reprises dans la chambre où ils restaient souvent à délibérer durant la journée entière.

Ce jour-là, dans une autre salle, moins isolée mais non moins bien gardée, les ministres avaient entendu le rapport de l'envoyé à Kiso.

Il déclara que bien qu'il n'y eût eu aucun retard dans l'exécution de l'ordre d'arrestation de Daizō, ce dernier s'était échappé après avoir fermé son établissement de Narai, en emportant tout ce qu'il possédait. Une perquisition avait mis au jour une quantité substantielle d'armes et de munitions, plus quelques documents qui avaient échappé à la destruction. Ces papiers comprenaient un échange de lettres avec des partisans de Toyotomi à Osaka. L'émissaire avait organisé l'expédition de ces documents vers la capitale du shōgun, puis regagné Edo par cheval rapide.

Les ministres se faisaient l'effet de pêcheurs qui ont jeté un grand filet sans prendre un seul vairon. Le lendemain même, un vassal du seigneur Sakai, membre du Conseil des Anciens, fit un autre genre de rapport :

– Conformément aux instructions de Votre Seigneurie, Miyamoto Musashi a été libéré. Il a été remis à un certain Musō Gonnosuke, à qui nous avons expliqué en détail l'origine du malentendu.

Le seigneur Sakai se hâta d'en informer Takuan, qui répondit avec légèreté :

– Bien aimable à vous.

– Veuillez prier votre ami Musashi de ne pas trop nous en vouloir, dit le seigneur Sakai d'un ton d'excuse, gêné qu'il était de l'erreur commise sur le territoire soumis à sa juridiction.

L'un des problèmes les plus rapidement résolus fut celui de la base d'opérations de Daizō à Edo. Des hommes du Commissaire de cette ville effectuèrent une descente à la boutique de prêts sur gages de

Shibaura et confisquèrent tout, biens et documents secrets. Lors de l'opération, l'infortunée Akemi fut arrêtée, bien qu'elle ignorât tout des projets de son patron. Reçu en audience par le shōgun, un soir, Takuan relata ce qu'il savait. Il termina en disant :

– Je vous en prie, n'oubliez pas un seul instant qu'il y a bien d'autres Daizō de Narai en ce monde.

Hidetada accueillit cette mise en garde en acquiesçant vigoureusement du chef.

– ... Si vous essayez de débusquer tous ces hommes et de les traduire en justice, poursuivit Takuan, vous perdrez tout votre temps et tous vos efforts à lutter contre les insurgés. Vous ne pourrez accomplir la grande œuvre que l'on attend de vous en tant que successeur de votre père.

Le shōgun perçut la vérité des propos de Takuan et prit à cœur d'en tenir compte :

– Que les châtiments soient légers, ordonna-t-il. Etant donné que vous avez dénoncé la conspiration, je vous laisse le soin de décider des peines.

Après avoir exprimé ses remerciements sincères, Takuan déclara :

– Sans en avoir eu la moindre intention, je m'aperçois que je suis ici, au château, depuis plus d'un mois. Maintenant, il est temps pour moi de partir. J'irai à Koyagyū, dans la province de Yamato, voir le seigneur Sekishūsai. Puis je reviendrai au Daitokuji, en passant par le district de Senshū.

La mention de Sekishūsai parut évoquer d'agréables souvenirs à Hidetada.

– Comment va ce vieux Yagyū ? demanda-t-il.

– Hélas ! on me dit que le seigneur Munenori croit que la fin est proche.

Hidetada évoqua une époque où il avait été au camp de Shōkokuji, et où Sekishūsai avait été reçu par Iyeyasu. Hidetada était un enfant alors, et le comportement viril de Sekishūsai lui avait fait une impression profonde. Takuan rompit le silence :

– Il y a une autre question, déclara-t-il. Ayant consulté le Conseil des Anciens et avec son autorisation, le seigneur Hōjō d'Awa et moi-même avons recommandé un samouraï du nom de Miyamoto Musashi pour être instructeur dans la maison de Votre Excellence. J'espère que vous considérerez cette recommandation d'un œil favorable.

– J'ai été informé de cette affaire. On dit que la Maison de Hosokawa s'intéresse à ce jeune homme, ce qui plaide fort en sa faveur. J'ai décidé qu'il serait bon de nommer un instructeur supplémentaire.

Takuan quitterait le château le lendemain ou le surlendemain ; entre-temps, il acquit un nouveau disciple. Il se rendit au bûcher, derrière le bureau de l'inspecteur, et se fit ouvrir la porte par un des aides-cuisiniers ; la lumière tomba sur une tête fraîchement rasée. Temporairement aveuglé, l'apprenti qui se croyait un homme condamné, leva lentement les yeux et fit :

– Ah !

– Viens, dit Takuan.

Vêtu de l'habit de prêtre que lui avait envoyé Takuan, Matahachi se leva en chancelant sur des jambes flageolantes. Takuan l'entoura doucement de son bras et l'aida à sortir du bûcher.

L'heure du jugement avait sonné. Derrière ses paupières, fermées par la résignation, Matahachi voyait la natte de roseau sur laquelle il serait forcé de s'agenouiller avant que le bourreau ne levât son sabre. Il semblait avoir oublié que les traîtres subissaient une mort ignominieuse : la pendaison. Des larmes roulaient sur ses joues rasées de frais.

– ... Peux-tu marcher ? demanda Takuan.

Matahachi crut qu'il répondait ; en fait, aucun son ne sortit de ses lèvres. Il eut à peine conscience de franchir les portes du château et de traverser les ponts qui enjambaient les fossés intérieur et extérieur. Cheminant péniblement, lugubrement, à côté de Takuan, il était l'image même du mouton proverbial que l'on mène à l'abattoir. « Gloire au Bouddha Amida, gloire au Bouddha Amida... » En silence, il répétait l'invocation au Bouddha d'Eternelle Lumière.

Matahachi plissa les yeux pour regarder, au-delà du fossé externe, de majestueuses résidences de daimyō. Plus loin, vers l'est, s'étendait le village de Hibiya ; par-delà, on apercevait les rues du quartier central. Matahachi ferma les yeux et répéta rapidement :

– Gloire au Bouddha Amida, gloire au Bouddha Amida...

Cette prière devint d'abord audible, puis de plus en plus forte, de plus en plus rapide.

– Dépêche-toi, dit sévèrement Takuan.

A partir du fossé, ils tournèrent en direction d'Ōtemachi, et coupèrent en diagonale à travers un grand terrain vague. Matahachi avait l'impression d'avoir déjà parcouru des centaines de kilomètres. La route allait-elle tout bonnement continuer ainsi jusqu'en enfer, la lumière du jour peu à peu remplacée par les ténèbres ?

– ... Attends ici, ordonna Takuan.

Ils étaient au milieu d'un terrain plat, découvert ; de l'eau boueuse coulait du pont de Tokiwa dans le fossé. De l'autre côté de la rue se dressait un mur en terre, plâtré de fraîche date. Au-delà, c'étaient la palissade de la nouvelle prison et un groupe de bâtiments noirs qui ressemblaient à des maisons citadines ordinaires, mais constituaient en réalité la résidence officielle du Commissaire d'Edo.

Les jambes tremblantes de Matahachi ne le soutenaient plus. Il s'affala à terre.

Fuir ? Ni ses pieds ni ses mains n'étaient liés. Mais non, se dit-il, il ne pouvait s'en tirer. Si le shōgun décidait de l'arrêter, il n'y aurait ni feuille ni brin d'herbe derrière quoi se cacher.

Dans son cœur il appela sa mère, laquelle en cet instant lui était fort chère. Si seulement il ne l'avait jamais quittée, il ne serait pas ici maintenant. Il évoqua aussi d'autres femmes : Okō, Akemi, Otsū, d'autres qu'il avait aimées ou avec lesquelles il avait folâtré. Mais sa mère était la seule femme qu'il brûlât vraiment de voir. Si seulement on lui donnait la chance de continuer à vivre, il était sûr de ne jamais plus s'opposer à sa volonté, de ne jamais plus manquer de piété filiale.

Il eut à la nuque une sensation de fraîcheur humide. Il leva les yeux vers trois oies sauvages qui volaient à tire-d'aile en direction de la baie, et les envia.

Le besoin de prendre son essor le démangeait. Et pourquoi pas ? Il n'avait rien à perdre. Si on le rattrapait, il ne serait pas en plus mauvaise posture qu'il ne l'était maintenant. Il jeta au portail, de l'autre côté de la rue, un coup d'œil désespéré. Pas trace de Takuan.

Il se releva d'un bond et prit ses jambes à son cou.

– Halte !

La seule puissance de cette voix suffisait à lui enlever tout son courage. Il tourna la tête et vit l'un des bourreaux du commissaire. L'homme s'avança et abattit son long gourdin sur l'épaule de Matahachi qu'il terrassa d'un seul coup ; puis il le plaqua au sol avec le gourdin comme un enfant plaquerait au sol une grenouille avec un bâton.

Quand Takuan ressortit de la résidence du commissaire, il était accompagné de plusieurs gardes, dont un capitaine. Ils faisaient sortir un autre prisonnier, lié par une corde.

Le capitaine choisit le lieu de l'exécution et deux nattes de roseau neuves furent étendues à terre.

– On y va ? demanda-t-il à Takuan, lequel acquiesça de la tête.

Tandis que le capitaine et le prêtre s'asseyaient sur des tabourets pour regarder, le bourreau cria : « Debout ! » et leva son gourdin. Matahachi se releva péniblement, mais il était trop faible pour marcher. Le bourreau, irrité, l'empoigna par le dos de sa robe et le traîna vers une des nattes.

Il s'assit. Sa tête roula sur sa poitrine. Il entendait des voix, mais indistinctes, comme séparées de lui par un mur.

En entendant chuchoter son nom, il leva des yeux surpris.

– Akemi ! haleta-t-il. Que fais-tu là ?

Elle était agenouillée sur l'autre natte.

– Silence !

Deux des gardiens se servirent de leurs gourdins pour les séparer. Le capitaine se leva et se mit à lire les jugements et sentences officiels, d'un ton sévère et digne. Akemi retenait ses larmes mais Matahachi pleurait sans vergogne. Le capitaine, ayant terminé, s'assit et cria :

– Frappez !

Deux gardiens subalternes, porteurs de longues badines de bambou fendu, se mirent majestueusement en position pour frapper le dos des captifs.

– Un. Deux. Trois, comptaient-ils.

Matahachi gémissait. Akemi, la tête inclinée et le visage livide, serrait les dents de toutes ses forces pour supporter la douleur.

– ... Sept. Huit. Neuf.

Les badines se cassaient ; on eût pu croire qu'elles fumaient du bout. Quelques passants s'arrêtèrent au bord du terrain pour regarder.

– Que se passe-t-il ?

– Deux prisonniers qu'on punit, on dirait.

– Cent coups, probablement.

– Ils n'en sont même pas encore à cinquante.

– Ça doit faire mal.

Un gardien s'approcha et les fit sursauter en frappant violemment le sol de son gourdin :

– Filez. Vous n'avez pas le droit de rester là.

Les badauds s'éloignèrent à distance respectueuse et, se retournant, virent que le châtiment était terminé. Les gardiens jetaient ce qui restait de leurs badines et essuyaient leur visage en sueur.

Takuan se leva. Le capitaine était déjà debout. Ils échangèrent des politesses et le capitaine reconduisit ses hommes à la résidence du commissaire. Takuan resta immobile plusieurs minutes, à regarder les silhouettes courbées sur les nattes. Il ne dit rien avant de s'éloigner.

Le shōgun lui avait fait un certain nombre de cadeaux ; il les avait donnés à divers temples zen de la ville. Pourtant, à Edo, les langues allaient bon train. Selon la rumeur, c'était un prêtre ambitieux qui se mêlait de politique. A moins que l'un des Tokugawa ne l'eût persuadé d'espionner la faction d'Osaka.

Ces rumeurs laissaient Takuan indifférent. Bien qu'il se souciât fort du bonheur de la nation, peu lui importait que les châteaux d'Edo et d'Osaka, ces fleurs voyantes de l'époque, fleurissent ou s'abattent.

Quelques faibles rayons de soleil filtraient à travers les nuages ; durant un long moment, aucune des silhouettes ne bougea, bien qu'aucune n'eût complètement perdu connaissance. Akemi finit par murmurer :

– Regarde, Matahachi : de l'eau.

Devant eux, deux seaux d'eau, chacun muni d'une louche, témoignaient que le Commissariat n'était pas tout à fait sans cœur. Après avoir avalé plusieurs gorgées, Akemi tendit la louche à Matahachi. Comme il restait sans réaction, elle lui demanda :

– ... Que se passe-t-il ? Tu n'en veux pas ?

Lentement, il tendit la main et prit la louche. Une fois qu'elle eut touché ses lèvres, il but avidement.

– ... Matahachi, es-tu devenu prêtre ?
– Hein ?... C'est tout ?
– Que veux-tu dire ?
– Le châtiment est terminé ? Ils ne nous ont pas encore coupé la tête.
– Ils ne devaient pas le faire. Tu n'as donc pas entendu l'homme lire les sentences ?
– Qu'est-ce qu'il a dit ?
– Il a dit que nous devions être bannis d'Edo.
– Je suis vivant ! s'écria-t-il d'une voix aiguë.
Fou de joie, il se leva d'un bond et s'éloigna sans même se retourner pour jeter un regard à Akemi. Celle-ci porta les mains à sa tête et se mit à s'occuper de sa chevelure. Puis elle ajusta son kimono et serra son obi.
– C'est honteux, murmura-t-elle avec une grimace.
Matahachi n'était plus qu'un point à l'horizon.

Le défi

Au bout de quelques jours à peine, à la résidence Hōjō, Iori s'ennuya. Il n'y avait rien d'autre à faire qu'à jouer.
– Quand Takuan revient-il ? demanda-t-il un matin à Shinzō, désireux en réalité de savoir ce qui était arrivé à Musashi.
– Mon père est encore au château ; et il faut croire que Takuan y est aussi, répondit Shinzō. Ils reviendront tôt ou tard. Pourquoi ne t'amuses-tu pas avec les chevaux ?
Iori courut à l'écurie et jeta une selle laquée et nacrée sur son coursier favori. Il avait monté ce cheval, la veille et l'avant-veille, sans le dire à Shinzō. En recevoir enfin l'autorisation le rendait fier. Il monta et franchit le portail de derrière au grand galop.

Les maisons des daimyō, les sentiers à travers champs, les rizières, les forêts... à peine avait-il le temps de les voir qu'il les avait déjà dépassés. Les courges rouge vif et les herbes rousses proclamaient que l'automne était à son apogée. La chaîne de Chichibu se dressait au fond de la plaine de Musashino. Il est quelque part dans ces montagnes, songea Iori.

Il se représentait son maître bien-aimé en prison, et les larmes, sur ses joues, donnaient au vent une apaisante fraîcheur.

Pourquoi ne pas aller voir Musashi ? Sans réfléchir davantage, il fouetta le cheval.

Après avoir parcouru plus d'un kilomètre à bride abattue, il freina le cheval en se disant : Peut-être est-il retourné à la maison.

Il trouva la nouvelle maison terminée, mais toujours inhabitée. A la rizière la plus proche, il cria aux paysans qui récoltaient leur riz :

– Quelqu'un a-t-il vu mon maître ?

En réponse, ils secouèrent tristement la tête. Alors, il fallait que ce fût Chichibu. A cheval, il pouvait faire le voyage en une journée.

Il arriva bientôt au village de Nobidome. L'entrée du village était pratiquement obstruée par les montures des samouraïs, des chevaux de somme, des malles, des palanquins et quarante à cinquante samouraïs en train de déjeuner. Iori fit demi-tour afin de chercher un chemin pour contourner le village.

Trois ou quatre serviteurs de samouraïs lui coururent après :

– Halte-là, coquin !

– C'est à moi que vous parlez ? demanda Iori, furieux.

– Descends de cheval !

Ils le cernaient maintenant de toutes parts.

– Pourquoi ? Je ne vous connais même pas.

– Tais-toi et descends.

— Non ! Vous ne m'aurez pas.

Avant qu'il se rendît compte de ce qui lui arrivait, un des hommes lui avait soulevé la jambe droite, ce qui l'avait fait basculer de l'autre côté du cheval.

— Quelqu'un veut te voir. Viens avec moi.

Il saisit Iori au collet et l'entraîna vers une maison de thé du bord de la route. Osugi se tenait dehors, une canne à la main. D'un geste de l'autre main, elle congédia les serviteurs. En tenue de voyage, elle accompagnait les samouraïs. Iori ne savait qu'en penser et il n'avait guère le temps de s'attarder.

— Sale mioche ! dit Osugi, puis elle lui donna un coup de canne dans le dos.

Il se mit en garde, tout en sachant que la partie était désespérément inégale.

— ... Musashi n'a que les meilleurs disciples. Ha ! On me dit que tu es l'un d'entre eux.

— Vous... vous ne devriez pas parler comme ça.

— Ah ! vraiment ?

— Je... je n'ai rien à faire avec vous.

— Mais si, mais si. Tu vas nous dire deux ou trois petites choses. Qui t'a chargé de nous suivre ?

— De vous suivre ? demanda Iori avec un reniflement de mépris.

— Comment oses-tu me parler sur ce ton ? glapit la vieille femme. Musashi ne t'a donc pas enseigné les bonnes manières ?

— Je me passe de vos leçons. Je m'en vais.

— Que non ! s'écria Osugi en l'attrapant par le tibia avec sa canne.

— Aïe ! cria Iori, qui s'étala.

Des serviteurs empoignèrent le jeune garçon qu'ils traînèrent à la boutique du meunier, près de la porte du village, où était assis un samouraï, visiblement de haut rang. Il avait fini de manger. Devant l'infortune de Iori, il eut un large sourire.

Dangereux, se dit le jeune garçon tandis que ses yeux rencontraient ceux de Kojirō. Avec une expression de triomphe, Osugi avança le menton pour s'écrier :

– Voyez ! Je ne m'étais pas trompée : c'était bien Iori. Qu'est-ce que Musashi est en train de tramer, maintenant ? Qui d'autre pourrait l'avoir envoyé pour nous suivre ?

– Hum, grogna Kojirō en hochant la tête et en renvoyant ses acolytes, dont l'un demanda s'il voulait qu'on ligotât le garçon.

Kojirō sourit et secoua la tête. Sous l'emprise des yeux de Kojirō, Iori était incapable de se tenir droit, à plus forte raison de s'enfuir. Kojirō prit la parole :

– Tu as entendu ce qu'elle a dit. C'est vrai ?

– Non ; je suis sorti pour une simple promenade à cheval. Je ne vous suivais pas, ni personne d'autre.

– Hum, c'est bien possible. Si Musashi est un samouraï digne de ce nom, il ne recourt pas à des ruses aussi mesquines.

Puis Kojirō se mit à réfléchir à voix haute :

– ... En revanche, s'il apprenait que nous sommes brusquement partis en voyage avec un contingent de samouraïs de Hosokawa, il risquerait d'avoir des soupçons et d'envoyer quelqu'un pour surveiller nos mouvements. Ce serait tout naturel.

Le changement survenu dans la situation de Kojirō était frappant. La mèche du devant avait disparu ; son crâne était rasé à la mode propre aux samouraïs. Au lieu des habits voyants qu'il avait coutume de porter, il était vêtu d'un kimono tout noir qui, avec son *hakama* rustique, lui donnait une allure très traditionnelle. La « Perche à sécher », il la ceignait maintenant au côté. Son espoir de devenir un vassal de la Maison de Hosokawa s'était réalisé – non pour les cinq mille boisseaux qu'il avait désirés mais pour une solde d'environ la moitié.

Cette troupe de samouraïs, commandée par Kakubei, était une avant-garde qui se rendait à Buzen afin de préparer le retour de Hosokawa Tadatoshi. En pensant à l'âge de son père, il avait présenté sa requête au shōgunat depuis longtemps déjà. L'autorisation avait fini par lui être accordée, indice que le shōgunat ne doutait pas du loyalisme des Hosokawa.

Osugi avait demandé à les accompagner car elle éprouvait un désir impératif de rentrer chez elle. Elle n'avait pas renoncé à son rang de chef de famille et, pourtant, elle était absente depuis près de dix ans. L'oncle Gon aurait pu la remplacer s'il avait vécu. En l'état des choses, elle soupçonnait qu'un certain nombre d'affaires de famille requéraient sa présence.

Ils passeraient par Osaka, où elle avait laissé les cendres de l'oncle Gon. Elle pourrait les porter au Mimadaka et célébrer un service funèbre. Cela faisait longtemps également qu'elle n'avait célébré de service en mémoire de ses ancêtres négligés. Une fois réglées ses affaires domestiques, elle pourrait reprendre sa quête.

Tout récemment, elle avait été assez contente d'elle, croyant avoir frappé un grand coup contre Musashi. En apprenant par Kojirō sa recommandation, elle était d'abord tombée dans un état d'extrême dépression. Si Musashi devait recevoir cette nomination, il lui échapperait d'autant plus.

Elle avait pris sur elle d'éviter ce désastre au shōgunat et à la nation. Elle n'avait pas vu Takuan mais s'était rendue à la Maison de Yagyū aussi bien qu'à la maison de Hōjō, dénonçant Musashi, prétendant que ce serait une dangereuse folie que de l'élever à un poste important. Non satisfaite de cela, elle avait réitéré ses calomnies auprès de tous les ministres du gouvernement dont les serviteurs lui avaient permis de franchir le portail.

Bien entendu, Kojirō ne faisait rien pour l'en empêcher ; mais il ne l'encourageait pas non plus, sachant qu'elle n'aurait de cesse d'aller au bout de son entreprise. Et elle y allait : elle écrivit même des lettres diffamatoires sur le passé de Musashi, qu'elle jeta chez le Commissaire d'Edo et chez les membres du Conseil des Anciens. Kojirō lui-même se demanda si elle n'allait pas trop loin.

Kojirō encouragea Osugi à faire son voyage : il estimait que cela vaudrait mieux pour lui qu'elle fût de retour dans un pays où elle n'aurait pas l'occasion de faire autant de mal. Osugi n'avait qu'un regret, c'était que Matahachi ne l'accompagnât pas, mais elle demeurait persuadée qu'un jour il lui reviendrait.

Iori ne pouvait savoir tout cela. Incapable de fuir, répugnant à pleurer de crainte de discréditer Musashi, il se sentait pris au piège par l'ennemi.

Délibérément, Kojirō le fixa dans les yeux ; à sa surprise, le garçon soutint son regard.

– Avez-vous un pinceau et de l'encre ? demanda Kojirō à Osugi.

– Oui, mais l'encre est sèche. Pourquoi ?

– Je veux écrire une lettre. Les pancartes apposées par les hommes de Yajibei n'ont pas débusqué Musashi et je ne sais où il se trouve. Iori est le meilleur messager que l'on puisse rêver. Je crois que je devrais envoyer à Musashi un mot à l'occasion de mon départ d'Edo.

– Qu'allez-vous écrire ?

– Rien de bien compliqué. Je vais lui dire de s'entraîner au sabre pour venir me voir à Buzen un de ces jours, et lui faire savoir que j'accepte de l'attendre tout le restant de ma vie. Il pourra venir dès qu'il aura la confiance en soi nécessaire.

Osugi, horrifiée, leva les bras au ciel :

– Comment pouvez-vous parler ainsi ? Le restant de votre vie, vraiment ? Je n'ai pas autant de temps à attendre. Je dois voir Musashi mort dans les deux ou trois années à venir, tout au plus.

– Remettez-vous-en à moi. Je m'occuperai de votre affaire en même temps que de la mienne.

– Ne voyez-vous donc pas que je vieillis ? Il faut

que cela se fasse pendant que je suis encore en vie.

– Si vous prenez bien soin de vous-même, vous serez encore là quand mon invincible épée fera son œuvre.

Kojirō prit le nécessaire à écrire et se rendit à un ruisseau proche où il mouilla son doigt pour humecter le bâton d'encre. Toujours debout, il tira du papier de son kimono. Il écrivait rapidement, mais sa calligraphie et sa composition étaient celles d'un expert.

– Vous pouvez cacheter avec ceci, dit Osugi en prenant quelques grains de riz cuit qu'elle posa sur une feuille.

Kojirō les écrasa entre ses doigts, étala la substance au bord de sa lettre, qu'il scella. Au dos, il inscrivit : « De Sasaki Ganryū, vassal de la Maison de Hosokawa. »

– Viens, toi. Je ne te ferai pas de mal. Je veux que tu portes cette lettre à Musashi. Remets-la-lui en main propre car elle est importante.

Iori hésita un instant avant de grogner son assentiment et arracha la missive de la main de Kojirō.

– Qu'est-ce qu'il y a d'écrit dedans ?

– Rien que ce que j'ai dit à la vieille dame.

– Je peux regarder ?

– Tu ne dois pas rompre le cachet.

– Si vous avez écrit quelque chose d'insultant, je ne veux pas m'en charger.

– Il n'y a rien de grossier. Je le prie de se rappeler notre promesse et lui fais part de mon impatience de le revoir, peut-être à Buzen, si par hasard il vient à s'y rendre.

– Que voulez-vous dire par « le revoir » ?

– Je veux dire : le rencontrer à la frontière entre la vie et la mort, répondit Kojirō dont les joues rosirent.

Fourrant la lettre dans son kimono, Iori déclara : « Bon, je la remettrai », et s'éloigna à toutes jambes.

A une trentaine de mètres de distance, il s'arrêta, se retourna et tira la langue à Osugi.

– ... Vieille folle ! Vieille sorcière ! cria-t-il.

– Que... quoi ?

Elle était prête à fondre sur lui mais Kojirō lui saisit le bras pour la retenir.

– Laissez, dit-il avec un sourire. Ce n'est qu'un enfant.

Puis il cria à Iori :

– ... Tu n'as rien de mieux à dire ?

– Non...

Des larmes de colère lui montaient aux yeux.

– ... Mais vous le regretterez. Il est impossible que Musashi soit vaincu par un homme tel que vous.

– Tu es bien comme lui ! Il ne faut jamais dire : « Fontaine... » Mais j'aime la façon dont tu prends sa défense. Si jamais il meurt, viens à moi. Je te ferai ratisser le jardin, ou quelque chose de ce genre.

Ne s'apercevant pas que Kojirō voulait le taquiner, Iori se sentit profondément vexé. Il ramassa une pierre. Quand il leva le bras pour la lancer, Kojirō le fixa dans les yeux.

– ... Ne fais pas ça, dit-il d'une voix calme mais forte.

Iori, que les yeux avaient frappé comme deux balles de fusil, lâcha la pierre et reprit sa course. Il courut, courut jusqu'à ce que, complètement épuisé, il s'effondrât au milieu de la plaine de Musashino.

Il resta assis là deux heures, à penser à l'homme qu'il révérait comme son maître. Bien qu'il sût que Musashi avait beaucoup d'ennemis, il le considérait comme un grand homme et voulait devenir un grand homme lui-même. Croyant devoir faire quelque chose pour remplir ses obligations envers son maître et assurer sa sécurité, il résolut de développer ses propres forces aussi rapidement que possible.

Puis le souvenir de la lueur terrifiante dans les

yeux de Kojirō revint le hanter. Il se demanda si Musashi pourrait vaincre un homme aussi fort ; pessimiste, il conclut que même son maître devrait étudier encore et s'entraîner davantage. Il se leva.

La brume blanche qui dévalait au flanc des montagnes se répandait dans la plaine. Décidant d'aller à Chichibu remettre la lettre à Kojirō, le souvenir du cheval lui revint soudain. Dans la crainte que des bandits ne s'en fussent emparés, il se mit à le chercher frénétiquement, l'appela, le siffla à chaque pas.

Il crut entendre un bruit de sabots venir de la direction de ce qu'il prenait pour un étang. Il y courut. Mais il n'y avait ni cheval ni étang. Rien que la brume.

– C'est bien Iori, n'est-ce pas ?

– Je crois que oui.

Iori se tourna vers les voix et aperçut deux silhouettes qui se détachaient en noir contre le ciel du soir.

– *Sensei !* cria Iori, qui trébucha en courant vers le cavalier. C'est vous.

Fou de joie, il se cramponnait à l'étrier, les yeux levés pour s'assurer qu'il ne rêvait pas.

– Qu'est-il arrivé ? demanda Musashi. Que fais-tu donc, seul ici ?

Le visage de Musashi paraissait émacié – était-ce le clair de lune ? – mais la voix chaleureuse était ce que Iori avait faim d'entendre depuis des semaines.

– Je pensais aller à Chichibu...

Iori aperçut la selle.

– ... Comment, mais c'est le cheval que je montais !

– Il est à toi ? demanda Gonnosuke en riant.

– Oui.

– Nous ne savions pas à qui il appartenait. Il errait près du fleuve Iruma ; aussi, je l'ai pris pour un présent du ciel à Musashi.

– Le dieu de la plaine doit avoir envoyé le cheval à votre rencontre, dit Iori avec une sincérité parfaite.

– Ton cheval, dis-tu ? Cette selle ne saurait appartenir à un samouraï qui gagne moins de cinq mille boisseaux.

– Eh bien, il est en réalité à Shinzō.

– Tu as donc séjourné chez lui ? demanda Musashi en mettant pied à terre.

– Oui. Takuan m'y a emmené.

– Et notre nouvelle maison ?

– Elle est finie.

– Bien. Nous pouvons y retourner.

– *Sensei*...

– Oui ?

– Vous êtes si maigre ! Pourquoi ?

– J'ai passé bien des jours à méditer.

– Comment êtes-vous sorti de prison ?

– Gonnosuke te le racontera plus tard. Pour le moment, disons que les dieux étaient avec moi.

– Ne t'inquiète plus, Iori, intervint Gonnosuke. Personne ne doute plus de son innocence.

Soulagé, Iori devint très bavard : il leur raconta sa rencontre avec Jōtarō et le départ de Jōtarō pour Edo. Quand il en vint à la « répugnante vieille » qui s'était présentée à la résidence Hōjō, il se rappela la lettre de Kojirō.

– ... Ah ! j'oubliais quelque chose d'important ! s'exclama-t-il en tendant la lettre à Musashi.

– Une lettre de Kojirō ?

Surpris, il la tint un moment dans sa main comme s'il s'agissait de la missive d'un ami depuis longtemps perdu.

– ... Où l'as-tu vu ? demanda-t-il.

– Au village de Nobidome. Cette maudite vieille était avec lui. Il a dit qu'il allait à Buzen.

– Tiens ?

– Il était avec un groupe de samouraïs de Hosokawa... *Sensei*, vous feriez bien de vous tenir sur vos gardes et de ne pas prendre de risques.

Musashi fourra dans son kimono la lettre qu'il n'avait pas ouverte et acquiesça. Iori n'était pas sûr d'avoir été compris, aussi il insista :

– ... Ce Kojirō est très fort, n'est-ce pas ? Il a quelque chose contre vous ?

Et il rapporta à Musashi tous les détails de sa rencontre avec l'ennemi.

Lorsqu'ils furent à la cabane, Iori redescendit au bas de la colline pour chercher à manger ; Gonnosuke ramassa du bois et alla puiser de l'eau. Ils s'assirent près du feu qui brûlait clair dans l'âtre et savourèrent le plaisir de se retrouver l'un et l'autre sains et saufs. Ce fut alors que Iori remarqua les cicatrices et les ecchymoses récentes, sur les bras et le cou de Musashi.

– ... D'où vous viennent toutes ces marques ? demanda-t-il. Vous en êtes couvert.

– Rien de grave. As-tu nourri le cheval ?

– Oui, monsieur.

– Demain, tu devras le rendre.

Le lendemain matin de bonne heure, Iori monta le cheval et fit un petit galop de promenade avant le petit déjeuner. Quand le soleil fut au-dessus de l'horizon, il arrêta sa monture, bouche bée. Il fila à la cabane ventre à terre, en criant :

– *Sensei*, levez-vous ! Vite ! C'est comme quand nous l'avons vu de la montagne de Chichibu. Le soleil... il est énorme ! On dirait qu'il va rouler sur la plaine. Debout, Gonnosuke !

– Bonjour, dit Musashi du petit bois où il se promenait.

Trop excité pour songer au petit déjeuner, Iori annonça : « Je m'en vais maintenant », et il s'éloigna sur son coursier.

Musashi regarda le jeune garçon et le cheval prendre l'aspect d'un corbeau au centre même du soleil. La tache noire devint de plus en plus petite, pour être finalement absorbée par le grand orbe enflammé.

La porte de la gloire

Avant de s'attabler devant son petit déjeuner, le portier ratissa le jardin, brûla les feuilles mortes et ouvrit le portail. Shinzō, lui aussi, était levé depuis un moment. Il commençait sa journée, comme toujours, en lisant un choix de classiques chinois. A quoi succédait l'entraînement au sabre.

Du puits, où il était allé se laver, il se rendit à l'écurie, voir les chevaux.

– Palefrenier ! appela-t-il.

– Monsieur ?

– Le rouan n'est pas encore de retour ?

– Non, mais le cheval m'inquiète moins que le garçon.

– Ne t'inquiète pas pour Iori. Il a grandi à la campagne. Il sait se conduire.

Le vieux portier s'approcha de Shinzō pour l'informer que des hommes étaient venus le voir et l'attendaient au jardin. En se dirigeant vers la maison, Shinzō leur fit un signe de la main ; comme il allait à eux, l'un des hommes lui dit :

– Voilà bien longtemps que nous ne nous sommes vus.

– Quel plaisir, de vous revoir tous ensemble ! dit Shinzō.

– Comment vous portez-vous ?

– Parfaitement, comme vous pouvez le voir.

– Nous avons entendu dire que tu avais été blessé.

– Rien de grave. Qu'est-ce qui vous amène d'aussi bonne heure ?

– Nous voudrions discuter avec toi d'une petite affaire.

Les cinq anciens élèves d'Obata Kagenori, tous de beaux jeunes hommes, fils de gardes du drapeau ou d'érudits confucéens, échangèrent des regards significatifs.

– Allons par là, dit Shinzō en désignant un tertre couvert d'érables, dans un angle du jardin.

Parvenus au feu du portier, ils s'arrêtèrent autour. Shinzō porta la main à son cou ; puis, constatant que les autres l'observaient, il expliqua :

– ... Par temps froid, ça me fait encore mal.

A tour de rôle, ils examinèrent la cicatrice.

– On m'a dit que c'était l'œuvre de Sasaki Kojirō.

Il y eut un silence bref mais tendu.

– Le but de notre visite était justement de parler de Kojirō. Hier, nous avons appris que c'est lui qui a tué Yogorō.

– Je m'en doutais. Avez-vous des preuves ?

– Indirectes mais convaincantes. On a retrouvé le corps de Yogorō au pied de la colline d'Isarago, derrière le temple. La maison de Kakubei se trouve à mi-pente de la colline. Kojirō habitait là.

– Hum... Je ne serais pas surpris que Yogorō fût allé seul voir Kojirō.

– Tu peux en être sûr. Trois ou quatre soirs avant que l'on ait retrouvé le corps, un fleuriste a vu un homme qui ressemblait à Yogorō grimper la colline. Kojirō l'aura tué et aura transporté le corps au bas de la colline.

Les six hommes se regardaient solennellement les uns les autres ; leurs yeux reflétaient leur colère silencieuse. Shinzō, le visage rougi par le feu, demanda :

– Est-ce tout ?

– Non. Nous voulions parler de l'avenir de la Maison d'Obata, et du parti que nous allons prendre en ce qui concerne Kojirō.

Shinzō se tenait là, perdu dans ses pensées. L'homme qui avait parlé le premier reprit la parole :

– Tu le sais peut-être déjà, Kojirō est devenu vassal du seigneur Hosokawa Tadatoshi. Il est en route pour Buzen en ce moment. Il n'a pas payé pour ce qu'il a fait : ruiné la réputation de notre maître, tué son fils unique et héritier, et massacré nos camarades.

– Shinzō, insista un troisième, en tant que disciples d'Obata Kagenori nous devons faire quelque chose.

Des parcelles de cendre blanche s'envolaient du feu. Un homme respira une bouffée de fumée et toussa. Après les avoir écoutés quelques minutes exprimer toute l'amertume de leur indignation, Shinzō déclara :

– Je suis l'une des victimes, bien sûr, et j'ai mon plan personnel. Mais dites-moi ce que vous avez au juste en tête.

– Nous pensons protester auprès du seigneur Hosokawa. Nous lui raconterons toute l'histoire et lui demanderons que Kojirō nous soit remis.

– Et alors ?

– Nous exposerons sa tête au bout d'une pique devant les tombes de notre maître et de son fils.

– Vous pourriez peut-être le faire si l'on vous le remettait ligoté. Mais il y a peu de chances pour que les Hosokawa en usent ainsi. Il a beau n'avoir été engagé que de fraîche date, il est leur vassal, et c'est son talent qui les intéresse. Vos plaintes ne constitueraient à leurs yeux qu'une preuve supplémentaire de son habileté. Quel daimyō accepterait de remettre à quiconque un de ses vassaux sans raisons impératives ?

– Alors, il nous faudra recourir à des mesures extrêmes.

– Par exemple ?

– Le groupe avec lequel il voyage est assez important. Nous pourrions facilement les rattraper. Avec toi pour chef, nous six et d'autres disciples fidèles...

– Veux-tu parler de l'attaquer ?

– Oui. Viens avec nous, Shinzō.

– Ça ne me plaît pas.

– N'es-tu pas celui qui a été choisi pour perpétuer le nom d'Obata ?

– Reconnaître qu'un ennemi est plus fort que nous n'est pas chose facile, dit pensivement Shinzō. Pourtant, de manière objective, Kojirō est le meilleur homme d'épée. Même avec des douzaines d'hommes, je crains bien qu'en fin de compte nous n'ajoutions à notre honte.

– Tu vas rester les bras croisés ? demanda un homme avec indignation.

– Non, je souffre autant que vous tous du fait que Kojirō s'en tire ainsi, étant donné ce qu'il a commis. Mais j'accepte d'attendre le bon moment.

– Quelle patience ! dit un homme, sarcastique.

– N'es-tu pas en train d'éviter tes responsabilités ? demanda un autre.

Shinzō ne répondant pas, les cinq hommes jugèrent inutile de parler davantage et se hâtèrent de partir.

En route, ils croisèrent Iori, lequel avait mis pied à terre au portail et menait le cheval à l'écurie. Après avoir attaché l'animal, il aperçut Shinzō près du feu et s'en fut le rejoindre.

– Ah ! te voilà de retour, dit Shinzō.

– Oui, répondit Iori. Vous seriez-vous disputés ?

– Pourquoi cette question ?

– Quand je suis entré, là, tout de suite, j'ai croisé des samouraïs. Ils avaient l'air en colère. Ils disaient des choses étranges, comme : « Je le surestimais », et aussi : « C'est un faible. »

– Ça n'a pas d'importance, fit Shinzō avec un petit rire. Viens te chauffer.

– Je n'ai pas besoin de feu. J'ai fait tout le trajet à cheval, d'une seule traite depuis Musashino.

– Tu m'as l'air de fort bonne humeur. Où as-tu passé la nuit dernière ?

– A la maison. *Sensei* est de retour !

– J'avais entendu dire qu'il l'était ou le serait bientôt.

– Vous le saviez déjà ?

– Takuan me l'avait dit. Iori, sais-tu la nouvelle ?

– Quelle nouvelle ?

– Ton maître sera un grand homme. Pour lui, c'est un merveilleux coup de chance. Il va être un des maîtres du shōgun. Il sera le fondateur de sa propre école d'escrime.

– Vraiment ?

– Ça te fait plaisir ?

– Bien sûr... plus que tout. Puis-je emprunter le cheval ?

– Maintenant ? Tu viens de rentrer...

– Je vais le lui dire.

– Inutile. Avant ce soir, le Conseil des Anciens le convoquera officiellement. Dès que nous aurons reçu la nouvelle, j'irai moi-même la porter à Musashi.

– Il viendra ici ?

– Oui, lui assura Shinzō.

Sur un dernier regard au feu qui se mourait, il prit le chemin de la maison, un peu ragaillardi par Iori mais inquiet du sort de ses amis en colère.

La convocation ne fut pas longue à venir. Environ deux heures plus tard, un messager arriva, porteur d'une lettre pour Takuan et d'un ordre pour Musashi de se présenter le lendemain au Pavillon des Réceptions, devant la Porte de Wadakura. Une fois sa nomination confirmée, il serait reçu en audience par le shōgun.

Quand Shinzō, flanqué d'un serviteur, parvint à la maison de la plaine de Musashino, il trouva Musashi assis au soleil, un chaton sur les genoux, en train de causer avec Gonnosuke. Shinzō alla droit au but :

– Je viens vous chercher.

– Merci, dit Musashi. J'étais sur le point d'aller vous remercier d'avoir pris soin de Iori.

Sans plus attendre, il monta le cheval que Shinzō avait amené pour lui et ils retournèrent à Ushigome.

Ce soir-là, assis avec Takuan et le seigneur Ujikatsu, il apprécia la chance immense qui lui était donnée de pouvoir considérer ces hommes, ainsi que Shinzō, comme de vrais amis.

Le lendemain matin, à son réveil, Musashi trouva des vêtements appropriés à la circonstance déjà préparés à son intention, ainsi que des accessoires, comme un éventail, et du papier de soie. Et, au petit déjeuner, le seigneur Ujikatsu lui déclara :

– C'est un grand jour. Vous devriez vous réjouir.

Le repas comportait du riz avec des haricots rouges, une brème de mer entière pour chaque convive et d'autres plats que l'on ne servait qu'aux jours de fête. Ce menu ressemblait fort à ce qu'il eût été pour une cérémonie de majorité dans la famille Hōjō.

Musashi voulait refuser la nomination. A Chichibu, il avait reconsidéré ses deux années à Hōtengahara et son ambition de mettre au service d'un bon gouvernement sa science du sabre. Maintenant, la croyance qu'Edo, pour ne point parler du reste du pays, était prêt pour le type de gouvernement idéal qu'il envisageait, lui paraissait moins défendable.

Mais il ne pouvait refuser. Ce qui le décidait en fin de compte, c'était la confiance en lui manifestée par ses partisans. Il ne pouvait dire non à Takuan, son vieil ami et sévère mentor, pas plus qu'au seigneur Ujikatsu, devenu une relation précieuse.

En vêtements de cérémonie, monté sur un cheval magnifique avec une très belle selle, il partit sur la route ensoleillée à destination du château ; chaque pas le rapprochait de la porte de la gloire.

Devant le Pavillon des Réceptions s'étendait une

cour tapissée de gravier ; sur un haut poteau, une pancarte disait : « Descendez de cheval. » Tandis que Musashi mettait pied à terre, un personnage officiel et un palefrenier s'avancèrent.

– Je m'appelle Miyamoto Musashi, annonça-t-il. Je viens en réponse à une convocation envoyée hier par le Conseil des Anciens. Puis-je vous prier de me présenter au préposé à la salle d'attente ?

Il était venu seul, ainsi qu'il se devait. Un autre personnage se présenta qui l'escorta jusqu'à l'antichambre où il fut prié d'attendre « jusqu'à l'arrivée d'un ordre intérieur ».

Il s'agissait d'une vaste salle, dite « salle aux orchidées » à cause des peintures d'oiseaux et d'orchidées printanières qui décoraient les murs et les portes. Bientôt, un serviteur entra, chargé de thé et de gâteaux ; mais ce fut le seul contact de Musashi avec des êtres humains durant près d'une demi-journée. Les petits oiseaux des tableaux ne chantaient pas ; les orchidées n'embaumaient pas et Musashi se mit à bâiller.

Il prit pour un des ministres l'homme à face rougeaude et à cheveux blancs qui finit par paraître. Peut-être, dans sa jeunesse, avait-il été un homme de guerre distingué.

– Vous êtes Musashi, n'est-ce pas ? dit en s'asseyant le seigneur Sakai Tadakatsu. Pardonnez-nous de vous avoir fait attendre aussi longtemps.

Bien que seigneur de Kawagoe et daimyō bien connu, dans le château du shōgun, il n'était qu'un personnage officiel parmi d'autres, assisté d'un seul samouraï. Ses manières donnaient à penser qu'il ne se souciait guère de pompe ou de protocole. Musashi se prosterna et déclara, avec une raideur cérémonieuse :

– Je m'appelle Miyamoto Musashi. Je suis un rōnin de Mimasaka, fils de Munisai, qui descendait de la famille Shimmen. Je suis venu à la porte du château pour obéir à la volonté du shōgun, exprimée dans la convocation qui m'a été envoyée.

Tadakatsu approuva du chef à plusieurs reprises, ce qui fit trembler son double menton.

– Grand merci de vous être donné cette peine, dit-il, puis il poursuivit d'un ton d'excuse : En ce qui concerne votre nomination à un poste officiel, pour lequel vous étiez recommandé par le prêtre Takuan et le seigneur Hōjō d'Awa, il est survenu hier soir un brusque changement dans les projets du shōgun. En conséquence, vous ne serez pas engagé. Cette décision n'ayant pas satisfait plusieurs d'entre nous, le Conseil des Anciens a réexaminé l'affaire ce matin. De fait, nous en avons débattu jusqu'à l'instant même. Nous avons reposé la question au shōgun. J'ai le regret de vous dire que nous n'avons pu modifier sa plus récente décision.

Il y avait de la sympathie dans ses yeux et il parut un instant chercher des mots de consolation.

– ... Dans notre monde instable, continua-t-il, ce genre de chose arrive tout le temps. Ne vous laissez pas affecter par ce que les gens disent de vous. En matière de nominations officielles, il est souvent malaisé de déterminer si l'on a eu de la chance ou de la malchance.

– Oui, monsieur, dit Musashi, toujours incliné.

Pour ses oreilles, les paroles de Tadakatsu étaient de la musique. Une gratitude venue du fond du cœur lui remplissait tout le corps.

– ... Je comprends cette décision, monsieur. Je vous suis reconnaissant.

Les mots venaient tout naturellement. Musashi ne se souciait pas de l'apparence ; il n'était pas non plus ironique. Il avait le sentiment qu'un être beaucoup plus grand que le shōgun venait de lui accorder une nomination bien plus haute que celle d'instructeur officiel. Il l'a bien pris, se dit Tadakatsu. Et il ajouta tout haut :

– Peut-être est-ce présomptueux de ma part, mais on m'a dit que vous vous intéressiez à l'art d'une manière inhabituelle chez un samouraï. J'aimerais montrer au shōgun un exemple de vos travaux. Il est vain de répondre aux médisances des gens ordinaires. Je crois qu'il siérait davantage à un noble samouraï de s'élever au-dessus des commérages en laissant derrière soi un silencieux témoignage de la pureté de son cœur. Une œuvre d'art serait bien venue, ne croyez-vous pas ?

Tandis que Musashi méditait encore sur la signification de ces propos, Tadakatsu conclut : « J'espère vous revoir », et il quitta la pièce.

Musashi leva la tête et s'assit bien droit. Il lui fallut deux minutes pour saisir la signification des paroles de Tadakatsu – à savoir qu'il était inutile de répondre aux bavardages malveillants mais qu'il fallait faire preuve de caractère. S'il y parvenait, son honneur ne serait pas flétri et les hommes qui l'avaient recommandé ne perdraient nullement la face.

L'œil de Musashi tomba sur un paravent à six panneaux dans un angle de la pièce. Il était d'un vide attirant. Musashi appela un jeune samouraï dans la salle des gardes ; il lui expliqua que le seigneur Sakai lui avait demandé de faire un dessin et demanda de quoi le satisfaire : pinceaux, encre de bonne qualité, du vieux cinabre et un peu de pigment bleu.

Musashi songea qu'il était bien curieux que la plupart des enfants, après avoir su dessiner – et chanter –, l'oublient en grandissant. Peut-être était-ce le peu de sagesse qu'ils acquéraient qui les inhibait ensuite ? Lui-même ne faisait pas exception à la règle. Enfant, il avait souvent dessiné ; c'était l'un de ses moyens favoris pour lutter contre la solitude. Mais de sa treizième ou quatorzième année jusqu'à vingt ans passés, il avait presque entièrement renoncé au dessin.

Au cours de ses voyages, il avait souvent séjourné

dans des temples ou chez des gens riches ; il avait eu l'occasion de voir de la bonne peinture – fresques ou rouleaux accrochés dans les alcôves –, ce qui lui avait donné le plus vif intérêt pour l'art.

La simplicité aristocratique et la subtile profondeur du tableau sur les châtaignes de Liang-k'ai lui avaient fait une impression particulièrement profonde. Après avoir vu cette œuvre chez Kōetsu, il avait saisi toutes les occasions d'admirer les précieuses peintures chinoises de la dynastie Sung, les ouvrages des maîtres zen japonais du XVe siècle, et les peintures des maîtres contemporains de l'école Kanō, en particulier Kanō Sanraku et Kaihō Yūshō. Bien entendu, il y avait ce qu'il aimait et ce qu'il n'aimait pas. L'audacieux et viril coup de pinceau de Liang-k'ai, vu par son œil d'homme d'épée, le frappait comme révélant la force prodigieuse d'un géant. Kaihō Yūshō, peut-être parce qu'il descendait de samouraïs, avait dans sa vieillesse atteint un si haut degré de pureté que Musashi le considérait comme digne d'être pris pour modèle. Il était aussi attiré par les effets de lumière imprévus des œuvres du prêtre ermite et esthète Shōkadō Shōjō, qu'il aimait d'autant plus qu'il passait pour être ami intime de Takuan.

La peinture, qui semblait fort éloignée de la voie qu'il avait choisie, n'était guère un art pour un homme qui séjournait rarement un mois entier au même endroit. Il n'en peignait pas moins de temps à autre.

Comme chez les autres adultes qui avaient oublié l'art de dessiner, son mental travaillait, mais non son esprit. Désireux de dessiner avec adresse, il était incapable de s'exprimer de façon naturelle. Maintes fois, il s'était découragé et avait renoncé. Et puis, à un moment ou à un autre, une impulsion quelconque lui faisait reprendre le pinceau... en secret. Honteux de sa peinture, il ne la montrait jamais à autrui bien qu'il permît aux gens de regarder sa sculpture.

C'est en tout cas ce qui s'était passé jusqu'à maintenant. Pour commémorer ce jour fatidique, il résolut de peindre un tableau que le shōgun, ou n'importe qui d'autre, pût voir.

Il travailla vite et sans interruption jusqu'à ce que cela fût terminé. Puis il mit tranquillement le pinceau dans un verre d'eau et partit, sans un seul regard en arrière sur son œuvre.

Dans la cour, il se retourna une fois pour jeter un dernier regard à la porte imposante ; une question lui emplissait l'esprit : la gloire était-elle en deçà ou au-delà de cette porte ?

Sakai Tadakatsu retourna dans l'antichambre et s'assit un moment, les yeux fixés sur la peinture encore humide. Le tableau représentait la plaine de Musashino. Au milieu, très vaste, le soleil levant. L'astre, qui symbolisait la confiance de Musashi en sa propre intégrité, était vermillon. Le reste de l'ouvrage était exécuté à l'encre afin de rendre le sentiment de l'automne sur la plaine.

Tadakatsu se dit : Nous avons perdu un tigre au profit de la brousse.

La musique des sphères

– Déjà de retour ? dit Gonnosuke, clignant des yeux à la vue de Musashi en vêtements de cérémonie raides d'empois.

Musashi entra dans la maison et s'assit. Gonnosuke s'agenouilla au bord de la natte de roseau et s'inclina :

– Félicitations, dit-il avec chaleur. Devrez-vous aller travailler tout de suite ?

– La nomination a été annulée, répondit Musashi en riant.

– Annulée ? Vous voulez plaisanter, sans doute ?

– Non. Et, qui plus est, je considère que c'est une bonne chose que cette décision.

– Je ne comprends pas. Savez-vous ce qui s'est passé ?

– Je n'ai vu aucune raison de le demander. Je remercie le ciel de la façon dont les choses ont tourné.

– Ça me paraît un grand dommage !

– Alors, même toi, tu es d'avis que je ne peux trouver la gloire que dans l'enceinte du château d'Edo ?

Gonnosuke ne répondit pas.

– ... Un temps, j'ai eu pareille ambition. J'ai rêvé d'appliquer ma compréhension du sabre au problème consistant à apporter paix et bonheur au peuple, transformant la Voie du sabre en Voie du gouvernement.

– Quelqu'un vous a calomnié. C'est bien ça ?

– Peut-être, mais je n'y pense plus. Et comprends-moi bien. J'ai appris, surtout aujourd'hui, que mes idées ne sont guère plus que des rêves.

– Ce n'est pas vrai. J'ai eu la même idée ; la Voie du sabre et l'esprit du bon gouvernement devraient être une seule et même chose.

– Je suis content que nous soyons d'accord. Mais, en fait, la vérité de l'érudit, seul dans son cabinet de travail, ne s'accorde pas toujours avec ce que le gros du monde considère comme la vérité.

– Vous croyez donc que la vérité que nous cherchons, vous et moi, est sans utilité dans notre monde réel.

– Non, ce n'est pas cela, répondit Musashi avec impatience. Aussi longtemps que ce pays existera, les choses auront beau changer, la Voie de l'esprit du brave ne cessera jamais d'être utile... Si tu réfléchis, tu verras que la Voie du gouvernement n'est pas concernée par le seul Art de la guerre. Un système politique irréprochable doit reposer sur une parfaite harmonie des arts militaire et littéraire. Faire vivre en paix le monde est le but suprême de la Voie du sabre. Voilà pourquoi j'en suis arrivé à la conclusion que mes pensées ne sont que des rêves, et des rêves puérils, de surcroît. Je dois apprendre à être l'humble serviteur de deux dieux, l'un du sabre, l'autre de la plume. Avant d'essayer de gouverner la nation, je dois apprendre ce que la nation a à m'enseigner.

Il conclut par un éclat de rire mais l'interrompit soudain pour demander à Gonnosuke s'il avait un encrier ou une écritoire. Quand il eut fini d'écrire, il plia sa lettre et dit à son ami :

– ... Je regrette de t'ennuyer, mais je voudrais te prier de remettre ceci de ma part.

– A la résidence Hōjō ?

– Oui. Je me suis pleinement expliqué par écrit sur ce que j'éprouve. Fais part à Takuan et au seigneur Ujikatsu de mes salutations les plus chaleureuses... Ah ! autre chose. Je gardais ceci, qui appartient à Iori. Sois gentil de le lui remettre.

Il tira la bourse que le père de Iori lui avait laissée et la posa à côté de la lettre. Inquiet, Gonnosuke s'avança à genoux et demanda :

– Pourquoi rendez-vous ceci à Iori aujourd'hui ?

– Je vais dans les montagnes.

– Montagnes ou ville, où que vous alliez, Iori et moi voulons vous accompagner en tant que disciples.

– Je ne pars pas pour toujours. En mon absence, je voudrais que tu prennes soin de Iori, disons durant deux ou trois ans.

– Quoi ? Vous vous retirez ?

Musashi se mit à rire, décroisa les jambes et s'appuya en arrière sur ses bras.

– Pour ça, je suis beaucoup trop jeune. Je ne renonce pas à ma grande espérance. Tout est devant moi : désir, illusion, tout... Il y a une chanson... Je ne sais qui l'a écrite, mais elle dit ceci :

Tout en désirant gagner
Les profondeurs des montagnes,
Je suis poussé contre ma volonté
Vers les endroits
Où habitent les hommes.

Gonnosuke baissa la tête en écoutant. Puis il se leva et fourra dans son kimono la lettre et la bourse.

– Je ferais mieux de partir maintenant, dit-il doucement. La nuit tombe.

– Très bien. Sois gentil aussi de restituer le cheval et dis au seigneur Ujikatsu que, puisque les vêtements sont salis par le voyage, je les garde.

– Oui, bien sûr.

– Je crois qu'il serait indiscret de ma part de retourner chez le seigneur Ujikatsu. La nomination annulée doit signifier que le shōgunat me considère comme peu sûr et même suspect. Une association plus étroite avec moi risquerait de causer des ennuis au seigneur Ujikatsu. Je ne l'ai pas écrit dans ma lettre ; je désire donc que tu le lui expliques. Dis-lui que j'espère qu'il ne m'en veut pas.

– Je comprends. Je serai de retour avant le jour.

Le soleil se couchait rapidement. Gonnosuke prit le cheval par la bride et s'éloigna dans l'allée. C'est à Musashi qu'on l'avait prêté, aussi, à aucun moment l'idée de le monter ne lui vint à l'esprit.

Il arriva à Ushigome pas moins de deux heures plus tard. Les hommes, assis en cercle, se demandaient ce que devenait Musashi. Gonnosuke les rejoignit et remit la missive à Takuan.

Un émissaire était déjà passé les informer qu'il y avait eu des rapports défavorables sur le caractère et les activités passées de Musashi. De tous les griefs retenus contre lui, le plus grave était qu'un de ses ennemis avait juré vengeance. D'après la rumeur, Musashi se trouvait dans son tort. L'émissaire étant reparti, Shinzō avait raconté à son père et à Takuan la visite d'Osugi.

– Elle a même essayé de faire son boniment ici, dit-il.

Un fait qui demeurait inexpliqué était la raison qui poussait les gens à prendre ainsi pour argent comptant ce qu'on leur racontait. Et c'était non seulement les gens ordinaires – les femmes qui cancanaient autour du puits ou les ouvriers qui buvaient dans les débits de saké bon marché –, mais aussi des hommes assez intelligents pour distinguer la réalité du mensonge. Les ministres du shōgun avaient discuté la question durant de longues heures ; pourtant, même eux avaient fini par accorder créance aux calomnies d'Osugi.

Takuan et les autres s'attendaient à ce que la lettre de Musashi exprimât sa contrariété mais, en réalité, elle ne faisait guère que donner la raison de son départ. Il commençait en déclarant qu'il avait prié Gonnosuke de leur faire part de ce qu'il éprouvait. Puis venait la chanson qu'il avait chantée à Gonnosuke. La courte missive se terminait ainsi : « M'abandonnant à mon goût de l'errance, je pars pour un nouveau voyage sans but. A cette occasion, je vous offre le poème suivant qui vous amusera peut-être :

Au sein de l'univers
Se trouve certes mon jardin ;
Quand je le regarde,
Je me tiens à la sortie de
La maison nommée « Le Monde mouvant ».

Le respect de Musashi toucha profondément Ujikatsu et Shinzō ; Ujikatsu n'en déclara pas moins :

– Il est trop discret. J'aimerais le voir encore une fois avant son départ. Takuan, je doute qu'il vienne si nous l'envoyons chercher ; aussi, allons à lui.

Il se leva, prêt à partir aussitôt.

– Pourriez-vous attendre un instant, monsieur ? demanda Gonnosuke. J'aimerais vous accompagner, mais Musashi m'a prié de remettre quelque chose à Iori. Pourriez-vous le faire venir ici ?

En entrant, Iori dit :

– Vous m'avez fait demander ?

Ses yeux se portèrent aussitôt sur la bourse que tenait Gonnosuke.

– Musashi dit que tu dois prendre bien soin de ceci, déclara Gonnosuke, car c'est l'unique souvenir qui te reste de ton père.

Il expliqua alors que tous deux demeureraient ensemble jusqu'au retour de Musashi. Iori ne pouvait cacher sa déception ; pourtant, ne voulant pas paraître faible, il approuva de la tête sans conviction. En réponse aux questions de Takuan, Iori raconta tout ce qu'il savait de ses parents. Une fois les questions épuisées, il déclara :

– Ce que je n'ai jamais su, c'est ce que ma sœur était devenue. Mon père ne m'en a jamais dit grand-chose, et ma mère est morte sans me révéler quoi que ce soit dont je puisse me souvenir. Je ne sais pas où elle vit, ni même si elle est vivante ou morte.

Takuan posa la bourse sur son genou et en tira un morceau de papier froissé. Tandis qu'il lisait le message énigmatique rédigé par le père de Iori, la surprise lui fit hausser les sourcils. Regardant fixement Iori, il dit :

– Voici qui nous apprend quelque chose au sujet de ta sœur.

– C'est ce que je pensais mais je ne comprenais pas, non plus que le prêtre du Tokuganji.

Sautant la première partie, Takuan lut à voix haute :

– « Etant donné que j'avais résolu de mourir de faim plutôt que de servir un second seigneur, ma femme et moi avons erré durant des années, menant la vie la plus humble. Une année, nous avons dû abandonner notre ville dans un temple des provinces du centre. Nous avons mis *la musique des sphères* dans ses vêtements de bébé, et confié son avenir au seuil de compassion. Puis nous sommes passés dans une autre province... Plus tard, j'ai acquis ma chaumière dans les champs de Shimōsa. J'ai repensé à cette époque antérieure ; mais l'endroit était éloigné et nous étions sans nouvelles ; aussi ai-je craint qu'il ne fût pas de l'intérêt de la fille d'essayer de la retrouver. En conséquence, j'ai laissé les choses en l'état... Combien certains parents peuvent être cruels ! Je suis blâmé par les paroles de Minamoto no Sanetomo :

Les animaux eux-mêmes,
Incapables d'exprimer leurs sentiments par la parole
Ne sont point privés du
Tendre et généreux amour
Des parents pour leur progéniture.

« Puissent mes ancêtres avoir pitié de moi qui ai refusé de flétrir mon honneur de samouraï en prenant un second seigneur ! Tu es mon fils. Quelle que soit ton ambition, ne mange pas le millet du déshonneur ! »

En replaçant le papier dans la bourse, Takuan déclara :

– ... Tu pourras voir ta sœur. Je la connais depuis ma jeunesse. Musashi la connaît aussi. Viens avec nous, Iori.

Il n'indiquait pas la raison de ces paroles, non plus qu'il ne mentionnait Otsū ni « la musique des sphères », où il reconnaissait sa flûte. Ils partirent tous ensemble et se hâtèrent vers la cabane où ils arrivèrent peu après que les premiers rayons du soleil levant l'eurent touchée. Elle était vide. Au bord de la plaine, flottait un seul nuage blanc.

LIVRE VII

LA PARFAITE LUMIÈRE

Le bœuf emballé

L'ombre de la branche de prunier projetée sur le plâtre blanc du mur par le pâle soleil était belle. Elle avait la retenue évocatrice des dessins à l'encre monochrome. C'était le début du printemps à Koyagyū ; silencieuses, les branches des pruniers semblaient appeler du geste, vers le sud, les rossignols qui afflueraient bientôt dans la vallée.

A la différence des oiseaux, les *shugyōshas* qui se présentaient à la porte du château ne connaissaient aucune saison. Ils affluaient continuellement, cherchant ou à se faire instruire par Sekishūsai, ou à s'essayer contre lui. La litanie variait peu : « S'il vous plaît, une simple passe d'armes » ; « je vous en prie, permettez-moi de le voir » ; « je suis le seul disciple authentique d'Untel, qui enseigne à tel endroit ». Depuis dix ans, les gardes faisaient la même réponse : en raison de son grand âge, leur maître était dans l'incapacité de recevoir quiconque. Peu d'hommes d'épée ou d'apprentis hommes d'épée se contentaient de cette réponse. Certains se lançaient dans des diatribes sur la signification de la vraie Voie, ajoutant qu'il ne devrait y avoir aucune discrimination entre jeunes et vieux, riches et pauvres, débutants et experts. D'autres se bornaient à supplier ; d'autres encore essayaient inconsidérément de recourir à la corruption. Beaucoup s'en allaient en marmonnant des imprécations.

Le grand public eût-il connu la vérité, à savoir que Sekishūsai était mort à la fin de l'année précédente, les choses auraient sans doute été grandement simplifiées. Mais on avait décidé que puisque Munenori ne pouvait quitter Edo avant le quatrième mois, la mort serait gardée secrète jusqu'à la cérémonie funèbre. Une des rares personnes, hors du château, à connaître la nouvelle était maintenant assise dans une salle de réception et demandait avec une certaine insistance à voir Hyōgo.

Il s'agissait d'Inshun, le vieil abbé du Hōzōin qui, durant la période de sénilité d'In'ei et après sa mort, avait maintenu la réputation du temple en tant que centre d'arts martiaux. Beaucoup croyaient même qu'il l'avait accrue. Il avait fait tout son possible pour conserver les liens étroits qui existaient entre le temple et Koyagyū depuis l'époque d'In'ei et de Sekishūsai. Il voulait voir Hyōgo, disait-il, parce qu'il désirait s'entretenir avec lui des arts martiaux. Sukekurō savait ce qu'il voulait en réalité : faire une passe d'armes avec l'homme que son grand-père avait, en privé, considéré comme un meilleur homme d'épée que lui-même ou Munenori. Bien entendu, Hyōgo ne voulait pas entendre parler d'un pareil duel qui, d'après lui, ne profiterait à aucune des parties et était par conséquent dépourvu de sens. Sukekurō certifia à Inshun que le message avait été transmis.

– Je suis persuadé que Hyōgo viendrait vous saluer s'il se trouvait en meilleure santé.

– Voulez-vous dire qu'il est toujours enrhumé ?

– Oui ; il semble qu'il ne puisse guérir.

– Je ne le savais pas d'une santé aussi fragile.

– Oh ! ce n'est pas ça, mais il a passé quelque temps à Edo, vous savez, et il s'habitue mal à ces froids hivers dans la montagne.

Tandis que les deux hommes bavardaient, un jeune serviteur appelait Otsū dans le jardin de l'enceinte intérieure. Un shoji s'ouvrit et elle sortit de l'une des maisons, traînant dans son sillage une légère vapeur d'encens. Elle était encore en deuil, plus de cent jours après le décès de Sekishūsai, et son visage avait la blancheur d'une fleur de poirier.

– Où étiez-vous donc ? J'ai cherché partout, dit l'enfant.

– J'étais dans la chapelle bouddhiste.

– Hyōgo vous demande.

Lorsqu'elle entra chez Hyōgo, il lui dit :

– Ah ! Otsū, merci d'être venue. J'aimerais que vous receviez un visiteur de ma part.

– Mais bien sûr.

– Il est ici depuis un bon moment. Sukekurō est allé lui tenir compagnie ; mais, écouter ses discours intarissables sur l'Art de la guerre doit l'avoir épuisé.

– L'abbé du Hōzōin ?

– Tout juste.

Otsū esquissa un sourire, s'inclina et sortit.

Cependant, Inshun interrogeait sans trop de subtilité Sukekurō sur le passé et le caractère de Hyōgo.

– On me dit que lorsque Katō Kiyomasa lui a offert un poste, Sekishūsai a refusé d'y consentir à moins que Kiyomasa n'acceptât une condition insolite.

– Vraiment ? Je ne me souviens pas d'avoir jamais entendu pareille chose.

– D'après In'ei, Sekishūsai dit à Kiyomasa qu'étant donné l'extrême irritabilité de Hyōgo, Sa Seigneurie devait promettre que si Hyōgo commettait des offenses majeures, il pardonnerait les trois premières. Sekishūsai n'a jamais passé pour être indulgent envers l'impétuosité. Il devait avoir une affection toute particulière pour Hyōgo.

Ces propos surprirent Sukekurō à tel point qu'ils le laissèrent sans voix jusqu'à l'entrée d'Otsū. Elle sourit à l'abbé et dit :

– Quel plaisir de vous revoir ! Hélas ! Hyōgo est

obligé de préparer un rapport qui doit être envoyé à Edo sur-le-champ, mais il m'a priée de vous transmettre ses excuses de ne pouvoir vous voir cette fois-ci.

Et elle s'affaira à servir du thé et des gâteaux à Inshun et aux deux jeunes prêtres qui l'escortaient. L'abbé sembla déçu mais ignora poliment l'absence de concordance entre l'excuse de Sukekurō et celle d'Otsū.

– Je le regrette. J'avais des renseignements importants à lui communiquer.

– Je me ferai un plaisir de les lui transmettre, dit Sukekurō, et vous pouvez être assuré que nul autre que Hyōgo n'en aura connaissance.

– Oh ! je n'en doute pas, dit le vieux prêtre. Je voulais seulement mettre en garde Hyōgo en personne.

Alors, Inshun rapporta une rumeur qu'il avait entendue, concernant des samouraïs du château d'Ueno dans la province d'Iga. La ligne de démarcation entre Koyagyū et le château se trouvait dans une zone peu habitée, à environ trois kilomètres à l'est ; depuis qu'Iyeyasu l'avait confisqué au daimyō chrétien Tsutsui Sadatsugu et réattribué à Tōdō Takatora, de nombreux changements s'étaient produits. Takatora, depuis qu'il était venu y résider l'année précédente, avait réparé le château, révisé le système des impôts, amélioré l'irrigation et pris d'autres mesures en vue de consolider son pouvoir. Tout cela était de notoriété publique. Ce dont Inshun avait eu vent, c'est que Takatora tentait d'accroître son domaine en repoussant la ligne de démarcation.

D'après les rapports, Takatora avait dépêché un certain nombre de samouraïs à Tsukigase où ils construisaient des maisons, abattaient des pruniers, s'attaquaient aux voyageurs et empiétaient ouvertement sur le domaine du seigneur Yagyū.

– ... Peut-être, commentait Inshun, le seigneur

Takatora profite-t-il du fait que vous êtes en deuil. Me prendrez-vous pour un alarmiste ? Il me semble qu'il projette de repousser la limite dans votre direction et d'élever une nouvelle clôture. Si oui, il serait beaucoup plus facile de prendre des mesures maintenant qu'une fois qu'il en aura terminé. Si vous restez les bras croisés, je crains que vous ne le regrettiez plus tard.

Etant l'un des principaux vassaux, Sukekurō remercia Inshun de ces renseignements.

– Je vais faire faire une enquête et je porterai plainte en cas de nécessité.

L'abbé prit congé. Quand Sukekurō alla informer Hyōgo de ces bruits, ce dernier prit le parti d'en rire.

– Laissons faire, déclara-t-il. Quand mon oncle reviendra, il s'en occupera.

Sukekurō, qui savait l'importance de garder le moindre pouce de terre, ne fut guère satisfait de l'attitude de Hyōgo. Il conféra avec les autres samouraïs de haut rang ; ils convinrent que, bien que la discrétion s'imposât, il fallait faire quelque chose. Tōdō Takatora était l'un des plus puissants daimyō du pays.

Le lendemain matin, en sortant du dōjō, au-dessus du Shinkagedō, après son entraînement au sabre, Sukekurō rencontra un garçon de treize ou quatorze ans. L'adolescent s'inclina devant Sukekurō qui lui dit jovialement :

– Salut, Ushinosuke. Encore en train d'épier le dōjō ? Tu m'apportes un cadeau ? Voyons... des pommes de terre sauvages ?

Il ne le taquinait qu'à demi : les pommes de terre d'Ushinosuke étaient toujours meilleures que celles de quiconque. Le garçon vivait avec sa mère dans le village de montagne isolé d'Araki ; il venait souvent au château vendre du charbon de bois, de la viande de sanglier et quantité d'autres choses.

– Je n'ai pas de pommes de terre aujourd'hui mais j'apporte ceci pour Otsū.

Il tendait un paquet enveloppé dans de la paille.

– Qu'est-ce que ça peut bien être... de la rhubarbe ?

– Non, c'est vivant ! A Tsukigase, il m'arrive d'entendre chanter des rossignols. J'en ai capturé un !

– Hum, tu viens toujours par Tsukigase, n'est-ce pas ?

– C'est la seule route.

– Dis-moi, as-tu vu beaucoup de samouraïs là-bas récemment ?

– Quelques-uns, oui.

– Et que font-ils ?

– Ils construisent des cabanes...

– Les as-tu vus élever des clôtures, ou quelque chose de ce genre ?

– Non.

– Est-ce qu'ils ont abattu des pruniers ?

– Mon Dieu, en dehors des cabanes ils ont construit des ponts ; ils ont donc abattu toutes sortes d'arbres. Pour faire du feu, aussi.

– Est-ce qu'ils arrêtent les gens sur la route ?

– Je ne crois pas. Je ne les ai pas vus le faire.

Sukekurō inclina la tête :

– J'ai ouï dire que ces samouraïs sont du fief du seigneur Tōdō mais je ne sais pas ce qu'ils font à Tsukigase. Que disent les gens de ton village ?

– Ils disent que ce sont des rōnins chassés de Nara et d'Uji. Ils n'avaient nulle part où vivre ; alors, ils sont venus dans les montagnes.

Malgré les propos d'Inshun, Sukekurō ne trouvait pas cette explication déraisonnable. Ōkubo Nagayasu, le magistrat de Nara, n'avait pas relâché ses efforts pour débarrasser sa juridiction des rōnins indigents.

– ... Où est Otsū ? demanda Ushinosuke. Je veux lui donner son cadeau.

Il était toujours impatient de la voir, mais non pas

seulement parce qu'elle lui donnait des bonbons et lui disait des choses gentilles. Sa beauté avait quelque chose de mystérieux et d'inhumain. Parfois, il se demandait si elle était femme ou déesse.

– Elle est au château, j'imagine, répondit Sukekurō.

Puis, regardant vers le jardin, il dit :

– ... Ah ! il me semble que tu as de la chance. N'est-ce pas elle, là-bas ?

– Otsū ! appela Ushinosuke d'une voix forte.

Elle se retourna et sourit. Il courut vers elle à perdre haleine et lui tendit son paquet.

– ... Regardez ! J'ai capturé un rossignol. Il est pour vous.

– Un rossignol ?

Le sourcil froncé, elle ne tendait pas la main. Ushinosuke parut déçu.

– Il a une belle voix, dit-il. N'aimeriez-vous donc pas l'entendre ?

– Si, mais seulement s'il est libre de voler où il veut. Alors, il nous chantera de jolies chansons.

– Vous avez peut-être raison, dit-il avec une petite moue. Voulez-vous que je le relâche ?

– Je te sais gré de vouloir me faire un cadeau, mais je serai plus heureuse si tu lui rends la liberté.

En silence, Ushinosuke écarta la paille de son paquet ; comme une flèche, l'oiseau s'envola pardessus le mur du château.

– ... Là, tu vois comme il est content d'être libre, dit Otsū.

– On dit que les rossignols sont les messagers du printemps, n'est-ce pas ? Quelqu'un va peut-être vous apporter une bonne nouvelle.

– Un messager, apporter une nouvelle aussi bienvenue que le retour du printemps ? Il est vrai qu'il y a quelque chose que je brûle d'entendre.

Otsū prit la direction du bois et du bosquet de

bambous, derrière le château ; Ushinosuke lui emboîta le pas.

– Où allez-vous ? demanda-t-il.

– Voilà bien longtemps que je ne suis pas sortie. Je pensais monter sur la colline, voir les fleurs de prunier pour me changer les idées.

– Les fleurs de prunier ? Là-haut, il n'y a pas grand-chose à voir. Vous devriez aller à Tsukigase.

– Ça me paraît une bonne idée. Est-ce loin d'ici ?

– Environ trois kilomètres. Pourquoi n'y allez-vous pas ? J'ai apporté du bois à brûler, aujourd'hui, et j'ai le bœuf avec moi.

Ayant rarement quitté le château pendant tout l'hiver, Otsū ne fut pas longue à se décider. Sans dire à personne où elle allait, tous deux descendirent sans se presser jusqu'à la porte arrière, qui servait aux commerçants et à d'autres personnes ayant affaire au château. Elle était gardée par un samouraï armé d'une lance. Il adressa un salut de la tête et un sourire à Otsū. Ushinosuke était lui aussi une silhouette familière, et le garde le laissa franchir la porte sans vérifier son autorisation écrite de circuler dans l'enceinte du château. Les gens, dans les champs et sur la route, saluaient cordialement Otsū, qu'ils la connussent ou non. Quand les demeures se firent plus clairsemées, elle se retourna vers le château blanc niché au pied de la montagne et demanda :

– Pourrai-je rentrer avant la nuit ?

– Sûr, mais de toute façon je vous raccompagnerai.

– Le village d'Araki est au-delà de Tsukigase, n'est-ce pas ?

– Ça n'a pas d'importance.

Bavardant de choses et d'autres, ils passèrent devant chez un marchand de sel où un homme troquait de la viande de sanglier contre un sac de sel. Sa transaction terminée, il sortit et suivit la route derrière eux. Avec la neige qui fondait, la route devenait de plus en plus mauvaise. Les passants étaient rares.

– Ushinosuke, dit Otsū, tu viens toujours à Koyagyū, n'est-ce pas ?

– Oui.

– Le château d'Ueno n'est donc pas plus proche du village d'Araki ?

– Si, mais au château d'Ueno, il n'y a pas de grand homme d'épée comme le seigneur Yagyū.

– Tu aimes donc tant l'épée ?

– Oui.

Il arrêta le bœuf, lâcha la corde et descendit en courant jusqu'au bord du cours d'eau. Une des poutres du pont était tombée. Il la remit en place et attendit que l'homme qui marchait derrière eux traversât le premier.

Cet homme avait l'air d'un rōnin. En dépassant Otsū, il la considéra effrontément puis se retourna plusieurs fois sur le pont et l'autre rive avant de disparaître dans le pli de la montagne.

– Qui crois-tu que ce soit ? demanda Otsū, nerveuse.

– Il vous a fait peur ?

– Non, mais...

– Il y a de nombreux rōnins dans les montagnes, par ici.

– Vraiment ? fit-elle, mal à l'aise.

En se retournant, Ushinosuke lui déclara :

– Otsū, je me demande si vous accepteriez de m'aider. Croyez-vous que vous pourriez demander à Maître Kimura de m'engager ? Je veux dire, vous savez bien : je pourrais ratisser, tirer de l'eau... faire des choses comme ça.

Depuis peu, le garçon avait reçu de Sukekurō la permission spéciale d'entrer au dōjō regarder les hommes s'entraîner ; mais, déjà, il n'avait plus qu'une ambition. Ses ancêtres portaient le nom de famille de Kikumura ; le chef de famille, depuis plusieurs générations, portait le prénom de Mataemon. Ushinosuke avait décidé que lorsqu'il deviendrait samouraï, il s'appellerait Mataemon ; mais aucun des Kikumura n'avait fait quoi que ce soit de remarquable. Ce serait donc son village qui lui fournirait son nom de famille et, si son rêve se réalisait, il deviendrait universellement célèbre sous le nom d'Araki Mataemon.

En l'écoutant, Otsū pensait à Jōtarō ; un sentiment de solitude s'empara d'elle. Elle avait maintenant vingt-cinq ans ; Jōtarō devait en avoir dix-neuf ou vingt. En regardant les fleurs de prunier autour d'elle – pas encore en plein épanouissement –, elle ne pouvait se défendre du sentiment que le printemps était déjà passé pour elle.

– Rentrons, Ushinosuke, dit-elle soudain.

– Halte ! cria alors une voix d'homme.

Deux rōnins s'étaient joints à celui qu'ils avaient croisé chez le marchand de sel. Tous trois entourèrent le bœuf, les bras croisés.

– Que voulez-vous ? demanda Ushinosuke.

Les hommes gardaient les yeux fixés sur Otsū.

– Je vois ce que tu veux dire, déclara l'un.

– C'est une beauté, hein ?

– Je l'ai déjà vue quelque part, dit le troisième. A Kyoto, je crois.

– Elle doit être de Kyoto ; elle n'est sûrement pas d'un des villages de la région.

– Je ne me souviens pas si c'était à l'école Yoshioka ou ailleurs, mais je sais que je l'ai vue.

– Vous étiez à l'école Yoshioka ?

– Pendant trois ans, après Sekigahara.

– Si vous nous voulez quelque chose, dites-le ! reprit Ushinosuke, irrité. Nous voulons rentrer avant la nuit.

L'un des rōnins le toisa, comme s'il s'apercevait seulement de sa présence :

– Tu es bien d'Araki ? Un de ceux qui fabriquent le charbon de bois ?
– Oui, et alors ?
– Nous n'avons pas besoin de toi. File.
– C'est justement ce que je vais faire.
Il tira sur la corde ; un des hommes lui décocha un regard qui eût fait trembler d'effroi la plupart des jeunes garçons.
– ... Ecartez-vous, dit Ushinosuke.
– Cette dame vient avec nous.
– Et où s'il vous plaît ?
– Qu'est-ce que ça peut te faire ? Donne-moi cette corde.
– Non !
– Dis donc, il ne me prend pas au sérieux.
Les deux autres hommes, bombant le torse, l'air menaçant, marchèrent sur Ushinosuke.
Otsū s'agrippait à l'échine du bœuf. Le froncement de sourcils d'Ushinosuke disait clairement ce qui allait suivre.
– Oh ! non, arrête ! s'écria-t-elle, dans l'espoir d'empêcher le garçon de se livrer à la violence.
Mais la note plaintive dans la voix de la jeune fille ne réussit qu'à pousser le jeune garçon à l'action. Il atteignit l'homme qui se trouvait devant lui d'un bon coup de pied et le fit chanceler en arrière. A peine son pied eut-il repris contact avec le sol qu'il envoya un coup de tête dans le ventre de l'homme qui se tenait à sa gauche. En même temps, il empoignait le sabre de son adversaire et le tirait de son fourreau. Puis il se mit à faire des moulinets.
Il se déplaçait à la vitesse de l'éclair. Il tourbillonnait et semblait attaquer dans toutes les directions à la fois les trois acolytes simultanément avec une égale force. Soit que son action brillante fût instinctive ou due à une intrépidité d'enfant, sa tactique peu orthodoxe prit les rōnins par surprise.
Il plongea son sabre dans la poitrine de l'un des

hommes. Otsū hurla mais sa voix fut couverte par celle du blessé. Il tomba au pied du bœuf et un geyser de sang jaillit sur le mufle de l'animal. Epouvanté, le bœuf poussa un terrible mugissement. A cet instant, le sabre d'Ushinosuke lui entailla profondément la croupe. Le bœuf partit au galop. Les deux autres rōnins se précipitèrent vers Ushinosuke qui bondissait agilement de roc en roc dans le lit du cours d'eau.

– Je n'ai rien fait de mal ! C'est vous ! braillait-il.

Les deux rōnins, se rendant compte qu'il leur échappait, se mirent à la poursuite du bœuf. Ushinosuke regagna la route en quelques bonds et se mit à leurs trousses en vociférant :

– ... Vous fuyez ? Vous fuyez ?

L'un des hommes fit halte et se retourna à demi :

– Morveux, tu vas me le payer !

– Garde-le pour plus tard ! lui lança l'autre homme.

Le bœuf, aveuglé de frayeur, quitta la route de la vallée et s'élança au sommet d'une colline ; il suivit la crête un court moment et plongea de l'autre côté. En un rien de temps, il couvrit une distance considérable et parvint non loin du fief de Yagyū.

Les yeux clos, résignée, Otsū réussit à éviter d'être jetée à terre en s'accrochant au bât. Elle entendait la voix de ceux qu'elle dépassait, mais était trop commotionnée pour appeler au secours. Du reste cela n'eût servi à rien. Aucune des personnes qui commentaient le spectacle n'avait le courage d'arrêter la bête affolée.

Lorsqu'ils eurent presque atteint la plaine de Hannya, un homme sortant d'un chemin latéral déboucha sur la grand-route de Kasagi. Il portait à l'épaule un étui à lettre et paraissait un serviteur quelconque. Les gens lui criaient : « Attention ! Garez-vous ! », mais il continuait son chemin, droit sur le bœuf.

On entendit bientôt un terrible heurt.

– Il a été réduit en bouillie !

– L'imbécile !

Mais ce n'était pas ce qu'avaient tout d'abord cru les badauds. Le bruit qu'ils avaient entendu n'était pas celui du bœuf qui heurtait l'homme, mais celui du coup que porta l'homme à l'animal. Le bœuf tourna lourdement sa grosse tête, fit demi-tour et rebroussa chemin. Il n'avait pas fait trois mètres qu'il s'arrêta pile, bavant et tremblant de tout son corps.

– Descendez vite, dit l'homme à Otsū.

Un attroupement s'était formé et tout le monde gardait l'œil fixé sur le pied de l'homme, solidement planté sur la corde.

Une fois à terre, Otsū s'inclina devant son sauveteur, bien qu'elle fût encore trop étourdie pour savoir où elle était ou ce qu'elle faisait.

– ... Qu'est-ce qui a bien pu rendre fou un animal aussi doux ? demanda l'homme en menant le bœuf au bord de la route pour l'attacher à un arbre.

Il vit le sang sur les jambes de l'animal, et reprit :

– ... Tiens, qu'est-ce que c'est que ça ? Mais il a été blessé... avec un sabre !

Tandis qu'il examinait la blessure en grommelant, Kimura Sukekurō fendit la foule et la dispersa.

– N'êtes-vous pas le serviteur de l'abbé Inshun ? demanda-t-il, hors d'haleine.

– Quelle chance de vous rencontrer ici, monsieur ! J'ai une lettre pour vous de l'abbé. Si vous n'y voyez pas d'inconvénient, j'aimerais vous prier de la lire immédiatement.

Il tira la lettre de l'étui et la tendit à Sukekurō.

– Pour moi ? demanda Sukekurō, surpris.

S'étant assuré qu'il n'y avait pas d'erreur, il ouvrit la lettre et la lut : « En ce qui concerne les samouraïs de Tsukigase, j'ai, depuis notre conversation d'hier, vérifié qu'ils n'appartiennent pas au seigneur Tōdō. C'est de la racaille, des rōnins expulsés des grandes villes et qui se sont terrés là pour l'hiver. Je m'empresse de vous informer de cette malheureuse erreur de ma part. »

– ... Merci, dit Sukekurō. Cela s'accorde avec ce que j'ai appris d'une autre source. Dites à l'abbé que je suis très soulagé. Il doit en être de même pour lui.

– Pardonnez-moi de vous avoir remis cette lettre sur la route. Je transmettrai votre message à l'abbé. Au revoir.

– Un instant. Depuis combien de temps êtes-vous au Hōzōin ?

– Peu de temps.

– Comment vous appelez-vous ?

– Torazō.

– Je me demande... marmonna Sukekurō en scrutant le visage de l'homme. Seriez-vous par hasard Hamada Toranosuke ?

– Non.

– Je n'ai jamais rencontré Hamada mais il y a un homme au château qui affirme que Hamada est maintenant au service d'Inshun.

Torazō, écarlate, baissa la voix :

– A vrai dire, je suis Hamada. Je suis venu au Hōzōin pour des raisons personnelles. Afin d'éviter un surcroît de honte à mon maître et à moi-même, je voudrais garder mon identité secrète. Si vous n'y voyez pas d'inconvénient...

– Soyez sans inquiétude. Je n'avais pas l'intention d'être indiscret.

– Vous avez sûrement entendu parler de Tadaaki. Il a abandonné son école et s'est retiré dans les montagnes à cause d'une erreur de ma part. J'ai donc renoncé à mon rang. Exécuter des tâches subalternes au temple constituera une bonne discipline. Je n'ai pas donné mon vrai nom aux prêtres. Tout cela est bien gênant.

– Le résultat du combat de Tadaaki avec Kojirō n'est pas un secret. Kojirō en a informé tous ceux qu'il a rencontrés entre Edo et Buzen. Si je comprends bien, vous avez résolu de venger votre maître.

– Un de ces jours... Au revoir, monsieur.

Torazō prit congé rapidement, comme incapable de rester là un instant de plus.

Graine de chanvre

Hyōgo s'inquiétait. Il s'était rendu chez Otsū, une lettre de Takuan à la main, et avait cherché la jeune fille dans tout le château, de plus en plus soucieux à mesure que les heures passaient.

La lettre, datée du dixième mois de l'année précédente, mais inexplicablement retardée, parlait de l'imminente nomination de Musashi comme instructeur du shōgun. Takuan demandait qu'Otsū vînt dans la capitale aussitôt que possible étant donné que Musashi aurait bientôt besoin d'une maison et de « quelqu'un pour la tenir ».

Hyōgo brûlait d'impatience de voir s'illuminer le visage de la jeune fille.

Ses recherches étaient restées vaines, aussi finit-il par aller questionner le garde, à la porte ; on lui répondit que des hommes étaient partis à la recherche d'Otsū. Hyōgo poussa un profond soupir en songeant combien il ressemblait peu à Otsū de plonger son entourage dans l'inquiétude et de s'éloigner sans prévenir. Elle agissait rarement de manière impulsive, même dans les plus petites choses.

Toutefois, avant qu'il ne commençât à envisager le pire, la nouvelle arriva qu'ils étaient de retour, Otsū avec Sukekurō, Ushinosuke avec les hommes envoyés à Tsukigase. Le jeune garçon s'excusait auprès de tout le monde pour nul ne savait quoi ; il avait manifestement hâte de prendre le large.

– Où cours-tu donc comme ça ? demanda un serviteur.

– Il faut que je rentre à Araki sinon ma mère s'inquiétera.

– Si tu essaies de rentrer tout de suite, dit Sukekurō, ces rōnins t'attraperont, et tu as peu de chances d'en réchapper. Tu peux passer la nuit ici et ne partir que demain matin.

Ushinosuke marmonna un vague acquiescement ; on lui indiqua un bûcher, dans l'enceinte externe, où dormaient les aspirants samouraïs.

Hyōgo fit signe à Otsū, la prit à part et lui dit ce que Takuan avait écrit. Il ne s'étonna pas lorsqu'elle répondit : « Je partirai demain matin » ; sa rougeur en disait long sur ce qu'elle éprouvait.

Hyōgo lui rappela alors la venue prochaine de Munenori et suggéra qu'elle regagnât Edo avec lui, tout en sachant parfaitement ce qu'elle répondrait. Elle n'envisageait même pas d'attendre deux jours, comment aurait-elle tenu deux mois ? Il fit une autre tentative en déclarant que si elle attendait la fin du service funèbre, elle pourrait voyager avec lui jusqu'à Nagoya, puisqu'il avait été invité à devenir vassal du seigneur Tokugawa d'Owari. Devant le nouveau refus de la jeune fille, il lui fit part de son déplaisir à l'idée qu'elle effectuerait seule ce long voyage. Dans chaque ville, dans chaque auberge sur sa route elle rencontrerait des inconvénients sinon de véritables dangers. Elle sourit :

– Vous paraissez oublier que j'ai l'habitude des voyages. Vous n'avez aucune inquiétude à avoir.

Ce soir-là, lors d'une modeste réunion d'adieu, chacun exprima son affection à Otsū et, le lendemain matin, par un beau temps clair, famille et domestiques se rassemblèrent au portail du devant pour la voir partir.

Sukekurō envoya un homme chercher Ushinosuke, dans l'espoir qu'Otsū pourrait monter son bœuf jusqu'à Uji. L'homme leur apprit qu'en fin de compte le garçon était rentré chez lui la veille. Sukekurō fit donc venir un cheval.

Otsū se considérait d'un rang trop inférieur pour recevoir une telle faveur ; elle refusa l'offre mais Hyōgo insista. Le cheval, gris pommelé, fut mené par un aspirant samouraï jusqu'au bas de la pente douce qui aboutissait au portail externe.

Hyōgo l'accompagna sur le chemin puis s'arrêta soudain. Il ne pouvait le nier : il lui arrivait d'envier Musashi, comme il eût envié n'importe quel homme qu'eût aimé Otsū. Que le cœur de la jeune fille appartînt à un autre ne diminuait pas son affection pour elle. Au cours du voyage pour venir d'Edo, elle avait été une compagne délicieuse ; dans les semaines et les mois qui avaient suivi, il s'était émerveillé du dévouement avec lequel elle avait soigné son grand-père. Bien que plus fort que jamais, son amour pour elle était sans égoïsme. Sekishūsai lui avait ordonné de la remettre à Musashi ; Hyōgo n'entendait pas faire autre chose. Il n'était pas dans sa nature de convoiter la chance d'un autre homme, pas plus que de songer à l'en priver.

Il était perdu dans sa rêverie lorsque Otsū se retourna et s'inclina pour remercier ses bienfaiteurs. Lorsqu'elle se remit en route, elle frôla les fleurs de prunier. Hyōgo regarda tomber les pétales ; il pouvait presque sentir leur parfum. Il avait le sentiment de la voir pour la dernière fois et trouvait réconfort à prier en silence pour la vie future de la jeune femme. Debout, il la regarda disparaître.

– Monsieur...

Hyōgo se retourna ; un sourire éclaira peu à peu son visage.

– Ushinosuke... Eh bien, eh bien... J'apprends que tu es rentré chez toi hier au soir, après que je t'eus dit de n'en rien faire.

– Oui, monsieur ; ma mère...

Il était encore à un âge où parler de séparation d'avec sa mère l'amenait au bord des larmes.

– Ça n'a pas d'importance. Il est bon pour un garçon de prendre soin de sa mère. Mais comment as-tu évité les rōnins de Tsukigase ?

– Oh ! ç'a été facile.

– Vraiment ?

– Ils n'étaient pas là, dit le garçon en souriant. Ils avaient appris qu'Otsū habitait le château ; aussi avaient-ils peur d'être attaqués. Je suppose qu'ils seront allés de l'autre côté de la montagne.

– Ha ! Ha ! Nous n'avons plus à nous inquiéter d'eux, n'est-ce pas ? As-tu pris ton petit déjeuner ?

– Non, répondit Ushinosuke, un peu gêné. Je me suis levé tôt pour arracher des pommes de terre sauvages pour maître Kimura. Si vous les aimez, je vous en apporterai aussi.

– Merci.

– Savez-vous où est Otsū ?

– Elle vient de partir pour Edo.

– Pour Edo ?...

Il hésita :

– ... Je me demande si elle vous a posé, à vous ou à maître Kimura, la question que je voulais qu'elle vous pose.

– C'est-à-dire ?

– Je souhaite que vous me laissiez devenir serviteur d'un samouraï.

– Pour ça, tu es encore un peu trop jeune. Peut-être quand tu seras plus grand.

– Mais je veux apprendre l'art du sabre ! Ne voulez-vous pas me l'enseigner ? Je vous en prie ! Je dois apprendre pendant que ma mère est encore en vie.

– As-tu étudié auprès de quelqu'un ?

– Non, mais je me suis entraîné avec mon sabre de bois sur des arbres et des animaux.

– Bon début. Quand tu seras un peu plus vieux,

tu pourras venir me rejoindre à Nagoya. J'irai y vivre bientôt.

– C'est tout là-bas dans la province d'Owari, n'est-ce pas ? Je ne puis aller aussi loin pendant que ma mère est encore vivante.

– Viens avec moi, dit Hyōgo, ému.

Ushinosuke le suivit en silence.

– ... Nous irons au dōjō. Je verrai si tu as des dispositions pour devenir homme d'épée.

– Au dōjō ?

Ushinosuke se demanda s'il rêvait. Depuis sa plus tendre enfance, il considérait le vieux dōjō de Yagyū comme un symbole de tout ce à quoi il aspirait au monde. Bien que Sukekurō lui eût dit qu'il pouvait y entrer, il ne l'avait encore jamais fait. Mais voici qu'il y était invité par un membre de la famille.

– Rince-toi les pieds.

– Oui, monsieur.

Ushinosuke se rendit à un petit étang, près de l'entrée, et se lava très soigneusement les pieds, en prenant soin de nettoyer les ongles de ses orteils. Une fois à l'intérieur, il se sentit tout petit et insignifiant. Les poutres et les chevrons étaient vieux et massifs, le sol poli comme un miroir. Même la voix de Hyōgo, lorsqu'il dit : « Prends un sabre », sonnait différemment.

Ushinosuke choisit un sabre en chêne noir parmi les armes suspendues au mur. Hyōgo en prit un, lui aussi, et, la pointe dirigée vers le sol, s'avança jusqu'au milieu de la salle.

– ... Prêt ? demanda-t-il avec froideur.

– Oui, répondit Ushinosuke en élevant son arme au niveau de la poitrine.

Hyōgo ouvrit légèrement sa garde en diagonale. Ushinosuke avait la peau comme hérissée, le sourcil férocement froncé, le cœur battant. Quand Hyōgo lui signala des yeux qu'il était sur le point d'attaquer, Ushinosuke poussa un fort grognement. Les pieds martelant le sol, Hyōgo se précipita et frappa Ushinosuke à la taille.

– ... Pas encore ! cria le garçon.

Comme s'il eût chassé du pied le sol loin de lui, il bondit plus haut que l'épaule de Hyōgo. Ce dernier tendit la main gauche et poussa légèrement les pieds du garçon vers le haut. Ushinosuke exécuta un saut périlleux et retomba derrière Hyōgo. Relevé en un clin d'œil, il courut reprendre son sabre.

– Cela suffit, dit Hyōgo.

– Non ; encore une fois !

Empoignant son sabre, Ushinosuke le brandit à deux mains au-dessus de sa tête et vola comme un aigle en direction de Hyōgo. L'arme de Hyōgo, pointée droit vers lui, l'arrêta net dans son élan. Il vit la lueur dans les yeux de Hyōgo et les siens se remplirent de larmes. Ce garçon a de la flamme, se dit Hyōgo, mais il feignit d'être en colère :

– Tu te bats en traître ! vociféra-t-il. Tu as sauté par-dessus mon épaule.

Ushinosuke ne savait que répondre à cela.

– ... Tu ne tiens pas compte de ton rang... prendre ainsi des libertés avec tes supérieurs !... Assieds-toi là.

Le garçon s'agenouilla et tendit les mains devant lui pour se prosterner en signe d'excuse. En s'approchant de lui, Hyōgo lâcha son sabre de bois et dégaina sa propre arme.

– ... Et maintenant, je vais te tuer. Inutile de crier.

– Me... me tuer ?

– Tends le cou. Pour un samouraï, *rien* n'est plus important que de respecter les règles de bonne conduite. Tu as beau n'être qu'un jeune paysan, ce que tu as fait est impardonnable.

– Vous allez me tuer uniquement parce que j'ai fait quelque chose de grossier ?

– Tout juste.

Ushinosuke leva les yeux vers le samouraï et, avec

une expression résignée, il tendit les mains en direction de son village en disant :

– Mère, je vais faire partie de la terre de ce château. Je sais combien tu es triste. Pardonne-moi de n'être pas un bon fils.

Après quoi, avec obéissance, il tendit le cou. Hyōgo éclata de rire et remit son sabre au fourreau. Tapotant le dos d'Ushinosuke, il lui dit :

– Tu ne crois pas vraiment que je tuerais un garçon comme toi, n'est-ce pas ?

– Ce n'était pas sérieux ?

– Mais non !

– Vous parliez de l'importance de la bonne conduite. Est-ce bien, de la part d'un samouraï, de faire des plaisanteries pareilles ?

– Ce n'était pas une plaisanterie. Si tu t'entraînes pour devenir samouraï, je dois savoir de quel métal tu es fait.

– Je croyais que vous étiez sérieux, dit Ushinosuke, dont le souffle redevenait normal.

– Tu m'as déclaré que tu n'avais pas pris de leçons, fit Hyōgo. Or, quand je t'ai poussé en bordure de la salle, tu as sauté par-dessus mon épaule. Peu d'élèves, même au bout de trois ou quatre ans d'entraînement, seraient capables d'un tel exploit.

– Pourtant, je n'ai encore jamais étudié avec personne.

– Il n'y a pas de raison de le cacher. Tu dois avoir eu un maître, et un bon. Qui était-ce ?

Le garçon réfléchit quelques instants, puis répondit :

– Oh ! je me souviens comment j'ai appris ce coup.

– Qui te l'a enseigné ?

– Ce n'était pas un être humain.

– Un lutin, peut-être ?

– Non, une graine de chanvre.

– Quoi ?

– Une graine de chanvre.
– Comment as-tu pu apprendre d'une graine de chanvre ?
– Eh bien, là-haut, dans les montagnes, il y a de ces combattants... vous savez, de ceux qui semblent disparaître juste sous vos yeux. Je les ai regardés s'entraîner une ou deux fois.
– Tu veux parler des *ninja*, n'est-ce pas ? Ce doit être le groupe d'Iga que tu as vu. Mais quel rapport avec la graine de chanvre ?
– Eh bien, une fois que l'on a planté le chanvre au printemps, une petite pousse n'est pas longue à lever.
– Et alors ?
– On saute par-dessus. Chaque jour, on s'entraîne à sauter dans les deux sens. Quand le temps devient plus chaud, le chanvre pousse vite – rien ne pousse aussi vite ; aussi doit-on sauter plus haut de jour en jour. Si l'on ne s'exerce pas chaque jour, bientôt le chanvre devient si haut que l'on ne peut plus sauter par-dessus.
– Je vois.
– Je l'ai fait l'an dernier, et l'année d'avant. Du printemps à l'automne.
A cet instant, Sukekurō entra dans le dōjō et dit :
– Hyōgo, voici une autre lettre d'Edo.
Après l'avoir lue, Hyōgo demanda :
– Otsū ne peut être bien loin, n'est-ce pas ?
– Pas plus d'une huitaine de kilomètres, sans doute. Il y a du nouveau ?
– Oui. Takuan dit que la nomination de Musashi a été annulée. Ils semblent avoir des doutes sur son caractère. Je ne crois pas que nous devrions laisser Otsū continuer jusqu'à Edo sans l'informer.
– J'y vais.
– Non. J'y vais moi-même.
Sur un signe à Ushinosuke, Hyōgo quitta le dōjō pour gagner l'écurie.

Il était à mi-chemin d'Uji lorsqu'il fut pris de doutes ; l'absence de nomination de Musashi ne changerait rien pour Otsū ; ce qui lui importait, c'était l'homme lui-même, et non son rang. Même si Hyōgo parvenait à la convaincre de rester un peu plus longtemps à Koyagyū, elle voudrait à coup sûr gagner Edo. A quoi bon gâcher son voyage en lui apprenant la mauvaise nouvelle ?

Il fit demi-tour en direction de Koyagyū et ralentit son allure. Il avait beau paraître en paix avec le monde, une bataille furieuse faisait rage dans son cœur. Si seulement il pouvait voir Otsū encore une fois !

Il tenta de maîtriser ses émotions. Les guerriers avaient leurs moments de faiblesse, leurs moments de folie, comme tout le monde. Son devoir, celui de tout samouraï, n'en était pas moins clair : persévérer jusqu'à atteindre un état d'équilibre stoïque. Une fois qu'il aurait franchi la barrière de l'illusion, son âme serait légère et libre, ses yeux ouverts aux saules verdoyants qui l'entouraient, au moindre brin d'herbe. L'amour n'était pas la seule émotion capable d'enflammer un cœur de samouraï. Son monde était un autre monde.

– Quelle foule ! remarqua Hyōgo, le cœur léger.

– Oui ; il ne fait pas souvent aussi beau à Nara, répondit Sukekurō.

– On dirait une partie de campagne.

A quelques pas derrière eux suivait Ushinosuke, à qui Hyōgo s'attachait. Maintenant, le garçon venait plus souvent au château, et il était en passe de devenir un véritable serviteur. Il portait leurs déjeuners sur son dos et, attachée à son obi, une paire de sandales de rechange pour Hyōgo.

Ils se trouvaient dans un terrain vague au milieu de la ville. D'un côté, la pagode à cinq étages du Kōfukuji s'élevait au-dessus des bois environnants ;

visibles de l'autre côté du champ, les maisons des prêtres bouddhistes et shinto. Bien que la journée fût claire et l'atmosphère printanière, une légère brume planait sur les zones les plus basses, où vivaient les citadins. La foule, de quatre à cinq cents personnes, ne paraissait pas aussi nombreuse à cause de la grandeur du champ. Certains des cervidés pour lesquels Nara était célèbre se glissaient parmi les spectateurs, flairant çà et là quelque bon morceau.

– ... Ils n'ont pas encore fini, n'est-ce pas ? demanda Hyōgo.

– Non, répondit Sukekurō. Il semble qu'il y ait une pause pour déjeuner.

– Alors, même les prêtres doivent manger !

Sukekurō éclata de rire.

En fait, c'était un véritable spectacle. Les grandes villes avaient des théâtres mais, à Nara et dans les villes plus petites, les spectacles se déroulaient en plein air. Prestidigitateurs, danseurs, marionnettistes, ainsi qu'archers et hommes d'épée, tout le monde s'exhibait sur le champ. Pourtant, l'attraction du jour était plus qu'un simple divertissement. Chaque année, les prêtres-lanciers du Hōzōin organisaient un tournoi qui déterminait l'ordre de préséance au temple. Comme ils se produisaient en public, les concurrents menaient une lutte acharnée ; les passes d'armes étaient souvent violentes et spectaculaires. Devant le Kōfukuji, une pancarte indiquait clairement que le tournoi était ouvert à tous ceux qui se consacraient aux arts martiaux ; mais les étrangers qui osaient affronter les prêtres-lanciers étaient extrêmement rares.

– ... Pourquoi ne pas nous asseoir quelque part pour déjeuner ? dit Hyōgo. Il semble que nous ayons amplement le temps.

– Quel endroit conviendrait ? demanda Sukekurō en promenant les yeux autour de lui.

– Là-bas ! s'écria Ushinosuke. Vous pouvez vous asseoir là-dessus.

Il désignait un morceau de natte de roseau qu'il avait ramassé quelque part et déployé sur un agréable tertre. Hyōgo admira l'esprit de ressource du garçon ; de façon générale, il était content de la manière dont l'enfant le servait, bien qu'il ne considérât pas la prévenance comme une qualité idéale pour un futur samouraï. Après qu'ils se furent installés, Ushinosuke servit le frugal repas : boulettes de riz nature, marinade de prunes et beurre de fèves sucré, le tout enveloppé de bambou séché pour le rendre plus facile à transporter.

– Ushinosuke, dit Sukekurō, cours jusqu'à ces prêtres, là-bas, pour avoir du thé. Mais ne leur dis pas pour qui c'est.

– Ce serait assommant s'ils venaient présenter leurs respects, ajouta Hyōgo, un chapeau de vannerie enfoncé jusqu'aux yeux.

Une écharpe, comme en portaient les prêtres, cachait plus qu'à demi les traits de Sukekurō. Tandis qu'Ushinosuke se levait, un autre garçon, à une quinzaine de mètres de là, déclarait :

– Je n'y comprends rien. La natte se trouvait ici même.

– N'y pense plus, Iori, dit Gonnosuke. Ça n'est pas une grande perte.

– Quelqu'un doit nous l'avoir chapardée. Qui crois-tu capable de faire une chose pareille ?

– Ne t'inquiète pas.

Gonnosuke s'assit sur l'herbe, sortit son encre et son pinceau, et entreprit de noter ses dépenses dans un petit carnet, habitude qu'il tenait depuis peu de Iori. A certains égards, Iori était trop sérieux pour son âge. Il veillait de près à ses finances personnelles, ne gaspillait jamais, était d'une netteté méticuleuse, éprouvait de la reconnaissance pour le moindre bol de riz, le moindre beau jour. Bref, il était délicat et méprisait ceux qui ne l'étaient pas.

Pour quiconque prenait un objet appartenant à autrui, ne fût-ce qu'un morceau de natte bon marché, il n'éprouvait que dédain.

– Tiens, la voilà ! s'écria-t-il. Ces hommes, là-bas, l'ont prise. Dites donc, vous !

Il courut vers eux mais s'arrêta à une dizaine de pas pour réfléchir à ce qu'il allait dire, et se trouva nez à nez avec Ushinosuke.

– Qu'est-ce que tu veux ? gronda Ushinosuke.

– Qu'est-ce que tu veux dire ? aboya Iori.

Le considérant avec la froideur que les gens de la campagne réservent aux étrangers, Ushinosuke lui lança :

– Tu es celui qui nous a appelés !

– Celui qui prend les affaires d'un autre est un voleur !

– Un voleur ! Et pourquoi donc, crétin ?

– Cette natte nous appartient.

– Cette natte ? Je l'ai trouvée par terre. C'est là tout ce qui te tracasse ?

– Une natte, c'est important pour un voyageur, dit Iori non sans une certaine emphase. Elle le protège de la pluie, lui permet de ne pas dormir à même la terre et ainsi de suite. Rends-la-moi !

– Tu peux la ravoir, mais retire d'abord le mot de voleur !

– Je n'ai pas à m'excuser de reprendre ce qui nous appartient. Si tu ne me la rends pas, je te la reprendrai !

– Essaie. Je suis Ushinosuke d'Araki. Je n'ai pas l'intention de me laisser vaincre par un gamin comme toi. Je suis le disciple d'un samouraï.

– Vraiment ? dit Iori en se redressant. Tu fais le fanfaron avec tous ces gens autour de toi mais tu n'oserais pas te battre si nous étions seuls.

– Je n'oublierai pas ça !

– Viens ici plus tard.
– Où ?
– Près de la pagode. Viens seul.

Ils se séparèrent ; Ushinosuke alla chercher le thé ; lorsqu'il revint avec une théière en terre, il défia Iori du regard. Les yeux de Iori lui répondirent. Tous deux croyaient que seule comptait la victoire.

La foule bruyante poussait de-ci, de-là, soulevant des nuages de poussière jaune. Au centre du cercle se tenait un prêtre avec une longue lance. L'un après l'autre, ses rivaux s'avançaient pour le défier. L'un après l'autre, ils étaient abattus ou volaient dans les airs.

– Approchez ! criait-il mais, à la fin, nul ne vint plus. S'il n'y a personne d'autre, je m'en vais. Y a-t-il une objection à me déclarer, moi, Nankōbō, le vainqueur ?

Après avoir étudié sous In'ei, il avait créé un style à lui et était maintenant le principal rival d'Inshun, absent ce jour-là sous prétexte de maladie. Nul ne savait s'il avait peur de Nankōbō ou s'il préférait éviter un conflit. Personne ne se présenta ; le robuste prêtre abaissa sa lance, la tint à l'horizontale et annonça :

– ... Il n'y a aucun défi.

– Attendez ! cria un prêtre en courant vers Nankōbō. Je suis Daun, un disciple d'Inshun. Je vous défie.

– Préparez-vous.

Après s'être inclinés l'un devant l'autre, les deux hommes se séparèrent d'un bond. Leurs deux lances restèrent en arrêt l'une en face de l'autre, comme des êtres vivants, si longtemps que la foule, qui s'ennuyait, se mit à leur crier d'agir. Puis, tout d'un coup, les vociférations cessèrent. La lance de Nankōbō frappa Daun à la tête ; pareil à un épouvantail renversé par le vent, son corps pencha lentement d'un côté puis s'abattit soudain. Trois ou quatre lanciers s'avancèrent en courant, non pour tirer vengeance mais seulement pour emporter le corps. Nankōbō bomba le torse avec arrogance et inspecta la foule.

– ... Il semble qu'il reste quelques braves. Si oui, approchez.

Un prêtre montagnard s'avança de derrière une tente, déposa la malle qu'il portait sur le dos et demanda :

– Le tournoi n'est-il ouvert qu'aux lanciers du Hōzōin ?

– Non, répondirent en chœur les prêtres du Hōzōin.

Le prêtre s'inclina.

– Dans ce cas, j'aimerais m'essayer. Quelqu'un peut-il me prêter un sabre de bois ?

Hyōgo jeta un coup d'œil à Sukekurō et dit :

– Voilà qui devient intéressant.

– Oui.

– Le résultat ne fait aucun doute.

– Je ne crois pas que Nankōbō risque de perdre.

– Ce n'est pas ce que je voulais dire. Je ne crois pas que Nankōbō acceptera le combat. S'il l'accepte, il perdra.

Sukekurō était perplexe mais ne demanda pas d'explication.

Quelqu'un tendit au prêtre vagabond un sabre de bois. Il s'approcha de Nankōbō, s'inclina et proclama son défi. C'était un homme d'une quarantaine d'années mais son corps d'acier évoquait non la formation ascétique des prêtres montagnards, mais celle du champ de bataille ; cet homme devait avoir affronté maintes fois la mort et être prêt à l'accepter philosophiquement. Il parlait avec douceur et son regard était calme. En dépit de son arrogance, Nankōbō n'était pas fou :

– Vous êtes étranger ? demanda-t-il en vain.

– Oui, répondit l'autre en s'inclinant de nouveau.

– Attendez une minute.

Nankōbō voyait clairement deux choses : sa technique était peut-être meilleure que celle du prêtre. Il ne pouvait gagner à long terme. Bon nombre d'hommes de guerre célèbres, vaincus à Sekigahara, se déguisaient encore en prêtres errants. Impossible de savoir qui était cet homme.

– ... Je ne peux affronter d'étranger, dit-il en secouant la tête.

– Je viens de demander le règlement et l'on m'a répondu que c'était possible.

– C'est peut-être possible pour les autres mais je préfère ne pas combattre d'étrangers. Quand je combats, ce n'est pas dans l'intention de vaincre mon adversaire. Il s'agit d'une activité religieuse où je me discipline l'âme au moyen de la lance.

– Je vois, dit le prêtre avec un petit rire.

Il semblait vouloir ajouter quelque chose mais il hésitait. Il resta un instant à réfléchir et quitta le cercle non sans restituer le sabre de bois avant de disparaître. Nankōbō choisit ce moment pour effectuer sa sortie, sans tenir compte des commentaires chuchotés jugeant qu'il était lâche de sa part de reculer. Escorté par deux ou trois disciples, il s'éloigna à grands pas majestueux comme un général vainqueur.

– Qu'est-ce que je vous disais ? fit Hyōgo.

– Vous ne vous trompiez pas.

– Cet homme est sans aucun doute un de ceux qui se cachent sur le mont Kudo. Troquez sa robe blanche et son écharpe contre un casque et une armure, vous aurez devant vous l'un des grands hommes d'épée d'il y a quelques années.

Quand la foule s'éclaircit, Sukekurō chercha Ushinosuke des yeux en vain. Sur un signe de Iori, l'enfant s'était rendu à la pagode où, maintenant, ils se foudroyaient l'un l'autre du regard.

– Ça ne sera pas ma faute si tu es tué, dit Iori.

– Assez de grands mots, répliqua Ushinosuke en

ramassant un bâton pour s'en servir comme d'une arme.

Iori brandit son sabre et s'élança à l'assaut. Ushinosuke bondit en arrière. Iori crut qu'il avait peur et courut droit sur lui. Ushinosuke fit un bond prodigieux et lui donna un coup de pied à la tempe. Iori porta la main à sa tête et s'abattit par terre. Prompt à se remettre, il se releva en un clin d'œil. Les deux garçons s'affrontaient, l'arme haute.

Oubliant ce que lui avaient enseigné Musashi et Gonnosuke, Iori chargea les yeux fermés. Ushinosuke s'écarta légèrement et le fit choir avec son bâton.

Iori gisait à plat ventre, gémissant, le sabre encore en main.

– Ha ! j'ai gagné ! cria Ushinosuke.

Puis, constatant que Iori ne bougeait pas du tout, il prit peur et s'enfuit.

– Non, tu n'as pas gagné ! rugit Gonnosuke, dont le gourdin long de quatre pieds atteignit le garçon à la hanche.

Ushinosuke tomba en poussant un cri de douleur ; mais, sur un coup d'œil à Gonnosuke, il se releva et détala comme un lièvre, pour donner de la tête dans Sukekurō qui survenait.

– Ushinosuke ! Qu'est-ce qui se passe, ici ?

Ushinosuke se cacha promptement derrière Sukekurō, laissant le samouraï face à face avec Gonnosuke. Un instant, il parut que l'affrontement était inévitable. La main de Sukekurō se porta à son sabre ; Gonnosuke serra la sienne sur son gourdin.

– ... Auriez-vous la bonté de me dire, demanda Sukekurō, pourquoi vous donnez la chasse à un simple enfant comme si vous vouliez le tuer ?

– Avant de répondre, permettez-moi de poser une question. L'avez-vous vu abattre ce garçon ?

– Il vous accompagne ?

– Oui. Celui-ci est-il un de vos serviteurs ?

– Pas officiellement.

Il regarda Ushinosuke avec sévérité et lui demanda :

– ... Pourquoi as-tu frappé ce garçon et t'es-tu enfui ? Allons, dis la vérité.

Ushinosuke n'eut pas le temps d'ouvrir la bouche ; Iori leva la tête et cria :

– C'était un duel !

Il se mit avec peine sur son séant et précisa :

– ... Nous nous sommes battus en duel et j'ai perdu.

– Vous êtes-vous défiés l'un l'autre selon les règles ? demanda Gonnosuke, une lueur amusée dans les yeux.

Ushinosuke, très embarrassé, répondit :

– Je ne savais pas que la natte lui appartenait quand je l'ai ramassée.

Les deux hommes s'adressèrent un large sourire : tous deux étaient conscients que s'ils n'avaient pas eux-mêmes agi avec retenue, une affaire banale et puérile se fût peut-être terminée dans le sang.

– Je regrette ce désagrément, dit Sukekurō.

– Moi aussi. J'espère que vous me pardonnerez.

– N'en parlons plus. Mon maître nous attend ; aussi, je crois que nous ferions mieux d'y aller.

Ils sortirent du portail en riant ; Gonnosuke et Iori allaient à gauche ; Sukekurō et Ushinosuke à droite. Gonnosuke se retourna pour poser une question :

– Puis-je vous demander un renseignement ? Si nous suivons tout droit cette route, nous conduira-t-elle au château de Koyagyū ?

Sukekurō s'approcha de Gonnosuke ; quelques minutes plus tard, quand Hyōgo les rejoignit, il lui dit qui étaient les voyageurs et pourquoi ils se trouvaient là. Hyōgo eut un soupir de sympathie :

– Quel dommage ! Si seulement vous étiez venus voilà trois semaines, avant qu'Otsū ne partît rejoindre Musashi à Edo !...

– Il n'est pas à Edo, répondit Gonnosuke. Nul ne sait où il se trouve, pas même ses amis.

– Que va-t-elle faire, maintenant ? dit Hyōgo qui regrettait de n'avoir pas ramené Otsū à Koyagyū.

Iori avait beau retenir ses larmes, en réalité il eût voulu aller quelque part, tout seul, pleurer tout son soûl. En arrivant, il parlait sans cesse de rencontrer Otsū ; du moins le semblait-il à Gonnosuke. Tandis que la conversation des hommes passait aux événements d'Edo, il s'écarta lentement. Hyōgo demanda à Gonnosuke un supplément d'informations sur Musashi, des nouvelles de son oncle, des détails sur la disparition d'Ono Tadaaki. Ses questions et les renseignements fournis par Gonnosuke semblaient sans fin. Ushinosuke rejoignit Iori et lui posa la main sur l'épaule.

– Où vas-tu ? lui demanda-t-il. Tu pleures ?

– Bien sûr que non.

Mais tandis qu'il secouait la tête, ses larmes coulaient sur ses joues.

– Hum... Sais-tu arracher les pommes de terre sauvages ?

– Bien sûr.

– Il y a des pommes de terre, là-bas. Tu veux savoir lequel est capable de les arracher le plus vite ?

Iori releva le défi et ils se mirent à creuser.

Il se faisait tard et, comme il restait beaucoup à dire, Hyōgo pressa Gonnosuke de passer quelques jours au château. Mais Gonnosuke répondit qu'il préférait poursuivre son voyage. Comme ils se disaient adieu, ils s'aperçurent que les garçons avaient de nouveau disparu. Au bout d'un moment, Sukekurō les désigna en disant :

– Les voilà, là-bas. On dirait qu'ils creusent.

Iori et Ushinosuke s'absorbaient dans leur tâche qui, en raison de la fragilité des racines, les obligeait à creuser avec précaution à une grande profondeur. Les hommes, qu'amusait leur concentration, s'avancèrent sans bruit derrière eux pour les observer durant plusieurs minutes, avant qu'Ushinosuke ne levât les yeux et ne les vît. Il tressaillit légèrement ; Iori se retourna et sourit. Puis ils redoublèrent d'efforts.

– Je la tiens ! s'écria Ushinosuke en tirant une pomme de terre allongée qu'il posa sur le sol.

Voyant le bras de Iori enfoncé dans le trou jusqu'à l'épaule, Gonnosuke lui dit avec impatience :

– Si tu n'as pas bientôt fini, je pars seul.

Iori, la main sur la hanche ainsi qu'un vieux paysan, se releva péniblement et dit :

– Je n'y arrive pas. Ça me prendrait la fin de la journée.

La mine résignée, il épousseta son kimono.

– Tu ne peux pas attraper la pomme de terre après avoir creusé si profondément ? demanda Ushinosuke. Tiens, je vais te l'arracher moi-même.

– Non, dit Iori en repoussant la main d'Ushinosuke. Tu l'abîmerais.

Il reboucha le trou avec douceur et tassa la terre en surface.

– Salut ! lui cria Ushinosuke en brandissant fièrement sa pomme de terre, révélant ainsi que le bout en était brisé.

Ce que voyant, Hyōgo déclara :

– Tu as perdu. Tu as peut-être gagné le combat mais tu es disqualifié au concours d'arrachage de pommes de terre.

Balayeurs et marchands

Les fleurs de cerisier étaient pâles et passées, et les fleurs de chardon se fanaient, allusion nostalgique à l'époque, plusieurs siècles auparavant, où Nara était la capitale. Il faisait un peu chaud pour marcher, mais ni Gonnosuke ni Iori ne se lassaient de la route. Iori tira Gonnosuke par la manche et dit d'un air inquiet :

– Cet homme nous suit toujours.

Gardant les yeux droit devant lui, Gonnosuke répondit :

– Fais semblant de ne pas le voir.

– Il est derrière nous depuis que nous avons quitté le Kōfukuji.

– Hum...

– Et il était à l'auberge où nous sommes descendus.

– Ne te tracasse pas. Nous n'avons rien qui mérite d'être volé.

– Nous avons nos vies ! Ça n'est pas rien.

– Ha ! ha ! Je garde ma vie sous clé. Pas toi ?

– Je saurai me défendre, dit Iori en serrant son fourreau de la main gauche.

Gonnosuke savait que l'homme était le prêtre montagnard qui avait défié Nankōbō la veille, mais il n'avait aucune idée de la raison qui le poussait à les suivre. Iori se retourna de nouveau, et dit :

– ... Il a disparu.

Gonnosuke se retourna, lui aussi :

– Il se sera lassé.

Il prit une inspiration profonde et ajouta :

– ... Mais je me sens mieux.

Ils passèrent la nuit dans une ferme et, le lendemain matin de bonne heure, atteignirent Amano, dans la province de Kawachi. C'était un petit village aux maisons à auvents bas ; un ruisseau de montagne coulait à proximité. Gonnosuke était venu faire poser la plaque funéraire de sa mère au Kongōji, surnommé le mont Kōya des femmes. Mais d'abord il voulait aller voir une femme appelée Oan et qu'il connaissait depuis l'enfance, afin qu'il y eût quelqu'un pour brûler de l'encens devant la plaque, de temps à autre. S'il ne la trouvait pas, il avait l'intention de pousser jusqu'au mont Kōya, le cimetière des riches et des puissants. Il espérait ne pas avoir à s'y rendre ; y aller lui eût donné l'impression d'être un mendiant.

Il s'informa auprès de la femme d'un boutiquier qui lui répondit qu'Oan était l'épouse d'un brasseur appelé Tōroku, et que leur maison était la quatrième à droite, passé l'entrée du temple.

En franchissant le portail, Gonnosuke se demanda si la femme savait de quoi elle parlait : un écriteau déclarait qu'il était interdit d'introduire du saké dans l'enceinte sacrée. Comment aurait-il pu y avoir une brasserie à cet endroit ?

Ce petit mystère fut éclairci le soir même par Tōroku, qui leur avait souhaité la bienvenue et avait accepté volontiers de parler à l'abbé de la plaque funéraire. Tōroku raconta que Toyotomi Hideyoshi avait une fois goûté le saké préparé à l'usage du temple, et exprima toute son admiration. Les prêtres avaient alors fondé la brasserie pour fabriquer du saké destiné à Hideyoshi et aux autres daimyō qui contribuaient à l'entretien du temple. Après la mort de Hideyoshi, la production avait un peu baissé mais le temple approvisionnait toujours un certain nombre de bienfaiteurs particuliers.

Le lendemain matin, quand Gonnosuke et Iori se réveillèrent, Tōroku était déjà parti. Il revint un peu après midi et dit que des dispositions avaient été prises.

Le Kongōji se trouvait situé dans la vallée de la rivière Amano, parmi des pics de la couleur du jade. Gonnosuke, Iori et Kōroku s'arrêtèrent un instant sur le pont menant au portail principal. Des fleurs de cerisier flottaient sur l'eau, sous le pont. Gonnosuke redressa les épaules et prit une expression respectueuse. Iori arrangea son col.

En s'approchant de la grande salle, ils furent accueillis par l'abbé, un homme de haute taille, assez corpulent et qui portait la robe d'un prêtre ordinaire. Un chapeau de vannerie usé, un long bâton n'eussent pas surpris dans sa mise.

– Est-ce l'homme qui veut faire organiser une

cérémonie funèbre pour sa mère ? demanda-t-il d'un ton cordial.

– Oui, monsieur, répondit Tōroku en se prosternant.

Gonnosuke, qui s'était attendu à voir un ecclésiastique au visage sévère, vêtu de brocart d'or, fut un peu confus de cet accueil. Il s'inclina et regarda l'abbé descendre du portique, glisser ses grands pieds dans des sandales de paille sale et s'arrêter devant lui. Son chapelet à la main, l'abbé leur dit de le suivre, et un jeune prêtre leur emboîta le pas.

Ils passèrent devant la salle de Yakushi, le réfectoire, la pagode d'un seul étage où était conservé le trésor et enfin le logis des prêtres. Lorsqu'ils arrivèrent à la salle de Dainichi, le jeune prêtre s'avança et parla à l'abbé. Ce dernier acquiesça d'un signe de tête et le prêtre ouvrit la porte avec une énorme clé.

Gonnosuke et Iori pénétrèrent ensemble dans la vaste salle et s'agenouillèrent devant l'estrade des prêtres. Trois bons mètres au-dessus, se dressait une gigantesque statue dorée de Dainichi, le Bouddha universel des sectes ésotériques. Quelques instants plus tard, l'abbé parut derrière l'autel, en soutane, et s'installa sur l'estrade. La psalmodie du sūtra commença ; l'abbé parut subtilement se métamorphoser en grand prêtre plein de dignité ; son autorité se manifestait dans son port de tête.

En face de lui, Gonnosuke joignit les mains. Ce fut comme si un petit nuage passait devant ses yeux, un nuage d'où serait sortie une image du col de Shiojiri, là où avait eu lieu la mise à l'épreuve entre Musashi et lui. Sa mère était assise d'un côté, droite comme un I, l'air inquiet, tout comme lorsqu'elle avait crié le mot qui l'avait sauvé pendant ce combat.

Mère, pensa-t-il, tu n'as pas à t'inquiéter de mon avenir. Musashi a consenti à devenir mon maître. Le jour n'est pas loin où je serai en mesure de fonder ma propre école. Quels que soient les bouleversements du monde, je ne m'écarterai pas de la Voie. Je ne négligerai pas non plus mes devoirs de fils...

Quand Gonnosuke sortit de sa rêverie, la psalmodie avait cessé et l'abbé avait disparu. Assis à côté de lui, Iori était cloué sur place, les yeux rivés au visage de Dainichi, miracle de sensibilité sculpturale, œuvre du grand Unkei au XIIIe siècle.

– Qu'est-ce que tu regardes comme ça, Iori ?

Sans détourner les yeux, le garçon répondit :

– C'est ma sœur. Ce Bouddha ressemble à ma sœur.

Gonnosuke éclata de rire.

– Qu'est-ce que tu racontes ? Tu ne l'as jamais vue. En tout cas, aucun être humain ne saurait avoir la compassion et la sérénité de Dainichi.

Iori secoua la tête avec énergie.

– Je l'ai vue. Près de la résidence du seigneur Yagyū, à Edo. Et je lui ai parlé. Alors, je ne savais pas qu'elle était ma sœur, mais tout à l'heure, pendant que l'abbé chantait, la figure du Bouddha s'est transformée en celle de ma sœur. Elle semblait me dire quelque chose.

Ils sortirent et s'assirent sur le seuil, répugnant à rompre le charme des visions qu'ils venaient d'avoir.

– Le service funèbre était pour ma mère, dit pensivement Gonnosuke. Mais la journée a été bonne aussi pour les vivants. Assis ici, comme cela, on a peine à croire que l'on se batte et que le sang coule.

La flèche métallique de la pagode au trésor étincelait comme une épée ouvragée dans les rayons du couchant ; tous les autres bâtiments étaient plongés dans les ténèbres. Des lanternes de pierre bordaient le sentier assombri qui grimpait la colline abrupte jusqu'à une maison de thé de style Muromashi et un petit mausolée.

Près de la maison de thé, une vieille religieuse, coiffée de soie blanche, et un homme grassouillet d'une cinquantaine d'années balayaient des feuilles avec un balai de paille. La religieuse soupira et dit :

– Il me semble que tout est mieux qu'autrefois.

Peu de gens venaient jusqu'à cette partie du temple, fût-ce pour enlever l'amas hivernal de feuilles mortes et les squelettes d'oiseaux.

– Tu dois être fatiguée, mère, dit l'homme. Tu devrais t'asseoir et te reposer. J'ai fini.

Il portait un simple kimono de coton, un manteau sans manches, des sandales de paille, des guêtres de cuir à motif représentant une fleur de cerisier, ainsi qu'un sabre court à poignée en peau de requin sans ornement.

– Je ne suis pas fatiguée, répondit-elle avec un petit rire. Mais toi ? Tu n'es pas habitué à ceci. Tu n'as pas de crevasses aux mains.

– Non, je n'ai pas de crevasses mais elles sont couvertes d'ampoules.

La femme se remit à rire en disant :

– Alors, n'est-ce pas un bon souvenir à rapporter chez soi ?

– Ça m'est égal. J'ai le sentiment de m'être purifié le cœur. J'espère que ça veut dire que notre petite offrande de labeur a fait plaisir aux dieux.

– Oh ! il fait si sombre, à présent ! Laissons le reste pour demain matin.

Gonnosuke et Iori se tenaient debout près du portique. Kōetsu et Myōshū descendirent lentement le sentier, main dans la main. Quand ils furent près de la salle de Dainichi, tous deux sursautèrent et s'écrièrent :

– Qui va là ?

Puis Myōshū dit :

– Belle journée, n'est-ce pas ? Etes-vous venus visiter ?

Gonnosuke s'inclina et répondit :

– Non, j'ai fait lire un sūtra pour ma mère.

– C'est agréable de rencontrer des jeunes gens qui ont de la reconnaissance envers leurs parents.

Elle tapota la tête de Iori d'un geste maternel.

– ... Kōetsu, te reste-t-il de ces gâteaux de froment ?

Kōetsu tira de sa manche un petit paquet qu'il offrit à Iori en disant :

– Excuse-moi de t'offrir des restes.

– Gonnosuke, puis-je les accepter ? demanda Iori.

– Oui, répondit Gonnosuke, qui remercia Kōetsu de la part de Iori.

– À votre façon de parler, il semble que vous soyez de l'Est, dit Myōshū. Puis-je savoir où vous allez ?

– C'est un voyage sans fin sur une route interminable. Ce garçon et moi sommes disciples du même maître sur la Voie du sabre.

– C'est un chemin ardu que vous avez choisi là. Quel est votre maître ?

– Il s'appelle Miyamoto Musashi.

– Musashi ? Ce n'est pas possible !... s'exclama Myōshū, le regard perdu comme afin d'évoquer un souvenir agréable.

– Où se trouve Musashi en ce moment ? demanda Kōetsu. Il y a longtemps que nous ne l'avons vu.

Gonnosuke les mit au courant des aventures de Musashi au cours des deux années précédentes. En écoutant, Kōetsu approuvait de la tête et souriait comme pour dire : c'est bien là ce que j'espérais de lui. Quand il eut terminé, Gonnosuke ajouta :

– Puis-je demander qui vous êtes ?

– Oh ! pardonnez-moi de ne pas vous l'avoir dit plus tôt, répondit Kōetsu qui se présenta, ainsi que sa mère. Musashi a séjourné quelque temps chez nous, voilà plusieurs années. Nous l'aimons beaucoup et parlons souvent de lui, encore maintenant.

Il raconta alors à Gonnosuke deux ou trois événements qui s'étaient produits quand Musashi se trouvait à Kyoto. Gonnosuke connaissait de longue date la réputation de Kōetsu en tant que polisseur de sabres ; plus récemment, il avait appris les relations de Musashi avec lui. Pourtant, jamais il ne se fût attendu à rencontrer ce riche bourgeois en train de mettre de l'ordre dans le parc négligé d'un temple.

– Y a-t-il ici la tombe de l'un de vos proches ? demanda-t-il. A moins que vous ne soyez venus en excursion ?

– Non, rien d'aussi frivole qu'une excursion ! s'exclama Kōetsu. Pas dans un lieu saint comme celui-ci... Les prêtres vous ont-ils raconté l'histoire du Kongōji ?

– Non.

– Dans ce cas, permettez-moi, à la place des prêtres, de vous la dire. Mais comprenez bien, je vous en prie, que je ne fais que répéter ce que j'ai entendu moi-même.

Kōetsu fit une pause, promena lentement les yeux autour de lui et reprit :

– ... Ce soir, nous avons juste la lune qu'il faut.

Et il désigna, au-dessus d'eux, le mausolée, Mieidō et Kangetsutei ; au-dessous, le Taishidō, le sanctuaire shinto, la pagode au trésor, le réfectoire et le portail à deux étages.

– ... Regardez bien, dit-il, apparemment sous le charme de ce décor solitaire. Ce pin, ces rochers, chaque arbre, chaque brin d'herbe, ici, participent de l'invisible pérennité, de la tradition d'élégance de notre pays.

Il poursuivit dans cette veine et raconta avec solennité comment, au XIVe siècle, lors d'un conflit entre les cours du Sud et du Nord, la montagne avait été une citadelle de la cour du Sud. Comment le prince Morinaga, également connu sous le nom de Daitō no Miya, avait tenu de secrètes conférences en vue de renverser les régents Hōjō. Comment Kusunoki Masashige et d'autres loyalistes avaient combattu les armées de la cour du Nord. Plus tard, les Ashikaga avaient accédé au pouvoir et l'empereur Go-Murakami, délogé du mont Otoko, avait été forcé de fuir d'un lieu à l'autre. Il finit par se réfugier au temple et, durant nombre d'années, mena la même vie que les prêtres montagnards, souffrit les mêmes privations. Le réfectoire fut le siège de son gouvernement et il travailla inlassablement à recouvrer les prérogatives impériales dont s'étaient emparés les militaires.

A une époque antérieure, quand samouraïs et courtisans s'étaient rassemblés autour des ex-empereurs Kōgon, Kōmyō et Sukō, le moine Zen'e avait écrit de façon poignante : « Les demeures des prêtres et les temples montagnards ont tous été balayés. La perte est incalculable. »

Gonnosuke écoutait humblement, respectueusement. Iori, qu'impressionnait la gravité du ton de Kōetsu, ne pouvait détacher les yeux du visage de cet homme. Ce dernier respira profondément et reprit :

– ... Tout, ici, est une relique de cette époque. Le mausolée est la dernière demeure de l'empereur Kōgon. Depuis le déclin des Ashikaga, rien n'a été entretenu comme il faut. Voilà pourquoi nous avons décidé, ma mère et moi, de faire un peu de ménage en signe de respect.

Content de l'attention de son auditoire, Kōetsu chercha les mots capables d'exprimer son émotion sincère :

– ... Alors que nous balayions, nous avons trouvé une pierre avec un poème gravé dessus, peut-être par un prêtre-soldat de ce temps-là. Il disait :

La guerre aura beau durer
Même un siècle,
Le printemps reviendra.
Vivez avec une chanson dans le cœur,
Vous, les sujets de l'empereur.

« Songez au courage, à la grandeur d'âme qu'il fallait à un simple soldat qui s'était battu des années, voire des décennies, afin de protéger l'empereur, pour pouvoir se réjouir et chanter. Je suis certain que c'est parce que l'esprit de Masashige était passé en lui. Bien qu'un siècle de combats se soit écoulé, ce lieu reste un monument élevé à la dignité impériale. N'est-ce pas là quelque chose dont nous devrions être très reconnaissants ?

– Je ne savais pas que c'était le site d'une bataille sacrée, dit Gonnosuke. J'espère que vous me pardonnerez mon ignorance.

– Je suis content d'avoir eu l'occasion de partager avec vous quelques-unes de mes idées sur l'histoire de notre pays.

Tous quatre descendirent la colline ensemble. Au clair de lune, leurs ombres paraissaient ténues et comme immatérielles. En passant devant le réfectoire, Kōetsu dit :

– ... Nous sommes ici depuis sept jours. Nous partons demain. Si vous rencontrez Musashi, veuillez lui dire de revenir nous voir.

Gonnosuke lui assura qu'il n'y manquerait pas.

Le cours d'eau rapide et peu profond qui longeait le mur d'enceinte du temple ressemblait à un fossé naturel ; un pont à la chaussée en terre battue l'enjambait.

A peine Gonnosuke et Iori avaient-ils mis le pied sur le pont qu'une imposante silhouette blanche armée d'un gourdin sortit de l'ombre et s'élança derrière Gonnosuke, lequel évita l'attaque en s'écartant ; mais Iori fut jeté à bas du pont.

L'homme dépassa Gonnosuke et se précipita sur la route. Il se retourna et se mit en garde sur ses jambes robustes comme de petits troncs d'arbres. Gonnosuke vit que c'était le prêtre qui les suivait la veille.

– Qui êtes-vous ? cria Gonnosuke.

Le prêtre ne répondit pas. Gonnosuke brandit son gourdin et cria :

– ... Qui êtes-vous ? Pour quelle raison vous attaquez-vous à Musō Gonnosuke ?

Le prêtre fit la sourde oreille. Ses yeux lançaient des flammes tandis que ses orteils, saillant des lourdes sandales de paille, s'avançaient centimètre après centimètre.

Gonnosuke grondait et jurait à mi-voix. Ses membres courts et pesants gonflés par la volonté de combattre, lui aussi s'avançait centimètre après centimètre.

Le bâton du prêtre se cassa en deux avec un craquement sonore. Une partie vola dans les airs et le prêtre précipita l'autre de toutes ses forces au visage de Gonnosuke. Il le manqua mais, tandis que Gonnosuke reprenait son équilibre, son adversaire tirait son sabre et sautait sur le pont.

– Lâche ! cria Iori.

Le prêtre, le souffle coupé, porta la main à son visage. Les petites pierres lancées par Iori avaient atteint leur but ; l'une l'avait frappé en plein dans l'œil. Il tourbillonna sur lui-même et s'enfuit sur la route.

– ... Arrête ! cria Iori en grimpant sur la berge, la main pleine de cailloux.

– Laisse, dit Gonnosuke, prenant le bras de Iori.

– Ça lui apprendra, triompha Iori, qui lança des pierres en direction de la lune.

Peu après qu'ils furent rentrés chez Tōroku et se furent couchés, la bourrasque se leva. Le vent rugissait à travers les arbres, menaçant d'arracher le toit, mais ce n'était pas la seule chose qui les empêchait de dormir.

Gonnosuke demeurait éveillé, à songer au passé et au présent, à se demander si le monde avait réellement progressé par rapport à autrefois. Nobunaga, Hideyoshi et Iyeyasu avaient gagné le cœur du peuple, ainsi que le pouvoir ; mais, se demandait Gonnosuke, n'avait-on pas presque oublié le véritable souverain et poussé le peuple à adorer de faux dieux ? L'époque des Hōjō et des Ashikaga avait été détestable, en contradiction flagrante avec le principe même sur quoi le pays reposait. Pourtant, même alors, de grands hommes de guerre tels que Masashige et son fils, et des loyalistes venus de nombreuses provinces, avaient suivi le vrai code du guerrier. Qu'était devenue la Voie du samouraï ? se demandait Gonnosuke. Pareille à la Voie du citadin et à la Voie du paysan, elle ne semblait plus exister que pour le compte du chef militaire.

Les pensées de Gonnosuke lui échauffaient tout le corps. Les pics de Kawachi, les bois qui entouraient le Kongōji, les hurlements de la tempête, semblaient devenir des êtres vivants qui l'appelaient en rêve.

Iori ne pouvait chasser de son esprit le prêtre inconnu. Beaucoup plus tard, quand la tempête s'intensifia encore, il songeait encore à la silhouette blanche et fantomatique. Il tira les couvertures par-dessus ses yeux et tomba dans un sommeil profond et sans rêve.

Le lendemain, lorsqu'ils se mirent en route, les nuages au-dessus des montagnes avaient les couleurs de l'arc-en-ciel. Juste au sortir du village, un marchand ambulant sortit de la brume du matin et leur souhaita jovialement le bonjour.

Gonnosuke répondit par pure politesse. Iori, absorbé dans les pensées qui l'avaient tenu éveillé la veille au soir, n'était pas plus causant. L'homme essaya néanmoins de lier conversation :

– Vous avez passé la nuit chez Tōroku, n'est-ce pas ? Je le connais depuis des années. Ce sont des gens bien, lui et sa femme.

Ce qui ne tira qu'un grognement aimable de Gonnosuke.

– Je passe aussi de temps en temps au château de Koyagyū, dit le marchand. Kimura Sukekurō est fort aimable avec moi.

Nouveau grognement.

– ... Je vois que vous êtes allés au « mont Kōya des femmes ». Je suppose que vous allez maintenant au mont Kōya proprement dit. C'est juste le bon moment de l'année. Il n'y a plus de neige et on a réparé toutes les routes. Vous pouvez prendre votre temps pour franchir les cols d'Amami et Kiimi, passer la nuit à Hashimoto ou Kamuro...

Cette enquête de l'homme sur leur itinéraire rendit Gonnosuke soupçonneux.

– Que vendez-vous ? demanda-t-il.

– De la corde tressée, répondit l'homme en désignant le petit ballot qu'il portait sur le dos. Cette corde est en coton tressé à plat. L'invention en est récente mais remporte un franc succès.

– Je vois, dit Gonnosuke.

– Tōroku m'a beaucoup aidé en parlant de ma corde aux fidèles du Kongōji. Au fait, je me proposais de passer la nuit dernière chez lui, mais il m'a dit qu'il avait déjà deux hôtes. Ça m'a un peu déçu. Quand je couche chez lui, il m'abreuve toujours de bon saké, ajouta-t-il en riant.

Gonnosuke se détendit un peu et se mit à poser des questions sur certains endroits de la route : le marchand connaissait comme sa poche la campagne environnante. Le temps d'arriver au plateau d'Amami, la conversation était devenue assez cordiale.

– Hé, Sugizō !

Un homme leur courait après sur la route.

– ... Pourquoi es-tu parti en me laissant tomber ? Je t'attendais au village d'Amano. Tu avais dit que tu passerais m'y prendre.

– Pardon, Gensuke, dit Sugizō. J'ai fait route avec ces deux-là, et nous avons lié conversation. Je t'ai complètement oublié, ajouta-t-il en riant et en se grattant la tête.

Gensuke, habillé comme Sugizō, se révéla être aussi marchand de corde. En cheminant, les deux marchands se mirent à parler affaires.

Ils arrivèrent à un ravin profond de près de six mètres. Soudain, Sugizō se tut et le désigna.

– Oh ! voilà qui est dangereux, dit-il.

Gonnosuke s'arrêta pour examiner le ravin, peut-être un trou laissé par un très ancien tremblement de terre.

– Qu'est-ce qui ne va pas ? demanda-t-il.

– Ces planches... elles ne sont pas sûres à traverser. Voyez, là : certaines des pierres qui les soutiennent ont été emportées par le courant. Nous allons réparer ça pour que les planches soient solides. Il faut le faire dans l'intérêt des autres voyageurs, ajouta-t-il.

Gonnosuke les regarda, accroupis au bord de la falaise, entasser pierres et terre sous les branches. Tout en songeant que ces deux marchands voyageaient beaucoup, et par conséquent connaissaient mieux que personne les aléas du voyage, il était un peu surpris. Rares étaient leurs pareils qui se souciaient assez d'autrui pour se donner la peine de réparer un pont.

Iori ne réfléchissait pas à la question. Impressionné par leur étalage d'altruisme, il les aidait en ramassant des pierres à leur intention.

– Ça devrait aller, dit Gensuke.

Il posa le pied sur le pont pour s'assurer de sa solidité et dit à Gonnosuke :

– Je passe en premier.

Les bras écartés pour assurer son équilibre, il passa rapidement de l'autre côté puis fit signe à ses compagnons de le suivre. Sur les instances de Sugizō, Gonnosuke le suivit, Iori sur les talons. Ils n'étaient pas tout à fait au milieu du pont lorsqu'ils laissèrent échapper un cri de surprise. Devant eux, Gensuke les menaçait d'une lance. Gonnosuke regarda derrière lui et vit Sugizō lui aussi muni d'une lance.

D'où viennent ces lances ? se demanda Gonnosuke. Il jura et se mordit les lèvres de colère devant cette situation délicate.

– Gonnosuke, Gonnosuke...

Dépassé par les événements, Iori se cramponnait à la taille de son ami tandis que ce dernier, entourant le garçon de son bras, fermait un instant les yeux et confiait sa vie à la volonté du ciel.

– ... Les gredins !

– Silence ! cria le prêtre, qui se tenait plus haut sur la route, derrière Gensuke, l'œil gauche noir et enflé.

– Reste calme, dit Gonnosuke à Iori d'un ton apaisant.

Puis il cria :

– ... Ainsi, c'est vous qui êtes derrière tout cela ! Eh bien, prenez garde, voleurs ! Cette fois, vous vous êtes trompés d'adresse !

Le prêtre considéra froidement Gonnosuke.

– Tu ne vaux pas la peine qu'on te vole. Nous le savons. Si tu n'es pas plus malin que ça, à quoi bon essayer d'être un espion ?

– Tu me traites d'espion ?

– Chien de Tokugawa ! Jette ce gourdin. Mets les mains derrière le dos. Et n'essaie pas de jouer au plus fin.

– Ah ! soupira Gonnosuke, comme si la volonté de se battre l'abandonnait. Ecoutez-moi : vous vous trompez. Je viens bien d'Edo, mais je ne suis pas un espion. Je m'appelle Musō Gonnosuke. Je suis un *shugyōsha*.

– Trêve de mensonges.

– Qu'est-ce qui vous fait croire que je suis un espion ?

– Nos amis de l'Est nous ont dit, voilà quelque

temps, de nous méfier d'un homme qui voyage avec un jeune garçon. Tu es envoyé ici par le seigneur Hōjō d'Awa, n'est-ce pas ?

– Non.

– Lâche ce bâton et suis-nous sans résistance.

– Je n'ai l'intention de vous suivre nulle part.

– Alors, tu vas mourir ici même.

Gensuke et Sugizō se rapprochaient d'eux par l'avant et l'arrière, lances pointées.

Pour mettre Iori hors de danger, Gonnosuke le poussa dans le dos. Avec un cri aigu, Iori plongea dans les buissons qui tapissaient le fond du ravin.

Gonnosuke tonna : « Ya-a-ah ! » et se jeta sur Sugizō.

Pour être efficace, la lance a besoin d'espace et d'un bon synchronisme. Sugizō tendit le bras pour frapper mais manqua l'instant exact. Son fer ne rencontra que l'air. Gonnosuke se rua sur lui et il tomba en arrière, son adversaire au-dessus de lui. Quand Sugizō tenta de se relever, Gonnosuke lui envoya son poing en pleine figure. Sugizō montra les dents mais l'effet était grotesque : sa face était déjà une bouillie sanglante. Gonnosuke se releva et se servit de la tête de Sugizō comme d'un tremplin pour gagner l'extrémité du pont. Le gourdin brandi, il cria :

– ... Je vous attends ici, lâches !

Au moment même où il criait, trois cordes dévalèrent la pente herbeuse derrière lui. L'une s'enroula autour du bras de Gonnosuke, l'autre autour de ses jambes et la troisième autour de son cou. Un instant plus tard, une quatrième vint immobiliser son bâton.

Gonnosuke se tortilla comme un insecte pris dans une toile d'araignée, mais pas longtemps. Une demi-douzaine d'hommes surgirent hors des bois. Il fut bientôt à terre, réduit à l'impuissance, ficelé plus serré qu'un ballot de paille. A l'exception du prêtre peu amène, tous ses ravisseurs étaient vêtus en marchands de corde.

– Pas de chevaux ? demanda le prêtre. Je ne veux pas faire tout le chemin du mont Kudo à pied avec lui.

– Nous pourrons probablement louer un cheval au village d'Amami.

Une fleur de poirier

Dans la sombre et solennelle forêt de cryptomerias, les voix des humbles pies-grièches, mêlées à celles des célestes bulbuls, évoquaient les sonorités précieuses du mythique oiseau Kalavinka.

Deux hommes, qui descendaient du sommet du mont Kōya, où ils avaient visité les salles et les pagodes du Kongōbuji et s'étaient prosternés dans le sanctuaire intérieur, s'arrêtèrent sur un petit pont en dos-d'âne entre les enceintes intérieure et extérieure du temple.

– Nuinosuke, dit pensivement le plus âgé, le monde est bien fragile et sa permanence bien fragile, ne crois-tu pas ?

D'après son lourd manteau sans apprêt et son *hakama* utilitaire, on aurait pu le prendre pour un samouraï campagnard, n'eût été ses sabres d'une exceptionnelle qualité, et le fait que son compagnon était beaucoup trop courtois et bien tenu pour un serviteur de samouraï provincial.

– ... Tu les as vus, n'est-ce pas ? continua-t-il. Les tombeaux d'Oda Nobunaga, Akechi Mitsuhide, Ishida Mitsunari, Kobayakawa Kingo : tous, voilà quelques années à peine, étaient de brillants et célèbres généraux. Et là-bas, ces pierres couvertes de mousse marquent l'emplacement funéraire de membres importants des clans Minamoto et Taira.

– Amis et ennemis... tous ensemble ici, n'est-ce pas ?

– Tous, rien de plus que des pierres solitaires. Des noms comme Uesugi et Takeda étaient-ils vraiment grands, ou ne faisions-nous que rêver ?

– Cela me donne une étrange impression. En quelque sorte, il me semble que le monde où nous vivons est irréel.

– Est-ce bien cela ? A moins que ce ne soit ce lieu même qui soit irréel ?

– Hum... Qui sait ?

– Qui a eu l'idée, crois-tu, de nommer ceci le pont des Illusions ?

– C'est un nom bien choisi, ne pensez-vous pas ?

– Je crois que l'illusion est la vérité, tout comme l'illumination est la réalité. Si l'illusion était irréelle, le monde ne pourrait exister. Un samouraï qui consacre sa vie à son maître ne saurait un seul instant se permettre d'être nihiliste. Et voilà pourquoi le Zen que je pratique est un Zen vivant. C'est le Zen du monde corrompu, le Zen de l'enfer. Un samouraï qui tremble à la pensée de la non-permanence ou qui méprise le monde ne peut accomplir ses devoirs... Assez de cet endroit. Retournons à l'autre monde.

Il marchait vite, d'un pas remarquablement assuré pour un homme de son âge. Apercevant des prêtres du Seiganji, il fronça le sourcil et bougonna :

– ... Pourquoi ont-ils fait cela ?

Il avait passé la nuit précédente au temple et voici qu'une vingtaine de jeunes prêtres, alignés le long de l'allée, attendaient son départ, bien qu'il eût fait ses adieux le matin dans l'intention d'éviter ce genre de manifestation. Il endura l'épreuve, distribua des au revoir polis et se hâta de prendre la route qui dominait la bigarrure des vallées appelées Kujūkutani. Il ne se détendit qu'en regagnant le monde ordinaire. Conscient qu'il était du caractère faillible de son propre cœur humain, le parfum de ce monde le soulageait.

– Salut, qui êtes-vous ?

Cette question l'atteignit comme un coup à un tournant de la route.

– Qui êtes-vous, vous-même ? demanda Nuinosuke.

Le samouraï bien bâti, au teint clair, qui se tenait au milieu de la route, répondit poliment :

– Pardonnez-moi si je me trompe, mais n'êtes-vous pas le vassal principal du seigneur Hosokawa Tadatoshi, Nagaoka Sado ?

– Je suis bien Nagaoka. Qui donc êtes-vous, et comment saviez-vous que j'étais dans les parages ?

– Je m'appelle Daisuke. Je suis le fils unique de Gessō, qui vit retiré sur le mont Kudo.

Voyant que ce nom restait sans effet, Daisuke reprit :

– ... Mon père a depuis longtemps rejeté son ancien nom, mais jusqu'à la bataille de Sekigahara il se nommait Sanada Saemonnosuke.

– Vous voulez dire Sanada Yukimura ?

– Oui, monsieur.

Avec une timidité peu compatible avec son allure, Daisuke ajouta :

– ... Un prêtre du Seiganji est passé chez mon père, ce matin. Il m'a dit que vous étiez venu faire un bref séjour au mont Kōya. Bien que nous ayons appris que vous voyagiez incognito, mon père a pensé qu'il serait dommage de ne pas vous inviter à prendre avec lui une tasse de thé.

– C'est fort aimable de sa part, répondit Sado.

Il fronça un instant le sourcil, puis dit à Nuinosuke :

– ... Je crois que nous devrions accepter, tu ne crois pas ?

– Oui, monsieur, répondit Nuinosuke sans enthousiasme.

– Il est encore assez tôt, dit Daisuke, mais mon père serait honoré si vous passiez la nuit sous notre toit.

Sado eut un moment d'hésitation : il se demandait s'il était sage d'accepter l'hospitalité d'un homme considéré comme un ennemi des Tokugawa ; puis il acquiesça de la tête et répondit :

– Nous verrons cela plus tard, mais je serais enchanté de prendre une tasse de thé avec votre père. Es-tu d'accord, Nuinosuke ?

– Oui, monsieur.

Nuinosuke paraissait quelque peu nerveux mais, en se mettant en route derrière Daisuke, maître et serviteur échangèrent des coups d'œil d'intelligence.

A partir du village du mont Kudo, ils grimpèrent un peu plus haut, à flanc de montagne, jusqu'à une résidence située à l'écart des autres maisons. Le terrain, entouré d'un mur de pierre bas surmonté d'une clôture, évoquait la demeure à demi fortifiée d'un seigneur de la guerre provincial de moindre importance ; néanmoins, on avait une impression de raffinement plutôt que d'efficacité militaire.

– Mon père est là-bas, près de ce bâtiment couvert de chaume, déclara Daisuke comme ils franchissaient le portail.

Il y avait un petit jardin potager, suffisant pour fournir en oignons et en légumes verts les soupes du matin et du soir. La maison principale se dressait en avant d'une falaise ; la véranda latérale était protégée par un bosquet de bambous au-delà duquel on devinait deux autres maisons.

Nuinosuke s'agenouilla sur la véranda, à l'extérieur de la pièce où l'on introduisit Sado. Ce dernier s'assit et remarqua :

– Quel calme !

Quelques minutes plus tard, une jeune femme qui devait être l'épouse de Daisuke servit le thé et se retira.

En attendant son hôte, Sado contempla la vue : le jardin et la vallée. Au-dessous était le village, et au loin le bourg de Kamuro. Des fleurs minuscules s'épanouissaient dans la mousse accrochée au toit de chaume en surplomb, et l'on respirait l'agréable parfum d'un encens rare. Bien qu'il ne pût le voir, Sado entendait le ruisseau qui traversait le boqueteau de bambous.

La pièce elle-même donnait un sentiment d'élégance discrète ; elle rappelait sans emphase que le possesseur de cette demeure sans prétention était le deuxième fils de Sanada Masayuki, seigneur du château d'Ueda et bénéficiaire d'un revenu de cent quatre-vingt-dix mille boisseaux.

Les montants et les poutres étaient fins, le plafond bas. Au fond de la petite alcôve rustique, le mur était de simple argile rouge. L'arrangement floral, dans l'alcôve, consistait en un seul rameau de fleurs de poirier dans un mince vase de céramique jaune et vert pâle. Sado songeait à la « solitaire fleur de poirier baignée par la pluie printanière » de Po Chü-i, et à l'amour qui unissait l'empereur de Chine et Yang Kuei-fei, ainsi que le raconte le *Chang He Ke*. Il croyait entendre un sanglot silencieux.

Son regard se posa sur le rouleau mural accroché au-dessus des fleurs. Les caractères, gros et naïfs, formaient « Hōkoku Daimyōjin », nom donné à Hideyoshi lorsqu'il fut élevé au rang de dieu après sa mort. D'un côté, une note en caractères beaucoup plus petits indiquait que c'était l'œuvre du fils de Hideyoshi, Hideyori, à l'âge de huit ans. Trouvant discourtois envers la mémoire de Hideyoshi de tourner le dos au rouleau, Sado changea légèrement de place. Ce faisant, il se rendit compte soudain que l'agréable odeur qu'il respirait provenait non de l'encens qui brûlait à ce moment même, mais des murs et du shoji qui devaient avoir absorbé l'arôme alors que l'encens était disposé là, matin et soir, pour purifier la pièce en l'honneur de Hideyoshi. Vraisemblablement, une offrande quotidienne de saké était déposée aussi, comme pour les divinités shinto établies.

Ah ! pensa-t-il, Yukimura a bien envers Hideyoshi la dévotion que l'on dit.

Ce qu'il n'arrivait pas à comprendre, c'est pourquoi Yukimura ne cachait pas le rouleau. Il avait la réputation d'être un homme imprévisible, un homme de l'ombre, guettant le moment propice pour regagner le cœur des affaires du pays. Il ne fallait pas beaucoup d'imagination pour se représenter ses hôtes en train de rapporter ensuite ses sentiments au gouvernement Tokugawa.

Des pas s'approchèrent dans le corridor extérieur. Le petit homme mince qui pénétra dans la pièce portait un manteau sans manches, avec uniquement un sabre court sur le devant de son obi. Il respirait la modestie. Tombant à genoux et se prosternant, Yukimura dit :

– Pardonnez-moi d'avoir envoyé mon fils vous chercher et d'avoir interrompu votre voyage.

Cette manifestation d'humilité rendait Sado mal à l'aise. Du point de vue légal, Yukimura avait renoncé à son rang. Il n'était maintenant qu'un rōnin qui avait pris le nom bouddhiste de Denshin Gessō. Il n'en était pas moins fils de Sanada Masayuki, et son frère aîné, Nobuyuki, était un daimyō étroitement lié aux Tokugawa. Simple vassal, Sado était d'un rang bien inférieur.

– Il ne faut pas vous prosterner devant moi de la sorte, protesta-t-il en lui rendant son salut. C'est un honneur et un plaisir inattendus que de vous rencontrer à nouveau. Je suis content de voir que vous êtes en bonne santé.

– Vous paraissez l'être aussi, répondit Yukimura qui se détendait alors que Sado se trouvait encore prosterné. Je suis content d'apprendre que le seigneur Tadatoshi a bien regagné Buzen.

– Merci. Voilà trois ans que le seigneur Yūsai est décédé ; aussi a-t-il pensé que le moment était venu.

– Il y a si longtemps ?

– Oui. Je suis allé moi-même à Buzen, bien que je n'aie aucune idée de l'utilité que peut avoir pour le seigneur Tadatoshi d'employer un vieillard comme moi. J'ai servi son père et son grand-père également, comme vous le savez.

Une fois terminées les civilités, lorsqu'ils se mirent à parler de choses et d'autres, Yukimura demanda :

– Avez-vous vu notre maître du Zen, ces temps-ci ?

– Non, voilà quelque temps que je n'ai pas vu Gudō et que je suis sans nouvelles de lui. Cela me rappelle que c'est dans sa salle de méditation que je vous ai rencontré pour la première fois. Vous n'étiez qu'un enfant alors et vous vous trouviez avec votre père.

Sado souriait, heureux d'évoquer l'époque où il avait été chargé de construire le Shupoin, un édifice dont les Hosokawa avaient fait don au Myōshinji.

– Ils étaient nombreux à venir trouver Gudō pour se faire arrondir les angles, dit Yukimura. Il les acceptait tous, jeunes ou vieux, daimyō ou rōnins.

– En réalité, je crois qu'il aimait surtout les jeunes rōnins, dit Sado, rêveur. Il avait coutume de déclarer qu'un véritable rōnin ne recherchait pas la renommée ou le profit, ne s'insinuait pas dans les bonnes grâces des puissants, n'essayait pas d'utiliser le pouvoir politique à ses propres fins et ne se dispensait pas des jugements moraux. Il était large d'esprit comme les nuées flottantes, prompt à l'action comme la pluie et parfaitement satisfait au sein de la pauvreté. Jamais il ne se fixait de buts, et jamais il ne nourrissait de rancunes.

– Après tant d'années, vous vous souvenez de tout cela ? demanda Yukimura.

Sado acquiesça très légèrement de la tête.

– Il assurait aussi qu'un vrai samouraï est aussi difficile à trouver qu'une perle dans la vaste mer bleue. Les os enfouis des innombrables rōnins qui sacrifièrent leur vie pour le bien du pays, il les comparait à des colonnes soutenant la nation.

Ce disant, Sado regardait Yukimura droit dans les yeux ; mais ce dernier ne parut pas saisir l'allusion aux hommes du rang que lui-même avait adopté.

– A propos, dit-il, l'un des rōnins assis aux pieds de Gudō à l'époque était un jeune homme de Mimasaka du nom de Miyamoto...

– Miyamoto Musashi ?

– C'est cela, Musashi. Il me donnait l'impression d'être un homme d'une grande profondeur, bien qu'il n'eût qu'une vingtaine d'années alors, et son kimono était toujours dégoûtant.

– Ce doit être lui.

– Alors, vous vous le rappelez ?

– Non ; je n'ai entendu parler de lui que récemment, quand j'étais à Edo.

– C'est un homme à suivre. Gudō disait que sa façon d'aborder le Zen était prometteuse ; aussi, je gardais un œil sur lui. Et puis, il a disparu soudain. Après un an ou deux, j'ai appris qu'il avait remporté une brillante victoire contre la Maison de Yoshioka. Je me rappelle avoir pensé à l'époque que Gudō devait être un juge fort perspicace.

– Je l'ai rencontré tout à fait par hasard. Il était à Shimōsa et enseignait à des villageois comment se protéger contre les bandits. Plus tard, il les a aidés à transformer en rizière une terre inculte.

– Peut-être est-il le véritable rōnin que Gudō avait en tête : la perle dans la vaste mer bleue.

– Le croyez-vous vraiment ? Je l'ai recommandé au seigneur Tadatoshi mais je crains fort qu'il ne soit aussi difficile à trouver qu'une perle. Vous pouvez être certain d'une chose. Si un samouraï comme celui-là prenait un poste officiel, ce ne serait pas pour l'argent. Il lui importerait avant tout d'accorder son travail à ses idéaux. Peut-être Musashi préférerait-il le mont Kudo à la Maison de Hosokawa.

– Comment ?

Sado écarta sa remarque d'un petit rire, comme si sa langue avait dit un mot pour un autre.

– ... Vous plaisantez, bien sûr, dit Yukimura. Dans ma situation présente, j'ai à peine les moyens d'engager un serviteur, à plus forte raison un rōnin célèbre. Je doute que Musashi vienne, même si je l'y invitais.

– Inutile de le nier, dit Sado, ce n'est un secret pour personne que les Hosokawa sont dans le camp des Tokugawa. Et chacun sait que vous êtes le soutien sur lequel Hideyori compte le plus. En regardant le rouleau dans l'alcôve, j'étais impressionné par votre loyalisme.

Apparemment offensé, Yukimura déclara :

– Ce rouleau m'a été donné par une certaine personne du château d'Osaka en guise de portrait funéraire de Hideyoshi. J'essaie d'en prendre soin. Mais Hideyoshi est mort.

Il avala sa salive et reprit :

– ... Les temps changent, bien sûr. Point n'est besoin d'être spécialiste pour constater qu'Osaka est tombé dans une mauvaise passe alors que la puissance des Tokugawa ne cesse d'augmenter. Mais je suis incapable, par nature, de changer de camp pour servir un second seigneur.

– Je me demande si les gens croiront que c'est aussi simple. S'il m'est permis de parler franchement, tout le monde dit que Hideyori et sa mère vous versent chaque année de fortes sommes, et que d'un signe de la main, vous pourriez rassembler cinq ou six mille rōnins.

Yukimura eut un rire de mépris.

– Il n'y a pas un mot de vrai là-dedans. Je vous le

dis, Sado : il n'y a rien de pire que de faire passer les gens pour plus qu'ils ne sont.

– Vous n'en sauriez blâmer personne. Vous êtes allé jeune à Hideyoshi et il vous a préféré à tout le monde. Si je comprends bien, on a entendu votre père déclarer que vous êtes le Kusunoki Masashige ou le K'ung-ming de notre temps.

– Vous m'embarrassez !

– N'est-ce pas la vérité ?

– Je veux passer le restant de mes jours ici, tranquillement, à l'ombre de la montagne où l'on conserve la Loi du Bouddha. C'est tout. Je ne suis pas un homme raffiné. Il me suffit de pouvoir agrandir mes champs, vivre assez pour voir naître l'enfant de mon fils, avoir en automne des nouilles de sarrasin fraîches et manger des légumes verts au printemps. Outre cela, j'aimerais jouir d'une longue existence, très loin des guerres ou du vacarme des guerres.

– Est-ce là vraiment tout ? demanda Sado avec douceur.

– Riez si vous voulez, mais j'ai consacré mes loisirs à lire Lao-tseu et Tchouang-tseu. J'en suis arrivé à la conclusion que la vie est joie. Sans joie, à quoi bon vivre ?

– Tiens, tiens ! s'exclama Sado en feignant la surprise.

Ils causèrent encore une heure environ, devant des tasses de thé servies par l'épouse de Daisuke. Sado finit par déclarer :

– Je crains d'être resté trop longtemps à vous faire perdre votre temps avec mon bavardage. Nuinosuke, partons-nous ?

– Rien ne presse, dit Yukimura. Mon fils et sa femme ont fait des nouilles. Une pauvre nourriture campagnarde, mais je voudrais que vous en mangiez avec nous. Si vous avez l'intention de faire étape à Kamuro, vous avez tout le temps.

A ce moment, Daisuke parut pour demander à son

père si l'on pouvait servir le repas. Yukimura se leva et les précéda le long d'un corridor qui menait à la partie arrière de la maison. Lorsqu'ils furent assis, Daisuke tendit à Sado une paire de baguettes en disant :

– J'ai bien peur que la nourriture ne soit pas très bonne ; essayez tout de même.

Son épouse, peu habituée à recevoir des inconnus, tendit avec gêne une coupe de saké que Sado refusa poliment. Daisuke et sa femme s'attardèrent encore un moment avant de s'excuser.

– Quel est ce bruit que j'entends ? demanda Sado.

Cela ressemblait assez à celui d'un métier à tisser, mais en plus fort et d'un caractère un peu différent.

– Oh ! ça ? C'est une roue en bois pour fabriquer de la corde. J'ai le regret de vous dire que j'ai dû mettre famille et serviteurs au travail pour tresser de la corde que nous vendons pour améliorer nos finances. Nous y sommes tous habitués, mais je suppose que cela risque d'être agaçant pour celui qui ne l'est pas. Je vais faire dire que l'on cesse.

– Non, ça n'a pas d'importance. Ça ne me gêne pas. Je ne voudrais à aucun prix vous empêcher de travailler.

En se mettant à manger, Sado pensa à la nourriture, qui parfois renseigne sur la situation d'un homme. Mais il n'y trouva rien de révélateur. Yukimura ne ressemblait nullement au jeune samouraï qu'il avait connu des années auparavant, mais il paraissait avoir enveloppé d'un voile d'ambiguïté sa situation présente.

Sado réfléchit alors aux sons qu'il entendait : bruits de cuisine, allées et venues et, par deux fois, un tintement d'argent que l'on compte. Les daimyō dépossédés n'avaient pas l'habitude du labeur physique et, tôt ou tard, leurs trésors à vendre s'épuisaient. On pouvait concevoir que le château d'Osaka eût cessé de fournir des fonds. L'idée de Yukimura en difficultés financières n'en était pas moins étrangement troublante.

Sado s'était dit que, peut-être, son hôte essayait de rassembler des bribes de conversation pour former une image de la façon dont les choses allaient avec la Maison de Hosokawa ; mais rien ne l'indiquait. Ce qui ressortait de ses souvenirs de leur rencontre, c'est que Yukimura n'avait pas posé de question sur sa visite au mont Kōya. Sado eût répondu bien volontiers : il n'y avait rien de mystérieux là-dedans. Bien des années plus tôt, Hosokawa Yūsai avait été envoyé par Hideyoshi au Seiganji, où il avait séjourné un bon moment. Il avait laissé des livres, des écrits et des effets personnels qui étaient devenus des souvenirs importants. Sado les avait recensés, triés, et il avait pris des dispositions pour que le temple les rendît à Tadatoshi.

Nuinosuke, qui n'avait pas bougé de la véranda, jeta un regard anxieux vers le fond de la maison. Les relations entre Edo et Osaka étaient tendues, c'est le moins que l'on pouvait dire. Pourquoi Sado prenait-il un risque pareil ? Il n'imaginait pas que Sado courait un danger immédiat mais il avait appris que le seigneur de la province de Kii, Asano Nagaakira, avait des instructions pour surveiller de près le mont Kudo. Si l'un des hommes d'Asano rapportait que Sado avait effectué une visite secrète à Yukimura, le shōgunat soupçonnerait la Maison de Hosokawa.

Voici ma chance, se dit-il tandis que le vent balayait soudain les fleurs de forsythias et de kerrias du jardin. Des nuages noirs se formaient rapidement et il commençait à pleuvoter. Nuinosuke se précipita pour annoncer :

– Il commence à pleuvoir, monsieur. Si nous devons partir, je crois que c'est le moment.

Reconnaissant de l'occasion de prendre congé, Sado se leva tout de suite.

– Merci, Nuinosuke, répondit-il. Bien sûr, nous partons.

Yukimura s'abstint de presser Sado de passer la nuit. Il appela Daisuke et son épouse et dit :

– Donnez à nos hôtes des capes de paille contre la pluie. Et toi, Daisuke, accompagne-les à Kamuro.

Au portail, après avoir remercié Yukimura de son hospitalité, Sado lui déclara :

– Je suis certain que nous nous rencontrerons de nouveau un de ces jours. Peut-être sera-ce encore un jour de pluie, ou peut-être soufflera-t-il un vent plus violent. D'ici là, je vous souhaite la meilleure santé.

Yukimura fit un large sourire et approuva de la tête. Oui, un de ces jours... Un instant, chacun vit l'autre, en pensée, à cheval et armé d'une lance. Mais, pour le moment, il n'y avait que l'hôte incliné parmi les pétales d'abricotier qui tombaient, et l'invité qui partait en cape de paille rayée de pluie.

Tandis qu'ils cheminaient lentement, Daisuke dit :

– La pluie ne durera guère. A cette époque-ci de l'année, nous avons chaque jour une de ces petites averses.

Les nuages, au-dessus de la vallée de Senjō et des pics de Kōya, n'en paraissaient pas moins menaçants, et ils pressaient le pas à leur insu.

A l'entrée de Kamuro, ils eurent le spectacle d'un homme qui partageait le dos d'un cheval avec des fagots ; il était ligoté au point de ne pouvoir bouger. Le cheval était mené par un prêtre en robe blanche, lequel appela Daisuke par son nom et courut vers lui. Daisuke fit mine de n'avoir rien entendu.

– Quelqu'un vous appelle, dit Sado en échangeant un coup d'œil avec Nuinosuke.

Forcé de tenir compte du prêtre, Daisuke s'exclama :

– Tiens, Rinshōbō ! Pardon, je ne vous avais pas vu.

– J'arrive tout droit du col de Kiimi, dit le prêtre

Iori sursauta et tourna ses yeux vides vers les deux femmes qui le regardaient avec curiosité.

– Pourquoi veux-tu qu'il soit malade, mère ? demanda la plus jeune en considérant Iori avec dégoût.

L'air perplexe, l'aînée s'avança vers Iori et, voyant du sang sur ses vêtements, fronça le sourcil.

– Ces coupures ne te font pas mal ? demanda-t-elle.

Iori secoua la tête. Elle se tourna vers sa fille et lui déclara :

– ... Il paraît comprendre ce que je lui dis.

Elles lui demandèrent son nom, d'où il venait, où il était né, ce qu'il faisait là et à qui s'adressaient ses prières. Peu à peu, en cherchant les réponses, la mémoire lui revint. Avec plus de sympathie maintenant, la fille, qui s'appelait Otsuru, dit :

– Ramenons-le avec nous à Sakai. Il sera peut-être utile à la boutique. Il a juste l'âge qu'il faut.

– C'est peut-être une bonne idée, dit sa mère, Osei. Viendra-t-il ?

– Il viendra... N'est-ce pas que tu viendras ?

Iori acquiesça de la tête.

– ... Alors, viens, mais il faudra porter ton bagage.

Iori leur répondait par des grognements ; il ne dit rien d'autre en descendant la montagne, par une route de campagne, jusqu'à Kishiwada. Mais, de nouveau parmi les humains, il redevint bavard :

– Où habitez-vous ? demanda-t-il.

– A Sakai.

– C'est près d'ici ?

– Non, c'est près d'Osaka.

– Où est Osaka ?

– Nous prendrons le bateau ici pour aller à Sakai. Alors, tu verras.

– Vraiment ! Le bateau ?

Tout excité à cette perspective, il continua de jaser pendant plusieurs minutes, leur disant qu'il avait pris des quantités de bacs sur la route d'Edo à Yamato

Le port

– Gonnosuke !... Gonnosuke !... Gonnosuke !

Iori ne semblait pas devoir s'arrêter. Il criait, criait et criait le nom de son ami. Ayant trouvé par terre des affaires de Gonnosuke, il était persuadé qu'il était mort.

Une nuit et un jour avaient passé. Il avait marché comme un somnambule, oublieux de sa fatigue. Ses jambes, ses mains, sa tête étaient en sang, son kimono tout déchiré.

Pris d'un spasme, il levait les yeux vers le ciel en criant : « Je suis prêt ! » Ou bien il regardait fixement le sol en jurant.

Est-ce que je deviens fou ? se demanda-t-il, soudain glacé. Dans une mare, il reconnut son propre visage et se sentit soulagé. Mais il était seul, sans personne vers qui se tourner ; il ne croyait qu'à moitié qu'il vivait encore. Quand il avait repris ses sens au fond du ravin, il ne pouvait se rappeler où il avait été les jours précédents. Il ne lui vint pas à l'idée d'essayer de retourner au Kongōji ou à Koyagyū.

Quelque chose qui brillait des couleurs de l'arc-en-ciel attira son regard : c'était un faisan. Il prit conscience d'un parfum de glycine sauvage et s'assit. Alors qu'il essayait de comprendre la situation où il se trouvait, il songea au soleil. Il l'imaginait comme étant partout : derrière les nuages, parmi les pics, dans les vallées. Il s'agenouilla, mains jointes, ferma les yeux et se mit à prier. Quand il rouvrit les yeux quelques minutes plus tard, la première chose qu'il aperçut fut l'océan, bleu et brumeux, entre deux montagnes.

– Petit garçon, dit une voix maternelle, tu n'es pas malade ?

– Hein ?

d'une voix forte et excitée. L'homme d'Edo – celui que l'on nous avait dit de guetter –, je l'ai repéré à Nara. Il s'est défendu comme un lion mais nous l'avons capturé vivant. Maintenant, si nous l'emmenons à Gessō et le forçons à parler, nous découvrirons...

– Que me racontez-vous ? l'interrompit Daisuke.

– L'homme sur le cheval... C'est un espion d'Edo.

– Tu ne peux donc pas te taire, idiot ? lui souffla Daisuke. Tu ne sais donc pas qui est l'homme qui m'accompagne ? Nagaoka Sado, de la Maison de Hosokawa. Nous avons rarement le privilège de le voir et je ne veux pas que tu nous déranges avec ta plaisanterie stupide.

Les yeux de Rinshōbō, en se tournant vers les deux voyageurs, trahirent son saisissement et il se retint de justesse de répéter : « La Maison de Hosokawa ? »

Sado et Nuinosuke essayaient de paraître calmes et indifférents ; mais le vent fouettait leurs capes de pluie, les faisait battre comme de grandes ailes et gâtait quelque peu leurs efforts.

– Pourquoi ? demanda Rinshōbō à voix basse.

Daisuke l'entraîna à l'écart et lui chuchota quelque chose. Lorsqu'il revint à ses hôtes, Sado lui dit :

– Pourquoi ne rentrez-vous pas, maintenant ? Je serais consterné de vous causer d'autres ennuis.

Après les avoir regardés disparaître, Daisuke dit au prêtre :

– Comment as-tu pu être aussi bête ? Tu n'es donc pas assez grand pour ouvrir les yeux avant d'ouvrir la bouche ? Mon père ne serait pas content d'apprendre ça.

– Oui, monsieur. Je regrette. Je ne savais pas.

Malgré son habit, cet homme n'était pas un prêtre, mais Toriumi Benzō, l'un des principaux acolytes de Yukimura.

mais que, bien que l'océan ne fût pas loin de Shimōsa, son lieu de naissance, il n'avait jamais été sur mer en bateau.

– Ça te fera plaisir, alors ? lui dit Otsuru. Mais il ne faut pas appeler ma mère « tantine ». Dis-lui « madame » quand tu lui parles.

– Ouais.

– Et tu ne dois pas répondre « ouais » mais « Oui, madame ».

– Oui, madame.

– A la bonne heure. Et maintenant, si tu restes avec nous et si tu travailles dur, je ferai de toi un garçon de magasin.

– Que fait votre famille ?

– Mon père est courtier maritime.

– Qu'est-ce que c'est ?

– C'est un marchand. Il possède quantité de bateaux qui font voile à l'ouest du Japon.

– Ah ! un simple marchand ? remarqua Iori, dédaigneux.

– Un simple marchand ! Quoi !... s'exclama la jeune fille.

La mère était encline à fermer les yeux sur la rudesse de Iori mais la fille s'indignait. Puis elle hésita :

– ... Je pense qu'il n'a jamais vu d'autres marchands que des confiseurs ou des fripiers.

L'orgueil forcené des marchands de Kansai prit la relève et elle informa Iori que son père avait trois magasins, des grands, à Sakai, et plusieurs dizaines de vaisseaux. Elle lui donna à entendre qu'il y avait des succursales à Shimonoseki, Marukame et Shikama, et que les services effectués pour la Maison de Hosokawa, à Kokura, étaient d'une telle importance que les bateaux de son père avaient rang de vaisseaux officiels.

– ... Et, continua-t-elle, il est autorisé à porter un nom de famille et deux sabres, comme un samouraï.

Tout le monde, à l'ouest de Honshu et de Kyushu, connaît le nom de Kobayashi Tarōzaemon, de Shimonoseki. En temps de guerre, des daimyō tels que Shimazu et Hosokawa n'ont jamais assez de navires ; aussi mon père est-il aussi important qu'un général.

– Je n'avais pas l'intention de vous mettre en colère, dit Iori.

Les deux femmes éclatèrent de rire.

– Nous ne sommes pas en colère, dit Otsuru. Mais un enfant comme toi, que sait-il du monde ?

– Pardon.

A un tournant, ils respirèrent une bouffée d'air salin. Otsuru désigna un bateau amarré à la jetée de Kishiwada. C'était un navire de cinq cents tonneaux chargé de produits locaux.

– C'est le bateau qui va nous ramener à la maison, déclara-t-elle avec fierté.

Le capitaine du vaisseau et deux agents de Kobayashi sortirent d'une maison de thé du quai pour les accueillir.

– Vous avez fait une bonne promenade ? demanda le capitaine. J'ai le regret de vous dire que nous sommes très chargés ; aussi n'ai-je pu vous réserver beaucoup de place. Voulez-vous monter à bord ?

Il les conduisit à l'arrière du navire où l'on avait ménagé un espace entre des rideaux. Un tapis rouge avait été déployé sur le sol et d'élégants ustensiles laqués de style Momoyama contenaient en abondance nourriture et saké. Iori eut l'impression de pénétrer dans une petite chambre bien installée de la résidence d'un daimyō.

Le navire atteignit Sakai dans la soirée, après une traversée sans incident de la baie d'Osaka. Les voyageurs allèrent droit à l'établissement de Kobayashi, face au môle, où ils furent accueillis par le directeur, appelé Sahei, et un groupe nombreux d'employés qui s'étaient rassemblés dans la spacieuse entrée. En pénétrant dans la maison, Osei se retourna pour dire :

– Sahei, voulez-vous vous occuper de l'enfant, je vous prie ?

– Vous voulez parler du petit galopin sale qui a débarqué ?

– Oui. Il m'a l'air d'avoir l'esprit vif ; aussi, vous devriez pouvoir le mettre au travail... Et faites quelque chose au sujet de ses vêtements. Il a peut-être des poux. Veillez à ce qu'il se décrasse bien et changez-le de kimono. Ensuite, il pourra aller se coucher.

Durant les quelques jours qui suivirent, Iori ne vit ni la maîtresse de maison ni sa fille. Un simple rideau séparait les bureaux des lieux d'habitation, au fond, mais il était aussi infranchissable qu'un mur. Sans autorisation spéciale, pas même Sahei n'osait le franchir.

Iori se vit donner un coin de la « boutique », ainsi que l'on appelait le bureau, pour y dormir ; bien qu'il fût reconnaissant d'avoir été secouru, son nouveau mode de vie ne tarda pas à lui déplaire.

L'atmosphère cosmopolite où il se trouvait plongé le fascinait. Il contemplait bouche bée les innovations étrangères qu'il voyait dans les rues, les bateaux du port et les signes de prospérité manifestes dans la façon de vivre des gens. Mais c'était toujours : « Hé, mon garçon, fais-moi ci !... Fais-moi ça ! » Du dernier des employés au directeur, ils le faisaient courir comme un chien ; cela ne ressemblait pas du tout à leur attitude quand ils s'adressaient à un membre de la maisonnée ou à un client. Alors, ils se transformaient en flagorneurs. Et du matin au soir, ils ne parlaient qu'argent, argent. Ou encore travail, travail.

Et ils se croient des êtres humains ! se disait Iori. Il avait la nostalgie du ciel bleu, de l'odeur de l'herbe chaude sous le soleil ; cent fois, il résolut de fuir. La nostalgie était la plus forte lorsqu'il se rappelait Musashi parlant des moyens de se nourrir l'esprit. Il revoyait Musashi et le visage du pauvre Gonnosuke. Et Otsū. La situation explosa le jour où Sahei l'appela :

– Io ! Io, où es-tu donc ?

N'obtenant pas de réponse, il se leva et se rendit à la poutre *keyaki* laquée de noir qui formait le seuil du bureau.

– ... Toi, là-bas, le nouveau garçon ! cria-t-il. Pourquoi ne viens-tu pas lorsqu'on t'appelle ?

Iori balayait l'allée entre les bureaux et l'entrepôt. Il leva les yeux et demanda :

– Vous m'avez appelé ?

– Vous m'avez appelé, *monsieur* !

– C'est entendu.

– C'est entendu, *monsieur* !

– Bien, monsieur.

– Tu es sourd ? Pourquoi ne m'as-tu pas répondu ?

– Je vous ai entendu dire « Io ». Ça ne pouvait être moi. Je m'appelle Iori... monsieur.

– Io suffit. Autre chose. Je t'ai dit, l'autre jour, de ne plus porter ce sabre.

– Oui, monsieur.

– Donne-le-moi.

Iori hésita un instant puis répondit :

– C'est un souvenir de mon père. Je ne pourrais m'en séparer.

– Morveux effronté ! Donne-le-moi.

– De toute façon, je ne veux pas devenir marchand.

– Sans les marchands, la vie serait impossible, dit Sahei avec force. Qui donc apporterait les produits des pays étrangers ? Nobunaga et Hideyoshi sont de grands hommes, mais ils n'auraient pu construire tous ces châteaux – Azuchi, Jurakudai, Fushimi – sans l'aide des marchands. Regarde seulement les hommes d'ici, à Sakai : Namban, Ruzon, Fukien, Amoi. Tous font de grosses affaires.

– Je le sais.

– Comment le saurais-tu ?

– N'importe qui peut voir les grandes manufactures de tissage d'Ayamachi, Kinumachi et Nishikimachi, et là-haut, sur la colline, l'entreprise de Ruzon'ya ressemble à un château. Il y a des rangées et des rangées d'entrepôts et de demeures de riches marchands. Cette maison-ci... eh bien, je sais que Madame et Otsuru en sont fières, mais elle n'est rien en comparaison.

– Comment, petit gredin ?

Sahei n'eut pas le temps de sortir : Iori avait lâché son balai et pris la fuite. Sahei appela des dockers et leur ordonna de le rattraper. Quand on ramena Iori, Sahei écumait :

– ... Que faire d'un garçon pareil ? Il répond et se moque de nous tous. Aujourd'hui, donnez-lui une bonne punition.

En regagnant le bureau, il ajouta :

– ... Enlevez-lui ce sabre.

Ils prirent l'arme indésirable et lièrent les mains de Iori derrière son dos. Quand ils eurent attaché la corde à une grosse caisse de fret, Iori eut l'air d'un singe en laisse.

– Tu vas rester là un moment, dit l'un des hommes avec un sourire ironique. Que les gens se moquent de toi.

Les autres pouffèrent de rire et retournèrent à leur tâche. Rien n'était plus odieux à Iori que cela. Combien de fois Musashi et Gonnosuke lui avaient-ils enjoint de ne rien faire dont il risquât d'avoir honte !

D'abord, il essaya les supplications, puis promit de s'amender. Cela s'étant révélé inefficace, il passa aux invectives :

– Le directeur est un idiot... un vieux fou ! Détachez-moi et rendez-moi mon sabre ! Je ne veux pas rester dans une maison pareille.

Sahei sortit en criant :

– La paix !

Alors, il essaya de bâillonner Iori, mais le garçon lui mordit le doigt ; aussi renonça-t-il et le fit-il faire par les dockers. Iori tirait sur ses liens. Déjà terriblement vexé d'être exposé au pilori, il éclata en sanglots quand un cheval urina et que le liquide écumeux lui coula vers les pieds.

Comme il se calmait, il vit un spectacle qui le fit presque s'évanouir. De l'autre côté d'un cheval, il y avait une jeune femme, la tête protégée du soleil accablant par un chapeau laqué à large bord. Son kimono de chanvre était retroussé pour le voyage, et elle portait une fine perche de bambou.

En vain essaya-t-il de crier son nom. Ses efforts pour tendre le cou le faisaient presque étouffer. Il avait les yeux secs mais des sanglots lui secouaient les épaules. Il enrageait. Otsū était si proche ! Où allait-elle ? Pourquoi avait-elle quitté Edo ?

Plus tard au cours de la journée, lorsqu'un navire accosta au môle, le quartier s'affaira davantage encore.

– Sahei, que fait ce garçon dehors, l'air d'un ours savant en montre ? C'est cruel de le laisser ainsi. De plus, c'est mauvais pour les affaires.

L'homme qui entrait au bureau était un cousin de Tarōzaemon. On avait coutume de l'appeler Namban'ya, du nom de la boutique où il travaillait. Des marques noires de petite vérole ajoutaient un caractère un peu sinistre à l'expression irritée de son visage. En dépit de son aspect, c'était un homme cordial qui donnait souvent des bonbons à Iori.

– ... Que vous le punissiez m'est égal, poursuivit-il. Il ne faut pas le faire dehors, dans la rue. C'est mauvais pour le nom de Kobayashi. Détachez-le.

– Bien, monsieur.

Sahei obéit aussitôt, tout en gratifiant Namban'ya d'un compte rendu détaillé de l'inutilité absolue de Iori à la boutique.

– Si vous ne savez que faire de lui, dit Namban'ya, je le prends chez moi. J'en parlerai aujourd'hui à Osei.

Le directeur, craignant ce qui se produirait quand la maîtresse de céans apprendrait ce qui s'était passé, éprouva soudain le besoin pressant d'apaiser Iori, lequel, pour sa part, ne voulut rien avoir à faire avec cet homme du reste de la journée. En sortant, ce soir-là, Namban'ya s'arrêta dans le coin de la boutique occupé par Iori. Un peu ivre, mais d'excellente humeur, il déclara :

– Eh bien, en fin de compte, tu ne viendras pas avec moi. Les femmes n'ont pas voulu en entendre parler. Ha ! ha !

Pourtant, sa conversation avec Osei et Otsuru avait eu un effet salutaire. Dès le lendemain, Iori entrait à l'école d'un temple du voisinage. Il fut autorisé à porter son sabre pour s'y rendre et ni Sahei ni les autres ne l'ennuyèrent plus.

Mais il demeurait incapable de se fixer. Lorsqu'il se trouvait à l'intérieur, ses yeux s'égaraient souvent du côté de la rue. Chaque fois que passait une jeune femme qui ressemblait à Otsū, même de loin, il changeait de couleur. Il lui arrivait de courir au-dehors pour l'examiner de plus près.

Un matin, vers le commencement du neuvième mois, une quantité prodigieuse de bagages se mit à affluer par péniche de Kyoto. Dès midi, coffres et paniers s'amoncelaient devant le bureau. Des étiquettes indiquaient que le tout appartenait à des samouraïs de la Maison de Hosokawa. Ils s'étaient rendus à Kyoto pour des affaires pareilles à celles qui avaient amené Sado au mont Kōya : la succession de Hosokawa Yūsai. Maintenant, ils buvaient de l'infusion d'orge et s'éventaient, assis les uns dans le bureau, d'autres dehors, sous les auvents.

De retour de l'école, Iori arriva par la rue. Là, il s'arrêta et pâlit. Kojirō, assis sur un grand panier, disait à Sahei :

– Il fait trop chaud, ici. Notre bateau n'a pas encore accosté ?

Sahei leva les yeux de la brochure qu'il avait en main et désigna le môle :

– Votre bateau est le *Tatsumimaru*. Il est là-bas. Comme vous pouvez le voir, on n'a pas fini de le charger ; aussi, vos places à bord ne sont-elles pas encore prêtes. Je regrette.

– J'aimerais beaucoup mieux attendre à bord. Il doit y faire un peu plus frais.

– Bien, monsieur. Je vais voir comment tournent les choses.

Trop pressé pour essuyer la sueur de son front, il se précipita dans la rue où il aperçut Iori.

– ... Qu'est-ce que tu fais là, planté comme une borne ? Va donc t'occuper des passagers. Infusion d'orge, eau froide, eau chaude... donne-leur tout ce qu'ils veulent.

Iori se rendit dans un hangar, à l'entrée de l'allée qui jouxtait l'entrepôt ; là, une bouilloire d'eau était toujours prête. Mais, au lieu de faire son travail, il se tenait là, à foudroyer Kojirō du regard.

Maintenant, on l'appelait Ganryū le plus souvent, ce nom de consonance assez scolaire paraissant plus approprié à son âge et à son rang actuels. Il était plus lourd et plus solide. Ses joues s'étaient remplies ; ses yeux, autrefois perçants, étaient sereins et impassibles. Il ne faisait plus un aussi fréquent usage de sa langue acérée qui, dans le passé, avait causé tant de mal. En quelque sorte, la dignité de son sabre était devenue partie intégrante de son caractère.

Résultat : les autres samouraïs l'avaient accepté

peu à peu. Non seulement ils disaient grand bien de lui mais le respectaient.

En nage, Sahei revint du bateau, s'excusa de nouveau pour la longue attente et annonça :

– ... Les places du milieu du navire ne sont pas encore prêtes, mais celles de l'avant le sont.

Cela signifiait que les simples soldats et les plus jeunes samouraïs pouvaient monter à bord. Ils rassemblèrent leurs affaires et partirent ensemble. Ne restèrent plus que Kojirō et six ou sept aînés, tous personnages d'une certaine importance dans le fief.

– Sado n'est pas encore arrivé, n'est-ce pas ? demanda Kojirō.

– Non, mais il ne devrait pas tarder.

– Le soleil sera bientôt à l'ouest, dit Sahei à Kojirō. Vous serez plus au frais à l'intérieur.

– Les mouches sont terribles, gémit Kojirō. Et j'ai soif. Puis-je avoir une autre tasse de thé ?

– Tout de suite, monsieur.

Sans se lever, Sahei cria vers le hangar à eau chaude :

– ... Io, qu'est-ce que tu fabriques ? Apporte du thé à nos hôtes.

Et il se replongea dans sa brochure ; mais, s'apercevant bientôt que Iori n'avait pas répondu, il se mit en devoir de réitérer son ordre. Alors, il vit le garçon s'approcher lentement avec plusieurs tasses de thé sur un plateau. Iori offrit du thé à chacun des samouraïs en s'inclinant chaque fois poliment. Debout devant Kojirō avec les deux dernières tasses, il lui demanda :

– Voulez-vous du thé ?

Distrait, Kojirō tendit la main pour la retirer soudain, dès que ses yeux rencontrèrent ceux de Iori. Saisi, il s'exclama :

– Comment ! Mais c'est...

Avec un large sourire, Iori répliqua :

– Là dernière fois que j'ai eu la malchance de vous rencontrer, c'était à Musashino.

– Quoi ? aboya Kojirō d'un ton qui ne convenait guère à son rang actuel.

Il allait dire autre chose quand Iori s'écria :

– Tiens, vous vous souvenez de moi ? et il lui jeta le plateau à la figure.

– Oh ! cria Kojirō en saisissant Iori par le poignet.

Le plateau le manqua mais il reçut dans l'œil gauche un jet de thé chaud. Le reste du liquide se répandit sur sa poitrine et ses genoux. Le plateau alla s'écraser contre un poteau d'angle.

– ... Petit gredin ! vociféra Kojirō.

Il jeta Iori sur le sol en terre battue et l'y maintint du pied.

– ... Directeur ! appela-t-il avec colère. Ce moutard est l'un de vos garçons, n'est-ce pas ? Venez ici et maintenez-le. Il a beau n'être qu'un enfant, je ne tolérerai pas cela.

Epouvanté, Sahei se précipita pour obéir. Mais Iori parvint à tirer son sabre et à en frapper le bras de Kojirō. Ce dernier l'envoya d'un coup de pied au milieu de la pièce et sauta d'un pas en arrière.

Sahei fit demi-tour en poussant des cris d'égorgé. Il atteignit Iori à l'instant où le garçon se relevait d'un bond.

– Vous, ne vous mêlez pas de ça ! lui cria Iori, puis, regardant Kojirō droit dans les yeux, il lui lança : « Bien fait ! » et se précipita au-dehors.

Kojirō ramassa une perche de portefaix qui se trouvait à portée de sa main et la lança en direction du garçon ; il fit mouche et l'atteignit au jarret. Iori mordit la poussière.

Sur l'ordre de Sahei, plusieurs hommes se jetèrent sur Iori et le traînèrent au hangar à eau chaude où un serviteur nettoyait le kimono et le *hakama* de Kojirō.

– Je vous en prie, pardonnez cet outrage, suppliait Sahei.

– Nous ne savons comment nous excuser, dit l'un des employés.

Sans leur accorder un regard, Kojirō prit des mains du serviteur une serviette humide et s'essuya le visage. On maintenait Iori au sol, les bras étroitement serrés derrière lui.

– Lâchez-moi, suppliait-il en se tordant de douleur. Je ne m'enfuirai pas. Je suis fils de samouraï. Je l'ai fait exprès et je subirai mon châtiment en homme.

Kojirō acheva de mettre de l'ordre dans ses vêtements et sa chevelure.

– Lâchez-le, dit-il tranquillement.

Ne sachant comment juger l'expression placide du samouraï, Sahei bégaya :

– Vous... vous êtes sûr que ça ira ?

– Oui. Mais – ce mot rendait le son d'un clou qui mord le bois –, bien que je n'aie pas la moindre intention d'avoir affaire à un enfant, si vous croyez devoir le punir, je puis vous suggérer une méthode. Versez-lui sur la tête une pleine louche d'eau bouillante. Il n'en mourra pas.

– De l'eau bouillante !

Sahei eut un recul à cette idée.

– Oui. Si vous voulez le laisser libre, c'est très bien aussi.

Sahei et ses hommes se regardèrent, hésitants.

– Nous ne pouvons laisser pareil crime impuni.

– Il a le diable au corps.

– Il a de la chance de s'en tirer vivant.

– Apportez une corde.

Alors qu'ils entreprenaient de le ligoter, Iori les repoussa :

– Qu'est-ce que vous faites ? s'écria-t-il.

Assis par terre, il continua :

– ... Je vous ai dit que je ne m'enfuirais pas,

n'est-ce pas ? Je subirai mon châtiment. J'avais une raison de faire ce que j'ai fait. Un marchand peut présenter des excuses. Moi pas. Un fils de samouraï ne va pas pleurer pour un peu d'eau chaude.

– Très bien, dit Sahei. Tu l'auras voulu.

Il retroussa sa manche, emplit une louche d'eau bouillante et s'avança lentement vers Iori.

– Ferme les yeux, Iori. Sinon, tu deviendras aveugle, dit une voix qui venait de l'autre côté de la rue.

Sans oser regarder à qui cette voix appartenait, Iori ferma les yeux. Il se rappelait une histoire que Musashi lui avait racontée un jour à Musashino. Elle concernait Kaisen, un prêtre zen que révéraient fort les hommes de guerre de la province de Kai. Quand Nobunaga et Iyeyasu attaquèrent le temple de Kaisen et l'incendièrent, le prêtre s'assit calmement à l'étage supérieur du portail et, tout en brûlant vif, prononça ces mots : « Si l'illumination annule ton cœur, le feu rafraîchit. »

Ce n'est qu'une petite louche d'eau chaude, se dit Iori. Je ne dois plus penser.

Il essaya désespérément de devenir un espace vide sans ego, libéré de l'illusion, sans chagrin. Peut-être, s'il eût été plus jeune ou beaucoup plus vieux... mais à son âge, il faisait trop partie du monde où il vivait.

Quand cela viendrait-il ? Durant un moment d'hébétude, il prit la sueur qui lui dégouttait du front pour l'eau bouillante. Une minute lui parut un siècle.

– Tiens, mais c'est Sado ! dit Kojirō.

Sahei et tous les autres se détournèrent, les yeux fixés sur le vieux samouraï.

– Qu'est-ce qui se passe, ici ? demanda Sado en traversant la rue, Nuinosuke à son côté.

Kojirō se mit à rire et dit avec désinvolture :

– Vous nous surprenez dans un curieux moment. Ils sont en train de punir ce garçon.

Sado examina intensément Iori.

– De le punir ? Eh bien, s'il a fait quelque chose de mal, il faut le punir. Continuez. Je regarderai.

Sahei considéra Kojirō du coin de l'œil ; celui-ci évalua aussitôt la situation ; il savait qu'on le tiendrait pour responsable de la sévérité du châtiment.

– Ça suffit, dit-il.

Iori ouvrit les yeux. Il avait quelque difficulté à accommoder mais, en reconnaissant Sado, il s'exclama joyeusement :

– Je vous connais ! Vous êtes le samouraï qui est venu au Tokuganji, à Hōtengahara.

– Tu te souviens de moi ?

– Oui, monsieur.

– Qu'est devenu ton maître, Musashi ?

Iori renifla et porta les mains à ses yeux.

Que Sado connût le garçon fut un choc pour Kojirō. En y réfléchissant, il se dit que cela devait concerner la recherche de Musashi par Sado. Mais, bien sûr, il ne voulait pas que le nom de Musashi fût prononcé dans une conversation entre lui-même et le vieux vassal. Il savait qu'un de ces jours il aurait à combattre Musashi, mais ce n'était plus une affaire strictement privée.

En fait, une scission s'était produite au sein de la Maison de Hosokawa : une faction tenait Musashi en haute estime ; l'autre avait un préjugé favorable envers l'ancien rōnin devenu principal instructeur au sabre du clan. D'aucuns affirmaient que la véritable raison qui rendait le combat inévitable était la rivalité cachée entre Sado et Kakubei.

Au vif soulagement de Kojirō, le maître d'équipage du *Tatsumimaru* arriva à cet instant précis pour annoncer que le bateau était prêt. Sado, resté en arrière, dit :

– Le bateau ne part pas avant le coucher du soleil, n'est-ce pas ?

– Non, répondit Sahei qui arpentait le bureau, inquiet des conséquences de l'affaire du jour.

– En ce cas, j'ai le temps de prendre un peu de repos ?

– Amplement le temps. Prenez donc le thé.

Otsuru parut à la porte intérieure et fit signe au directeur. Après l'avoir écoutée deux minutes, Sahei revint à Sado et lui déclara :

– En vérité, le bureau n'est pas un endroit pour vous recevoir. La maison n'est qu'à deux pas, de l'autre côté du jardin. Voulez-vous vous donner la peine de vous y rendre ?

– C'est fort aimable, répondit Sado. A qui dois-je cet honneur ? A la maîtresse de maison ?

– Oui. Elle dit qu'elle aimerait vous remercier.

– De quoi donc ?

Sahei se gratta la tête.

– De... euh... d'avoir veillé à ce que Iori s'en tire sain et sauf, j'imagine. Etant donné l'absence du maître...

– A propos de Iori, j'aimerais lui parler. Voulez-vous l'appeler ?

Le jardin était bien ce à quoi Sado se fût attendu chez un riche marchand de Sakai. Quoiqu'un entrepôt le limitât d'un côté, c'était un monde à part du bureau bruyant et étouffant. Rocailles et plantes étaient arrosées de frais ; un ruisseau coulait doucement.

Osei et Otsuru étaient agenouillées dans une petite pièce élégante qui donnait sur le jardin. Un tapis de laine garnissait le tatami ; des plateaux étaient chargés de gâteaux et de tabac. Sado remarqua le parfum capiteux du mélange d'encens. Il s'assit sur le seuil en disant :

– ... Je n'entre pas. J'ai les pieds sales.

Tout en lui servant le thé, Osei s'excusa pour ses employés et le remercia d'avoir sauvé Iori. Sado répondit :

– J'ai eu l'occasion, il y a quelque temps, de rencontrer ce garçon. Je suis content de le retrouver. Par quel hasard est-il sous votre toit ?

Après avoir entendu les explications d'Osei, Sado la mit au courant de sa longue recherche de Musashi. Ils bavardèrent amicalement quelque temps, puis Sado déclara :

– Depuis plusieurs minutes j'observais Iori de l'autre côté de la rue. J'admirais sa faculté de rester calme. Il se conduisait fort bien. En réalité, je crois que c'est une erreur que d'élever dans une entreprise commerciale un garçon d'un tel courage. Je me demande si vous consentiriez à me le remettre. A Kokura, on pourrait lui donner une éducation de samouraï.

Osei accepta volontiers et dit :

– Il ne pourrait rien lui arriver de meilleur.

Otsuru se leva pour aller chercher Iori mais, à cet instant, il sortit de derrière un arbre où il avait surpris toute la conversation.

– Vois-tu un inconvénient à venir avec moi ? lui demanda Sado.

Fou de joie, Iori le supplia de l'emmener à Kokura.

Tandis que Sado buvait son thé, Otsuru préparait Iori pour le voyage : kimono, *hakama*, guêtres, chapeau de vannerie – le tout flambant neuf. C'était la première fois de sa vie qu'il portait un *hakama*.

Ce soir-là, au moment où le *Tatsumimaru* déploya ses ailes noires pour voguer sous les nuages dorés du soleil couchant, Iori regarda derrière lui un océan de visages : celui d'Otsuru, celui de la mère d'Otsuru, celui de Sahei, ceux des gens qui composaient la foule assistant à leur départ, et le visage même de la ville de Sakai.

Avec un large sourire, il ôta son chapeau de vannerie et l'agita dans leur direction.

Le maître de calligraphie

A l'entrée d'une étroite allée du quartier des poissonniers d'Okazaki, l'enseigne indiquait : « Illumination pour les jeunes. Leçons de lecture et d'écriture », et portait le nom de Muka, selon toute apparence un des nombreux rōnins, appauvris mais honnêtes, qui gagnaient leur vie en faisant profiter de leur éducation d'hommes de guerre les enfants de roturiers.

Le curieux amateurisme de la calligraphie amenait un sourire aux lèvres des passants ; pourtant, Muka déclarait qu'il n'en avait pas honte. Chaque fois qu'il en était question, il répondait : « De cœur, je suis encore un enfant. Je m'exerce en même temps que les enfants. »

L'allée aboutissait à un bosquet de bambous au-delà duquel s'étendait le manège de la Maison de Honda. Par beau temps, il était toujours couronné d'un nuage de poussière : les cavaliers s'y entraînaient souvent de l'aube au crépuscule. Le lignage militaire dont ils étaient si fiers était celui des célèbres guerriers Mikawa, la tradition qui avait produit les Tokugawa.

Muka se leva de sa sieste de la mi-journée pour aller au puits tirer de l'eau. Son kimono sans doublure d'un gris uni, son capuchon gris auraient pu être l'habit d'un quadragénaire ; or il n'avait pas trente ans. Après s'être lavé le visage, il entra dans le boqueteau où il abattit un épais bambou d'un seul coup de sabre.

Après avoir lavé le bambou au puits, il rentra chez lui. Des stores suspendus d'un côté protégeaient contre la poussière du manège mais, comme la lumière venait de cette direction, l'unique pièce paraissait plus petite et plus sombre qu'elle ne l'était en réalité. Une planche reposait à plat dans un coin :

au-dessus, pendait le portrait anonyme d'un prêtre zen. Muka disposa le tronc de bambou sur la table et ficha dans l'intérieur évidé une fleur de liseron.

Pas mal, pensa-t-il en reculant pour examiner son œuvre.

Il s'assit à sa table, prit son pinceau et commença à s'exercer en prenant pour modèles un manuel de caractères officiels assez carrés de Ch'u Sui-liang et un calque de la calligraphie du prêtre Kōbō Daishi. De toute évidence, il avait progressé de façon régulière au cours de l'année qu'il avait passée là, car les caractères qu'il traçait maintenant étaient fort supérieurs à ceux de son enseigne.

– Je vous dérange ? demanda la voisine, épouse d'un marchand de pinceaux à écrire.

– Entrez donc, répondit Muka.

– Un instant seulement. Je me demandais... Voilà quelques minutes, j'ai entendu un grand bruit. On aurait dit quelque chose qui se cassait. L'avez-vous entendu ?

Muka se mit à rire :

– Ce n'était que moi : je coupais un morceau de bambou.

– Ah ! ça m'inquiétait. Je me demandais s'il ne vous était rien arrivé. Mon mari dit que les samouraïs qui rôdent par ici veulent vous tuer.

– S'ils le faisaient, ça n'aurait pas d'importance. De toute façon, je ne vaux pas trois sous.

– Ne soyez pas aussi insouciant. Des tas de gens se font tuer pour des choses qu'ils ne se rappellent même pas avoir commises. Pensez à la tristesse de toutes les filles, s'il vous arrivait malheur.

Elle retourna à ses fourneaux sans demander, comme elle faisait souvent : « Pourquoi ne vous mariez-vous pas ? Ce n'est pas que vous n'aimez pas les femmes, n'est-ce pas ? » Muka ne donnait jamais de réponse claire ; pourtant, il en avait révélé assez pour laisser entendre qu'il ferait une belle prise. Ses voisins savaient qu'il était un rōnin de Mimasaka qui aimait l'étude et avait quelque temps vécu à Kyoto, Edo et près d'Edo. Il affirmait vouloir s'établir à Okazaki pour diriger une bonne école. Sa jeunesse, son assiduité, son honnêteté sautaient aux yeux ; il n'y avait donc rien de surprenant à ce qu'un certain nombre de jeunes filles eussent manifesté leur désir de l'épouser, et c'était le vœu de bien des parents de filles à marier.

Ce petit coin de la société exerçait une certaine fascination aux yeux de Muka. Le marchand de pinceaux et sa femme le traitaient avec bonté ; la femme lui apprenait à faire la cuisine ; elle se chargeait parfois de son blanchissage et de son raccommodage. Tout compte fait, la vie à cet endroit lui plaisait. Tout le monde se connaissait ; chacun cherchait de nouveaux moyens de rendre sa vie intéressante. Il se passait toujours quelque chose, sinon une fête, des danses de rue ou une cérémonie religieuse, du moins un enterrement ou un malade à soigner. Ce soir-là, il passa devant chez le marchand de pinceaux alors que le couple était en train de dîner. La femme fit claquer sa langue et dit :

– ... Où va-t-il, comme ça ? Il donne des leçons aux enfants le matin, fait une sieste ou étudie l'après-midi, et le soir, le voilà parti. On dirait tout à fait une chauve-souris.

Le mari gloussa.

– Qu'y a-t-il de mal à ça ? Il est célibataire. Il ne faut pas lui reprocher ses promenades nocturnes.

Dans les rues d'Okazaki, le son d'une flûte de bambou se mêlait au bourdonnement des insectes captifs dans des cages de bois, aux plaintes rythmiques de chanteurs aveugles, aux cris des marchands de melons et de *sushi*. Rien ici de l'agitation frénétique qui caractérisait Edo. Les lanternes clignotaient ; les gens se promenaient en kimono d'été. Dans la chaleur d'une belle fin de journée, tout parai[illegible] simple et à sa place.

Sur le passage de Muka, les filles chuchotaient :

– Le voilà encore.

– Il ne s'intéresse à personne, comme d'habitude.

Quelques-unes des jeunes femmes le saluaient puis se tournaient vers leurs amies et s'interrogeaient sur l'endroit où il se rendait.

Muka marchait sans se retourner, dépassait les rues transversales où il aurait pu s'acheter les faveurs des prostituées d'Okazaki, considérées par beaucoup comme une des principales attractions locales au long de la grand-route de Tōkaidō. A l'extrémité ouest de la ville, il s'arrêta et s'étira. Devant lui, les eaux tumultueuses du fleuve Yahagi couraient sous le pont de Yahagi, le plus long sur le Tōkaidō. Il s'avança vers la mince silhouette qui l'attendait à la première borne.

– Musashi ?

Musashi sourit à Matahachi, vêtu de son habit de prêtre.

– Le maître est revenu ? demanda-t-il.

– Non.

Côte à côte, ils franchirent le pont. Sur une colline couverte de pins, sur la rive opposée, se dressait un vieux temple zen. Le nom de la colline étant Hachijō, on en était venu à appeler le temple Hachijōji. Ils grimpèrent la pente ombragée jusqu'au portail.

– Comment ça va ? demanda Musashi. La pratique du Zen doit être difficile.

– C'est vrai ! répondit Matahachi d'un air abattu, en inclinant son crâne rasé et bleuâtre. J'ai souvent songé à m'enfuir. Si je dois subir des tortures mentales pour devenir un être humain convenable, autant passer la tête dans un nœud coulant et n'y plus penser.

– Ne te laisse pas décourager. Tu n'en es encore qu'au début. Ta véritable formation n'aura lieu que lorsque tu auras convaincu le maître de te prendre pour disciple.

– Ce n'est pas impossible. J'ai appris à me discipliner. Et chaque fois que je me sens abattu, je pense à toi. Si tu peux surmonter tes difficultés, je devrais être capable de surmonter les miennes.

– Voilà qui est bien. Je ne peux rien faire que tu ne puisses faire aussi.

– Le souvenir de Takuan m'aide. Sans lui, j'aurais été exécuté.

– Si tu peux supporter les rigueurs, tu connais un plaisir plus grand que la souffrance, dit Musashi avec solennité. Jour et nuit, heure après heure, nous sommes ballottés tour à tour par des vagues de souffrance et de plaisir. Si l'on cherche à n'éprouver que du plaisir, on cesse d'être vraiment vivant. Alors, le plaisir s'évanouit aussi.

– Je commence à comprendre.

– Pense à un simple bâillement. Celui d'une personne qui vient de travailler durement est différent de celui d'un paresseux. Des tas de gens meurent sans connaître le plaisir que peut apporter le bâillement.

– Hum, j'entends ce genre de discours au temple.

– J'espère que viendra bientôt le jour où je te confierai au maître. Je veux lui demander de me guider, moi aussi. J'ai besoin d'en savoir davantage au sujet de la Voie.

– Quand donc crois-tu qu'il reviendra ?

– C'est difficile à dire. Les maîtres du Zen errent quelquefois à travers le pays comme des nuages, durant deux ou trois ans. Maintenant que tu es ici, tu devrais prendre la décision de l'attendre quatre ou cinq ans s'il le faut.

– Toi aussi ?

– Oui. Vivre dans cette allée écartée, parmi des gens pauvres et honnêtes, est un bon entraînement ;

ça fait partie de mon éducation. Ce n'est pas de temps perdu.

Après avoir quitté Edo, Musashi avait traversé Atsugi. Puis, poussé par le doute quant à son avenir, il avait disparu dans les monts Tanzawa pour en ressortir deux mois après, plus inquiet et hagard que jamais. Résoudre un problème ne faisait que le conduire à un autre. Il était parfois si torturé que son sabre était une arme tournée contre lui.

Parmi les possibilités qu'il avait envisagées se trouvait le choix de la voie facile. S'il pouvait se résoudre à vivre d'une manière confortable et ordinaire avec Otsū, la vie serait simple. Presque tous les fiefs accepteraient de le payer assez, de cinq cents à mille boisseaux. Mais lorsqu'il se posait la question, la réponse était toujours non. Une existence facile imposait des restrictions ; il ne pouvait s'y soumettre.

A d'autres moments, il se sentait comme enferré dans des illusions basses et lâches, ainsi qu'un démon affamé de l'enfer ; alors, un temps, son esprit s'éclaircissait et il se vautrait dans le plaisir de son fier isolement. Son cœur était le théâtre d'une lutte continuelle entre la lumière et l'ombre. Nuit et jour, il oscillait entre l'exubérance et la mélancolie. Il pensait à son art du sabre et en était insatisfait. En songeant à la longueur de la Voie, à la distance qui le séparait de la maturité, il était dégoûté. D'autres jours, la vie à la montagne le ragaillardissait et ses pensées s'égaraient vers Otsū.

En descendant dans la vallée, il s'était rendu au Yuggōji, à Fujisawa, passer quelques jours, et de là à Kamakura. C'est là qu'il avait rencontré Matahachi. Résolu à ne pas retomber dans une vie d'indolence, Matahachi se trouvait à Kamakura en raison des nombreux temples zen qu'on pouvait y trouver ; mais il souffrait d'un sentiment de malaise encore plus profond que Musashi. Ce dernier le rassura :

– Il n'est pas trop tard. Si tu apprends à te discipliner, tu peux recommencer une nouvelle vie. Il te serait fatal de te dire que les jeux sont faits et que tu n'es bon à rien.

Il se sentit contraint d'ajouter :

– ... A vrai dire, je suis moi-même dans une impasse. Quelquefois, je me demande si j'ai un avenir. Je me sens complètement vide. On dirait que je suis emprisonné dans une coquille. Je me déteste. Je me dis que je ne vaux rien. Mais, en me punissant, en me forçant à continuer, je réussis à sortir de ma coquille. Alors, un nouveau chemin s'ouvre à moi... Crois-moi, cette fois, c'est un vrai combat. Je me débats parfois dans ma coquille, incapable de rien faire. Si je suis descendu des montagnes, c'est que je me souvenais de quelqu'un qui, je crois, peut m'aider.

Il s'agissait du prêtre Gudō. Matahachi répondit :

– C'est celui qui t'a aidé quand tu as commencé à chercher la Voie, n'est-ce pas ? Ne pourrais-tu me présenter et le prier de m'accepter comme disciple ?

Au début, Musashi ne crut guère à la sincérité de Matahachi mais, après avoir appris les ennuis qu'il avait eus à Edo, il conclut qu'il était sincère. Tous deux s'enquirent de Gudō dans un certain nombre de temples zen sans apprendre grand-chose. Musashi savait que le prêtre n'était plus au Myōshinji de Kyoto. Il l'avait quitté plusieurs années auparavant pour voyager quelque temps dans l'Est et le Nord-Est. Il savait également qu'il était un homme des plus imprévisibles : il pouvait se trouver à Kyoto pour donner des leçons de Zen à l'empereur un jour et, le lendemain, errer dans la campagne. On savait que Gudō s'était arrêté plusieurs fois au Hachijōji d'Okazaki : un prêtre suggéra que c'était peut-être le meilleur endroit pour l'attendre.

Musashi et Matahachi étaient assis dans le petit hangar où Matahachi dormait. Musashi venait souvent l'y voir, et ils causaient tard dans la … Matahachi n'était pas autorisé à coucher au dort… qui, à l'instar des autres bâtiments du Hachijōji, était une construction rustique, au toit de chaume – car il n'avait pas encore été officiellement accepté comme prêtre.

– Oh ! ces moustiques ! s'écria Matahachi en chassant de la main la fumée qui servait à éloigner les insectes, puis, frottant ses yeux irrités, il ajouta : sortons !

Ils allèrent jusqu'au bâtiment principal et s'assirent sur le seuil. Les jardins étaient déserts et une brise fraîche soufflait.

– ... Ça me rappelle le Shippōji, dit Matahachi d'une voix à peine audible.

– C'est vrai, dit Musashi.

Ils se turent. Ils se taisaient toujours en des moments pareils : penser au pays ramenait invariablement des souvenirs d'Otsū, d'Osugi ou d'événements dont aucun d'eux ne voulait parler, de crainte de bouleverser leur présente relation. Mais, au bout de quelques instants, Matahachi demanda :

– Le Shippōji était sur une colline plus haute, n'est-ce pas ? Et il n'y a pas ici de vieux cryptomerias.

Il observa une pause, regarda un moment le profil de Musashi puis reprit avec hésitation :

– ... Je voulais te demander quelque chose, mais...

– Qu'est-ce que c'est ?

– Otsū...

Sa voix s'étrangla. Quand il s'en crut capable, il poursuivit :

– ... Je me demande ce que fait Otsū, en cet instant précis, et ce qui va lui arriver. Je pense souvent à elle ces jours-ci et, en moi-même, je lui demande pardon pour ma conduite. J'ai honte à l'avouer mais, à Edo, je l'ai obligée à vivre avec moi. Pourtant, rien ne s'est passé. Elle a refusé de se laisser toucher. Je suppose qu'après mon départ pour Sekigahara Otsū devait ressembler à une fleur tombée. Maintenant, c'est une fleur qui s'épanouit sur un arbre différent, dans un col différent.

Son visage montrait sa sincérité et sa voix était grave.

– ... Takezō – non... Musashi, je t'en supplie, épouse Otsū. Tu es le seul être qui puisse la sauver. Je n'ai jamais pu me résoudre à dire ça mais, maintenant que je suis décidé à devenir un disciple de Gudō, je suis résigné au fait qu'Otsū ne m'appartient pas. Pourtant, je m'inquiète pour elle. Ne veux-tu pas la rechercher et lui donner le bonheur qu'elle désire si ardemment ?

Il était environ trois heures du matin quand Musashi se mit à redescendre l'obscur sentier de montagne. Il croisait les bras, la tête basse ; les paroles de Matahachi résonnaient à ses oreilles. L'angoisse entravait sa marche. Il se demanda combien de nuits de torture Matahachi devait avoir passées à rassembler le courage nécessaire pour parler. Toutefois, il semblait à Musashi que son propre dilemme était plus honteux et plus pénible encore.

Matahachi, se disait-il, espérait fuir les flammes du passé dans le salut de l'illumination.

Musashi n'avait pas été capable de répondre : « Je ne puis faire cela », et bien moins encore : « Je ne veux pas épouser Otsū. Elle est ta fiancée. Repens-toi, purifie ton cœur, et regagne-la. » En fin de compte, il n'avait rien dit : tout ce qu'il aurait pu dire eût été mensonge. Matahachi avait plaidé avec ferveur :

– ... Si je n'ai pas la certitude que l'on s'occupera d'Otsū, devenir un disciple ne m'apportera rien de bon. C'est toi qui as insisté pour que je me discipline. Si tu es mon ami, sauve Otsū. C'est le seul moyen de me sauver.

Musashi avait été surpris quand Matahachi avait

éclaté en sanglots. Il ne l'avait pas cru capable d'une telle profondeur de sentiment. Et, quand il s'était levé pour partir, Matahachi s'était accroché à sa manche en le suppliant de lui donner une réponse. Musashi ne put que dire :

– Laisse-moi réfléchir.

Maintenant, il se maudissait de sa lâcheté et gémissait sur son incapacité à surmonter son inertie. Il songeait tristement que ceux qui n'ont pas souffert de cette maladie n'en peuvent connaître les affres.

S'irriter contre soi-même, se rappeler tout ce qu'il avait fait de mal, n'avançait à rien. C'était parce qu'il éprouvait les premiers symptômes de sa maladie qu'il s'était séparé de Iori et Gonnosuke, et avait tranché les liens qui l'unissaient à ses amis d'Edo.

Il continuait sa route incertaine. Il aperçut le large fleuve Yahagi et sentit sur son visage la fraîcheur du vent.

Soudain, mis en garde par un sifflement perçant, il s'écarta d'un bond. Le coup passa à moins d'un mètre cinquante de lui et la détonation d'un mousquet résonna en écho sur le fleuve. Ayant compté deux respirations entre la balle et le bruit, Musashi en conclut que l'on avait tiré d'assez loin. Il sauta sous le pont et s'accrocha comme une chauve-souris à un pilier.

Plusieurs minutes s'écoulèrent ; trois hommes dévalèrent soudain la colline de Hachijō comme des pommes de pin poussées par le vent. Près de l'extrémité du pont, ils s'arrêtèrent pour chercher le corps. Le mousquetaire, convaincu d'avoir fait mouche, jeta sa mèche. En vêtements plus sombres que les deux autres, il était masqué et ses yeux seuls étaient visibles.

Le ciel s'étant un peu éclairci, les ornements de cuivre de la crosse luisaient doucement.

Musashi ne voyait pas qui, à Okazaki, voulait sa mort. Non par manque de candidats. Au cours de ses combats, il avait vaincu bien des hommes qui devaient brûler encore d'un désir de vengeance. Il en avait tué bien d'autres dont les familles ou les amis devaient souhaiter poursuivre une vendetta.

Quiconque suivait la Voie du sabre était sans cesse en danger de mort.

Tandis que Musashi se cachait sous le pont, la froide réalité de la situation le stimula et sa lassitude s'évanouit. Respirant à peine et sans bruit, il laissa ses assaillants s'approcher. Comme ils ne trouvaient pas le cadavre, ils fouillèrent la route déserte et l'espace situé sous l'extrémité du pont.

Les yeux de Musashi s'agrandirent. Quoique habillés de noir ainsi que des bandits, ces hommes portaient des sabres de samouraïs et étaient bien chaussés. Les seuls samouraïs du district étaient ceux qui servaient la Maison de Honda à Okazaki et la Maison Owari de Tokugawa à Nagoya.

Un homme plongea dans l'ombre et ramassa la mèche, puis l'alluma et l'agita, ce qui donna à penser à Musashi qu'il y avait des hommes de l'autre côté du pont. Il ne pouvait bouger, du moins pas encore. S'il se montrait, il provoquerait d'autres coups de mousquet. Même s'il gagnait la berge opposée, un danger peut-être plus grand l'attendait. Pourtant, il ne pouvait non plus rester beaucoup plus longtemps là où il se trouvait. Sachant qu'il n'avait pas traversé le pont, ils se rapprocheraient de lui et découvriraient peut-être sa cachette.

Son plan lui vint comme un trait de lumière. Il n'était pas raisonné suivant les théories de l'Art de la guerre.

– Inutile d'essayer de vous cacher ! cria-t-il. Si vous me cherchez, je suis ici même.

Maintenant, le vent était assez fort ; Musashi n'était pas certain que sa voix portât. Un second coup de feu répondit à sa question. Musashi, bien sûr, était loin. La balle était encore en l'air que, d'un bond, il se rapprochait de près de trois mètres de l'extrémité du pont.

Il se précipita au milieu d'eux. Ils s'écartèrent légèrement, lui faisant face de trois côtés mais sans la moindre coordination. Il frappa de haut en bas avec son long sabre l'homme qui se trouvait au centre, tout en attaquant de son sabre court l'homme qui se trouvait à sa gauche. Le troisième s'enfuit sur le pont, courut, trébucha et rebondit par-dessus le parapet.

Musashi le suivit au pas en restant d'un côté et en s'arrêtant de temps en temps pour écouter. Comme rien d'autre ne se produisait, il rentra chez lui se coucher.

Le lendemain matin, deux samouraïs se présentèrent à son domicile. Trouvant l'entrée pleine de sandales d'enfants, ils la contournèrent.

– Etes-vous Muka *Sensei* ? demanda l'un d'eux. Nous sommes de la Maison de Honda.

Musashi leva les yeux de sa calligraphie et répondit :

– Oui, je suis Muka.

– Votre vrai nom est-il Miyamoto Musashi ? Si oui, n'essayez pas de le cacher.

– Je suis Musashi.

– Je suppose que vous connaissez Watari Shima.

– Je ne crois pas le connaître.

– Il assure avoir assisté à deux ou trois séances de haïku, où vous étiez présent.

– Maintenant que vous me le dites, je me le rappelle en effet. Nous nous sommes rencontrés chez un ami commun.

– Il se demandait si vous ne voudriez pas passer une soirée avec lui.

– S'il cherche quelqu'un avec qui composer des haïkus, il tombe mal. Il est vrai que l'on m'a invité à quelques séances de ce genre, mais je suis un homme simple, sans grande expérience de ces choses.

– Je crois qu'il a plutôt l'intention de discuter avec vous des arts martiaux.

Les élèves de Musashi considéraient d'un œil inquiet les deux samouraïs. Musashi les regarda lui aussi quelques instants puis répondit :

– En ce cas, je serai enchanté d'aller le voir. Quand ?

– Pourriez-vous venir ce soir ?

– Très bien.

– Il vous enverra un palanquin.

– C'est fort aimable à lui. J'attendrai.

Après leur départ, il se retourna vers ses élèves :

– ... Allons, dit-il. Ne vous laissez pas distraire. Au travail. Regardez-moi. Je m'exerce aussi. Vous devez apprendre à vous concentrer si complètement que vous ne puissiez entendre les gens parler ni les cigales chanter. Si vous êtes paresseux quand vous êtes jeunes, vous deviendrez pareils à moi, et vous devrez vous exercer quand vous serez grands.

Il éclata de rire en considérant le cercle de visages et de mains tachés d'encre.

Au crépuscule, ayant passé un *hakama*, il était prêt à partir. Au moment précis où il rassurait la femme du marchand de pinceaux au bord des larmes, protestant qu'il ne courait aucun danger, le palanquin arriva – non pas le simple modèle en vannerie que l'on voyait en ville, mais une chaise à porteurs laquée, escortée de deux samouraïs et trois serviteurs.

Les voisins, éblouis du spectacle, s'attroupaient en chuchotant. Les enfants appelaient leurs camarades et bavardaient avec animation :

– Seuls, les grands personnages circulent dans des palanquins pareils.

– Notre maître doit être un homme de bien.

– Où va-t-il ?

– Reviendra-t-il jamais ?

Les samouraïs fermèrent la portière du palanquin, écartèrent la foule et se mirent en route derrière le convoi.

Bien qu'il ne sût à quoi s'attendre, Musashi soupçonnait qu'il y avait un lien entre cette invitation et l'incident du pont de Yahagi. Peut-être Shima allait-il le réprimander pour avoir tué deux samouraïs de Honda. A moins qu'il ne fût derrière l'espionnage et l'attaque surprise de la nuit. Peut-être était-il prêt maintenant à affronter ouvertement Musashi. Celui-ci n'augurait rien de bon de la rencontre de la soirée, et se résignait à faire face à une situation difficile.

Le palanquin se balançait doucement comme un bateau sur la mer. En entendant le vent murmurer à travers les pins, Musashi pensa qu'ils devaient être dans la forêt, près de la muraille nord du château. Il ne ressemblait pas à un homme qui se prépare à un assaut imprévisible. Les yeux mi-clos, il paraissait faire un somme.

Après que la porte du château se fut ouverte en grinçant, les porteurs ralentirent et les samouraïs baissèrent le ton. Ils passèrent devant des lanternes clignotantes et parvinrent aux bâtiments du château. Quand Musashi eut mis pied à terre, des serviteurs l'introduisirent en silence, quoique avec politesse, dans un pavillon ouvert. Les stores étant relevés des quatre côtés, la brise circulait en bouffées agréables. Les lampes vacillaient ou flamboyaient. La nuit d'été ne paraissait plus étouffante.

– Je suis Watari Shima, dit l'hôte, un samouraï de Mikawa typique : bien bâti, viril, aux aguets mais sans ostentation, ne trahissant aucun signe de faiblesse.

– Je suis Miyamoto Musashi.

Cette réponse également simple s'accompagna d'une révérence. Shima rendit la révérence et dit :

« Mettez-vous à l'aise », et entra sans plus de formalités dans le vif du sujet :

– ... J'apprends que vous avez tué deux de nos samouraïs la nuit dernière. Est-ce vrai ?

– Oui, c'est vrai, dit Musashi en regardant Shima droit dans les yeux.

– Je vous dois des excuses, reprit gravement Shima. J'ai appris l'incident aujourd'hui, quand les décès m'ont été rapportés. Il y a eu une enquête, bien sûr. Je vous connaissais de nom et de longue date, mais j'apprends seulement aujourd'hui que vous viviez à Okazaki... Quant à l'attaque, on m'a déclaré qu'un groupe de nos hommes, dont l'un est un disciple de Miyake Gumbei, spécialiste martial du style Tōgun, a ouvert le feu sur vous.

Musashi, qui ne subodorait aucun subterfuge, prit les propos de Shima pour ce qu'ils se donnaient, et l'histoire se précisa peu à peu. Le disciple de Gumbei faisait partie d'un groupe de plusieurs samouraïs de Honda qui avaient étudié à l'école Yoshioka. Les plus agressifs d'entre eux s'étaient réunis et avaient décidé de tuer l'homme qui avait mis fin à la gloire de l'école Yoshioka.

Musashi savait que le nom de Yoshioka Kempō était encore révéré dans tout le pays. A l'ouest du Japon, notamment, on aurait eu peine à trouver un fief où aucun samouraï n'eût étudié sous sa direction. Musashi dit à Shima qu'il comprenait parfaitement la haine qu'ils lui portaient, mais il la considérait comme une rancune personnelle plutôt qu'un motif de vengeance légitime, conforme à l'Art de la guerre. Shima parut approuver :

– J'ai fait venir les survivants pour les réprimander. J'espère que vous nous pardonnerez et oublierez cette affaire. Gumbei, lui aussi, était fort mécontent. Si vous n'y voyez pas d'inconvénient, j'aimerais vous le présenter. Il souhaiterait vous exprimer ses excuses.

– Ce n'est pas nécessaire. Il s'agit d'un incident courant pour tout homme qui se consacre aux arts martiaux.

– Néanmoins...

– Allons, laissons là les excuses. Mais s'il souhaite parler de la Voie, je serai charmé de le rencontrer. Son nom m'est familier.

On envoya chercher Gumbei ; après les présentations, la conversation passa au sabre et à l'art du sabre :

– J'aimerais vous entendre parler du style Tōgun, dit Musashi. L'avez-vous créé ?

– Non, répondit Gumbei. Je l'ai appris de mon maître, Kawasaki Kaginosuke, de la province d'Echizen. D'après le manuel qu'il m'a donné, il l'a élaboré alors qu'il vivait en ermite sur le mont Hakuun, à Kōzuke. Il semble avoir appris beaucoup de ses techniques d'un moine Tendai du nom de Tōgumbo... Mais parlez-moi de vous. J'ai maintes fois entendu citer votre nom. Je croyais que vous étiez plus âgé. Et puisque vous êtes ici, je me demande si vous m'accorderiez la faveur d'une leçon.

Le ton était cordial. Il ne s'agissait pas moins d'une invitation à se battre.

– Une autre fois, répondit Musashi d'un ton léger. Maintenant, il faut que je parte. Je ne connais pas bien le chemin du retour.

– Quand vous partirez, dit Shima, je vous ferai raccompagner.

– En apprenant que deux hommes avaient été abattus, reprit Gumbei, je suis allé voir. J'ai constaté que je ne pouvais faire concorder la position des corps avec les blessures ; aussi ai-je interrogé l'homme qui en est réchappé. Il avait l'impression que vous vous serviez de deux sabres à la fois. Est-ce possible ?

Avec un sourire, Musashi répondit qu'il ne l'avait jamais fait consciemment. Il considérait ce qu'il faisait comme un combat avec un corps et un sabre.

– Vous êtes trop modeste, dit Gumbei. Parlez-nous de votre style. Comment vous entraînez-vous ?

Comprenant qu'il ne pourrait partir avant d'avoir fourni une explication quelconque, Musashi regarda autour de lui. Ses yeux s'arrêtèrent sur deux mousquets dans l'alcôve ; il demanda à les emprunter. Shima y consentit et Musashi se rendit au milieu de la salle en tenant les deux armes par le canon, un dans chaque main. Musashi leva un genou et dit :

– Deux sabres sont comme un sabre. Un sabre est comme deux sabres. Nos bras sont distincts ; l'un et l'autre appartiennent au même corps. En toute chose, le raisonnement suprême n'est pas duel, mais unique. Je vais vous montrer.

Les mots sortaient spontanément de sa bouche ; lorsqu'il s'arrêta, il leva un bras et dit :

– ... Avec votre permission.

Alors, il se mit à faire tourbillonner les mousquets. Les autres hommes pâlirent. Musashi s'arrêta et ramena les coudes au corps. Il retourna dans l'alcôve et remit les mousquets en place. Avec un léger rire, il déclara :

– ... Peut-être cela vous aidera-t-il à comprendre.

Sans s'expliquer davantage, il s'inclina devant son hôte et prit congé. Abasourdi, Shima oublia complètement de le faire raccompagner. Le portail franchi, Musashi se retourna pour jeter un dernier regard à la maison, soulagé d'avoir échappé à l'emprise de Watari Shima. Il ignorait toujours les véritables intentions de cet homme mais une chose était claire : non seulement son identité était connue, mais il s'était trouvé mêlé à un incident. Le plus sage serait de quitter Okazaki le soir même.

Il songeait à la promesse qu'il avait faite à Matahachi d'attendre le retour de Gudō quand les lumières d'Okazaki lui apparurent ; une voix l'appela d'un petit sanctuaire du bord de la route :

– Musashi, c'est moi, Matahachi. Nous étio[...] quiets à ton sujet ; c'est pourquoi nous som[...] venus t'attendre ici.

– Inquiets ?

– Nous sommes allés chez toi. Ta voisine nous a dit qu'on t'avait espionné, ces temps-ci.

– Qui, nous ?

– Le maître est revenu aujourd'hui.

Gudō était assis sur le péristyle du sanctuaire. C'était un homme à l'allure insolite, la peau aussi noire que celle d'une cigale géante, les yeux profondément enfoncés, brillant sous de hauts sourcils. Il avait entre quarante et cinquante ans mais il était impossible d'être plus précis en voyant pareil homme. Mince comme un fil, il avait une voix de stentor. Musashi alla à lui, s'agenouilla et se prosterna. Gudō le considéra en silence une minute ou deux.

– Voilà longtemps... dit-il.

Levant la tête, Musashi répondit doucement :

– Très longtemps.

Gudō ou Takuan... Musashi avait l'intime conviction que l'un ou l'autre de ces deux hommes pourrait seul le délivrer de son impasse actuelle. Enfin, après toute une année d'attente, Gudō était là. Il contemplait la face du prêtre comme il eût contemplé la lune par une sombre nuit. Brusquement, avec force, il s'écria :

– *Sensei !*

– Qu'y a-t-il ?

Gudō n'avait pas besoin de le demander ; il savait ce que voulait Musashi, le prévoyait comme une mère devine les besoins de son enfant. Musashi, de nouveau prosterné, répondit :

– Voilà bientôt dix ans, j'étudiais sous votre direction.

– Si longtemps ?

– Oui. Pourtant, même après tant d'années, je

doute que mon progrès le long de la Voie soit mesurable.

– Tu parles toujours comme un enfant, n'est-ce pas ? Tu ne saurais avoir beaucoup avancé.

– Je suis plein de regrets.

– Vraiment ?

– Mon entraînement et mon autodiscipline ont accompli si peu de chose !

– Tu parles toujours de ces questions. Aussi longtemps que tu le feras, ce sera en vain.

– Si je renonçais, qu'arriverait-il ?

– Tu serais un rebut de l'humanité, plus démuni encore qu'auparavant, quand tu n'étais qu'un fol ignorant.

– Si j'abandonne la Voie, je sombre dans l'abîme. Pourtant, quand j'essaie de la suivre jusqu'au sommet, je m'aperçois que je ne suis pas digne de cette tâche. Je reste à mi-pente et je ne suis ni l'homme d'épée ni l'être humain que je veux être.

– Voilà qui semble résumer la question.

– Vous ne pouvez savoir par quel désespoir je suis passé. Que dois-je faire ? Dites-le-moi ! Comment puis-je me libérer de l'inaction et de la confusion qui m'habitent.

– Pourquoi me demander cela à moi ? Tu ne dois compter que sur toi-même.

– Laissez-moi m'asseoir à vos pieds de nouveau et recevoir votre châtiment. Matahachi et moi. Ou donnez-moi un coup de votre bâton pour me réveiller de ce vide noir. Je vous en supplie, *Sensei*, aidez-moi.

Musashi n'avait pas levé la tête. Il ne pleurait pas mais sa voix s'étranglait. Sans la moindre émotion, Gudō dit : « Viens, Matahachi », et ils s'éloignèrent ensemble du sanctuaire.

Musashi courut derrière le prêtre, s'accrocha à sa manche, pria et supplia. Le prêtre secoua la tête en silence. Comme Musashi insistait encore, il lui répondit :

– Pas question !

Puis, avec colère :

– ... Qu'ai-je à te dire ? Qu'ai-je à te donner de plus ? Seulement un coup sur la tête.

Il brandissait le poing, mais ne frappait pas. Musashi, lâchant sa manche, allait reprendre la parole. Le prêtre s'éloigna rapidement, sans s'arrêter pour regarder en arrière. A côté de Musashi, Matahachi déclara :

– Quand je l'ai vu au temple pour lui expliquer nos sentiments et les raisons pour lesquelles nous voulions devenir ses disciples, c'est à peine s'il écoutait. Quand j'ai eu terminé, il a dit : « Ah ? », et il m'a déclaré que je pouvais l'accompagner pour le servir. Peut-être que si tu te contentes de nous suivre, chaque fois qu'il aura l'air de bonne humeur tu pourras lui demander ce que tu veux.

Gudō se retourna pour appeler Matahachi.

– Je viens, répondit ce dernier. Fais ce que je t'ai dit, conseilla-t-il à Musashi en s'élançant pour rattraper le prêtre.

Musashi pensa que s'il perdait de vue le prêtre une nouvelle fois, le coup lui serait fatal ; aussi décida-t-il de suivre le conseil de Matahachi. Dans le cours du temps universel, les soixante ou soixante-dix années de la vie d'un homme ne sont qu'un éclair. Si dans ce bref laps de temps il avait le privilège de rencontrer un homme tel que Gudō, il serait fou de laisser cette chance lui échapper.

C'est une occasion sacrée, se dit-il. Des larmes brûlantes lui vinrent aux yeux. Il devait suivre Gudō jusqu'au bout du monde, s'il le fallait, le harceler jusqu'à entendre la parole qu'il brûlait d'entendre.

Gudō s'éloignait de la colline de Hachijō : le temple qui s'y dressait ne paraissait pas l'intéresser. En arrivant au Tōkaidō, il tourna vers l'ouest, en direction de Kyoto.

Le cercle

Le maître zen voyageait sur un mode excentrique et capricieux. Un jour de pluie, il passa la journée à l'auberge et se fit administrer par Matahachi un traitement de moxa. Dans la province de Mino, il resta sept jours au Daisenji puis quelques jours dans un temple zen de Hikone ; aussi furent-ils lents à s'approcher de Kyoto.

Musashi dormait où il pouvait. Quand Gudō descendait à l'auberge, il passait la nuit à la belle étoile ou dans une autre auberge. Si le prêtre et Matahachi s'arrêtaient dans un temple, Musashi s'abritait sous le porche. Les privations n'étaient rien, comparées à son désir d'une parole de Gudō.

Une nuit, à l'extérieur d'un temple, au bord du lac Biwa, s'apercevant soudain de la venue de l'automne, Musashi se regarda et vit qu'il ressemblait fort à un mendiant. Ses cheveux s'étaient transformés en un nid à rats puisqu'il avait résolu de ne pas les peigner tant que le prêtre n'aurait pas cédé. Depuis des semaines, il ne s'était ni baigné ni rasé. Ses vêtements seraient bientôt en haillons.

Il considéra sa natte de roseau et pensa : Quel fou je suis !

Tout à coup, son attitude lui parut insensée. Il eut un rire amer. Qu'attendait-il du maître zen ? Etait-il impossible de vivre sans se torturer ainsi ?

Gudō avait déclaré sans équivoque qu'il n'avait rien à lui offrir. Il était déraisonnable d'insister pour obtenir de lui quelque chose qu'il ne possédait pas, il était mal de lui en vouloir, même s'il lui témoignait moins de considération qu'il n'aurait dû à un chien perdu au bord de la route.

Musashi leva les yeux à travers les cheveux qui lui pendaient sur le front. Aucun doute : il s'agissait d'une lune d'automne. Mais les moustiques... Sa peau, déjà criblée de marques rouges, n'était plus sensible à leurs morsures.

Si sa quête de la Voie devait s'achever là, il préférerait mourir car il ne voyait aucune autre raison de vivre. Il s'étendit sous le toit du portail. Le sommeil ne venant pas, il s'interrogea : était-ce à cause de la recherche d'une technique du sabre ? Non ; pas seulement cela. D'un secret pour réussir dans le monde ? Non ; plus que cela. D'une solution par rapport à Otsū ? Non ; aucun homme ne pouvait être à ce point malheureux pour l'amour d'une femme. Il devait désirer une réponse qui englobât tout ; pourtant, malgré son ampleur, il se pouvait en même temps qu'elle ne fût pas plus grosse qu'une graine de pavot.

Enveloppé dans sa natte, il ressemblait à une chenille. Il se demanda si Matahachi dormait bien. En se comparant à son ami, il éprouva de l'envie. Les difficultés de Matahachi ne semblaient pas le paralyser. Musashi paraissait toujours chercher de nouveaux motifs de torture.

Ses yeux s'arrêtèrent sur une plaque apposée sur un montant du portail. Il se leva et s'en approcha pour mieux l'examiner. A la lueur de la lune, il lut :

Je vous en prie, tâchez de trouver la source
[fondamentale.
Pai-yün fut ému des mérites de Pai-ch'ang ;
Hu-ch'iu soupira sur les enseignements laissés
[par Pai-yün.
A l'exemple de nos grands prédécesseurs,
Ne vous contentez pas de cueillir les feuilles,
Ou de ne vous intéresser qu'aux branches.

Il semblait que ce fût une citation du *Testament* de Daitō Kokuchi, le fondateur du Daitokuji. Musashi relut les deux derniers vers. Feuilles et branches... Pourquoi son sabre ne lui obéissait-il pas ? Pourquoi ses yeux se détachaient-ils de son but ? Qu'est-ce qui l'empêchait d'atteindre la sérénité ?

Je ris de mes dix années de pèlerinage :
Habit fané, chapeau en loques, portes zen où l'on [frappe.
En réalité, la Loi du Bouddha est simple :
Mange ton riz, bois ton thé, porte tes vêtements.

Musashi se rappelait cette strophe écrite par Gudō pour se moquer de lui-même. A l'époque où il la composait, Gudō avait à peu près l'âge actuel de Musashi.

Quand Musashi avait été le voir pour la première fois au Myōshinji, le prêtre avait failli le mettre à la porte à coups de pied. « Quel étrange raisonnement vous conduit chez moi ! » criait-il. Mais Musashi avait insisté ; plus tard, une fois qu'il avait été reçu, Gudō lui avait fait connaître cette strophe ironique. Et il s'était moqué de lui, disant ce qu'il avait dit quelques semaines auparavant : « Tu parles toujours... C'est inutile. »

Découragé jusqu'à l'âme, Musashi renonça à dormir et contourna le portail, juste à temps pour voir deux hommes sortir du temple.

Gudō et Matahachi marchaient à une vitesse inhabituelle. Peut-être étaient-ils convoqués d'urgence au Myōshinji, le temple principal de la secte de Gudō. Quoi qu'il en fût, celui-ci dépassa en trombe les moines rassemblés pour le voir partir et se dirigea droit vers le pont de Kara, à Seta.

Musashi suivait à travers la ville de Sakamoto endormie : les ateliers de gravure sur bois, l'épicerie et même les auberges bondées étaient barricadés de volets. La seule présence dehors était celle de la lune spectrale.

Quittant la ville, ils gravirent le mont Hiei, dépassèrent le Miidera et le Sekiji dans leurs voiles de brume. Ils ne rencontrèrent presque personne. Quand ils atteignirent le col, Gudō s'arrêta et dit quelque chose à Matahachi. Au-dessous d'eux s'étendait Kyoto, de l'autre côté la surface calme du lac Biwa. En dehors de la lune elle-même, les choses ressemblaient à du mica : un océan de douce brume argentée.

Quelques instants plus tard, en atteignant le col, Musashi tressaillit : il ne se trouvait qu'à quelques pas du maître. Leurs yeux ne s'étaient pas rencontrés depuis plusieurs semaines.

Gudō se taisait.

Musashi se taisait.

Maintenant... il faut que ce soit maintenant, se dit Musashi.

Si le prêtre allait jusqu'au Myōshinji, peut-être faudrait-il attendre un grand nombre de semaines l'occasion de le revoir.

– S'il vous plaît, monsieur... dit-il.

Sa poitrine se gonflait ; son cou se tordait. Sa voix sonnait comme celle d'un enfant effrayé qui tâche de dire à sa mère quelque chose qu'il ne veut pas vraiment dire. Il s'avançait timidement. Le prêtre ne daigna pas lui demander ce qu'il voulait. Son visage aurait pu être celui d'une statue laquée. Les yeux seuls se détachaient en blanc, qui foudroyaient Musashi.

– ... S'il vous plaît, monsieur...

Musashi, n'écoutant que l'élan irrésistible qui le poussait en avant, tomba à genoux et inclina la tête.

– ... Un mot de sagesse. Un seul mot...

Il attendit ce qui lui parut des heures. Quand il fut incapable de se contenir davantage, il renouvela sa supplication.

– Je sais tout ça, l'interrompit Gudō. Matahachi me parle de toi chaque soir. Je sais tout ce qu'il y a à savoir, même au sujet de cette femme.

Ces mots ressemblaient à des éclats de verre. Musashi était incapable de lever la tête, même s'il l'avait voulu.

– ... Matahachi, un bâton !

Musashi ferma les yeux, se préparant au coup, mais, au lieu de le frapper, Gudō traça un cercle autour de lui. Sans une explication, il jeta le bâton et dit :

– ... Allons, Matahachi.

Et ils partirent d'un pas rapide. Musashi était indigné. Après les semaines de cruelles mortifications qu'il avait subies dans un effort sincère pour recevoir un enseignement, le refus de Gudō était bien plus qu'un manque de compassion. C'était un brutal manque de cœur. Gudō jouait avec la vie d'un homme.

– Sale prêtre !

Musashi serra les dents et regarda avec fureur s'éloigner les deux hommes.

« Rien. » En réfléchissant à la parole de Gudō, il conclut qu'elle était trompeuse, du fait qu'elle donnait à entendre que cet homme avait quelque chose à offrir, alors qu'en réalité il n'y avait « rien » dans sa tête folle.

Attends un peu, songeait Musashi. Je vais faire la preuve que je n'ai pas besoin de toi !

Il ne s'appuierait sur personne. En dernière analyse, il n'y avait personne d'autre que lui-même sur qui s'appuyer. Il était un homme, tout comme Gudō était un homme, et tous les maîtres précédents étaient des hommes.

Il se leva, à demi soulevé par sa propre fureur. Durant plusieurs minutes, il regarda fixement la lune ; mais, sa colère s'apaisant, ses yeux tombèrent sur le cercle. Encore à l'intérieur de lui, il fit le tour complet. Ce faisant, il se rappela que le bâton ne l'avait pas frappé.

Un cercle ? Qu'est-ce que ça pouvait bien vouloir dire ? pensa-t-il, et il laissa courir sa pensée.

Une ligne parfaitement ronde, sans commencement ni fin, sans le moindre détour. Elargie à l'infini, elle deviendrait l'univers. Rétrécie, elle équivaudrait au point infinitésimal dans lequel résidait l'âme de Musashi. L'âme de Musashi était ronde. L'univers était rond. Pas deux. Un. Une seule entité : lui-même et l'univers.

Dans un cliquetis, il tira son sabre et le tendit en diagonale. Son ombre ressemblait au symbole qui désigne « o » [大]. Le cercle universel demeurait le même. De plus, lui-même était inchangé. L'ombre seule était différente.

Seulement une ombre, se dit-il. Elle n'est pas mon vrai moi.

Le mur contre lequel il s'était heurté la tête n'était qu'une ombre, celle de son esprit confus.

Il leva la tête et un cri furieux lui jaillit des lèvres.

De la main gauche, il tendit son sabre court. L'ombre changea de nouveau, mais l'image de l'univers... pas d'un iota. Les deux sabres n'étaient qu'un. Et ils faisaient partie du cercle.

Musashi poussa un profond soupir ; ses yeux s'étaient ouverts. En regardant de nouveau la lune, il constata que son vaste cercle pouvait être considéré comme identique au sabre ou à l'âme d'un habitant de la terre.

– ... *Sensei !* cria-t-il en bondissant à la suite de Gudō.

Il ne demandait plus rien au prêtre mais lui devait des excuses pour l'avoir haï avec une telle véhémence. Au bout d'une douzaine de pas, il s'arrêta. Ce ne sont que des feuilles et des branches, se dit-il.

Bleu de Shikama

– Otsū est-elle là ?
– Oui, je suis là.

Un visage apparut au-dessus de la haie.

– Vous êtes le marchand de chanvre Mambei, n'est-ce pas ? demanda Otsū.

– Oui. Pardon de vous déranger alors que vous êtes occupée, mais j'ai appris des nouvelles qui vous intéresseront peut-être.

– Entrez.

Elle désignait du geste la porte de bois ménagée dans la clôture. Le linge pendu aux branches et aux perches le montrait : la maison appartenait à l'un des teinturiers qui fabriquaient le tissu robuste connu dans tout le pays sous le nom de « bleu de Shikama ». L'opération consistait à plonger le linge plusieurs fois dans une teinture d'indigo, et à le pilonner dans un grand mortier après chaque immersion.

Otsū n'avait pas encore l'habitude de manier le maillet, mais elle travaillait dur et ses doigts étaient devenus bleus. A Edo, lorsqu'elle avait appris le départ de Musashi, elle avait rendu visite aux résidences Hōjō et Yagyū, puis elle avait aussitôt repris ses recherches. A Sakai, l'été précédent, elle s'était embarquée sur un des bateaux de Koyabashi Tarōzaemon, pour se rendre à Shikama, village de pêcheurs situé dans l'estuaire où le fleuve Shikama se jette dans la mer Intérieure.

S'étant souvenue que sa nourrice était mariée à un teinturier de Shikama, Otsū s'était rendue chez elle et habitait dans sa maison à présent. La famille était pauvre ; Otsū se sentait donc obligée d'aider à la teinture, tâche réservée aux femmes non mariées. Souvent, elles chantaient en travaillant ; les villageois assuraient qu'ils pouvaient distinguer, au son de la voix d'une jeune fille, si elle était amoureuse d'un pêcheur.

Après s'être lavé les mains et avoir séché la sueur de son front, Otsū invita Mambei à s'asseoir pour se reposer sous la véranda. Il refusa d'un geste de la main et dit :

– Vous venez du village de Miyamoto, n'est-ce pas ?

– Oui.

– Je m'y rends pour affaires, pour acheter du chanvre, et l'autre jour j'ai entendu une rumeur...

– Oui ?

– Sur vous.

– Sur moi ?

– J'ai aussi entendu parler d'un homme appelé Musashi.

– Musashi ?

Otsū avait le cœur dans la gorge et ses joues s'empourprèrent. Mambei eut un petit rire. Bien que ce fût l'automne, le soleil était encore assez fort. Mambei plia son mouchoir, s'en couvrit la tête et s'accroupit sur ses talons.

– Connaissez-vous une femme appelée Ogin ? demanda-t-il.

– Vous voulez parler de la sœur de Musashi ?

Mambei acquiesça énergiquement du chef.

– Je l'ai rencontrée au village de Mikuzaki, dans le Sayo. Par hasard, j'ai cité votre nom. Elle a paru très surprise.

– Lui avez-vous dit où j'étais ?

– Oui. Je ne voyais aucun mal à ça.

– Où habite-t-elle, maintenant ?

– Chez un samouraï du nom de Hirata... un parent à elle, je crois. Elle dit qu'elle aimerait beaucoup vous voir. Elle a répété plusieurs fois que vous lui manquiez, qu'elle avait tant de choses à vous raconter ! Certaines de ces choses étaient secrètes, disait-elle. J'ai cru qu'elle allait se mettre à pleurer.

Les yeux d'Otsū rougirent.

– ... Là, au milieu de la route, ce n'était pas un endroit pour écrire une lettre, bien sûr ; aussi, m'a-t-elle chargé de vous dire d'aller à Mikazuki. Elle a ajouté qu'elle aimerait venir ici mais que cela lui était impossible pour le moment.

Mambei fit une pause.

– ... Elle n'a pas donné de détails mais elle a déclaré qu'elle avait des nouvelles de Musashi.

Il ajouta qu'il se rendait à Mikazuki le lendemain et lui proposa de l'accompagner. Bien qu'Otsū y fût décidée aussitôt, elle croyait devoir en discuter avec l'épouse du teinturier.

– Je vous donnerai ce soir ma réponse, dit-elle.

– Parfait. Si vous vous décidez à y aller, nous devrons partir de bonne heure.

Comme Mambei franchissait la porte, un jeune samouraï qui, jusqu'alors, était assis sur la plage, se leva pour le regarder de ses yeux perçants : il semblait vouloir vérifier ce qu'il pensait de l'homme. Elégamment vêtu, coiffé d'un chapeau de paille tressée en forme de feuille de ginkgo, il paraissait âgé de dix-huit ou dix-neuf ans. Quand le marchand de chanvre eut disparu, son regard revint à la contemplation de la maison du teinturier.

Malgré l'émotion d'Otsū provoquée par les nouvelles de Musashi, elle ramassa son maillet et reprit son travail. Le bruit d'autres maillets, accompagné de chants, flottait dans l'air. Aucun son ne sortait des lèvres d'Otsū tandis qu'elle travaillait mais, dans son cœur, elle chantait son amour pour Musashi. Elle chuchotait en silence un poème extrait d'un recueil ancien :

Depuis notre dernière rencontre,
Mon amour est plus profond
Que celui des autres,
Sans pourtant égaler la qualité
Du bleu de Shikama.

Elle était sûre que si elle allait voir Ogin, elle apprendrait où se trouvait Musashi. Et Ogin était femme, elle aussi. Il serait facile de lui confier ses sentiments.

Les bruits de son maillet ralentirent jusqu rythme presque languide. Otsū était plus heure qu'elle ne l'avait été depuis longtemps. Elle comprenait les sentiments du poète. Souvent, la mer paraissait mélancolique et étrangère ; ce jour-là, elle était éblouissante et les vagues, bien que douces, semblaient éclater d'espérance.

Elle suspendit le linge sur une haute perche à sécher et, le cœur toujours chantant, sortit par la porte ouverte. Du coin de l'œil, elle aperçut le jeune samouraï qui se promenait sans hâte au bord de l'eau. Elle ignorait qui il était ; il n'en retint pas moins son attention et elle ne remarqua rien d'autre, pas même un oiseau porté par la brise saline.

Ils n'allaient pas très loin ; même une femme pouvait couvrir à pied sans peine la distance, en s'arrêtant une seule fois en route. Il était maintenant près de midi.

– Je regrette de vous causer tous ces ennuis, dit Otsū.

– Il n'y a aucun ennui. Vous avez de bonnes jambes à ce qu'il semble, dit Mambei.

– J'ai l'habitude des voyages.

– J'ai appris que vous étiez allée à Edo. C'est un vrai voyage pour une femme seule.

– C'est la femme du teinturier qui vous l'a dit ?

– Oui. Je sais tout. Les gens de Miyamoto en parlent aussi.

– Ah ! vraiment, dit Otsū avec un léger froncement de sourcils. C'est bien gênant.

– Vous n'avez pas à être gênée. Si vous aimez autant un homme, qui peut dire si l'on doit vous plaindre ou vous féliciter ? Mais il me semble que ce Musashi a le cœur bien froid.

– Oh ! non... pas du tout.

– Vous ne lui en voulez pas de la façon dont il s'est comporté ?

– C'est ma faute. Son entraînement, sa discipline sont les seules choses qui l'intéressent dans la vie, et je ne peux m'y résigner.

– Je ne vois rien de mal à vos sentiments.

– Pourtant, il me semble que je lui ai causé beaucoup d'ennuis.

– Tiens, mon épouse devrait entendre ça. C'est comme vous que les femmes devraient être.

– Ogin est mariée ? demanda Otsū.

– Ogin ? Oh ! je n'en suis pas tout à fait sûr, dit Mambei qui changea de conversation : Voilà une maison de thé. Reposons-nous un moment.

Ils entrèrent et commandèrent du thé pour accompagner leurs déjeuners portatifs. Comme ils terminaient, des palefreniers et des porteurs qui passaient hélèrent Mambei sur un ton familier :

– Dis donc, toi, pourquoi ne viens-tu pas faire un tour au jeu à Handa, aujourd'hui ? Tout le monde se plaint : tu es parti avec tout notre argent, l'autre jour.

Un peu confus, il cria en réponse, comme s'il avait mal compris leur invite :

– Je n'ai pas besoin de vos chevaux, aujourd'hui.

Puis, rapidement, à Otsū :

– ... Nous partons ?

Comme ils sortaient en hâte de la maison de thé, l'un des palefreniers dit :

– Rien d'étonnant s'il nous envoie promener. Regarde la fille !

– Je vais tout raconter à ta vieille, Mambei.

Ils entendirent encore d'autres commentaires du même genre. La boutique d'Asaya Mamba à Shikama ne figurait certes pas au nombre des plus importantes maisons de commerce de la localité. Mambei achetait du chanvre dans les villages proches et le partageait entre les épouses et les filles de pêcheurs qui en faisaient des voiles, des filets et autres articles. Mais il était propriétaire de son entreprise, et Otsū trouva bizarre qu'il fût en des termes aussi cordiaux avec de simples porteurs. Comme pour dissiper des doutes informulés, Mambei lui dit :

– Que faire avec une pareille racaille ? Je leur demande de transporter de la marchandise des montagnes, ce n'est pas une raison pour se montrer familiers !

Ils passèrent la nuit à Tatsuno ; lorsqu'ils en repartirent, le lendemain matin, Mambei était plus aimable et attentionné que jamais. Le temps d'atteindre Mikazuki, il commençait à faire sombre au pied des montagnes.

– Mambei, demanda Otsū, anxieuse, n'est-ce pas Mikazuki ? Si nous franchissons la montagne, nous serons à Miyamoto.

Elle avait appris qu'Osugi se trouvait de retour à Miyamoto. Mambei s'arrêta.

– Mais oui, c'est juste de l'autre côté. Ça vous donne le mal du pays ?

Otsū leva les yeux vers la crête noire et dentelée des montagnes et sur le ciel du soir. La région était désolée.

– ... C'est un peu plus loin, dit Mambei qui ouvrait la marche. Vous êtes fatiguée ?

– Oh ! non. Et vous ?

– Non. J'ai l'habitude de cette route. Je viens souvent par ici.

– Où se trouve au juste la maison d'Ogin ?

– Par là, répondit-il, l'index tendu. Elle nous attend sûrement.

Ils pressèrent le pas. Quand ils arrivèrent à l'endroit où la pente devenait plus raide, ils trouvèrent quelques maisons clairsemées. C'était une étape sur la grand-route de Tatsuno, pas assez importante pour être qualifiée du nom de ville, bien qu'elle s'enorgueillît d'un restaurant bon marché « à plat unique » pour les palefreniers, et de quelques auberges de même niveau, disséminées des deux côtés de la route.

Une fois qu'ils eurent dépassé le village, Mambei déclara :

– ... Maintenant, il va nous falloir grimper.

Abandonnant la route, il entreprit de gravir des marches de pierre abruptes qui menaient au sanctuaire local. Comme un oiseau souffre soudain d'un brusque abaissement de la température, Otsū devina quelque chose d'anormal :

– Etes-vous sûr que nous sommes sur le bon chemin ? Il n'y a aucune maison par ici, dit-elle.

– Ne vous inquiétez pas. L'endroit est solitaire mais asseyez-vous pour vous reposer sous le porche du sanctuaire. Je vais chercher Ogin.

– Pourquoi cela ?

– Auriez-vous oublié ? Je suis certain de vous l'avoir dit. Ogin a dit qu'elle risquait d'avoir des hôtes qu'il ne convenait pas que vous rencontriez. Sa maison est de l'autre côté du petit bois. Je reviens tout de suite.

Et il s'éloigna à grands pas sur un étroit sentier qui passait à travers les sombres cryptomerias. Tandis que s'obscurcissait le ciel du soir, Otsū commença à éprouver un malaise très net. Des feuilles mortes, agitées par le vent, vinrent se poser sur ses genoux. Rêveuse, elle en ramassa une et la tourna entre ses doigts. Folie ou pureté : elle était l'image même de la virginité.

Un ricanement cruel se fit soudain entendre derrière le sanctuaire ; Otsū se releva d'un bond.

– Ne bouge pas, Otsū ! ordonna une voix éraillée et épouvantable.

Otsū, le souffle coupé, se boucha les oreilles.

Plusieurs ombres, sorties de derrière le sanctuaire, entourèrent sa forme tremblante. Elle avait beau fermer les yeux, elle voyait distinctement l'une d'elles, plus effrayante et plus haute, semblait-il, que les autres, la sorcière à cheveux blancs qu'elle avait si souvent vue dans ses cauchemars.

– ... Merci, Mambei, dit Osugi. Et ma... bâillonnez-la avant qu'elle ne se mette à c... emmenez-la à Shimonoshō. Vite !

Elle parlait avec l'autorité effrayante du roi des Enfers en train de condamner un pécheur. Les quatre ou cinq hommes devaient être des brutes de village ayant un lien quelconque avec le clan d'Osugi. En vociférant leur assentiment, ils se jetèrent sur Otsū comme des loups se disputent une proie et la ligotèrent de manière à ne laisser libres que ses jambes.

– Prenez le raccourci.

– En avant !

Osugi demeura en arrière afin de payer Mambei. Tout en extrayant l'argent de son obi, elle dit :

– Bravo de l'avoir amenée. Je craignais que vous n'y réussissiez pas.

Puis elle ajouta :

– ... N'en soufflez mot à personne.

Avec une expression satisfaite, Mambei fourra l'argent dans sa manche.

– Oh ! ce n'était pas si difficile, assura-t-il. Votre plan a fonctionné à merveille.

– Ah ! il fallait la voir. Elle a eu peur, n'est-ce pas ?

– Elle ne pouvait même pas s'enfuir. Elle restait là, debout. Ha ! ha ! Mais peut-être... c'était plutôt cruel de notre part.

– Qu'y a-t-il de mal ? Si seulement vous saviez par quoi je suis passée...

– Oui, je sais ; vous m'avez déjà tout raconté.

– Allons, je ne dois pas perdre de temps. A un de ces jours. Venez nous voir à Shimonoshō.

– Attention, ce chemin n'est pas commode ! cria-t-il en redescendant le long escalier sombre.

Osugi entendit haleter, tourna sur ses talons et s'écria :

– Mambei ! C'est vous ? Quelque chose ne va pas ?

Aucune réponse ne vint.

Osugi courut au sommet de l'escalier. Elle laissa échapper un petit cri puis retint son souffle en scrutant la forme debout à côté du cadavre et le sabre ruisselant de sang, dans la main de l'homme.

– ... Qui... qui va là ?

Pas de réponse, cette fois encore.

– ... Qui êtes-vous ?

Sa voix était sèche et fatiguée, mais les ans n'avaient pas diminué son audace. Un rire léger secoua les épaules de l'homme.

– C'est moi, vieille sorcière.

– Qui êtes-vous ?

– Vous ne me reconnaissez pas ?

– Je n'ai jamais entendu votre voix de ma vie. Vous êtes un voleur.

– Aucun voleur ne se soucierait d'une vieille femme aussi pauvre que vous.

– Pourtant, vous m'avez guettée, n'est-ce pas ?

– Oui.

– Moi ?

– Je viens de vous le dire. Je n'aurais pas fait tout le chemin de Mikazuki pour tuer Mambei. Je viens vous donner une leçon.

– Quoi ?

La gorge d'Osugi se brisait.

– ... Vous vous trompez. Et d'abord, qui êtes-vous ? Je m'appelle Osugi. Je suis la douairière de la famille Hon'iden.

– Ah ! comme c'est bon de vous l'entendre dire ! Je sens renaître toute ma haine. Sorcière ! Avez-vous oublié Jōtarō ?

– Jō... Jō... tarō ?

– En trois ans, un nouveau-né cesse d'être un bébé pour devenir un enfant de trois ans. Vous êtes un vieil arbre ; je suis un arbre jeune. Je regrette, vous ne pouvez plus me traiter comme un marmot pleurnicheur.

– Je dois rêver. Etes-vous vraiment Jōtarō ?

– Vous devriez payer pour le tort que vous avez fait à mon maître à longueur d'années. Il ne vous a évitée que parce que vous êtes vieille et qu'il ne voulait pas vous faire de mal. Vous en avez profité, allant partout, même à Edo, répandre sur lui des bruits malveillants comme si vous aviez une raison légitime de vous venger de lui. Vous avez été jusqu'à empêcher sa nomination à un bon poste.

Osugi se taisait.

– ... Pourtant, votre rancune ne s'est pas bornée à cela. Vous avez tourmenté Otsū sans cesser de lui nuire. Je croyais que vous aviez enfin renoncé pour vous retirer à Miyamoto. Mais voilà que vous continuez, vous vous servez de ce Mambei pour tramer quelque chose contre elle.

Osugi se taisait toujours.

– ... Vous ne vous lasserez donc jamais de haïr ? Il me serait facile de vous couper en deux mais, heureusement pour vous, je ne suis plus le fils d'un samouraï rebelle. Mon père, Aoki Tanzaemon, est retourné à Himeji et, depuis le printemps dernier, il sert la Maison d'Ikeda. Je m'abstiendrai de vous tuer car je ne veux pas le déshonorer.

Jōtarō fit deux pas vers elle. Ignorant si elle devait le croire ou non, Osugi recula et chercha autour d'elle un moyen de s'échapper. Elle crut en voir un et bondit vers le sentier qu'avaient pris les hommes. Jōtarō la rattrapa d'un saut et la saisit par la peau du cou. Elle ouvrit la bouche toute grande et cria :

– Quelle audace !

Elle se retourna et, du même élan, tira son sabre pour frapper Jōtarō. Elle le manqua. Tout en esquivant, Jōtarō la poussa violemment en avant et sa tête alla heurter durement le sol.

– ... Alors, tu as appris deux ou trois petites choses, n'est-ce pas ? gémit-elle, la figure à demi enfouie dans l'herbe.

Elle n'arrivait pas à se convaincre que Jōtarō avait

cessé d'être un enfant. Avec un grondement, il posa le pied sur son dos, qui paraissait très fragile et, sans pitié, lui tordit le bras derrière le dos.

Il la traîna devant le sanctuaire, la maintint du pied par terre, sans pouvoir décider que faire d'elle.

Il fallait penser à Otsū. Où se trouvait-elle ? Il avait appris sa présence à Shikama par un bienheureux hasard, leurs karmas étaient peut-être entremêlés. En même temps que l'on réintégrait son père dans ses fonctions, Jōtarō s'était vu décerner un poste. Au cours d'une de ses missions, il avait aperçu, par la fente d'une clôture autour d'une maison, une femme qui ressemblait à Otsū. Il était retourné à la plage l'avant-veille et il avait vérifié son impression.

Il remerciait les dieux de lui avoir fait retrouver Otsū, mais la haine longtemps assoupie qu'il nourrissait envers Osugi pour la façon dont elle avait persécuté Otsū s'était rallumée. Si on ne se débarrassait pas de la vieille femme, Otsū ne trouverait point de paix. La tentation était là. Mais tuer Osugi mêlerait le nom de son père à une querelle avec une famille de samouraïs campagnards. C'étaient des gens à faire des histoires ; offensés par un vassal direct de daimyō, ils ne manqueraient pas de faire des ennuis.

Jōtarō conclut que le mieux était de punir Osugi et de voler au secours d'Otsū.

– Je connais l'endroit qu'il vous faut, dit-il. Venez.

Osugi s'accrochait farouchement au sol en dépit des tentatives de Jōtarō pour la tirer. Il la saisit par la taille et la transporta sous son bras derrière le sanctuaire. Le flanc de la colline avait été mis à nu lors de la construction du sanctuaire et il y avait là une petite caverne dont l'entrée était tout juste assez grande pour permettre à une personne de s'y glisser.

Otsū ne voyait au loin qu'une seule lumière. Tout le reste était plongé dans les ténèbres : les montagnes, les champs, les cours d'eau, le col de Mikazuki qu'ils venaient de franchir par un sentier pierreux. Les deux hommes du devant la menaient avec une corde ainsi qu'une criminelle. En arrivant à la rivière Sayo, l'homme qui se trouvait derrière dit :

– Arrêtez une minute. Qu'a-t-il bien pu arriver à la vieille, d'après vous ? Elle a dit qu'elle nous suivait.

– C'est vrai ; elle devrait nous avoir rattrapés à l'heure qu'il est.

– Nous pourrions faire halte ici quelques minutes. Ou pousser jusqu'à Sayo pour l'attendre à la maison de thé. Tout le monde doit être au lit mais nous pourrions réveiller les propriétaires.

– Allons-y. Nous pourrons prendre une ou deux coupes de saké.

Ils cherchèrent un gué le long de la rivière et commençaient à traverser lorsqu'ils entendirent une voix les héler de loin. Le cri se fit entendre une ou deux minutes après, beaucoup plus proche.

– Est-ce la vieille ?

– Non, on dirait plutôt une voix d'homme.

– Ça ne doit pas s'adresser à nous.

L'eau était aussi glacée qu'une lame de sabre, surtout pour Otsū. Quand ils entendirent le bruit de la course, leur poursuivant était déjà sur eux. A grand renfort d'éclaboussures, il les dépassa et gagna l'autre rive pour les affronter.

– Otsū ? appelait Jōtarō.

Tout frissonnants de l'eau qu'ils avaient reçue, les trois hommes entourèrent la jeune fille.

– ... Ne bougez pas ! cria Jōtarō, les bras tendus.

– Qui êtes-vous ?

– Peu importe. Relâchez Otsū !

– Etes-vous fou ? Ne savez-vous pas que vous risquez de vous faire tuer si vous vous mêlez des affaires des autres ?

– Osugi ordonne que vous me remettiez Otsū.

– Tu mens comme un arracheur de dents.

Les trois hommes éclatèrent de rire.

– Non, je ne mens pas. Regardez.

Il tendait une feuille de papier de soie qui portait l'écriture d'Osugi. Le message était bref : « Les choses ont mal tourné. Vous n'y pouvez rien. Remettez Otsū à Jōtarō et venez me chercher. » Le sourcil froncé, les hommes levaient les yeux vers Jōtarō en montant sur la berge.

– ... Vous ne savez pas lire ? persiflait Jōtarō.

– Tais-toi. C'est toi, Jōtarō, j'imagine.

– C'est vrai. Je m'appelle Aoki Jōtarō.

Otsū le regardait fixement, tremblant de frayeur et de doute. Et voici que, presque inconsciente, elle cria, haleta et trébucha en avant. L'homme le plus proche de Jōtarō s'exclama :

– Son bâillon s'est desserré ! Resserrez-le !

Puis, menaçant, il cria à Jōtarō :

– ... C'est bien l'écriture de la vieille, ça ne fait aucun doute. Mais qu'est-elle devenue ? Qu'est-ce qu'elle veut dire par : « Revenez me chercher » ?

– Je l'ai prise en otage, répondit Jōtarō avec hauteur. Remettez-moi Otsū et je vous dirai où elle se trouve.

Les trois hommes se regardèrent entre eux.

– Tu n'es pas sérieux ? demanda l'un d'eux. Tu sais qui nous sommes ? N'importe quel samouraï de Himeji, si c'est de là que tu viens, devrait connaître la Maison de Hon'iden à Shimonoshō.

– Oui ou non... répondez ! Si vous ne me rendez pas Otsū, je laisse la vieille femme où elle est jusqu'à ce qu'elle meure de faim.

– Pauvre imbécile !

Un homme empoigna Jōtarō ; un autre dégaina son sabre et se mit en garde. Le premier gronda :

– Si tu continues à débiter des absurdités pareilles, je te mets en pièces. Où est Osugi ?

– Me donnerez-vous Otsū ?

– Non !

– Alors, vous ne trouverez pas Osugi. Remettez-moi Otsū et nous pourrons mettre un terme à c affaire sans que personne y laisse des plumes.

L'homme qui avait saisi le bras de Jōtarō le tira pour essayer de le faire trébucher.

Utilisant la force de son adversaire, Jōtarō le jeta par-dessus sa propre épaule. Mais en un éclair, il se retrouva assis sur le derrière, il serrait sa cuisse droite dans ses mains. L'homme avait dégainé et frappé d'un mouvement fauchant. Heureusement, la blessure était peu profonde. Jōtarō se releva d'un bond en même temps que son assaillant. Les deux autres marchèrent droit sur lui.

– Ne le tuez pas. Nous devons le prendre vivant si nous voulons revoir Osugi.

Jōtarō perdit bientôt toute répugnance à verser le sang. Dans la mêlée qui s'ensuivit, les trois hommes parvinrent à un certain moment à le jeter au sol. Il poussa un rugissement et recourut à la tactique même dont, quelques instants plus tôt, ses adversaires s'étaient servis contre lui. Il dégaina son petit sabre et transperça le ventre de l'homme qui se jetait sur lui. La main et le bras de Jōtarō, jusqu'au coude, en ressortirent aussi rouges que s'il les avait plongés dans un tonneau de vinaigre de prunes.

S'étant relevé, il cria et frappa l'homme qui se trouvait devant lui d'un coup de haut en bas. La lame heurta une omoplate et, en déviant, déchira un morceau de chair de la taille d'un filet de poisson. L'homme poussa un cri, empoigna son sabre, mais trop tard.

– Lâches ! Maudits !

Vociférant à chaque coup de son sabre, Jōtarō tint les deux autres en respect, puis réussit à blesser gravement l'un d'eux. Ils avaient cru que leur supériorité allait de soi ; mais voici qu'ils perdaient leur sang-froid et se mettaient à faire avec leurs bras des moulinets désespérés. Hors d'elle, Otsū courait en cercles, tordant frénétiquement ses mains liées :

— Au secours ! Sauvez-le !

Mais ses paroles se perdaient, noyées par le bruit de la rivière et la voix du vent. S'apercevant bientôt que ses appels au secours étaient vains, elle décida de compter sur ses propres forces. Avec un petit cri de désespoir, elle se laissa glisser au sol et se mit à frotter la corde contre le tranchant d'une pierre. Ce n'était qu'une corde de paille lâche, ramassée au bord de la route et la jeune fille fut prompte à se libérer. Elle fit provision de pierres et courut droit au lieu de l'action :

— ... Jōtarō, cria-t-elle en lançant une pierre au visage de l'un des hommes, je suis là, moi aussi ! Tout va s'arranger !

Elle jeta une autre pierre.

— ... Tiens bon !

Son troisième projectile manqua son but comme les deux premiers. Otsū retourna précipitamment chercher de nouvelles munitions.

— La garce !

En deux bonds, l'un des hommes se dégagea et se lança à la poursuite d'Otsū. Il était sur le point de lui assener un coup dans le dos quand Jōtarō l'atteignit. Il lui enfonça son sabre si profond que la lame ressortit par le nombril. L'autre homme, blessé et étourdi, s'éloigna à pas prudents, puis se mit tant bien que mal à courir. Jōtarō, les pieds plantés solidement de chaque côté du cadavre, retira le sabre et cria :

— Halte !

Comme il allait se lancer à sa poursuite, Otsū se jeta sur lui en criant :

— Non ! Il ne faut pas s'attaquer à un homme blessé qui s'enfuit.

La ferveur de son plaidoyer stupéfia le jeune homme. Il ne comprenait pas quelle bizarrerie psychologique pouvait bien la pousser à plaindre un homme qui la tourmentait un instant auparavant. Elle lui dit :

– ... Je veux savoir ce que tu as fait durant toute ces années. J'ai moi aussi des choses à te dire. Et nous devrions partir d'ici le plus vite possible.

Jōtarō fut prompt à acquiescer, sachant bien que si la nouvelle de l'incident atteignait Shimonoshō, les Hon'iden lanceraient le village entier à leurs trousses.

– Pouvez-vous courir, Otsū ?

– Oui. Ne te fais pas de souci pour moi.

Et ils coururent, coururent, coururent dans l'obscurité jusqu'à ce qu'ils fussent à bout de souffle.

A Mikazuki, les seules lumières visibles étaient celles de l'auberge. L'une brillait dans la pièce principale où, un peu plus tôt, un groupe de voyageurs – un marchand de métal que ses affaires amenaient aux mines de l'endroit, un vendeur de fil venu de Tajima, un prêtre itinérant – se trouvaient assis à parler et à rire. Ils étaient maintenant tous allés se coucher.

Jōtarō et Otsū, assis, causaient dans une petite pièce retirée que la mère de l'aubergiste occupait avec son rouet et les pots où elle faisait bouillir des vers à soie. L'aubergiste avait beau soupçonner les jeunes gens d'être un couple illégitime, il leur avait fait néanmoins préparer la chambre. Otsū soupirait :

– Ainsi, tu n'as pas vu Musashi à Edo, toi non plus.

Et elle lui donna un compte rendu de ces dernières années. Attristé d'apprendre qu'elle n'avait pas vu Musashi depuis leur rencontre sur la grand-route de Kiso, Jōtarō avait du mal à parler. Pourtant, il crut pouvoir offrir une lueur d'espérance :

– Ce n'est pas grand-chose, déclara-t-il, mais j'ai ouï dire à Himeji que Musashi allait bientôt y venir.

– A Himeji ? Serait-ce possible ? demanda-t-elle, bouleversée et désireuse de s'accrocher à l'espoir, même le plus ténu.

– Ce n'est qu'un bruit mais les hommes de notre

fief en parlent comme d'une affaire déjà décidée. Ils assurent que Musashi traversera la ville pour se rendre à Kokura, où il a promis de relever le défi de Sasaki Kojirō. Sasaki Kojirō fait partie de la suite du seigneur Hosokawa.

– J'ai entendu dire quelque chose de ce genre, moi aussi, mais je n'ai pu trouver personne qui eût des nouvelles de Musashi, ou même qui sût où il était.

– Eh bien, la rumeur qui court au château de Himeji est peut-être digne de foi. Il semble que le Hanazono Myōshinji de Kyoto, lequel est en rapport étroit avec la Maison de Hosokawa, ait informé le seigneur Hosokawa du lieu où se trouvait Musashi et que Nagaoka Sado – un vassal principal – ait remis à Musashi la lettre de défi.

– Croit-on que cela aura lieu bientôt ?

– Je ne sais pas. Personne ne paraît le savoir au juste. Mais si les choses ont lieu à Kokura, et si Musashi se trouve à Kyoto, il traversera Himeji pour s'y rendre.

– Il peut y aller par bateau.

Jōtarō secoua la tête.

– Je ne crois pas. Les daimyō de Himeji, d'Okayama et d'autres fiefs, le long de la mer Intérieure, l'inviteront à passer la nuit. Ils veulent voir quel genre d'homme il est en réalité, et le sonder pour savoir si un poste l'intéresse. Le seigneur Ikeda a écrit à Takuan. Il a enquêté au Myōshinji et donné instruction aux marchands de gros de sa région de signaler toute personne qui répondrait au signalement de Musashi.

– Raison de plus pour supposer qu'il n'ira pas par les terres. Il ne hait rien tant que les cérémonies. S'il est au courant, il fera de son mieux pour les éviter.

Otsū paraissait déprimée, comme si elle avait soudain perdu tout espoir.

– ... Qu'en penses-tu, Jōtarō ? demanda-t-elle d'un

ton plaintif. Si j'allais au Myōshinji, crois-tu que je pourrais découvrir quelque chose ?

– Mon Dieu, peut-être, mais il faut garder à l'esprit que ce ne sont là que des bruits.

– Pourtant, il doit bien y avoir quelque chose là-dessous, tu ne crois pas ?

– Avez-vous envie d'aller à Kyoto ?

– Oh ! oui. J'aimerais partir tout de suite... disons, demain.

– Ne soyez pas si pressée. Voilà pourquoi vous manquez toujours Musashi. Dès l'instant où vous entendez une rumeur, vous l'admettez comme une certitude et vous vous élancez sur la piste. Si vous voulez repérer un rossignol, il faut regarder en un point situé devant l'endroit d'où vient sa voix. J'ai l'impression que vous restez à la remorque de Musashi au lieu de prévoir où il peut se diriger.

– Eh bien, c'est possible, mais l'amour est sans logique.

N'ayant pas pris le temps de réfléchir à ce qu'elle disait, elle eut la surprise de voir s'empourprer le visage du jeune homme à la mention du mot « amour ». Elle se ressaisit bien vite et reprit :

– ... Merci du conseil. J'y penserai.

– Faites-le, mais revenez à Himeji avec moi.

– Très bien.

– Je veux que vous veniez chez nous.

Otsū gardait le silence.

– ... D'après ce que dit mon père, je devine qu'il vous connaissait avant votre départ du Shippōji... Je ne sais pas ce qu'il a en tête mais il a déclaré qu'il aimerait vous revoir une fois pour causer avec vous.

La chandelle menaçait de s'éteindre. Otsū se détourna et regarda le ciel, sous l'auvent délabré.

– La pluie, dit-elle.

– La pluie ? Et demain, nous devons gagner Himeji à pied.

– Qu'est-ce qu'une averse d'automne ? Nous mettrons des chapeaux de pluie.

– J'aimerais mieux le beau temps.

Ils fermèrent les volets de bois ; dans la chambre, il fit bientôt très chaud et humide. Jōtarō avait une conscience aiguë du parfum féminin d'Otsū.

– ... Couchez-vous, dit-il. Je dormirai ici.

Il disposa un oreiller sous la fenêtre et s'étendit sur le côté, face au mur.

– ... Vous ne dormez pas encore ? grommelait Jōtarō. Il faut vous coucher.

Il tira au-dessus de sa tête les minces couvertures, mais remua et se retourna encore un moment avant de sombrer dans un profond assoupissement.

La miséricorde de Kannon

Otsū était assise et écoutait l'eau dégoutter d'une fuite du toit. Poussée par le vent, la pluie entrait en rafales sous l'auvent et fouettait les volets. Mais c'était l'automne, imprévisible : il se pouvait que le matin se levât, éclatant.

Alors, Otsū pensa à Osugi : Je me demande si elle est dehors par cette tempête, toute mouillée et transie. Elle est vieille et pourrait bien ne pas durer jusqu'au matin. Et même, des jours peuvent s'écouler avant qu'on ne la retrouve. Elle risque de mourir de faim.

– Jōtarō, appela-t-elle doucement. Réveille-toi.

Elle avait peur qu'il n'eût commis quelque chose de cruel : elle l'avait entendu dire aux acolytes de la vieille femme qu'il la punissait, et il avait fait en passant une remarque similaire sur le chemin de l'auberge. Elle n'est pas vraiment mauvaise, au fond, pensait-elle. Si je suis honnête avec elle, un de ces jours elle me comprendra... Il faut que j'aille à sa recherche.

Si Jōtarō se met en colère, je n'y pourrai rien, se dit-elle en ouvrant un volet. Sur les ténèbres du ciel, la pluie paraissait blanche. Ayant retroussé son kimono, Otsū prit au mur un chapeau de vannerie en écorce de bambou et l'attacha sur sa tête. Puis elle jeta sur ses épaules une volumineuse cape de pluie en paille, chaussa une paire de sandales et s'élança à travers le rideau de pluie qui se déversait du toit.

En s'approchant du sanctuaire où Mambei l'avait amenée, elle constata que l'escalier de pierre qui y montait s'était transformé en une véritable chute d'eau. Au sommet, le vent soufflait beaucoup plus fort : il hurlait à travers les cryptomerias comme une meute de chiens en colère.

Où peut-elle bien être ? se demanda la jeune fille en scrutant des yeux l'intérieur du sanctuaire. Elle appela dans l'espace obscur situé au-dessous, mais sans recevoir de réponse.

Elle contourna l'édifice et attendit quelques minutes. Les gémissements du vent passaient au-dessus d'elle comme les brisants d'un océan démonté. Peu à peu, elle prit conscience d'un autre son, presque impossible à distinguer de la tempête. Cela s'arrêtait et recommençait :

– Oh ! Ecoutez-moi, quelqu'un... Il n'y a donc personne ? Par ici... Oh !

– Grand-mère ! s'écria Otsū. Où êtes-vous ?

Comme elle criait littéralement contre le vent, le son ne portait guère. Mais par un moyen quelconque, le sentiment se communiqua :

– Oh ! Il y a quelqu'un, là. Je le sais... Sauvez-moi ! Ici ! Sauvez-moi !

Dans les bribes sonores qui lui parvenaient aux oreilles, Otsū percevait le cri du désespoir.

– Où êtes-vous ? s'écria-t-elle d'une voix enrouée. Grand-mère, où êtes-vous ?

Elle fit le tour du sanctuaire, s'arrêta un instant puis refit le tour en sens inverse. Presque par hasard, elle remarqua une sorte de caverne d'ours, à une vingtaine de pas, presque au bas du sentier escarpé qui montait au sanctuaire intérieur. En s'approchant, elle acquit la certitude que la voix de la vieille femme venait de l'intérieur. Arrivée à l'entrée, elle s'arrêta, les yeux fixés sur les grosses pierres qui l'obstruaient.

– Qui est-ce ? Qui est là ? Etes-vous une manifestation de Kannon ? Je l'adore chaque jour. Ayez pitié de moi. Sauvez une pauvre vieille femme prise au piège par un démon.

Les supplications d'Osugi montaient dans les aigus. Mi-pleurant, mi-suppliant, dans le sombre intervalle entre la vie et la mort, elle se formait l'image de la compatissante Kannon et lui adressait sa fervente prière : elle voulait survivre.

– ... Que je suis heureuse ! s'exclamait-elle en son délire. Kannon la toute-miséricordieuse a distingué la bonté de mon cœur et m'a prise en pitié. Elle est venue me secourir ! Grande compassion ! Grande miséricorde ! Gloire à la Bodhisattva Kannon, gloire à la Bodhisattva Kannon, gloire à...

Sa voix s'interrompit brusquement. Peut-être croyait-elle que cela suffisait car il était tout naturel que, dans l'extrémité où elle se trouvait, Kannon, sous une forme ou sous une autre, lui vînt en aide. Elle était le chef d'une bonne famille, une bonne mère, et elle se croyait un être humain droit et sans défaut. Tout ce qu'elle faisait était moralement juste, cela va sans dire.

Mais alors, sentant que la personne, quelle qu'elle fût, qui se trouvait devant la caverne, était non pas une apparition mais un être bien réel, elle se détendit et perdit connaissance.

Dans l'ignorance de ce que signifiait l'arrêt soudain des cris d'Osugi, Otsū perdait la tête. D'une façon quelconque, il fallait déblayer l'entrée de la caverne. Comme elle redoublait d'efforts, le ruban qui retenait son chapeau de vannerie se dénoua ;

chapeau et tresses noires se mirent à flotter furieusement au vent.

Se demandant comment Jōtarō avait bien pu mettre lui-même en place les pierres, elle poussait, tirait de toutes ses forces, mais rien ne bougeait. Epuisée par l'effort, elle éprouva un accès de haine envers Jōtarō, et le soulagement initial qu'elle avait ressenti en repérant Osugi fit place à une insupportable angoisse.

– Tenez bon, grand-mère. Encore un peu de patience. Je vais vous tirer de là ! criait-elle.

Elle pressait les lèvres contre une fente pour parler mais elle n'obtenait aucune réponse. Bientôt, elle distingua une psalmodie basse et faible :

Ou si, rencontrant des diables anthropophages,
Des dragons venimeux et des démons,
Il pense au pouvoir de Kannon,
Aussitôt, aucun n'osera lui nuire.
Si, entouré de bêtes féroces
Aux défenses acérées, aux griffes effrayantes,
Il pense au pouvoir de Kannon...

Osugi entonnait le *Sūtra de Kannon*. Seule, la voix de la bodhisattva lui était perceptible. Mains jointes, elle se trouvait maintenant à son aise ; ses lèvres tremblaient tandis que les paroles sacrées s'en déversaient. Frappée d'un sentiment bizarre, Osugi abandonna sa psalmodie pour mettre l'œil à une fente.

– ... Qui est là ? cria-t-elle. Je vous demande qui vous êtes.

Le vent avait arraché à Otsū sa cape de pluie. Hagarde, épuisée, couverte de boue, elle se pencha pour crier :

– Tout va bien, grand-mère ? Je suis Otsū.

– Qui avez-vous dit ? demanda Osugi, soupçonneuse.

– J'ai dit que c'est Otsū.

– Ah, bon.

Il s'écoula un long temps mort avant la question suivante, sur un ton incrédule :

– ... Que voulez-vous dire par Otsū ?

Pour la première fois, Osugi sentit ses convictions religieuses chanceler.

– ... Pourquoi es-tu venue ? Ah ! je sais. Tu cherches ce démon de Jōtarō !

– Non. Je viens à votre secours, grand-mère. Je vous en prie, oubliez le passé. Je me rappelle combien vous étiez bonne quand j'étais petite. Ensuite, vous vous êtes retournée contre moi pour essayer de me faire du mal. Je ne vous en garde pas rancune. Je reconnais que j'étais très entêtée.

– Ah ! ainsi tes yeux se sont ouverts et tu vois la vilenie de ta conduite. C'est bien ça ? Veux-tu dire par là que tu souhaiterais réintégrer la famille Hon'iden en tant qu'épouse de Matahachi ?

– Oh ! non, pas ça, répondit Otsū vivement.

– Alors, que fais-tu ici ?

– J'avais tant de peine pour vous que je n'ai pu le supporter.

– Je vois : tu veux me créer des obligations envers toi. C'est bien là ce que tu essaies de faire, n'est-ce pas ?

Otsū était trop choquée pour répondre.

– ... Qui t'a priée de venir à mon secours ? Tu ne peux pas dire que c'est moi, je n'ai pas besoin de ton aide. Si tu crois qu'en me rendant service tu peux faire cesser ma haine contre toi, tu te trompes. Ça m'est égal, d'être en mauvaise posture ; j'aime mieux mourir que de perdre mon honneur.

– Mais, grand-mère, comment pouvez-vous supposer que je pourrais moi-même laisser une personne de votre âge dans un terrible endroit comme celui-ci ?

– La voilà bien, avec ses paroles mielleuses ! Crois-tu donc que je ne sache pas ce que vous manigancez, Jōtarō et toi ? Tous deux, vous avez comploté de m'enfermer dans cette caverne pour vous moquer de moi mais croyez bien que quand je serai sortie, je me vengerai. Tu peux en être sûre.

– Je suis sûre au contraire que le jour est tout proche où vous comprendrez mes véritables sentiments. Quoi qu'il en soit, vous ne pouvez rester là. Vous allez tomber malade.

– Je suis lasse de ces absurdités.

Otsū se redressa et l'obstacle qu'elle avait été incapable de remuer par la force fut pour ainsi dire délogé par ses larmes. Une fois que la pierre du haut eut roulé au sol, Otsū eut la surprise de n'éprouver guère de difficulté à écarter celle du dessous.

Mais ce n'étaient pas les seules larmes d'Otsū qui avaient ouvert la caverne. Osugi avait poussé de l'intérieur. Elle jaillit au-dehors, la face empourprée.

Encore chancelante à cause de son effort, Otsū poussa un cri de joie mais, à peine Osugi fut-elle à l'air libre qu'elle empoigna Otsū au collet. A la fureur de cet assaut, l'on eût dit que son seul but, en voulant rester vivante, avait été de s'attaquer à sa bienfaitrice.

– Oh ! Que faites-vous ? Oh !

– Silence !

– Pourquoi ?...

– Qu'espérais-tu donc ? s'exclama Osugi en courbant Otsū à terre avec une furie sauvage.

L'horreur d'Otsū était indicible.

– ... Et maintenant, en route, lança Osugi en commençant de traîner la jeune fille sur le sol détrempé.

– Je vous en supplie ! s'écriait Otsū, les mains jointes. Punissez-moi si vous voulez, mais vous ne devez pas rester dehors sous la pluie.

– Sottise ! N'as-tu pas honte ? Crois-tu pouvoir m'apitoyer sur ton sort ?

– Je ne m'enfuirai pas. Je vous le jure... Oh ! vous me faites mal !

– Bien sûr, que je te fais mal.
– Laissez-moi...
Par un soudain effort, Otsū se dégagea et se releva d'un bond.
– Non ! Non !
Repassant aussitôt à l'attaque, Osugi empoigna Otsū par les cheveux. Le pâle visage de la jeune fille se retourna vers le ciel ; la pluie l'inondait. Elle ferma les yeux.
– ... Gueuse ! Combien j'ai souffert à cause de toi, toutes ces années !
Chaque fois qu'Otsū ouvrait la bouche pour parler ou s'efforçait de se libérer, la vieille femme lui tirait méchamment les cheveux. Sans les lâcher, elle jeta la jeune fille à terre, la piétina et la bourra de coups de pied.
Soudain, effrayée, Osugi lâcha sa proie.
– ... Oh ! qu'ai-je fait là ? haleta-t-elle, consternée. Otsū ? appela-t-elle anxieusement en considérant la forme inanimée qui gisait à ses pieds. Otsū !
Penchée, elle scrutait le visage trempé de pluie, aussi froid au toucher qu'un poisson mort. Pour autant qu'elle en pouvait juger, la jeune fille ne respirait plus.
– ... Elle est... elle est morte.
Osugi était consternée. Bien qu'elle ne voulût pas pardonner à Otsū, elle n'avait pas eu l'intention de la tuer. Elle se redressa, gémit et recula.
Peu à peu, elle se calma et ne fut pas longue à se dire : Eh bien, il n'y a rien d'autre à faire qu'à aller chercher du secours.
Elle s'éloigna, hésita et revint sur ses pas. Elle prit dans ses bras le corps froid d'Otsū et le transporta dans la caverne.
L'entrée était étroite mais l'intérieur était spacieux. Près d'un des murs, des pèlerins en quête de la Voie s'étaient assis voilà bien longtemps pour méditer durant de longues heures.

Quand la pluie se calma, Osugi pointa son nez à l'entrée ; elle allait se glisser au-dehors lorsque les nuages crevèrent une seconde fois. L'eau éclaboussait presque jusqu'au fond de la grotte.

Le matin n'est pas loin, songea-t-elle.

Avec indifférence, elle s'accroupit et attendit que la tempête s'apaisât de nouveau.

Se trouver dans l'obscurité complète avec le corps d'Otsū lui monta bientôt au cerveau. Elle avait le sentiment que le visage livide et glacé la fixait d'un regard accusateur. D'abord, elle se rassura en se disant : Tout ce qui arrive doit arriver. Prends ta place en paradis comme un Bouddha nouveau-né. Ne me garde pas rancune.

Mais, bientôt, la peur et le sentiment de son affreuse responsabilité la poussèrent à chercher refuge dans la piété. Fermant les yeux, elle entonna un sūtra. Plusieurs heures s'écoulèrent encore.

Lorsque enfin ses lèvres se turent et qu'elle ouvrit les yeux, elle entendit pépier des oiseaux. L'air était immobile ; la pluie avait cessé. A travers l'ouverture de la caverne, un soleil doré l'aveuglait.

– ... Qu'est-ce que cela peut bien être ? dit-elle à voix haute en se levant, les yeux sur une inscription gravée dans le mur de la caverne par une main inconnue.

Debout, elle déchiffra : « En l'an 1544, j'ai envoyé mon fils âgé de seize ans, appelé Mori Kinsaku, prendre part à la bataille du château de Tenjinzan, dans le camp du seigneur Uragami. Depuis, je ne l'ai jamais revu. Poussée par le chagrin, j'erre dans les sanctuaires consacrés au Bouddha. Aujourd'hui, je place dans cette caverne une image de la Bodhisattva Kannon. Je prie pour que cette image, et les larmes d'une mère, protègent Kinsaku dans son existence future. Si, plus tard, quelqu'un vient à passer par ici, je le supplie d'invoquer le nom du Bouddha. Voilà vingt et un ans que Kinsaku est mort. Donatrice : la mère de Kinsaku, village d'Aita. »

Les caractères effacés étaient par endroits difficiles à lire. Cela faisait près de soixante-dix ans que les villages voisins – Sanumo, Aita, Katsuta – avaient été attaqués par la famille Amako, et que le seigneur Uragami avait été expulsé de son château. Un souvenir d'enfance qui ne s'effacerait jamais de la mémoire d'Osugi était l'incendie de cette forteresse. Elle voyait encore les tourbillons de fumée noire s'élever dans le ciel, et les cadavres d'hommes et de chevaux joncher les champs et les chemins durant des jours. On s'était battu alors presque jusqu'aux maisons des paysans.

En songeant à la mère du garçon, à son chagrin, à ses errances, à ses prières et à ses offrandes, Osugi éprouva de la peine. Pour elle, ç'a dû être terrible, se dit-elle.

Elle s'agenouilla et joignit les mains :

– ... Gloire au Bouddha Amida. Gloire au Bouddha Amida...

Elle sanglotait. Ses larmes tombaient sur ses mains mais il fallut qu'elle eût pleuré tout son soûl pour reprendre conscience du visage d'Otsū, froid et insensible à la lumière du matin, à côté de son genou.

– ... Pardonne-moi, Otsū. C'était mauvais de ma part, c'était abominable ! Je t'en prie, pardonne-moi, je t'en prie.

La face convulsée de remords, elle souleva doucement le corps d'Otsū dans ses bras.

– ... C'est effrayant... effrayant... J'étais aveuglée par l'amour maternel... Par dévotion envers mon propre enfant, je suis devenue une diablesse pour l'enfant d'une autre femme. Tu avais une mère, toi aussi. Si elle m'avait connue, elle m'aurait considérée comme... comme un horrible démon... J'étais sûre d'avoir raison mais, pour les autres, j'étais un monstre.

Les mots paraissaient remplir la caverne et rebondir dans ses oreilles. Il n'y avait là personne, aucun œil pour regarder, aucune oreille pour entendre. Les ténèbres de la nuit étaient devenues la lumière de la sagesse du Bouddha.

– ... Que tu étais bonne, Otsū ! Avoir été tourmentée durant tant d'années par cette horrible vieille folle, sans jamais lui rendre sa haine... Venir en dépit de tout essayer de me sauver... Maintenant, j'y vois clair. Je me trompais. Toute la bonté de ton cœur, je la considérais comme mauvaise, je t'en remerciais par de la haine. J'avais l'esprit déformé. Oh ! pardonne-moi, Otsū.

Elle pressait son visage mouillé de larmes contre celui de la jeune fille.

– ... Si seulement mon fils était aussi gentil que toi... Ouvre à nouveau les yeux, vois-moi implorer ton pardon. Ouvre la bouche, insulte-moi. Je le mérite. Otsū... pardonne-moi.

Tandis qu'elle contemplait ce visage en versant des larmes amères, elle se vit elle-même telle qu'elle devait être apparue lors de toutes ces affreuses rencontres passées avec Otsū. La prise de conscience de sa noirceur lui serra le cœur. Elle ne cessait de murmurer :

– ... Pardonne-moi... pardonne-moi.

Elle se demandait même si elle ne devrait pas rester assise ainsi jusqu'à ce qu'elle rejoignît la jeune fille dans la mort.

– ... Non ! s'exclama-t-elle résolument. Trêve de larmes et de gémissements. Peut-être.... peut-être n'est-elle pas morte. Si j'essaie, peut-être pourrai-je la ramener à la vie. Elle est jeune. Elle a la vie devant elle.

Doucement, elle reposa Otsū à terre et se glissa hors de la caverne, sous l'aveuglant soleil. Elle ferma les yeux et mit les mains en porte-voix autour de sa bouche :

– ... Il y a quelqu'un ? Vous, du village, accourez ! Au secours !

Elle rouvrit les yeux et fit quelques pas tout en courant et en continuant à appeler. Un mouvement se produisit dans le petit bois de cryptomerias, puis un cri :

– Elle est ici ! Elle est saine et sauve, enfin !

Une dizaine de membres du clan Hon'iden sortirent du bosquet. Après avoir entendu l'histoire racontée par le survivant de la bataille avec Jōtarō, ils avaient organisé des recherches et s'étaient mis en route aussitôt, malgré l'orage. Ils portaient encore leurs capes de pluie et étaient tout crottés.

– Ah ! vous êtes sauve ! s'exclama, exultant, le premier homme qui atteignit Osugi.

Ils l'entourèrent, avec un immense soulagement.

– Ne vous inquiétez point pour moi, leur ordonna Osugi. Vite, allez voir si vous pouvez faire quelque chose pour la jeune fille qui est dans la caverne. Voilà des heures qu'elle a perdu connaissance. Si nous ne lui donnons pas des médicaments tout de suite...

Sa voix était rauque. Presque en transe, elle montrait la caverne. Peut-être était-ce la première fois, depuis la mort de l'oncle Gon, qu'elle versait des larmes de chagrin.

Les saisons de la vie

L'automne passa. Et l'hiver.

Dans les premiers jours du quatrième mois de l'an 1612, des passagers s'installaient sur le pont du bateau régulier entre Sakai, dans la province d'Izumi, et Shimonoseki, dans celle de Nagato.

Informé que le navire était prêt à prendre le départ, Musashi se leva d'un banc, dans la boutique de Kobayashi Tarōzaemon, et salua les gens qui étaient venus le voir partir.

– Bon courage ! lui disaient-ils en faisant avec lui les quelques pas qui les séparaient du môle.

Hon'ami Kōetsu était là. La maladie avait empêché son bon ami Haiya Shōyū de venir, mais son fils Shōeki le représentait. Shōeki était accompagné de son épouse, dont l'éblouissante beauté faisait tourner les têtes partout où elle passait.

– C'est bien Yoshino, n'est-ce pas ? chuchota un homme en tirant son compagnon par la manche.

– De Yanagimachi ?

– Oui. Yoshino Dayū de l'Ōgiya.

Shōeki l'avait présentée à Musashi sans mentionner son ancien nom. Son visage n'était pas familier à Musashi, bien sûr, car il s'agissait de la seconde Yoshino Dayū. Nul ne savait ce qu'était devenue la première, où elle se trouvait maintenant, si elle était mariée ou célibataire. Depuis longtemps, on ne parlait plus de sa grande beauté. Des fleurs s'épanouissaient ; des fleurs tombaient. Dans le monde fugace du quartier réservé, le temps passait vite.

Yoshino Dayū... Ce nom eût évoqué des souvenirs de nuits de neige, d'un feu de bois de pivoines, d'un luth brisé...

– Cela fait aujourd'hui huit ans que nous nous sommes rencontrés pour la première fois, observa Kōetsu.

– Oui, huit ans, répondit en écho Musashi, lequel se demandait où ces années avaient bien pu passer.

Il avait le sentiment que son embarquement de ce jour-là marquait la fin d'une phase de sa vie. Matahachi était au nombre des amis, ainsi que plusieurs samouraïs de la résidence Hosokawa à Kyoto. D'autres samouraïs transmettaient les meilleurs vœux du seigneur Karasumaru Mitsuhiro ; un groupe de vingt à trente hommes d'épée, en dépit des protestations de Musashi, se considéraient comme ses disciples parce qu'ils l'avaient connu à Kyoto.

Il se rendait à Kokura, dans la province de Buzen,

où il affronterait Sasaki Kojirō dans une épreuve d'adresse et de maturité. Grâce aux efforts de Nagaoka Sado, cette confrontation fatidique, depuis si longtemps préparée, devait finalement avoir lieu. Les négociations, longues et difficiles, avaient nécessité l'envoi de nombreux courriers. Même après que Sado se fut assuré, l'automne précédent, que Musashi se trouvait chez Hon'ami Kōetsu, il avait fallu encore six mois pour prendre toutes les dispositions.

Etre le champion d'un grand nombre de disciples et d'admirateurs : même dans ses rêves les plus fous, Musashi n'avait pu l'imaginer. L'importance de la foule le gênait. En outre, elle lui interdisait de parler comme il l'aurait souhaité avec certaines personnes.

Ce qui le frappait le plus dans ces adieux, c'était leur absurdité. Il n'avait aucun désir d'être l'idole de quiconque. Pourtant, tous ces gens se trouvaient là pour exprimer leur bienveillance. Il n'existait aucun moyen de les en empêcher.

Il avait le sentiment que certains d'entre eux le comprenaient. Il leur était reconnaissant de leurs bons vœux. En même temps, il était presque effrayé qu'une telle adulation lui montât à la tête. Après tout, il n'était qu'un homme.

Autre chose le troublait : ce long prélude. Si l'on pouvait dire que Kojirō et lui voyaient enfin où leurs relations les menaient, on pouvait dire aussi que le monde les avait dressés l'un contre l'autre et avait décrété une fois pour toutes qu'ils devraient décider lequel des deux était le meilleur.

Un bruit avait couru tout d'abord : Il paraît qu'ils vont en découdre.

Puis, un autre : Oui, ils s'affronteront, c'est sûr.

Et enfin : Quand doit avoir lieu le combat ?

Le bruit du jour et de l'heure mêmes avait circulé avant que les principaux intéressés n'en eussent officiellement décidé.

Etre un héros public déplaisait à Musashi. Ses exploits rendaient la chose inévitable mais il ne la recherchait pas. Ce qu'il voulait en réalité, c'était plus de temps pour la méditation. Il avait besoin de développer l'harmonie, de s'assurer que ses idéaux n'outrepassaient point ses capacités d'agir. Grâce à sa plus récente expérience avec Gudō, il avait avancé d'un pas vers l'illumination. Et il en était venu à sentir de façon plus aiguë la difficulté à suivre la Voie – la longue Voie à travers la vie.

Et pourtant... se disait-il.

Où serait-il, sans la bonté des gens qui le soutenaient ? Serait-il en vie ? Aurait-il ces vêtements sur le dos ? Il portait un kimono noir à manches courtes, cousu pour lui par la mère de Kōetsu. Ses sandales neuves, le chapeau de vannerie neuf qu'il tenait à la main, toutes ses affaires lui avaient été données par quelqu'un qui l'estimait. Le riz qu'il mangeait... d'autres l'avaient fait pousser. Il vivait du fruit d'un labeur qui n'était pas le sien. Comment rétribuer tout ce que les gens avaient fait pour lui ?

L'heure était venue de mettre à la voile. On pria pour un bon voyage ; on prononça les derniers adieux.

On largua les amarres, le bateau dériva vers la pleine mer et la grand-voile se déploya comme une aile dans le ciel d'azur.

Un homme courut au bout de la jetée, s'arrêta, frappa du pied, contrarié.

– Trop tard ! grondait-il. Je n'aurais pas dû faire la sieste.

Kōetsu s'approcha pour lui demander :

– N'êtes-vous pas Musō Gonnosuke ?

– C'est bien cela, répondit-il en fourrant son gourdin sous son bras.

– Je vous ai rencontré un jour au Kongōji, à Kawachi.

– Oui, bien sûr. Vous êtes Hon'ami Kōetsu.

– Je suis content de vous voir en bonne santé. D'après ce que j'avais entendu dire, je n'étais pas certain que vous fussiez encore en vie.

– Qu'avez-vous entendu ? Et par qui ?

– Par Musashi.

– Musashi ?

– Oui ; il séjournait chez moi jusqu'à hier. Il a reçu plusieurs lettres de Kokura. Dans l'une, Nagaoka Sado écrivait que vous aviez été fait prisonnier sur le mont Kudo. Il craignait que vous n'eussiez été blessé ou même tué.

– Cette affaire était une erreur.

– Nous avons appris également que Iori vivait chez Sado.

– Il est donc sain et sauf ! s'exclama Gonnosuke avec une expression de vif soulagement.

– Oui. Asseyons-nous quelque part pour bavarder.

Il conduisit le robuste spécialiste du gourdin à une boutique toute proche. En buvant du thé, Gonnosuke raconta son histoire. Heureusement pour lui, après un coup d'œil, Sanada Yukimura était parvenu à la conclusion qu'il ne s'agissait pas d'un espion. Gonnosuke avait été relâché et les deux hommes étaient devenus bons amis ; non seulement Yukimura le pria d'excuser l'erreur de ses subordonnés mais il envoya un groupe d'hommes à la recherche de Iori.

Comme ils n'avaient pas retrouvé le corps du jeune garçon, Gonnosuke avait conclu qu'il était encore en vie. Depuis lors, il avait passé son temps à fouiller les provinces voisines. A la nouvelle que Musashi se trouvait à Kyoto et qu'un combat entre lui et Kojirō était imminent, il avait intensifié ses efforts. Puis, de retour au mont Kudo la veille, il avait appris de Yukimura que Musashi devait s'embarquer le lendemain pour Kokura. Il avait redouté d'affronter Musashi sans Iori à ses côtés, et sans la moindre nouvelle de lui. Mais, ignorant s'il reverrait jamais son maître vivant, il était venu tout de même. Il présentait des excuses à Kōetsu comme si ce dernier eût été lui-même victime de sa négligence.

– Ne vous inquiétez pas, dit Kōetsu. Il y aura un autre bateau dans quelques jours.

– Je voulais vraiment faire le voyage avec Musashi.

Il observa une pause, puis reprit avec ardeur :

– ... Je crois que ce voyage peut être le tournant décisif dans la vie de Musashi. Il ne cesse de se discipliner. Il ne risque pas d'être vaincu par Kojirō. Pourtant, dans un combat de ce genre, on ne sait jamais. Un élément plus qu'humain est en cause. Tous les guerriers doivent l'affronter ; la victoire ou la défaite est en partie une question de chance.

– Je ne crois pas que vous deviez vous inquiéter. L'attitude de Musashi est parfaite. Il semblait plein de confiance.

– Je n'en doute pas, mais Kojirō jouit lui aussi d'une réputation considérable. Et l'on dit que, depuis qu'il est entré au service du seigneur Tadatoshi, il s'entraîne et se maintient en forme comme jamais.

– Ce sera une épreuve de force entre un homme qui est un génie, quoique en vérité un peu suffisant, et un homme ordinaire qui a poli ses talents au maximum, ne croyez-vous pas ?

– Je ne qualifierais pas Musashi d'homme ordinaire.

– Pourtant, il l'est. Voilà bien ce qu'il y a d'extraordinaire en lui. Il ne se contente pas de compter sur les dons naturels qu'il peut avoir. Se sachant ordinaire, il essaie toujours de s'améliorer. Nul ne se fait la moindre idée de l'effort surhumain qu'il a dû fournir. Maintenant que ses années d'entraînement ont donné des résultats aussi spectaculaires, tout le monde parle de ses « talents innés ». Ainsi se consolent les gens qui manquent de courage.

– Merci de vos paroles, dit Gonnosuke.

A son avis, Kōetsu parlait peut-être de lui autant

que de Musashi. En regardant le profil serein de cet homme plus âgé, il pensa : Il en va de même pour lui.

Kōetsu paraissait ce qu'il était : un homme de création qui s'était mis délibérément à l'écart du reste du monde. Pour le moment, ses yeux manquaient de l'éclat qu'ils avaient lorsqu'il se concentrait sur la création artistique. Ils étaient comme une mer d'huile sous un ciel clair. Un jeune homme passa la tête à la porte et dit à Kōetsu :

– Nous rentrons ?

– Tiens, Matahachi ! répondit aimablement Kōetsu.

Il se tourna vers Gonnosuke et lui dit :

– Je crois que je vais devoir vous quitter. Mes compagnons m'attendent.

– Rentrez-vous par Osaka ?

– Oui. Si nous y arrivons à temps, j'aimerais prendre le bateau du soir pour Kyoto.

– Eh bien, dans ce cas, j'irai à pied avec vous jusque-là.

Plutôt que d'attendre le prochain bateau, Gonnosuke avait résolu de voyager par terre. Tous trois cheminèrent donc côte à côte ; leurs propos s'écartaient rarement de Musashi, de son rang actuel et de ses exploits passés. A un certain moment, Matahachi exprima de l'inquiétude :

– J'espère que Musashi gagnera, mais Kojirō n'est pas commode. Il a une technique terrifiante, vous savez.

Le souvenir de sa propre rencontre avec Kojirō demeurait vif dans son esprit.

Au crépuscule, ils étaient dans les rues populeuses d'Osaka. Ensemble, Kōetsu et Gonnosuke s'aperçurent soudain que Matahachi ne se trouvait plus avec eux.

– Où peut-il être passé ? demanda Kōetsu.

En revenant sur leurs pas, ils le trouvèrent debout près de l'entrée du pont. Il regardait, fasciné, la berge du fleuve où les ménagères des maisons proches lavaient des ustensiles de cuisine, du riz non décortiqué ou des légumes.

– Il a l'air bizarre, dit Gonnosuke.

Kōetsu et lui, un peu à l'écart, l'observaient.

– C'est elle ! criait Matahachi. Akemi !

Dès qu'il la reconnut, il fut frappé par le caractère capricieux du destin. Mais, aussitôt, il comprit qu'il ne s'agissait pas de cela. Le destin ne lui jouait pas de tours – il le confrontait simplement à son passé. Akemi avait été son épouse. Leurs karmas étaient liés. Tant qu'ils habiteraient la même planète, ils étaient voués à se trouver de nouveau réunis, tôt ou tard.

Il avait eu du mal à la reconnaître. Le charme et la coquetterie qu'elle manifestait deux ans seulement auparavant s'étaient évanouis. Son visage était incroyablement amaigri, ses cheveux sales, noués en chignon. Elle portait un kimono de coton à manches tubulaires qui lui descendait à peine au-dessous du genou, vêtement utilitaire de toutes les ménagères des classes inférieures de la ville. On était loin des soieries bariolées qu'elle avait arborées lorsqu'elle était prostituée.

Courbée dans la position propre aux vendeurs à la sauvette, elle avait entre les bras un lourd panier dont elle tirait des palourdes et des ormeaux qu'elle proposait aux badauds. Et à voir les invendus, on pouvait penser que les affaires n'étaient guère florissantes.

Attaché dans son dos par une bande de tissu sale, Matahachi découvrit un bébé d'un an peut-être.

Plus que toute autre chose, c'était l'enfant qui faisait battre plus vite le cœur de Matahachi. Les paumes pressées contre ses joues, il comptait les mois. Si le bébé était dans sa deuxième année, il avait été conçu lorsqu'ils se trouvaient à Edo... Or, Akemi était enceinte lorsqu'on les avait publiquement fouettés.

La lumière du soleil du soir, reflétée par la rivière,

dansait sur le visage de Matahachi comme s'il avait été baigné de larmes. Il était sourd au vacarme de la circulation. Akemi longeait lentement le bord du fleuve. Matahachi se lança à sa poursuite en agitant les bras et en criant. Kōetsu et Gonnosuke lui emboîtèrent le pas :

– Matahachi, où allez-vous ?

Il avait complètement oublié les deux hommes. Il s'arrêta pour leur permettre de le rattraper.

– Excusez-moi, murmura-t-il. A vrai dire...

A vrai dire ? Comment leur expliquer ce qu'il allait faire alors qu'il était dans l'incapacité de se l'expliquer à lui-même ? Il lui était pour le moment impossible de voir clair dans ses émotions mais il finit par laisser échapper :

– ... J'ai résolu de ne pas me faire prêtre... d'en revenir à la vie ordinaire. Je n'ai pas encore été ordonné.

– D'en revenir à la vie ordinaire ? s'exclama Kōetsu. Si soudainement ? Hum... Vous avez l'air bien étrange.

– Je suis incapable de vous l'expliquer pour le moment. Même si je le pouvais, je passerais probablement à vos yeux pour un fou. Je viens de voir la femme avec qui je vivais. Et elle porte un enfant sur le dos. Je crois qu'il est de moi.

– En êtes-vous sûr ?

– Mon Dieu, oui...

– Allons, calmez-vous et réfléchissez. Est-ce réellement votre enfant ?

– Oui ! Je suis père !... Je suis désolé car je ne le savais pas... J'ai grande honte. Je ne peux la laisser vivre ainsi... à vendre des marchandises dans un panier comme la plus pauvre entre les pauvres. Je dois travailler pour élever mon enfant.

Kōetsu et Gonnosuke se regardaient, consternés. Bien qu'il ne fût pas tout à fait sûr que Matahachi eût toute sa tête, Kōetsu lui dit :

– J'espère que vous savez ce que vous faites.

Matahachi retira l'habit de prêtre qui recouvrait son kimono ordinaire et le tendit à Kōetsu, ainsi que son chapelet :

– Je regrette de vous ennuyer, mais voulez-vous remettre ceci à Gudō, au Myōshinji ? Je vous serais très obligé de lui dire que je vais rester ici, à Osaka, trouver du travail et être bon père.

– Vous êtes bien certain que c'est là ce que vous voulez ? Renoncer ainsi à la prêtrise, sur un coup de tête ?

– Oui. De toute façon, le maître m'a dit que je pouvais retourner à la vie ordinaire à n'importe quel moment.

– Hum...

– Il dit lui-même qu'il n'est pas nécessaire d'être dans un temple pour pratiquer la discipline religieuse. C'est plus difficile, mais il assure qu'il est plus méritoire encore d'être capable de se maîtriser tout en gardant sa foi au milieu des mensonges, des laideurs, des conflits – de toutes les bassesses du monde extérieur –, que dans l'environnement propre et pur d'un temple.

– Je suis sûr qu'il a raison.

– Voilà maintenant plus d'un an que je suis auprès de lui ; or, il ne m'a pas donné de nom de prêtre. Toujours, il m'appelle seulement Matahachi. Peut-être se produira-t-il dans l'avenir un événement que j'ignore encore. Alors, j'irai le trouver aussitôt. Dites-lui cela de ma part, voulez-vous ?

Sur ces mots, Matahachi s'éloigna.

Le bateau du soir

Un seul nuage rouge, qui ressemblait à une large banderole, planait bas au-dessus de l'horizon. Au fond de la mer transparente, sans ride, une pieuvre se mouvait.

A l'entour de midi, un petit bateau s'était amarré dans l'estuaire du fleuve Shikama, discrètement hors de vue. Maintenant, cependant que tombait le crépuscule, une mince colonne de fumée s'élevait d'un brasero d'argile, sur le pont. Une vieille femme cassait des morceaux de bois pour alimenter le feu.

– As-tu froid ? demanda-t-elle.

– Non, répondit la jeune fille étendue au fond du bateau derrière la natte de roseau.

Elle secoua faiblement la tête, puis la releva pour considérer la vieille femme.

– ... Ne vous inquiétez pas pour moi, grand-mère. Vous-même, soyez prudente. Vous me paraissez un peu enrouée.

Osugi mit un pot de riz sur le brasero pour préparer du gruau.

– Ce n'est rien, dit-elle. Mais tu es malade. Tu dois manger comme il faut pour te sentir forte quand arrivera le bateau.

Otsū retint une larme et regarda la mer. Des bateaux pêchaient la pieuvre et elle voyait deux navires marchands. On ne voyait nulle part le vaisseau de Sakai.

– ... Il se fait tard, dit Osugi. On prétendait que le bateau arriverait avant le soir.

Sa voix était légèrement plaintive. La nouvelle du départ du bateau de Musashi s'était répandue comme une traînée de poudre. Lorsqu'elle atteignit Jōtarō à Himeji, il envoya un messager en informer Osugi. A son tour, elle était allée droit au Shippōji où Otsū était alitée, souffrant encore des coups que lui avait donnés la vieille femme.

Depuis cette nuit-là, Osugi avait imploré son pardon si fréquemment et avec tant de larmes que c'en était plutôt devenu un fardeau pour Otsū. Celle-ci ne la tenait pas pour responsable de sa maladie ; elle estimait qu'il s'agissait d'une rechute des maux qui l'avaient clouée au lit plusieurs mois chez le seigneur Karasumaru, à Kyoto. Matin et soir, elle se mettait à tousser, à s'arracher la gorge et sa fièvre montait. Elle maigrissait, ce qui rendait plus beau que jamais son visage ; mais il s'agissait d'une beauté excessivement délicate et qui attristait ceux qui la rencontraient.

Pourtant, ses yeux brillaient. Elle était heureuse du changement survenu chez Osugi. Ayant fini par comprendre qu'elle s'était trompée au sujet d'Otsū et de Musashi, la douairière Hon'iden paraissait revivre. Et Otsū nourrissait un espoir, né de la certitude que le jour était proche où elle reverrait Musashi. Osugi lui avait dit :

– Afin de réparer tous les désagréments que je t'ai causés, je me jetterai aux pieds de Musashi pour le supplier de régulariser la situation. Je me prosternerai. Je lui présenterai des excuses. Je le convaincrai.

Après avoir annoncé à sa propre famille et à tout le village que les fiançailles de Matahachi et d'Otsū étaient rompues, elle détruisit le document qui témoignait de la promesse de mariage. Dès lors, elle se fit un devoir de déclarer à tous et à chacun que le seul mari convenable, pour Otsū, était Musashi.

Le village avait changé ; de tout le village, c'était Osugi qu'Otsū connaissait le mieux. La vieille femme avait à cœur de soigner la jeune fille : chaque matin, chaque soir, elle arrivait au Shippōji, à Miyamoto, avec les mêmes questions pleines de sollicitude :

– As-tu mangé ? As-tu pris ton médicament ? Comment te sens-tu ?

Un jour, elle déclara, les larmes aux yeux :

– Si tu n'étais pas revenue à la vie, cette nuit-là, dans la caverne, j'aurais voulu y mourir aussi.

Jusque-là, la vieille femme n'avait jamais hésité à gauchir la vérité et même à dire carrément des mensonges ; un des derniers concernait la présence d'Ogin à Sayo. En réalité, nul n'avait vu Ogin depuis des années, et personne n'avait de ses nouvelles. Tout ce que l'on savait, c'est qu'elle s'était mariée et qu'elle était partie dans une autre province.

Otsū trouva donc tout d'abord les protestations d'amitié d'Osugi incroyables. Même si elle était sincère, il paraissait vraisemblable que ses remords s'useraient bientôt. Mais, les jours devenaient des semaines, et elle se montrait toujours plus dévouée et plus attentive à l'égard d'Otsū.

Je n'aurais jamais imaginé qu'elle fût si bonne, au fond : voilà ce qu'Otsū en vint à penser d'elle. Et comme la chaleur humaine et la bonté toutes neuves d'Osugi s'étendaient à tout son entourage, ce sentiment se trouvait largement partagé, tant par la famille que par les villageois ; pourtant, beaucoup exprimaient leur étonnement avec moins de délicatesse, en demandant par exemple : « Quelle mouche a bien pu piquer la vieille sorcière ? »

Même Osugi s'émerveillait de la gentillesse que tout le monde lui témoignait. Autrefois, même son entourage le plus proche tremblait à son seul aspect ; maintenant, tout le monde lui souriait et lui parlait cordialement. Enfin, à un âge où le simple fait d'être en vie devait lui inspirer de la reconnaissance, elle apprenait pour la première fois ce que c'était que d'être aimée et respectée d'autrui. Une personne de sa connaissance lui demanda avec franchise :

– Que vous arrive-t-il ? Votre visage paraît plus ouvert chaque fois que je vous vois.

Peut-être, songea Osugi plus tard dans la journée en se regardant dans le miroir.

Le passé avait pourtant laissé sa marque. A son départ du village, ses cheveux étaient encore poivre et sel. Maintenant, ils étaient entièrement blancs. Peu lui importait, car elle estimait que son cœur, du moins, était à présent exempt de noirceur.

Le navire de Musashi faisait régulièrement une escale d'une nuit à Shikama pour décharger et recharger la marchandise. La veille de ce jour-là, après en avoir informé Otsū, Osugi lui avait demandé :

– Que vas-tu faire ?

– J'y serai, bien sûr.

– Dans ce cas, j'y vais aussi.

Otsū se leva de son lit de malade et elles se mirent en route sur l'heure. Il leur fallut jusqu'à la fin de l'après-midi pour marcher jusqu'à Himeji ; tout ce temps, Osugi veilla sur Otsū comme sur son enfant.

Chez Aoki Tanzaemon, ce soir-là, on projeta d'organiser au château de Himeji un dîner en l'honneur de Musashi. On estimait qu'en raison de ses expériences antérieures au château, il considérerait comme un privilège d'être fêté de la sorte. Jōtarō lui-même était de cet avis.

On décida aussi, d'un commun accord avec les autres samouraïs, qu'il ne convenait pas pour Otsū d'être vue de tous en compagnie de Musashi. Les gens risqueraient d'en conclure qu'elle était en secret sa maîtresse. Tanzaemon fit part à Otsū et à Osugi de l'essentiel de la chose et leur conseilla de rester dans le bateau. Ainsi Otsū serait présente, sans donner prise à de gênants commérages.

La mer s'assombrit. Au ciel, les couleurs s'estompèrent. Des étoiles commencèrent à scintiller. Près de la maison du teinturier où avait habité Otsū, une vingtaine de samouraïs de Himeji attendaient depuis le milieu de l'après-midi pour accueillir Musashi.

– Peut-être nous sommes-nous trompés de jour, observa l'un d'eux.

– Non, sois sans crainte, répondit un autre. J'ai envoyé un homme à l'agent local de Kobayashi pour être sûr.

– Dis donc, ne serait-ce pas ça ?

– On dirait la bonne voile.

Ils se rapprochèrent à grand bruit du bord de l'eau.

Jōtarō les quitta pour courir au petit bateau dans l'estuaire :

– Otsū ! Grand-mère ! Le navire est en vue... le navire de Musashi ! cria-t-il aux femmes soudain bouleversées.

– Tu l'as vraiment vu ? Où cela ? demanda Otsū qui faillit tomber par-dessus bord en se levant d'un bond.

– Attention ! s'écria Osugi qui la retint.

Debout, côte à côte, elles fouillaient des yeux les ténèbres. Peu à peu, un minuscule point, au loin, grandit jusqu'à devenir une grande voile noire à la clarté des étoiles, et qui paraissait arriver droit sur elles.

– Le voilà ! cria Jōtarō.

– Vite, prends la rame, dit Otsū. Conduis-nous au bateau.

– Inutile de nous presser. Un samouraï sur la plage ira en barque chercher Musashi.

– Alors, nous devons y aller maintenant ! Une fois qu'il sera au milieu de cette bande, Otsū ne pourra plus lui parler.

– Impossible. Tous la verraient.

– Tu te soucies trop de ce que penseront les autres samouraïs. Voilà pourquoi nous sommes clouées là, dans ce petit bateau. Si tu veux mon avis, nous aurions dû attendre chez le teinturier.

– Non, vous vous trompez. Ne savez-vous pas combien les gens bavardent ? Calmez-vous. Mon père et moi trouverons le moyen de l'amener ici.

Il s'arrêta pour réfléchir quelques secondes.

– ... En débarquant, il ira prendre un peu de repos chez le teinturier. A ce moment-là, je le rejoindrai et je le conduirai ici vers vous. Contentez-vous d'attendre ici. Je serai bientôt de retour.

Et il s'élança vers la plage.

– Tâche de te reposer un peu, dit Osugi.

Otsū s'étendit avec obéissance, elle semblait avoir du mal à reprendre souffle.

– ... Encore cette maudite toux ? demanda Osugi qui s'agenouilla pour masser le dos de la jeune fille. Ne t'inquiète pas. Musashi sera bientôt près de toi.

– Merci. Maintenant, je vais bien.

Lorsque sa toux se fut calmée, elle tapota et lissa sa chevelure pour se rendre présentable. Le temps passait ; Musashi ne paraissait pas ; Osugi devint nerveuse. Laissant Otsū dans le bateau, elle monta sur la berge.

Quand elle fut hors de vue, Otsū poussa sa couche et son oreiller derrière des nattes, renoua son obi et rajusta son kimono. Les palpitations de son cœur ne lui paraissaient en aucune façon différentes de ce qu'elle avait connu à dix-sept ou dix-huit ans. Elle tendit son délicat bras blanc par-dessus le plat-bord, mouilla son peigne et le passa de nouveau dans ses cheveux. Puis elle poudra ses joues, mais si légèrement qu'il n'y paraissait presque pas.

Que dirait-elle à Musashi ? Telle était la question qui la tracassait en réalité. Elle craignait de rester muette, comme au cours d'autres rencontres avec lui. Elle ne voulait rien dire qui risquât de le bouleverser. Il se rendait à un combat. Tout le pays parlait de lui.

A ce tournant de sa vie, Otsū ne croyait pas qu'il serait vaincu par Kojirō ; pourtant, il n'était pas absolument certain qu'il gagnerait. Un accident pouvait arriver. Si elle commettait une erreur ce jour-là, et si Musashi était tué dans le combat, elle le regretterait tout le reste de sa vie. Elle n'aurait plus qu'à se laisser mourir de chagrin en espérant, comme l'ancien empereur de Chine, que son amour la rejoindrait dans l'au-delà.

Elle devait dire ce qu'elle avait à dire, quoi que lui-même pût dire ou faire. Elle avait eu la force de venir jusque-là. Désormais, la rencontre était proche, et le pouls de la jeune fille s'accélérait follement.

Osugi n'avait pas de pareils problèmes. Elle choisissait les mots dont elle se servirait pour s'excuser de son incompréhension et de sa haine, pour décharger son cœur et demander pardon. Pour preuve de sa sincérité, elle veillerait à confier à Musashi la vie d'Otsū.

Seul un reflet dans l'eau, de temps en temps, perçait les ténèbres. Et le silence régna jusqu'à ce que l'on entendît revenir Jōtarō en courant.

– Enfin ! s'exclama Osugi, toujours debout sur la berge. Où est Musashi ?

– Grand-mère, je suis désolé.

– *Désolé* ? Que veux-tu dire ?

– Ecoutez-moi. Je vais tout vous expliquer.

– Je ne veux pas d'explications. Musashi vient-il, oui ou non ?

– Il ne vient pas.

– Il ne vient pas ?

Sa voix exprimait toute sa déception. Jōtarō, l'air fort embarrassé, rapporta ce qui s'était passé ; au samouraï qui avait gagné en barque le navire, on avait répondu qu'il n'y aurait pas d'escale. Aucun passager ne devait débarquer à Shikama ; la cargaison avait été déchargée par allège. Le samouraï avait demandé à voir Musashi ; celui-ci était venu s'entretenir avec l'homme mais il avait déclaré qu'il était hors de question de descendre pour lui. Tout comme le capitaine, il voulait arriver à Kokura le plus rapidement possible.

A peine le samouraï rejoignait-il la plage muni de ce message, que déjà le bateau regagnait la haute mer.

– On ne peut même plus le voir, dit Jōtarō, abattu. Il a déjà contourné les pinèdes, à l'autre bout de la plage. Je suis désolé. Personne n'est responsable.

– Pourquoi n'as-tu pas pris la barque avec le samouraï ?

– Je n'y ai pas pensé... De toute façon, nous n'y pouvons plus rien ; inutile d'y revenir.

– Tu as raison, mais quelle tristesse ! Qu'allons-nous dire à Otsū ? Tu vas devoir lui parler, Jōtarō ; je n'en ai pas le courage. Tu peux lui dire exactement ce qui s'est passé... mais tâche de la calmer d'abord ; sinon, sa maladie pourrait bien empirer.

Mais Jōtarō n'eut pas besoin de s'expliquer. Otsū, assise derrière un morceau de natte, avait tout entendu.

Si je l'ai manqué ce soir, se dit-elle, je le verrai un autre jour, sur une autre plage.

Elle croyait comprendre pourquoi Musashi ne voulait pas quitter le bateau. Dans tout l'ouest de Honshu et de Kyushu, Sasaki Kojirō était considéré comme le plus grand de tous les hommes d'épée. En défiant sa primauté, Musashi devait brûler de la détermination de vaincre. Il ne devait songer qu'à cela.

Penser qu'il était si proche ! soupira-t-elle pourtant.

Les joues ruisselantes de larmes, elle cherchait des yeux l'invisible voile qui s'avançait lentement vers l'ouest. Inconsolable, elle s'appuyait au plat-bord.

C'est alors que, pour la première fois, elle prit conscience d'une énorme force qui montait en elle avec ses larmes. En dépit de sa fragilité, quelque part au fond de son être jaillissait une source d'énergie surhumaine. Elle ne s'en était pas rendu compte, mais son indomptable volonté lui avait permis de persévérer à travers ces longues années de maladie et d'angoisse. Un sang neuf irriguait sa chair d'une vie nouvelle.

– Grand-mère ! Jōtarō !

Comme ils descendaient lentement la berge, Jōtarō demanda :

– Qu'y a-t-il, Otsū ?

– J'ai entendu ce que vous avez dit.

– Vraiment ?
– Oui. Mais je ne pleurerai plus. J'irai à Kokura. Je verrai de mes yeux le combat... Il n'est pas sûr que Musashi soit le vainqueur. S'il meurt, j'ai l'intention de recueillir ses cendres et de les rapporter.
– Mais vous êtes malade !
– Malade ? Qui est malade ?
Elle avait chassé de son esprit la notion même de maladie ; elle paraissait remplie d'une vitalité qui transcendait la faiblesse de son corps.
– ... N'y pensez plus. Je vais tout à fait bien. Mon Dieu, je suis peut-être encore un peu souffrante, mais tant que je n'aurai pas vu le résultat du combat...
... je suis bien décidée à ne pas mourir : tels étaient les mots qui faillirent s'échapper de ses lèvres. Elle les retint et s'activa dans les préparatifs de son voyage. Quand elle fut prête, elle descendit sans aide du bateau bien qu'elle dût pour cela s'agripper au plat-bord.

Un faucon et une femme

A l'époque de la bataille de Sekigahara, Kokura avait été le site d'une forteresse commandée par le seigneur Mōri Katsunobu d'Iki. Depuis lors, reconstruit et agrandi, le château avait un nouveau seigneur. Ses tours et ses murailles d'un blanc éclatant témoignaient de la grande puissance et de la dignité de la Maison de Hosokawa, avec à sa tête, maintenant, Tadatoshi, lequel avait succédé à son père, Tadaoki.
Depuis l'arrivée récente de Kojirō, le style Ganryū, développé à partir de ce qu'il avait appris de Toda Seigen et de Kanemaki Jisai, s'était répandu dans tout Kyushu. Certains hommes venaient même de Shikoku étudier sous sa direction dans l'espoir qu'après un ou deux ans d'entraînement, ils se ver-

raient décerner un certificat les autorisant à retourner chez eux enseigner ce nouveau style.

Kojirō jouissait de l'estime de son entourage, y compris de Tadatoshi que l'on avait entendu remarquer avec satisfaction : « J'ai découvert un très bon homme d'épée. » Dans toute la Maison Hosokawa, on s'accordait sur le fait que Kojirō était un « caractère ». Et lorsqu'il se déplaçait entre son domicile et le château, il le faisait en grande pompe, escorté de sept lanciers. Les gens se détournaient de leur chemin pour s'approcher de lui et lui rendre hommage.

Jusqu'à sa venue, Ujiie Magoshirō, qui pratiquait le style Shinkage, avait été le principal instructeur du clan ; mais son étoile pâlit rapidement à mesure que celle de Kojirō devenait plus brillante. Ce dernier ne manquait pas de lui décerner des éloges. Au seigneur Tadatoshi, il avait déclaré : « Vous ne devez pas laisser partir Ujiie. Bien que son style ne soit pas spectaculaire, il présente une certaine maturité qui nous manque, à nous autres, jeunes. » Il suggéra que lui et Magoshirō donneraient des leçons dans le dōjō du château chacun un jour sur deux, ce qui fut mis en pratique sans tarder.

A un certain moment, Tadatoshi déclara : « Kojirō dit que la méthode de Magoshirō n'est pas spectaculaire mais empreinte de maturité. Magoshirō dit que Kojirō est un génie avec lequel il ne saurait croiser le fer. Lequel des deux a raison ? J'aimerais voir une démonstration. » Les deux hommes acceptèrent bientôt de s'affronter au sabre de bois en présence de Sa Seigneurie. A la première occasion, Kojirō rejeta son arme et, s'asseyant aux pieds de son adversaire, déclara :

– Je ne suis pas digne de vous. Pardonnez ma présomption.

– Ne soyez pas modeste, répondit Magoshirō. C'est moi qui ne suis pas un adversaire digne de vous.

Les témoins étaient divisés sur la question de

savoir si Kojirō agissait ainsi par pitié ou par intérêt personnel. En tout cas, sa réputation s'en accrut davantage encore.

Si Kojirō conservait envers Magoshirō une attitude charitable, chaque fois que quelqu'un citait favorablement la renommée grandissante de Musashi à Edo et à Kyoto, il était prompt à le remettre à sa place :

« Musashi ? disait-il avec dédain. Oh ! il a eu l'astuce de se faire un certain nom. Il parle de son style à deux sabres, à ce que j'ai entendu dire. Il a toujours possédé une certaine habileté naturelle. Je doute qu'il y ait personne, à Kyoto et Osaka, qui soit capable de le vaincre. » Il faisait toujours comme s'il se retenait d'en dire davantage. Un homme de guerre expérimenté, en visite chez Kojirō, déclara un jour :

– Je n'ai jamais rencontré l'homme, mais on assure que ce Miyamoto Musashi est le plus grand homme d'épée depuis Kōizumi et Tsukahara, à l'exception de Yagyū Sekishūsai, bien sûr. Tout le monde estime que s'il n'est pas le plus grand homme d'épée, il a du moins atteint le niveau d'un maître.

Kojirō se mit à rire et son visage s'empourpra.

– Eh bien, les gens sont aveugles, dit-il d'un ton mordant. Cela vous montre uniquement à quel point l'Art de la guerre a décliné, tant en ce qui concerne le style que la conduite personnelle. Nous vivons à une époque où un habile quêteur de publicité peut faire la loi, du moins aux yeux des gens du commun... Inutile d'ajouter que je considère les choses différemment. J'ai vu Musashi tâcher de se faire valoir à Kyoto, voilà quelques années. Il a donné une exhibition de sa brutalité et de sa couardise au cours de son combat contre l'école Yoshioka, à Ichijōji. Couardise n'est pas un mot assez bas pour ses pareils. Soit, ses adversaires étaient supérieurs en nombre, mais qu'a-t-il fait ? Il a tourné les talons à la première occasion. Etant donné son passé et son ambition outrecuidante, je le considère comme un être méprisable... Ha ! ha ! Si un homme qui passe sa vie à étudier l'Art de la guerre est un expert, alors, Musashi doit être un expert en effet. Mais un maître du sabre... sûrement pas.

De toute évidence, il considérait l'éloge de Musashi comme un affront personnel ; pourtant, son insistance à gagner à son point de vue tout le monde et n'importe qui était si véhémente que même ses plus fervents admirateurs commencèrent à se poser des questions. Finalement, le bruit se répandit qu'il y avait une longue inimitié entre Musashi et Kojirō. Les rumeurs d'affrontement se mirent à circuler.

Ce fut sur l'ordre du seigneur Tadatoshi que Kojirō finit par lancer un défi. Au cours des mois qui s'étaient écoulés depuis, tout le fief Hosokawa avait bourdonné de spéculations quant à la date où le combat aurait lieu et quant à son issue.

Iwama Kakubei, maintenant assez âgé, venait voir Kojirō matin et soir, à la moindre occasion. Un soir, au début du quatrième mois, alors que même les fleurs doubles des cerisiers roses étaient tombées, Kakubei traversa le jardin de Kojirō, dépassant les azalées rouge vif qui fleurissaient à l'abri des rocailles. On l'introduisit dans une chambre intérieure, éclairée uniquement par la lumière déclinante du soleil couchant.

– Ah ! maître Iwama, quel plaisir de vous voir ! dit Kojirō debout sur le seuil, en train de nourrir le faucon qu'il tenait sur son poing.

– J'ai des nouvelles pour vous, dit Kakubei sans s'asseoir. Aujourd'hui, en présence de Sa Seigneurie, le conseil du clan a discuté du lieu du combat, et il est parvenu à une décision.

– Prenez un siège, dit un serviteur de la pièce voisine.

Avec un simple grognement en guise de remerciement, Kakubei s'assit et poursuivit :

– Un certain nombre d'emplacements ont été proposés, dont Kikunonagahama et la berge de la rivière Murasaki, mais on les a tous rejetés parce qu'ils étaient trop petits ou trop accessibles au public. Nous pourrions élever une clôture en bambou, bien sûr ; pourtant, même cela n'empêcherait pas la berge d'être envahie par une foule en quête de sensations.

– Je vois, répondit Kojirō qui regardait toujours attentivement les yeux et le bec du faucon.

Kakubei, qui s'attendait à ce que son rapport fît plus d'effet, en fut tout déconfit. Contrairement aux usages de la part d'un invité, il dit :

– Entrez donc. Il est impossible de parler de cette affaire si vous restez dehors.

– Une minute, dit Kojirō, désinvolte. Je veux finir de nourrir cet oiseau.

– C'est le faucon que le seigneur Tadatoshi vous a donné après que vous êtes allés chasser ensemble, l'automne dernier, n'est-ce pas ?

– Oui. Il s'appelle Amayumi. Plus je m'habitue à lui, plus il me plaît.

Il jeta le reste de la nourriture et, enroulant le cordon à pompon rouge attaché au cou de l'oiseau, dit au jeune serviteur qui se tenait derrière lui :

– ... Tiens, Tatsunosuke... remets-le dans sa cage.

L'oiseau passa d'un poing à l'autre et Tatsunosuke traversa le spacieux jardin. Au-delà de l'habituelle butte artificielle s'étendait une petite pinède, bordée de l'autre côté par une clôture. La propriété longeait la rivière Itatsu ; beaucoup d'autres vassaux Hosokawa demeuraient dans le voisinage.

– Pardonnez-moi de vous faire attendre, dit Kojirō.

– Je vous en prie. Je ne suis pas véritablement un étranger. Quand je viens ici, j'ai l'impression d'être chez mon fils.

Une jeune femme d'une vingtaine d'années entra

et versa gracieusement le thé. Jetant un coup d'œil au visiteur, elle l'invita à en prendre une tasse. Kakubei hocha la tête avec admiration :

– Je suis content de vous voir, Omitsu. Vous êtes toujours si jolie !

Elle rougit jusqu'à son col de kimono.

– Et vous, vous vous moquez toujours de moi, répliqua-t-elle avant de se glisser rapidement hors de la pièce.

– Vous déclarez que plus vous vous habituez à votre faucon, plus vous l'aimez, dit Kakubei. Et Omitsu ? Ne pensez-vous pas qu'il serait préférable d'avoir à vos côtés une femme et non un oiseau de proie ? Voilà longtemps que je me propose de vous interroger sur vos intentions à son sujet.

– Ne serait-elle pas allée en secret chez vous, par hasard ?

– J'avoue qu'elle est venue me parler.

– La sotte ! Elle ne m'en a pas soufflé mot, dit-il en jetant au shoji blanc un regard de colère.

– N'en soyez pas troublé. Elle n'a aucune raison de ne pas venir.

Il attendit que les yeux de Kojirō se fussent un peu radoucis puis reprit :

– ... Pour une femme, s'inquiéter n'est que trop naturel. Je ne crois pas qu'elle doute de votre affection pour elle mais, à sa place, n'importe qui s'inquiéterait de l'avenir. Je veux dire : que va-t-il advenir d'elle ?

– Je suppose qu'elle vous a tout dit.

– Pourquoi ne l'aurait-elle pas fait ? Entre un homme et une femme, c'est la chose la plus ordinaire du monde. Un de ces jours, vous désirerez vous marier. Vous avez cette grande maison et tous ces domestiques. Qu'est-ce qui vous en empêche ?

– Imaginez ce que l'on dirait si j'épousais une fille que j'aurais eue chez moi comme servante ?

– La belle affaire, en vérité ! Vous ne pouvez pas la rejeter maintenant. Si elle n'était pas un parti convenable pour vous, cela risquerait d'être gênant, mais elle est d'un bon sang, n'est-ce pas ? On me dit qu'elle est la nièce d'Ono Tadaaki.

– C'est exact.

– Et vous l'avez rencontrée lorsque vous êtes allé au dōjō de Tadaaki lui ouvrir les yeux sur le triste état dans lequel se trouvait son école d'escrime.

– Oui. Je n'en suis pas fier mais je ne puis le cacher à quelqu'un d'aussi proche de moi que vous l'êtes. J'avais l'intention de vous raconter un jour ou l'autre toute cette histoire... Ainsi que vous le dites, cela s'est produit après mon combat avec Tadaaki. Quand je me suis mis en route pour rentrer chez moi, il faisait déjà sombre, et Omitsu – elle habitait alors chez son oncle – a apporté une petite lanterne pour me raccompagner au bas de la pente de Saikachi. Sans y accorder d'importance, je lui ai fait la cour en chemin, mais elle m'a pris au sérieux. Après la disparition de Tadaaki, elle est venue me voir et...

A présent, c'était au tour de Kakubei d'être gêné. Il agita la main pour signifier à son protégé qu'il en avait entendu assez. En réalité, il ne savait que depuis très peu de temps que Kojirō avait recueilli la jeune fille avant de quitter Edo pour Kokura. Il s'étonnait non seulement de sa propre naïveté mais aussi de l'adresse de Kojirō à séduire une femme, à engager une liaison avec elle et à garder toute l'affaire secrète.

– Remettez-vous-en à moi pour tout, dit-il. Pour le moment, il serait peu séant de votre part d'annoncer votre mariage. Chaque chose en son temps. Cela peut se faire après votre combat.

Pareil à tant d'autres, il avait confiance : la justification définitive de la renommée et du rang de Kojirō aurait lieu dans les jours qui suivraient. Se rappelant l'objet de sa visite, Kakubei continua :

– ... Je vous l'ai dit, le conseil a décidé du lieu du combat. Un impératif était qu'il se déroulât à l'intérieur du domaine du seigneur Tadatoshi, mais en un lieu où la foule ne pût accéder facilement ; il a donc été convenu qu'une île serait l'idéal. On a choisi une petite île appelée Funashima, entre Shimonoseki et Moji.

Il resta songeur pendant quelques instants puis reprit :

– ... Je me demande s'il ne serait pas sage d'examiner les lieux avant l'arrivée de Musashi. Cela vous conférerait peut-être un certain avantage.

Il raisonnait ainsi : connaître la disposition du terrain donnerait à un homme d'épée une idée de la façon dont le combat se déroulerait, dont il convenait de serrer les cordons de ses sandales, et de faire usage de la position du soleil. A tout le moins, Kojirō éprouverait un sentiment de sécurité, ce qui ne saurait être le cas s'il découvrait l'endroit pour la première fois en même temps que son adversaire. Kakubei proposait de louer un bateau de pêche pour aller avec Kojirō reconnaître Funashima le lendemain. Kojirō ne fut pas d'accord :

– Tout le but de l'Art de la guerre est d'être assez prompt pour saisir une occasion. Même lorsqu'un homme prend des précautions, il advient souvent que son adversaire les prévoie et trouve moyen de les déjouer. Il vaut beaucoup mieux aborder la situation avec un esprit ouvert et agir en toute liberté.

Comprenant la logique de cet argument, Kakubei ne parla plus de se rendre à Funashima.

Convoquée par Kojirō, Omitsu leur servit du saké ; les deux hommes burent et bavardèrent jusque tard dans la soirée. D'après la façon détendue dont Kakubei sirotait son saké, il était évident qu'il était content de vivre et qu'il estimait que ses efforts pour aider Kojirō se trouvaient récompensés. Pareil à un père fier de son fils, il déclara :

– Je crois que nous pouvons informer Omitsu. Quand cette affaire sera terminée, nous pourrons inviter ici ses parents et amis à la cérémonie de mariage. Il est bel et bon de vous consacrer à votre épée, mais vous devez aussi fonder une famille en vue de perpétuer votre nom. Quand vous serez marié, j'aurai le sentiment d'avoir accompli mon devoir envers vous.

A la différence du joyeux vieux vassal aux nombreuses années de service, Kojirō ne manifestait aucun signe d'ébriété. Mais de toute manière, ces jours-là, il était enclin au silence. Une fois que l'on se fut décidé sur le combat, Kakubei avait suggéré – et Tadatoshi avait accepté – de décharger Kojirō de ses fonctions. D'abord, il avait joui de ces loisirs inhabituels mais, à mesure qu'approchait la date et que des gens de plus en plus nombreux venaient le voir, il se sentait obligé de les recevoir. Ces temps derniers, les moments où il pouvait se reposer s'étaient faits rares. Pourtant, il répugnait à se claquemurer et à faire interdire sa porte. S'il agissait ainsi, les gens croiraient qu'il avait perdu son sang-froid.

L'idée lui vint d'aller chaque jour en promenade dans la campagne, son faucon au poing. Par beau temps, parcourir les champs et les collines avec ce seul oiseau pour compagnon lui faisait du bien à l'esprit.

Quand les vifs yeux d'azur du faucon repéraient dans le ciel une victime, Kojirō le lâchait. Alors, ses propres yeux, non moins vifs, le suivaient tandis qu'il s'élevait pour fondre sur sa proie. Jusqu'à ce que les plumes se missent à pleuvoir, il retenait son souffle, pétrifié, comme si lui-même eût été le faucon.

– Ah ! Voilà qui est bien ! s'exclamait-il au moment où le faucon tuait.

L'oiseau de proie lui avait beaucoup appris. Au retour de ces parties de chasse, le visage de Kojirō exprimait chaque jour une plus grande confiance.

Le soir, en rentrant chez lui, il était accueilli par les yeux d'Omitsu, gonflés de larmes. Les efforts qu'elle faisait pour se cacher le blessaient. Selon lui, être vaincu par Musashi était inconcevable. Néanmoins, la question de savoir ce qu'il adviendrait de la jeune fille s'il était tué s'insinuait dans son esprit malgré lui.

Il en allait de même pour l'image de sa mère morte, à laquelle il n'avait pas accordé une seule pensée depuis des années. Chaque soir, en s'endormant, il avait la vision des yeux d'azur du faucon et des yeux gonflés d'Omitsu, étrangement mêlée au souvenir fugace du visage de sa mère.

Avant le treizième jour

Shimonoseki, Moji, la ville où était le château de Kokura... depuis plusieurs jours, bien des voyageurs étaient arrivés mais peu étaient repartis. Toutes les auberges regorgeaient de monde et les chevaux s'alignaient devant, côte à côte, attachés aux poteaux.

L'ordre édicté par le château déclarait :

Le treizième jour de ce mois, à huit heures du matin, à Funashima dans le détroit de Nagato de Buzen, Sasaki Kojirō Ganryū, un samouraï de ce fief, disputera sur l'ordre de Sa Seigneurie un combat avec Miyamoto Musashi Masana, rōnin de la province de Mimasaka.

Il est formellement interdit aux partisans de l'un et l'autre homme d'épée de se porter à son aide ou de s'avancer sur les eaux qui séparent la côte de Funashima. Jusqu'à dix heures, au matin du treize, aucun bateau de promeneurs, de voyageurs ou de pêcheurs ne sera autorisé à pénétrer dans le détroit.

Quatrième mois [1612].

Cette annonce fut placardée bien en vue à tous les principaux carrefours, quais et lieux de rassemblement.

– Le treize ? C'est bien après-demain ?

– Des gens de partout voudront voir le combat pour en parler de retour chez eux.

– Bien sûr, mais comment verra-t-on un combat qui a lieu sur une île située à trois kilomètres de la côte ?

– Eh bien, en montant au sommet du mont Kazashi, on peut distinguer les pins sur Funashima. Les gens viendront de toute manière lorgner les bateaux et les foules de Buzen et de Nagato.

– J'espère que le temps restera beau.

A cause des restrictions apportées aux activités maritimes, les loueurs de bateaux faisaient de mauvaises affaires. Pourtant, voyageurs et gens de la ville s'en accommodaient et recherchaient activement les positions avantageuses d'où ils pourraient avoir un aperçu des événements passionnants de Funashima.

Le onze, vers midi, une femme qui donnait le sein à son bébé marchait de long en large devant une gargote à plat unique, là où la route de Moji entrait à Kokura. Le bébé, fatigué du voyage, pleurait sans cesse.

– Tu as sommeil ? Allons, fais donc un petit somme. Là, là... Dors, dors.

Akemi ne portait aucun maquillage. Avec un bébé à élever, sa vie avait considérablement changé ; mais elle ne regrettait rien.

Matahachi sortit de la boutique, vêtu d'un kimono sans manches d'une teinte discrète. L'unique allusion à l'époque où il avait aspiré à devenir prêtre était le foulard qu'il portait sur la tête afin de cacher son crâne autrefois rasé.

– Allons, allons ! s'écria-t-il. Encore en train de pleurer ? Tu dois dormir. Va, Akemi. Je le prendrai pendant que tu mangeras. Mange beaucoup pour avoir beaucoup de lait.

Prenant l'enfant dans ses bras, il se mit à lui chantonner une douce berceuse.

– Eh bien, en voilà une surprise ! fit une voix derrière eux.

– Quoi ? fit Matahachi en regardant l'homme, incapable de le situer.

– Je suis Ichinomiya Gempachi. Nous nous sommes rencontrés, voilà plusieurs années, à la forêt de pins proche de l'avenue Gojō, à Kyoto. Vous ne vous souvenez donc pas de moi ?

Matahachi continuait à regarder l'homme sans comprendre ; Gempachi reprit :

– ... Vous vous faisiez partout passer pour Sasaki Kojirō.

– Oh ! s'écria Matahachi, le souffle coupé. Le moine au gourdin...

– Voilà. Je suis content de vous revoir.

Matahachi se hâta de s'incliner, ce qui réveilla le bébé.

– Allons, ne recommence pas à pleurer, supplia-t-il.

– Je me demande, fit Gempachi, si vous pourriez me dire où se trouve la maison de Kojirō. Si je comprends bien, il habite ici, à Kokura.

– Je regrette, je n'en ai pas la moindre idée. Je viens moi-même d'arriver.

Deux serviteurs de samouraïs sortaient de la boutique ; l'un d'eux dit à Gempachi :

– Si vous cherchez la maison de Kojirō, elle est juste au bord de la rivière Itatsu. Nous vous montrerons le chemin, si vous voulez.

– C'est aimable à vous. Au revoir, Matahachi. A un de ces jours.

Les samouraïs s'éloignèrent et Gempachi leur emboîta le pas. Matahachi remarqua la boue et la saleté accrochées aux vêtements de l'homme et se dit : Je me demande s'il a fait tout le chemin depuis Kōzuke.

Que la nouvelle du combat se fût répandue jusqu'à des villages aussi éloignés l'impressionnait fort.

Le souvenir de sa rencontre avec Gempachi lui traversa l'esprit et il frémit. Qu'il était donc minable, superficiel et sans vergogne à cette époque ! Penser qu'il avait eu le front d'essayer de faire passer pour sien le certificat de l'école Chūjō, de jouer le rôle de... Pourtant, qu'il pût comprendre aujourd'hui combien il avait été grossier autrefois constituait un signe encourageant. Du moins avait-il changé depuis lors. Même un idiot tel que moi peut s'améliorer s'il reste vigilant et s'il essaie de se transformer, pensa-t-il.

Comme le bébé pleurait de nouveau, Akemi abrégea son repas et ressortit en toute hâte :

– Allez, dit-elle. Je le prends à mon tour.

Après avoir installé le bébé sur le dos d'Akemi, Matahachi suspendit à son épaule une boîte de colporteur de bonbons et ils se disposèrent à partir. Un certain nombre de passants considéraient avec envie ce couple pauvre mais heureux, à l'évidence.

Une dame d'un certain âge, à l'aspect distingué, s'approcha et dit :

– Quel joli bébé ! Quel âge a-t-il ? Oh ! Voyez donc comme il rit.

Obéissant, le serviteur qui l'accompagnait se baissa pour examiner le visage de l'enfant. Tout quatre firent ensemble un bout de chemin. Puis, comme Matahachi et Akemi s'engageaient dans une rue latérale en quête d'une auberge, la femme reprit :

– ... Ah ! vous allez par là ?

Elle leur dit au revoir et, comme se ravisant, demanda :

– ... Il semble que vous soyez des voyageurs, vous aussi, mais sauriez-vous par hasard où se trouve la maison de Sasaki Kojirō ?

Matahachi lui fournit le renseignement qu'il avait appris des deux serviteurs. Tout en la regardant s'éloigner, il murmura d'un air sombre :

– Je me demande ce que devient ma mère.

Maintenant qu'il avait un enfant à lui, il commençait à comprendre ce qu'elle éprouvait.

– Allons, viens, dit Akemi.

Matahachi restait planté là, à regarder la vieille femme d'un air absent. Elle avait à peu près le même âge qu'Osugi.

La maison de Kojirō était pleine de visiteurs.

– Pour lui, c'est une grande chance.

– Oui, cela va asseoir une fois pour toutes sa réputation.

– Il sera connu partout.

– Certes, mais il ne faut pas oublier qui est son adversaire. Ganryū devra être très prudent.

Beaucoup étaient arrivés la veille au soir ; les visiteurs affluaient dans le grand hall d'entrée, dans les antichambres latérales et dans les galeries extérieures. Certains venaient de Kyoto ou d'Osaka, d'autres de l'ouest de Honshu, l'un d'eux du village de Jōkyōji dans la lointaine province d'Echizen. La maisonnée ne comportant pas assez de serviteurs, Kakubei avait envoyé quelques-uns des siens. Des samouraïs, élèves de Kojirō, allaient et venaient, la mine excitée par l'attente.

Tous ces amis, tous ces disciples présentaient un point commun : qu'ils connussent ou non Musashi, il était l'ennemi. Les samouraïs provinciaux qui, à telle ou telle époque, avaient étudié les méthodes de l'école Yoshioka, manifestaient une haine particulièrement virulente. L'humiliation de la défaite d'Ichijōji leur rongeait l'esprit et le cœur. De plus, l'exclusive détermination avec laquelle Musashi avait mené sa carrière lui avait fait de nombreux ennemis. Les élèves de Kojirō le méprisaient tout naturellement.

Un jeune samouraï amena un récent arrivant du hall d'entrée dans le salon plein de monde, et annonça :

– Cet homme a fait le voyage de Kōzuke.

– Je m'appelle Ichinomiya Gempachi, dit l'homme, qui prit modestement place parmi eux.

Un murmure d'admiration et de respect fit le tour de la pièce : Kōzuke se trouvait à quinze cents kilomètres au nord-est. Gempachi demanda qu'un talisman qu'il avait apporté du mont Hakuun fût placé sur l'autel domestique, ce qui redoubla les murmures d'approbation.

– Il fera beau le treize, remarqua un homme en jetant un coup d'œil à l'ardent soleil du soir, sous l'auvent. Aujourd'hui c'est le onze, demain le douze, après-demain...

Un visiteur dit à Gempachi :

– A mon avis, que vous soyez venu d'aussi loin prononcer une prière pour la réussite de Kojirō est très remarquable. Avez-vous des liens avec lui ?

– Je suis un vassal de la Maison de Kusanagi à Shimonida. Feu mon maître, Kusanagi Tenki, était le neveu de Kanemaki Jisai. Tenki connaissait Kojirō alors que celui-ci était encore enfant.

– Je savais que Kojirō avait été l'élève de Jisai.

– C'est exact. Kojirō venait de la même école qu'Ittō Ittōsai. J'ai entendu Ittōsai déclarer à maintes reprises que Kojirō se battait brillamment.

Ensuite, il raconta comment Kojirō avait choisi de rejeter le certificat de Jisai pour créer son propre style. Il dit aussi combien Kojirō avait été tenace, même enfant. Donnant des réponses détaillées à des questions pleines de curiosité, Gempachi parla sans fin.

– Ganryū *Sensei* n'est pas là ? demanda un jeune serviteur en se glissant à travers la foule.

Comme il ne le voyait pas, il passa de chambre en chambre. Il grommelait tout seul quand il découvrit Omitsu qui faisait le ménage de la chambre de Kojirō.

– Si tu cherches le maître, dit-elle, tu le trouveras près de la cage du faucon.

Dans la cage, Kojirō scrutait les yeux d'Amayumi. Il avait nourri l'oiseau, l'avait débarrassé de ses plumes tombées, l'avait tenu un moment sur son poing et, à présent, il le caressait affectueusement.

– *Sensei*...

– Oui ?

– Il y a une femme qui dit venir vous voir d'Iwakuni. Elle ajoute que vous la reconnaîtrez en la voyant.

– Hum... C'est peut-être la sœur cadette de ma mère.

– Quelle chambre dois-je lui donner ?

– Je ne veux pas la voir. Je ne veux voir personne... Ah ! pourtant je devrais. C'est ma tante. Conduis-la dans ma chambre.

L'homme s'éloigna et Kojirō appela par la porte :

– ... Tatsunosuke !

– Oui, monsieur.

Tatsunosuke entra dans la cage et se mit sur un genou derrière Kojirō. Elève à demeure, il s'éloignait rarement de son maître.

– Il n'y a plus longtemps à attendre, n'est-ce pas ? dit Kojirō.

– Non, monsieur.

– Demain, j'irai au château saluer le seigneur Tadatoshi. Je ne l'ai pas vu, ces temps-ci. Après quoi, je veux passer une nuit tranquille.

– Il y a tous ces visiteurs. Pourquoi ne refusez-vous pas de les voir, de manière à bien vous reposer ?

– C'est bien là ce que j'ai l'intention de faire.

– Il y a tant de gens par ici que vous risqueriez d'être vaincu par vos propres partisans.

– Ne parle pas ainsi. Ils affluent de partout... Ma victoire ou ma défaite dépendent de ce qui se passera au moment fixé. Ce n'est pas entièrement une affaire de destinée, et pourtant... Ainsi en va-t-il des guerriers ; quelquefois ils gagnent, quelquefois ils perdent. Si Ganryū meurt, tu trouveras dans mon écritoire deux testaments. Donne l'un d'eux à Kakubei, et l'autre à Omitsu.

– Vous avez rédigé un testament ?

– Oui. Il convient à un samouraï de prendre cette précaution. Autre chose : le jour du combat, j'ai droit à un serviteur. Je veux que tu m'accompagnes. Viendras-tu ?

– C'est un honneur que je ne mérite pas.

– Amayumi aussi, ajouta-t-il en regardant le faucon. Pour moi, sur le bateau, ce sera un réconfort.

– Je comprends parfaitement.

– Maintenant, je vais voir ma tante.

Il la trouva assise dans sa chambre. Au-dehors, les nuages du soir avaient noirci comme de l'acier nouvellement forgé qui vient de refroidir. La lumière d'une chandelle éclairait la pièce.

– ... Merci d'être venue, dit-il en faisant montre d'un profond respect.

Après la mort de sa mère, sa tante l'avait élevé. A la différence de sa mère, elle ne l'avait pas gâté le moins du monde. Consciente de ses devoirs envers sa sœur aînée, elle s'était uniquement efforcée de faire de lui un digne successeur de la lignée Sasaki, et un homme remarquable en soi. Parmi tous ses parents, elle était celle qui avait prêté le plus d'attention à sa carrière et à son avenir.

– Kojirō, commença-t-elle avec solennité, il me semble que tu vas affronter l'un des moments décisifs de ta vie. Tout le monde en parle au pays, et j'ai pensé qu'il me fallait te voir au moins encore une fois. Je suis heureuse de constater que tu es arrivé aussi haut.

En silence, elle comparait le digne et riche samouraï qui se tenait devant elle avec l'adolescent qui avait quitté son foyer avec sa seule épée. La tête encore inclinée, Kojirō répondit :

– Tant d'années se sont écoulées depuis que nous ne nous sommes vus ! J'espère que vous me pardonnerez de ne pas vous avoir donné de nouvelles. J'ignore si l'on considère ou non que j'ai réussi, mais je n'ai nullement accompli tout ce que j'avais résolu d'accomplir. Voilà pourquoi je ne vous ai pas écrit.

– Peu importe. J'ai sans arrêt de tes nouvelles.

– Même à Iwakuni ?

– Mais oui. Là-bas, tout le monde a pris ton parti. Si tu devais être vaincu par Musashi, toute la famille Sasaki – toute la province – serait couverte de honte. Le seigneur Katayama Hisayasu de Hōki, lequel est l'hôte du fief de Kikkawa, se propose d'amener un groupe nombreux de samouraïs d'Iwakuni pour voir le combat.

– Vraiment ?

– Oui. Ils seront affreusement déçus, j'imagine, du fait qu'aucun bateau ne sera autorisé à sortir... Ah ! j'oubliais. Tiens, je t'ai apporté ceci.

Elle ouvrit un petit paquet dont elle tira un sous-vêtement plié. Il était en coton blanc ; dessus se trouvaient inscrits les noms du dieu de la guerre et d'une déesse protectrice adorée des guerriers. Un charme sanscrit avait été brodé sur les deux manches par cent femmes favorables à Kojirō. Il la remercia et tint le vêtement devant son front en signe de révérence. Puis il déclara :

– Vous devez être fatiguée par votre voyage. Vous pouvez rester ici, dans cette chambre, et vous coucher quand vous le désirerez. Maintenant, je vous prie de m'excuser.

Il la quitta pour aller s'asseoir dans une autre pièce où des invités vinrent bientôt lui offrir toute une variété de cadeaux : un charme sacré provenant du sanctuaire de Hachiman, sur le mont Otoko, une cotte de mailles, une énorme brème, un tonneau de saké. Bientôt, il n'y eut plus un pouce de libre où s'asseoir.

Ces amis priaient sincèrement pour sa victoire ; il était non moins vrai que huit sur dix d'entre eux, ne doutant pas qu'il gagnerait, s'insinuaient dans ses bonnes grâces avec l'espoir de favoriser leurs propres ambitions par la suite.

Et si j'étais un rōnin ? songeait Kojirō.

Bien que cette flagornerie le déprimât, il trouvait satisfaction dans le fait que c'était lui et nul autre qui avait amené ses partisans à croire en lui.

Je dois gagner. Je le dois, je le dois, se disait-il en silence.

L'idée de la victoire était pour lui un fardeau psychologique. Il s'en rendait compte, mais n'y pouvait rien.

Gagner, gagner, gagner...

Comme une vague poussée par le vent, ce mot ne cessait de se répéter quelque part dans son esprit. Même Kojirō ne pouvait comprendre pourquoi le primitif besoin de vaincre lui battait le cerveau avec une telle persistance.

La nuit s'avançait, mais bon nombre de visiteurs restaient à boire et à causer. Il était fort tard quand parvint la nouvelle :

– Musashi est arrivé aujourd'hui. On l'a vu débarquer à Moji et, plus tard, marcher dans la rue à Kokura.

A l'aube

Musashi arriva à Shimonoseki avec plusieurs jours d'avance. Comme il n'y connaissait personne et que nul ne l'y connaissait, il passa tranquillement son temps, sans être gêné par les flatteurs et les fâcheux.

Le matin du onze, il traversa le détroit de Kammon jusqu'à Moji pour aller voir Nagaoka Sado, et confirmer qu'il acceptait l'heure et le lieu du combat. Un samouraï le reçut dans l'antichambre, le dévisageant sans vergogne et songeant : Voilà donc le célèbre Miyamoto Musashi !

Mais, tout haut, le jeune homme se contenta de déclarer :

– Mon maître est encore au château ; pourtant, il devrait rentrer bientôt. Je vous en prie, entrez l'attendre.

– Non, merci ; je n'ai rien d'autre à lui dire. Si vous aviez seulement l'amabilité de lui transmettre mon message...

– Mais vous avez fait tout ce chemin ! Il sera déçu de vous avoir manqué. S'il faut vraiment que vous partiez, je vous en prie, laissez-moi du moins dire aux autres que vous êtes là.

A peine avait-il disparu dans la maison que Iori accourait dans les bras de Musashi.

– *Sensei !*

Musashi lui tapota la tête.

– As-tu bien étudié ?

– Oui, monsieur.

– Que tu as grandi !

– Saviez-vous que j'étais ici ?

– Oui ; Sado me l'a écrit. J'ai eu aussi de tes nouvelles chez Kobayashi Tarōzaemon, à Sakai. Je suis content que tu sois ici. Habiter une maison comme celle-ci te fera du bien.

L'air déçu, Iori se taisait.

– ... Qu'as-tu ? demanda Musashi. N'oublie pas que Sado a été très bon pour toi.

– Oui, monsieur.

– Tu dois faire plus que pratiquer les arts martiaux, tu sais. Il faut apprendre dans les livres. Et bien que tu doives être le premier à aider quand c'est nécessaire, essaie d'être plus modeste que les autres garçons.

– Oui, monsieur.

– Et ne tombe pas dans le piège qui consiste à t'apitoyer sur toi-même. C'est le cas de nombreux garçons comme toi qui ont perdu un père ou une mère.

– Oui, monsieur.

– Tu es intelligent, Iori, mais attention. Ne laisse pas la rudesse de ton éducation prendre le dessus. Tiens-toi serré. Tu es encore un enfant ; tu as devant toi une longue existence. Protège-la bien. Epargne-la jusqu'à ce que tu puisses la donner pour une cause vraiment noble : pour ton pays, ton honneur, la Voie du samouraï. Cramponne-toi à ta vie ; rends-la honnête et courageuse.

Iori avait le sentiment désolant qu'il s'agissait d'une séparation, d'un adieu définitif. Son intuition le lui eût probablement soufflé même si Musashi n'avait pas traité de sujets aussi graves ; mais le mot « vie » ne laissait guère de doute. A peine Musashi l'eut-il prononcé que Iori enfouit la tête contre sa poitrine. L'enfant sanglotait sans pouvoir se maîtriser. Musashi s'aperçut alors que Iori était fort bien tenu – ses cheveux bien peignés et attachés, ses chaussettes d'une blancheur immaculée –, et il regretta son sermon.

– ... Ne pleure pas, dit-il.

– Mais si vous...

– Cesse tes jérémiades. On va te voir.

– Vous... vous allez après-demain à Funashima ?

– Oui, il le faut.

– Gagnez, je vous en prie, gagnez. Je ne peux supporter la pensée de ne plus vous revoir.

– Ha ! ha ! C'est donc à cause de cela que tu pleures ?

– Il y a des gens qui disent que vous ne pouvez pas battre Kojirō... et que vous n'auriez pas dû accepter le combat.

– Ça ne me surprend pas. C'est ce qu'on dit toujours.

– Mais vous pouvez gagner, n'est-ce pas, *Sensei* ?

– Je ne perdrai même pas mon temps à me poser la question.

– Vous voulez dire que vous êtes sûr que vous gagnerez ?

– Même si je perds, je promets de le faire bravement.

– Mais si vous pensez que vous risquez de perdre, ne pourriez-vous partir quelque part un moment ?

– Il y a toujours une once de vérité dans le pire des commérages, Iori. J'ai peut-être commis une erreur mais, au point où nous en sommes, fuir serait renoncer à la Voie du samouraï. Cela attirerait le déshonneur non seulement sur moi mais sur beaucoup d'autres encore.

– Pourtant, ne disiez-vous pas que je devais me cramponner à ma vie et la préserver avec soin ?

– Si, je l'ai dit, et si l'on m'enterre à Funashima, que cela te serve de leçon : évite de te mêler de combats qui risquent de te faire gaspiller ta vie.

Sentant qu'il allait trop loin, il changea de sujet :

– ... J'ai déjà demandé que l'on transmette à Nagaoka Sado mes respects. Je veux que tu les lui exprimes aussi, et dis-lui que je le verrai à Funashima.

Musashi se dégagea doucement. Tandis qu'il se dirigeait vers le portail, Iori tenait une main crispée sur son chapeau de vannerie pour s'empêcher de s'élancer à sa suite.

– Non... attendez... put-il seulement dire.

De son autre main, il se cacha le visage. Les sanglots lui secouaient les épaules. Nuinosuke entra par une porte qui s'ouvrait à côté du portail et se présenta à Musashi.

– Iori répugne à vous laisser partir et je le comprends. Je ne doute pas que vous ayez autre chose à faire, mais ne pourriez-vous passer ici une seule nuit ?

Musashi, lui rendant son salut, répondit :

– C'est aimable à vous de m'en prier, mais je ne crois pas devoir le faire. Après-demain, je dormirai peut-être pour de bon. Je ne pense pas qu'il serait bien de ma part de peser sur autrui maintenant. Par la suite, cela risquerait de se révéler une gêne.

– Voilà qui est fort délicat de votre part, mais je crains que le maître ne soit furieux contre nous de vous avoir laissé partir.

– Je lui enverrai un mot pour tout lui expliquer. Aujourd'hui, je suis seulement venu le saluer. Maintenant, il me faut partir.

Après avoir franchi le portail, il marcha vers la plage ; mais il n'avait pas fait la moitié du chemin quand il entendit des voix l'appeler dans son dos. Se retournant, il vit un petit groupe de samouraïs d'un certain âge, de la Maison de Hosokawa ; deux d'entre eux avaient les cheveux gris. Comme il n'en reconnaissait aucun, il crut que leurs cris s'adressaient à un autre et il continua sa route.

Arrivé au rivage, il se tint immobile à contempler la mer. Un certain nombre de bateaux de pêche étaient ancrés au large, leurs voiles roulées toutes grises dans la lumière brumeuse du début de soirée. Au-delà de la masse plus imposante de Hikojima, les contours de Funashima se devinaient à peine.

– Musashi !

– Vous êtes bien Miyamoto Musashi, n'est-ce pas ?

Musashi se tourna vers eux, se demandant ce que ces guerriers âgés pouvaient lui vouloir.

– Vous ne vous souvenez pas de nous, n'est-ce pas ? Rien d'étonnant à cela. Ça fait trop longtemps. Je m'appelle Utsumi Magobeinojō. Tous les six, nous sommes de Mimasaka. Nous étions au service de la Maison de Shimmen, au château de Takeyama.

– Moi, je suis Koyama Handayū. Magobeinojō et moi étions des amis intimes de votre père.

Musashi eut un large sourire.

– Eh bien, en voilà une surprise !

Leur accent traînant, sans conteste celui de son village natal, ressuscitait en foule ses souvenirs d'enfance. Après avoir salué chacun d'eux, il reprit :

– ... Je suis content de vous voir. Mais, dites-moi, comment se fait-il que vous soyez tous ici, ensemble, si loin de notre pays ?

– Eh bien, comme vous le savez, la Maison de Shimmen a été démantelée après la bataille de Sekigahara. Devenus des rōnins, nous avons fui à Kyushu et sommes venus ici, dans la province de Buzen. Un temps, pour vivre, nous avons tressé des semelles de chevaux en paille. Par la suite, nous avons eu un coup de chance.

– Vraiment ? Eh bien, je dois le dire, jamais je n'aurais pensé rencontrer des amis de mon père à Kokura.

– C'est aussi pour nous un plaisir inattendu. Vous êtes un samouraï de belle mine, Musashi. Dommage que votre père ne soit pas ici pour vous voir aujourd'hui.

Durant quelques minutes, ils commentèrent entre eux la belle prestance de Musashi. Puis Magobeinojō s'exclama :

– Quel âne je suis ! J'oubliais pourquoi nous vous cherchions. Nous vous avons manqué chez Sado. Nous avions l'intention de passer une soirée avec vous. Tout a été arrangé avec Sado.

Handayū fit chorus :

– C'est vrai. C'était bien rude de votre part d'aller jusqu'à la porte d'entrée et de repartir sans avoir vu Sado ; vous êtes le fils de Shimmen Munisai. Vous ne devriez pas faire des choses pareilles. Allons, revenez avec nous.

Il jugeait que le fait d'avoir été un ami du père de Musashi l'autorisait à donner des ordres à son fils. Sans attendre de réponse, il commença à s'éloigner, escomptant que Musashi le suivrait. Le jeune homme, qui se disposait à les accompagner, s'arrêta.

– Je regrette, dit-il. Je ne crois pas devoir y aller. Excusez-moi d'être aussi grossier, mais je pense qu'il serait mal de ma part de me joindre à vous.

Tout le monde fit halte et Magobeinojō s'écria :

– Mal ? Que peut-il y avoir de mal à cela ? Nous voulons vous recevoir comme il convient : ne sommes-nous pas du même village ?

– Sado s'en réjouit d'avance, lui aussi. Vous ne voudriez pas l'offenser, n'est-ce pas ?

Magobeinojō, d'un ton froissé, ajouta :

– Qu'y a-t-il ? Avez-vous quelque raison de nous en vouloir ?

– J'aimerais y aller, dit Musashi poliment, mais il y a d'autres questions à envisager. Ce n'est sans doute qu'une rumeur, mais j'ai entendu dire que mon combat avec Kojirō est une source de friction entre les deux plus vieux vassaux de la Maison de Hosokawa, Nagaoka Sado et Iwama Kakubei. On prétend que le camp d'Iwama a l'approbation du seigneur Tadatoshi, et que Nagaoka tente de renforcer sa propre faction en s'opposant à Kojirō.

Un murmure de surprise accueillit ces propos.

– ... Je suis certain qu'il ne s'agit là que de spéculations oiseuses, continua Musashi ; il n'en reste pas moins que les bavardages publics sont chose dangereuse. Le sort d'un rōnin tel que moi n'a guère d'importance, mais je ne voudrais rien faire pour attiser les rumeurs et provoquer les soupçons au sujet de Sado ou de Kakubei. Tous deux sont précieux pour le fief.

– Je vois, dit Magobeinojō.

Musashi sourit.

– Mon Dieu, c'est du moins mon excuse. A vrai dire, en ma qualité de fils de la campagne, j'ai du mal à rester assis à dire des politesses toute une soirée. J'ai seulement envie de me reposer.

Impressionnés par la considération de Musashi envers autrui, mais n'en répugnant pas moins à se séparer de lui, ils se rassemblèrent pour discuter de la situation.

– Nous sommes au onzième jour du quatrième

mois, dit Handayū. Depuis dix ans, nous nous réunissons tous les six à cette date et nous avons pour règle impérative de ne pas inviter d'étranger. Mais vous êtes du même village, vous êtes le fils de Munisai, aussi voudrions-nous vous prier de vous joindre à nous. Ce n'est peut-être pas le genre de divertissement que nous devrions vous procurer, mais vous n'aurez pas à vous soucier des convenances, ni d'être vu ou de devoir parler.

– Dans ces conditions, dit Musashi, je ne vois pas comment je pourrais refuser.

Cette réponse fit un immense plaisir au vieux samouraï. A la suite d'un autre bref conciliabule, on convint que Musashi rencontrerait l'un d'eux, un homme appelé Kinami Kagashirō, devant un salon de thé deux heures plus tard, et l'on se sépara.

Musashi rencontra Kagashirō à l'heure dite, et ils marchèrent jusqu'à deux kilomètres environ du centre de la ville ; ils arrivèrent près du pont d'Itatsu. Musashi ne vit ni maison ni restaurant de samouraïs, seulement les lumières d'un débit de boissons solitaire et d'une auberge bon marché, l'un et l'autre à quelque distance. L'esprit en alerte, il envisagea tour à tour différentes hypothèses. L'histoire de ces hommes n'avait rien de suspect ; leur âge paraissait convenir, et leur façon de parler concordait avec ce qu'ils disaient. Mais pourquoi donc avoir choisi un lieu écarté comme celui-ci ? Kagashirō laissa un instant Musashi pour se diriger vers la berge. Puis il appela le jeune homme et dit :

– Ils sont tous là. Descendez.

Et il le précéda par l'étroit sentier jusque sur le quai. La réunion a peut-être lieu dans un bateau, se dit Musashi en souriant de son excès de prudence. Mais il n'y avait pas de bateau. Il les trouva assis sur des nattes de roseau, en posture de cérémonie.

– Pardonnez-nous de vous faire venir dans un pareil endroit, dit Magobeinojō. C'est ici que nous tenons notre réunion. Nous estimons qu'une chance particulière vous amène parmi nous. Asseyez-vous et reposez-vous un peu.

Avec des manières aussi graves que s'il accueillait un invité de marque dans un beau salon au shoji plaqué d'argent, il avança une natte à l'intention de Musashi. Ce dernier se demanda s'il s'agissait de leur conception de l'élégance discrète ou s'ils avaient une raison spéciale de ne pas se rencontrer dans un lieu public. Mais, invité, il se sentait obligé de se conduire en invité. Il s'inclina et s'assit cérémonieusement sur la natte.

— ... Mettez-vous à l'aise, dit Magobeinojō. Plus tard, nous aurons une petite fête mais, d'abord, nous devons célébrer notre cérémonie. Elle ne demandera pas longtemps.

Les six hommes prirent une attitude moins guindée ; chacun se munit d'une gerbe de paille qu'ils avaient apportée, et ils entreprirent de tresser des semelles de paille pour chevaux. Leurs lèvres serrées, leurs yeux ne quittant jamais leur ouvrage, ils avaient un air de solennité presque pieuse. Musashi les considéra avec respect : il devinait de la force et de la ferveur dans leurs mouvements tandis qu'ils crachaient dans leurs mains, faisaient passer la paille à travers leurs doigts et la nattaient entre leurs paumes.

— Je crois que ça ira, dit Handayū lorsqu'il reposa une paire proprement finie de semelles en promenant sur les autres un regard circulaire.

— J'ai terminé, moi aussi.

Ils disposèrent leurs semelles de chevaux devant Handayū, se brossèrent et rajustèrent leurs vêtements. Handayū empila les patins de chevaux sur une petite table, au centre du cercle de samouraïs, et Magobeinojō, l'aîné, se leva.

— Douze ans se sont écoulés depuis la bataille de Sekigahara, depuis ce jour de défaite qui jamais ne s'effacera de nos mémoires, commença-t-il. Nous avons tous vécu plus longtemps que nous n'étions en droit de l'espérer. Cela, nous le devons à la protection généreuse du seigneur Hosokawa. Il faut veiller à ce que nos fils et petits-fils se souviennent des bontés de Sa Seigneurie à notre égard.

Des murmures d'assentiment parcoururent le tour du groupe. Tous étaient assis dans une attitude respectueuse, les yeux baissés.

– ... Nous devons aussi nous rappeler à jamais les largesses des chefs successifs de la Maison de Shimmen, bien que cette grande maison n'existe plus. Nous ne devons jamais oublier non plus la misère et le désespoir qui étaient les nôtres à notre arrivée ici. C'est pour nous remémorer ces trois faits que nous tenons cette réunion chaque année. Et maintenant, prions ensemble pour le bien-être et la santé les uns des autres.

Les hommes répondirent en chœur :

– Les bontés du seigneur Hosokawa, les largesses de la Maison de Shimmen, la générosité du Ciel qui nous a délivrés de la détresse... nous ne les oublierons pas un seul jour de notre vie.

– Et maintenant, rendez l'hommage, dit Magobeinojō.

Ils se tournèrent vers les murailles blanches du château de Kokura, que l'on devinait à peine sur le fond obscur du ciel, et se prosternèrent. Enfin, ils se tournèrent en direction de la province de Mimasaka et se prosternèrent une troisième fois. Ils accomplissaient chaque mouvement avec la plus grande gravité et la plus grande sincérité. Magobeinojō s'adressa à Musashi :

– ... Nous allons au sanctuaire, un peu plus haut qu'ici, faire l'offrande de nos patins de chevaux. Après quoi, nous pourrons continuer la soirée. Veuillez nous attendre ici.

L'homme qui menait le cortège portait à hauteur

du front la table chargée des patins de chevaux ; les autres suivaient en file indienne. Ils attachèrent leur ouvrage aux branches d'un arbre, à côté de l'entrée du sanctuaire. Puis, ayant frappé une fois dans leurs mains devant la divinité, ils rejoignirent Musashi.

La chère était simple – un ragoût de taros, des pousses de bambou au beurre de fèves et du poisson séché –, c'était le genre de repas que l'on sert dans les fermes locales. Mais le saké coulait à flots ; on rit et bavarda beaucoup. Quand l'atmosphère devint plus chaleureuse, Musashi déclara :

– Cest un grand honneur d'avoir été prié de me joindre à vous, mais je me suis interrogé sur votre petite cérémonie. Elle doit avoir une signification très particulière à vos yeux.

– Certes, répondit Magobeinojō. A notre arrivée ici en tant que guerriers vaincus, nous n'avions personne vers qui nous tourner. Nous serions morts plutôt que de voler, mais il nous fallait manger. Finalement, nous avons eu l'idée d'ouvrir une boutique là-bas, à côté du pont, et de confectionner des patins de chevaux. L'entraînement à la lance nous avait rendu les mains calleuses ; aussi nous a-t-il fallu faire effort pour les dresser au tressage de la paille. Nous avons fait cela trois années durant, et nous vendions notre ouvrage aux palefreniers de passage ; nous gagnions juste de quoi ne pas mourir de faim... Les palefreniers en sont venus à soupçonner que le tressage de la paille n'était pas notre métier habituel, et quelqu'un a fini par parler de nous au seigneur Hosokawa Sansai. Apprenant que nous étions d'anciens vassaux du seigneur Shimmen, il a envoyé un homme pour nous proposer des postes.

Il raconta comment le seigneur Sansai avait offert une solde collective de cinq mille boisseaux, qu'ils avaient refusée. Ils acceptaient de le servir de bonne foi, mais ils jugeaient que la relation de seigneur à vassal devait être une relation d'homme à homme.

Sansai comprit leur point de vue et revint avec une offre de soldes individuelles. Il s'était aussi montré compréhensif quand ses vassaux avaient exprimé la crainte que les six rōnins ne fussent pas en mesure de s'habiller comme il convenait pour être présentés à Sa Seigneurie. Mais lorsqu'on suggéra une allocation spéciale pour l'achat des vêtements, Sansai refusa car il pensa que cela ne ferait que gêner les rōnins. En réalité, de telles craintes étaient sans fondement : si bas qu'ils fussent tombés, ils se trouvaient encore en mesure de mettre des vêtements empesés et de porter leurs deux sabres lorsqu'ils allèrent recevoir leur nomination.

– ... Si nous ne nous étions pas serré les coudes, nous serions morts avant d'être engagés par le seigneur Sansai. Nous ne devons pas oublier que la Providence a pris soin de nous durant ces années difficiles.

Son récit terminé, il leva sa coupe en disant :

– ... Pardonnez-moi de vous avoir aussi longuement parlé de nous. Je voulais seulement vous faire savoir que nous sommes des hommes de bonne volonté, même si notre saké n'est pas de premier ordre ni la nourriture très copieuse. Nous tenons à ce que vous vous battiez en brave, après-demain. Si vous perdez, nous enterrerons votre dépouille, ne vous inquiétez pas.

En acceptant la coupe, Musashi répondit :

– Je me sens honoré d'être ici parmi vous. Cela vaut mieux que de boire le meilleur saké dans la plus belle demeure. J'espère seulement avoir autant de chance que vous en avez eu.

– Ne dites pas ça ! Il vous faudrait apprendre à tresser des patins de chevaux !

Un bruit de terre éboulée brisa net leur éclat de rire. Ils portèrent leurs regards sur le quai où ils aperçurent, tapie comme une chauve-souris, la silhouette d'un homme.

– Qui va là ? cria Kagashirō qui s'était levé d'un bond.

Un autre homme se leva et tira son sabre ; tous deux grimpèrent brusquement sur le quai pour scruter la brume. En riant, Kagashirō cria :

– ... Ce devait être un des partisans de Kojirō. Il croit probablement que nous sommes les seconds de Musashi et que nous tenons en secret une séance de stratégie. Il a filé avant que nous ayons pu le voir.

– Voilà qui sent à plein nez les partisans de Kojirō, commenta un autre homme.

L'atmosphère demeura détendue, pourtant Musashi résolut de ne pas s'attarder davantage. Pour rien au monde il ne voulait faire quoi que ce fût qui risquât par la suite de nuire à ces hommes. Il les remercia chaleureusement de leur affabilité, les laissa à leur réunion et s'enfonça dans les ténèbres, insouciant.

Du moins le paraissait-il.

La colère froide de Nagaoka, due au fait que l'on eût laissé Musashi partir de sa maison, s'abattit sur plusieurs personnes, mais il attendit le matin du douze pour dépêcher des hommes à sa recherche.

Quand ils revinrent et rapportèrent qu'ils ne trouvaient pas Musashi – ils n'avaient aucune idée du lieu où il était –, l'anxiété fit froncer les sourcils de Sado. Que pouvait-il bien lui être arrivé ? Serait-il possible... Il se refusait à aller jusqu'au bout de sa pensée.

Ce même jour, Kojirō se présenta au château et fut chaleureusement reçu par le seigneur Tadatoshi. Ensemble, ils burent le saké, et Kojirō repartit d'excellente humeur, sur le dos de son cheval favori.

Le soir, la ville bourdonnait de rumeurs :

– Musashi a dû prendre peur et s'enfuir.

– Ça ne fait aucun doute. Il est parti.

Pour Sado, cette nuit-là fut une nuit blanche. Il

essaya de se convaincre que c'était tout simplement impossible : Musashi n'était pas de ceux qui prennent la fuite... Pourtant, on citait le cas de personnes sûres en apparence, que la tension brisait soudain. Redoutant le pire, Sado envisageait d'avoir à commettre le *seppuku*, seule solution honorable si Musashi, qu'il avait recommandé, ne paraissait pas.

L'aube éclatante du treize le trouva en train d'arpenter le jardin avec Iori, en se demandant sans arrêt : Me suis-je trompé ? Ai-je mal jugé cet homme ?

– Bonjour, monsieur.

Le visage las de Nuinosuke apparut au portail latéral.

– L'as-tu trouvé ?

– Non, monsieur. Aucun des aubergistes n'a vu personne qui lui ressemble.

– As-tu demandé dans les temples ?

– Dans les temples, les dōjōs, tous les autres endroits où vont ceux qui étudient les arts martiaux. Magobeinojō et sa bande ont été dehors toute la nuit, et...

– Ils ne sont pas encore rentrés.

Le front de Sado se plissa. A travers les jeunes feuilles de prunier, il apercevait la mer bleue ; les vagues semblaient battre contre sa poitrine même.

– ... Je ne comprends pas.

– On ne le trouve nulle part, monsieur.

L'un après l'autre, les chercheurs revinrent, fatigués et déçus. Rassemblés près de la véranda, ils discutaient de la situation, partagés entre la colère et le désespoir.

Selon Kinami Kagashirō, qui était passé près de chez Sasaki Kojirō, plusieurs centaines de partisans s'étaient réunis devant le portail. L'entrée se trouvait décorée de drapeaux armoriés d'une gentiane, et l'on avait disposé, juste devant la porte par où Kojirō devait sortir, un paravent d'or. Au petit jour, des groupes de ses partisans étaient allés dans les trois principaux sanctuaires prier pour sa victoire.

L'accablement régnait à la maison de Sado, pesant surtout sur les hommes qui avaient connu le père de Musashi. Tous se sentaient trahis. Si Musashi fuyait, il leur serait impossible désormais de regarder en face les autres samouraïs ou le monde en général. Au moment où Sado les congédia, Kagashirō jura :

– Nous trouverons ce gredin. Sinon aujourd'hui, du moins un autre jour. Et quand nous l'aurons trouvé, nous le tuerons.

Sado regagna sa chambre, alluma l'encens dans l'encensoir ainsi qu'il faisait chaque jour, mais Nuinosuke décela une gravité particulière dans le caractère délibéré de ses mouvements. Il se prépare, pensa-t-il, peiné à l'idée que les choses en fussent arrivées là.

A cet instant, debout à la lisière du jardin, en train de contempler la mer, Iori se retourna pour demander :

– Avez-vous essayé la maison de Kobayashi Tarōzaemon ?

Nuinosuke sut d'instinct que Iori voyait juste. Nul ne s'était rendu chez le courtier maritime ; or, c'était précisément le type de maison qu'eût choisi Musashi pour se cacher.

– Ce garçon a raison ! s'exclama Sado dont le visage s'éclaira. Que nous sommes stupides ! Vas-y tout de suite !

– J'y vais aussi, dit Iori.

– Peut-il m'accompagner ?

– Oui. Courez !... Non, attendez une minute.

Il griffonna un mot et fit part à Nuinosuke de son contenu : « Sasaki Kojirō effectuera la traversée de Funashima dans un bateau fourni par le seigneur Tadatoshi. Il arrivera vers huit heures. Vous pouvez encore y parvenir à la même heure. Je propose que vous veniez ici vous préparer. Je fournirai un bateau pour vous conduire à votre glorieuse victoire. »

De la part de Sado, Nuinosuke et Iori se procurèrent une embarcation rapide auprès du maître batelier du fief. Ils gagnèrent Shimonoseki en un temps record et se rendirent droit à la boutique de Tarōzaemon. En réponse à leur enquête, un employé déclara :

– J'ignore les détails, mais il semble en effet qu'un jeune samouraï séjourne chez le maître.

– Voilà ! Nous l'avons trouvé.

Nuinosuke et Iori s'adressèrent mutuellement un large sourire, et couvrirent rapidement la courte distance qui séparait la boutique de la maison. Nuinosuke alla droit à Tarōzaemon et lui dit :

– Il s'agit d'une affaire du fief, et c'est urgent. Miyamoto Musashi séjourne-t-il ici ?

– Oui.

– Dieu soit loué ! Mon maître est malade d'inquiétude. Vite, dites à Musashi que je suis là.

Tarōzaemon entra dans la maison pour reparaître une minute plus tard en déclarant :

– Il est encore dans sa chambre. Il dort.

– Il dort ? répéta Nuinosuke, atterré.

– Il s'est couché tard hier soir, il est resté à bavarder avec moi en buvant du saké.

– Ce n'est pas le moment de dormir. Réveillez-le. Tout de suite !

Le marchand refusa de se laisser commander et fit entrer Nuinosuke et Iori dans un salon avant d'aller réveiller Musashi.

Quand ce dernier les rejoignit, il paraissait reposé, le regard aussi clair que celui d'un nourrisson.

– Bonjour, dit-il avec bonne humeur en s'asseyant. Que puis-je pour vous ?

Nuinosuke, décontenancé par la désinvolture de cet accueil, lui tendit la lettre de Sado.

– ... Que c'est aimable à lui de m'écrire ! dit Musashi en portant la lettre à son front avant d'en rompre le cachet pour l'ouvrir.

Iori dévorait son maître des yeux, bien que celui-ci se comportât comme s'il n'avait pas été là. Après avoir lu la lettre, il la roula en déclarant :

– ... Je suis reconnaissant à Sado de sa prévenance.

Ce n'est qu'à ce moment qu'il jeta un coup d'œil à Iori ; le garçon baissa la tête afin de cacher ses larmes. Musashi rédigea une réponse et la tendit à Nuinosuke.

– ... J'ai tout expliqué dans ma lettre, dit-il, mais n'oubliez pas de lui transmettre mes remerciements et mes meilleurs vœux.

Il ajouta qu'ils ne devaient pas s'inquiéter. Il irait à Funashima quand il le jugerait bon. Comme ils ne pouvaient rien faire d'autre, ils prirent congé. Iori n'avait pas dit un mot à Musashi, ni Musashi à Iori. Néanmoins, tous deux s'étaient communiqué l'un à l'autre la dévotion réciproque du maître et du disciple.

Tandis que Sado lisait la réponse de Musashi, une expression de soulagement se répandait sur ses traits. La lettre disait :

> Je vous remercie bien sincèrement de votre offre d'un bateau pour me conduire à Funashima. Je ne me juge pas digne d'un tel honneur. En outre, je ne crois pas devoir accepter. Veuillez prendre en considération le fait que Kojirō et moi nous affrontons en tant qu'adversaires, et qu'il utilise un bateau fourni par le seigneur Tadatoshi. Si je devais emprunter votre bateau, vous auriez l'air de vous opposer à Sa Seigneurie. Je ne crois pas que vous deviez faire quoi que ce soit pour moi.
>
> J'aurais dû vous le dire plus tôt mais je me suis tenu à l'écart car je savais que vous insisteriez pour m'aider. Pour ne pas vous mettre en cause, je suis venu loger chez Tarōzaemon. Je pourrai aussi me servir de l'un de ses bateaux pour aller

à Funashima, à l'heure que je jugerai appropriée. De cela vous pouvez être assuré.

Profondément impressionné, Sado considéra un moment cet écrit en silence. C'était une bonne lettre, modeste, prévenante et respectueuse, et soudain il avait honte de son agitation de la veille.

– Nuinosuke...

– Monsieur ?

– Prends cette lettre ; montre-la à Magobeinojō et à ses camarades, ainsi qu'à tous les autres qui sont concernés.

Nuinosuke venait de sortir lorsqu'un serviteur entra et dit :

– Si vous en avez terminé avec vos affaires, monsieur, vous devriez vous préparer à partir.

– Oui, bien sûr, mais j'ai amplement le temps, répondit Sado, paisible.

– Il n'est pas de si bonne heure. Kakubei est déjà parti.

– Ça le regarde. Iori, viens ici un instant.

– Monsieur ?

– Es-tu un homme, Iori ?

– Je pense que oui.

– Te crois-tu capable de retenir tes larmes, quoi qu'il arrive ?

– Oui, monsieur.

– Très bien, en ce cas, tu peux m'escorter à Funashima. Mais souviens-toi d'une chose : nous risquons d'avoir à ramasser le cadavre de Musashi pour le ramener. Sauras-tu encore retenir tes larmes ?

– Oui, monsieur. Je les retiendrai, je vous le jure.

Nuinosuke avait à peine franchi le portail en coup de vent qu'une femme pauvrement vêtue l'appela :

– Pardonnez-moi, monsieur, mais êtes-vous un vassal de cette maison ?

Nuinosuke s'arrêta et la considéra d'un air soupçonneux.

– Que voulez-vous ?

– Pardonnez-moi. Je ne devrais pas, telle que je suis, me tenir devant votre portail.

– En ce cas, pourquoi le faites-vous ?

– Je voulais vous demander... c'est au sujet du combat d'aujourd'hui. Les gens disent que Musashi a pris la fuite. Est-ce vrai ?

– Sotte ! Comment osez-vous ?... Vous parlez de Miyamoto Musashi. Croyez-vous donc qu'il ferait une chose pareille ? Attendez seulement qu'il soit huit heures et vous verrez. Je viens de parler à Musashi.

– Vous l'avez vu ?

– Qui êtes-vous ?

Elle baissa les yeux.

– Je connais Musashi.

– Hum... Ça ne vous empêche pas de vous tracasser pour des rumeurs sans fondement... Je suis pressé mais je vais néanmoins vous montrer une lettre de Musashi.

Il lui lut la lettre à haute voix sans s'apercevoir qu'un homme aux yeux pleins de larmes regardait par-dessus son épaule. Quand il l'eut enfin remarqué, il fit un écart et s'écria :

– ... Qui êtes-vous ? En voilà des façons !

L'homme s'essuya les yeux et s'inclina d'un air penaud.

– Excusez-moi. Je suis avec cette femme.

– Son mari ?

– Oui, monsieur. Merci de nous avoir montré la lettre, j'ai l'impression d'avoir vu Musashi en personne, n'est-ce pas, Akemi ?

– C'est vrai. Je me sens tellement soulagée ! Allons chercher une place d'où regarder.

L'irritation de Nuinosuke s'évapora.

– Si vous montez au sommet de cette colline, là-bas, près de la côte, vous devriez être en mesure de voir Funashima. Il fait si clair aujourd'hui que vous devriez même pouvoir distinguer les dunes.

– Nous regrettons de vous avoir retardé alors que vous êtes pressé. Veuillez nous pardonner.

Comme ils commençaient à s'éloigner, Nuinosuke leur dit :

– Une minute... comment vous appelez-vous ? Si vous n'y voyez pas d'inconvénient, j'aimerais le savoir.

Ils se retournèrent et s'inclinèrent.

– Je m'appelle Matahachi. Je suis né dans le même village que Musashi.

– Je m'appelle Akemi.

Nuinosuke inclina la tête et s'éloigna au pas de course.

Ils le regardèrent quelques instants, échangèrent un coup d'œil et se hâtèrent en direction de la colline. De là, ils pouvaient voir Funashima se dresser au milieu d'autres îles ; les monts de Nagato se détachaient au fond. Ils déployèrent des nattes de roseau par terre et s'assirent. Les vagues grondaient au-dessous d'eux ; une ou deux aiguilles de pin tombèrent en planant. Akemi prit le bébé dans son dos et se mit à l'allaiter. Matahachi, les mains sur les genoux, regardait fixement le large.

Le mariage

Nuinosuke se rendit tout d'abord chez Magobeinojō, il lui montra la lettre et l'informa des circonstances. Il repartit aussitôt, sans même prendre le temps de boire une tasse de thé, et fit de brèves escales aux cinq autres maisons.

En haut de la plage, il se posta derrière un arbre pour observer le va-et-vient qui avait lieu depuis le petit matin. Plusieurs équipes de samouraïs étaient déjà parties pour Funashima – les nettoyeurs de terrain, les témoins, les gardes –, chaque groupe dans un bateau distinct. Sur la plage, un autre petit bateau se trouvait prêt pour Kojirō. Tadatoshi l'avait fait construire spécialement pour l'occasion.

Une centaine de personnes assistaient au départ de Kojirō. Nuinosuke reconnut quelques amis de l'homme d'épée ; beaucoup lui étaient inconnus.

Kojirō termina son thé et sortit du bureau du commissaire, accompagné des personnalités officielles. Ayant confié son cheval favori à des amis, il traversa la grève en direction du bateau. Tatsunosuke le suivait de près. En silence, la foule se disposa sur deux rangs pour laisser passer son champion.

Il portait un kimono de soie aux manches étroites, d'un blanc uni orné d'un motif en relief ; par-dessus, son manteau sans manches était rouge vif. Son *hakama* de cuir pourpre était du modèle bouffant jusqu'au-dessous du genou, et serré comme des guêtres au mollet. Ses sandales de paille avaient été humectées pour les empêcher de glisser. Outre le sabre court qu'il portait toujours, il avait la « Perche à sécher », dont il ne s'était plus servi depuis son entrée dans la Maison de Hosokawa. Son visage blanc aux joues pleines était un modèle de calme au-dessus du rouge flamboyant de son manteau. Ce jour-là, Kojirō avait de la grandeur, et presque de la beauté.

Nuinosuke pouvait constater que le sourire de Kojirō était paisible et confiant. Il l'arborait devant tous et paraissait heureux et parfaitement à l'aise.

Kojirō monta dans le bateau. Tatsunosuke l'y suivit. Il y avait deux hommes d'équipage, l'un à la proue et l'autre maniant les rames. Amayumi était perché sur le poing de Tatsunosuke.

Une fois au large, le rameur donna de grands coups de rames tranquilles, et la petite embarcation glissa doucement.

Effrayé par les cris des partisans, le faucon battait des ailes.

La foule se morcela en petits groupes et se dispersa lentement, s'émerveillant du calme de Kojirō et priant pour qu'il gagnât ce combat des combats.

Je dois rentrer, se dit Nuinosuke, se rappelant qu'il lui fallait veiller à ce que Sado partît à l'heure. Lorsqu'il se retourna, il aperçut la jeune fille. Etroitement serrée contre un tronc d'arbre, Omitsu pleurait.

Trouvant peu convenable de la dévisager, Nuinosuke détourna le regard et s'éloigna sur la pointe des pieds. Dans la rue, il jeta un dernier coup d'œil au bateau de Kojirō, puis à Omitsu. Tout le monde a une vie publique et une vie privée, songeait-il. Derrière toutes ces fanfares, il y a une femme qui pleure toutes les larmes de son corps.

Sur le bateau, Kojirō demanda le faucon à Tatsunosuke et tendit le bras gauche. Tatsunosuke fit passer Amayumi sur le poing de son maître et s'écarta respectueusement.

Le courant était rapide et la journée parfaite – ciel clair, eau cristalline –, mais les vagues assez hautes. Chaque fois que les embruns passaient par-dessus le plat-bord, le faucon, d'humeur combative, s'ébouriffait. Lorsqu'ils furent à mi-chemin de l'île, Kojirō lui ôta le ruban de la patte et lança l'oiseau dans les airs en lui disant :

– Retourne au château.

Comme au cours d'une chasse ordinaire, Amayumi s'attaqua à un oiseau de mer fugitif, faisant pleuvoir une nuée de plumes blanches. Mais son maître ne le rappelait pas, aussi piqua-t-il sur les îles, avant de s'élever dans les airs et de disparaître.

Après avoir lâché le faucon, Kojirō entreprit de se débarrasser des porte-bonheur bouddhistes et shintoïstes dont ses partisans l'avaient couvert ; il les jeta par-dessus bord un à un – même le sous-vêtement de coton brodé d'un charme sanscrit que sa tante lui avait offert.

– ... Maintenant, dit-il doucement, je peux me détendre.

Au moment où il risquait la mort, il ne voulait pas s'encombrer de souvenirs. Celui de tous ces gens qui priaient pour sa victoire était un fardeau. Leurs bons vœux, quelque sincères qu'ils fussent, constituaient plus une entrave qu'une aide. Ce qui importait à présent, c'était lui-même, lui-même et rien d'autre. La brise saline caressait son visage silencieux. Il avait les yeux fixés sur les pins verts de Funashima.

A Shimonoseki, Tarōzaemon entra dans sa boutique.

– Sasuke ! appela-t-il. Personne n'a vu Sasuke ?

Sasuke était parmi les plus jeunes de ses nombreux employés, mais aussi l'un des plus brillants. Perle domestique, il aidait aussi de temps en temps à la boutique.

– Bonjour, dit le directeur de Tarōzaemon en sortant du bureau de la comptabilité. Sasuke était là voilà quelques minutes à peine.

Il se tourna vers un jeune assistant et lui dit :

– ... Va chercher Sasuke. Vite.

Le directeur entreprit de mettre Tarōzaemon au courant de questions d'affaires, mais le marchand l'interrompit en secouant la tête comme pour chasser un moustique importun.

– Ce que je veux savoir, c'est si quelqu'un est venu ici à la recherche de Musashi.

– A la vérité, quelqu'un est déjà venu ici ce matin.

– Le messager de Nagaoka Sado ? Je suis déjà au courant. Personne d'autre ?

Le directeur se gratta le menton.

– Mon Dieu, je ne l'ai pas vu moi-même mais on m'a dit qu'un homme sale, aux yeux perçants, était venu hier soir. Il portait un long gourdin de chêne et demandait à voir « Musashi *Sensei* ». On a eu du mal à s'en débarrasser.

– Quelqu'un a bavardé. Et après que j'eus dit

combien il importait de se taire sur la présence de Musashi ici.

– Je sais. Je le leur ai dit moi aussi, en termes non équivoques. Mais on ne peut plus rien obtenir des jeunes. La présence de Musashi leur donne un sentiment d'importance.

– Comment vous êtes-vous débarrassé de l'homme ?

– Sōbei lui a répondu qu'il se trompait, que Musashi n'était jamais venu ici. Il a fini par s'en aller, convaincu ou non. Sōbei a remarqué que deux ou trois personnes l'attendaient au-dehors, dont une femme.

Sasuke arriva en courant de la jetée.

– Vous me demandez, monsieur ?

– Oui. Je voulais m'assurer que tu étais prêt. C'est très important, tu sais.

– Je le sais, monsieur. Je suis debout depuis avant le lever du soleil. Je me suis lavé à l'eau froide et j'ai mis une ceinture neuve en coton blanc.

– C'est bien. Le bateau est prêt. Tout est-il comme je te l'avais demandé hier soir ?

– Mon Dieu, il n'y avait pas grand-chose à faire. J'ai choisi le plus rapide et le plus propre des bateaux, j'ai répandu du sel pour le purifier et l'ai récuré de fond en comble. Je suis prêt à partir aussitôt que Musashi le sera.

– Où donc est le bateau ?

– Sur le rivage, avec les autres bateaux.

Tarōzaemon, après un moment de réflexion, déclara :

– Nous ferions mieux de le changer de place. Trop de gens remarqueront le départ de Musashi. Il ne le veut pas. Mène le bateau près du grand pin, celui que l'on nomme le pin de Heike. Presque personne ne va jamais par là.

– Bien, monsieur.

La boutique, très active en général, était à peu près

déserte. Très nerveux, Tarōzaemon sortit dans la rue. De ce côté comme à Moji, sur la rive opposée, les gens prenaient leur jour de congé : des hommes qui semblaient être des samouraïs venus des fiefs environnants, des rōnins, des érudits confucéens, des forgerons, des armuriers, des fabricants de laque, des prêtres, des bourgeois de tout poil et quelques paysans des campagnes voisines. Il y avait aussi des femmes parfumées et voilées, en large chapeau de voyage, des épouses de pêcheurs avec leurs enfants sur le dos ou les tirant par la main. Ils se dirigeaient tous dans le même sens, essayant en vain de se rapprocher de l'île, bien qu'il n'y eût aucune position avantageuse d'où l'on pût rien voir de plus petit qu'un arbre.

Je comprends ce que Musashi veut dire, pensait Tarōzaemon. Etre harcelé par cette foule de badauds pour qui le combat n'est qu'un spectacle serait insupportable.

De retour chez lui, il trouva toute la maison d'une méticuleuse propreté. Dans la pièce qui donnait sur la plage, le reflet des vagues marbrait le plafond.

– Où étais-tu donc, père ? Je te cherchais, dit Otsuru en apportant le thé.

– Rien d'important, répondit-il, levant sa tasse et la contemplant d'un air pensif.

Otsuru venait passer un moment avec son père bien-aimé. Par hasard, en faisant la traversée de Sakai à bord du même vaisseau que Musashi, elle avait découvert que tous deux étaient liés à Iori. Quand Musashi vint saluer Tarōzaemon et le remercier d'avoir pris soin du garçon, le marchand avait insisté pour que Musashi séjournât sous son toit, et chargé Otsuru de s'occuper de lui.

La veille au soir, tandis que Musashi s'entretenait avec son hôte, Otsuru, assise dans la pièce voisine, cousait la ceinture neuve qu'il avait dit vouloir pour le jour du combat. Elle avait déjà préparé un nouveau kimono noir ; elle pourrait en un instant enlever le bâti qui maintiendrait les manches et les pans bien pliés jusqu'au dernier moment.

Il traversa l'esprit de Tarōzaemon qu'Otsuru risquait de tomber amoureuse de Musashi. Elle avait une expression soucieuse et quelque chose de grave sur le cœur.

– ... Où est Musashi, Otsuru ? Lui as-tu donné son petit déjeuner ?

– Oh ! oui. Il y a longtemps. Après quoi, il s'est enfermé dans sa chambre.

– Il doit se préparer, sans doute.

– Non, pas encore.

– Que fait-il ?

– Il semble qu'il peigne un tableau.

– A cette heure ?

– Oui.

– Hum... Nous avons parlé peinture et je lui ai demandé s'il accepterait de peindre un tableau pour moi. Je n'aurais pas dû.

– Il a déclaré qu'il le terminerait avant de partir. Il en peint un autre pour Sasuke.

– Pour Sasuke ? répéta en écho Tarōzaemon, incrédule et dont la nervosité augmentait. Il ne sait donc pas qu'il se fait tard ? Il faut voir le monde grouiller dans les rues.

– D'après l'expression de Musashi, on croirait qu'il a oublié le combat.

– Eh bien, ce n'est pas le moment de peindre. Va le lui dire. Sois polie, mais fais-lui savoir que cela peut attendre.

– Pourquoi moi ? Je ne pourrai pas...

– Et pourquoi non ?

Voilà qui confirmait ses soupçons : elle devait être amoureuse. Père et fille communiquaient en silence mais à la perfection. En bougonnant gentiment : « ... Quelle enfant stupide ! Pourquoi pleures-tu ? », il se leva et se dirigea vers la chambre de Musashi.

Celui-ci était à genoux, silencieux, comme en

méditation, son pinceau et son encrier à côté de lui. Il avait déjà fini une peinture : un héron sous un saule. Le papier qui se trouvait maintenant devant lui était encore vierge. Il se demandait quoi dessiner. Ou plutôt, il essayait en silence de se mettre dans l'état d'esprit qu'il fallait, car c'était nécessaire avant de pouvoir se représenter le tableau, ou de savoir quelle technique il emploierait.

Il considérait le papier blanc comme le grand univers de la non-existence. Un simple coup de pinceau y ferait naître l'existence. Il pouvait évoquer la pluie ou le vent à volonté mais, quoi qu'il dessinât, son cœur subsisterait à jamais dans le tableau. Si son cœur était corrompu, le tableau serait corrompu ; si son cœur était agité, le tableau le serait aussi. S'il essayait de faire étalage de son adresse, impossible de le cacher. Le corps humain s'efface, mais l'encre survit. L'image de son cœur survivrait après que lui-même aurait disparu.

Il sentit que ses pensées le retenaient. Il était sur le point d'entrer dans le monde de la non-existence, de laisser son cœur parler seul, indépendamment de son ego, libéré de la touche personnelle de sa main. Il essayait d'être vide, attendant l'état sublime où son cœur s'exprimerait à l'unisson de l'univers.

Les bruits de la rue n'atteignaient pas sa chambre. Le combat du jour lui paraissait tout à fait extérieur. Il n'était conscient que des frémissements des bambous dans le jardin clos.

– ... Puis-je vous déranger ?

Derrière lui, le shoji s'ouvrit sans bruit et Tarōzaemon jeta un coup d'œil à l'intérieur. Il paraissait mal à propos d'intervenir mais il se fit violence pour dire :

– ... Je suis désolé de vous déranger alors que vous semblez si heureux de travailler.

– Ah ! je vous en prie, entrez.

– Il va être temps de partir.

– Je le sais.
– Tout est prêt. Tout ce dont vous aurez besoin se trouve dans la pièce voisine.
– C'est fort aimable à vous.
– Je vous en prie, ne vous faites pas de souci au sujet des tableaux. Vous pourrez les finir au retour de Funashima.
– Oh ! ce n'est rien. Je me sens très dispos, ce matin. C'est le bon moment pour peindre.
– Mais vous devez penser à l'heure.
– Oui, je sais.
– Dès que vous désirerez vous préparer, n'hésitez pas à appeler. Nous attendons pour vous aider.
– Merci beaucoup.
Tarōzaemon s'apprêtait à sortir mais Musashi lui demanda :
– ... A quelle heure est la marée haute ?
– En cette saison, la marée est au plus bas entre six et huit heures du matin. Elle devrait remonter à peu près maintenant.
– Merci, répondit Musashi d'un air absent, de nouveau attentif au papier blanc.
Tarōzaemon ferma doucement le shoji et regagna le salon. Il avait l'intention de s'asseoir pour attendre tranquillement mais, bientôt, ses nerfs reprirent le dessus. Il se leva et sortit à grands pas sur la véranda, d'où il voyait le courant traverser le détroit. Sur la plage, l'eau montait déjà.
– Père...
– Qu'y a-t-il ?
– Il est temps pour lui de partir. J'ai mis ses sandales à l'entrée du jardin.
– Il n'est pas encore prêt.
– Toujours en train de peindre ?
– Oui.
– Je croyais que tu allais l'interrompre afin qu'il se prépare.
– Il sait l'heure qu'il est.

Un petit bateau accosta sur la plage, à proximité, et Tarōzaemon entendit appeler son nom. C'était Nuinosuke qui demandait :

– Musashi est-il parti ?

Tarōzaemon ayant répondu par la négative, Nuinosuke reprit d'un ton vif :

– Veuillez lui dire de se préparer et de se mettre en route le plus tôt possible. Kojirō est déjà parti, ainsi que le seigneur Hosokawa. Mon maître quitte à l'instant même Kokura.

– Je ferai de mon mieux.

– Je vous en prie ! Peut-être trouvez-vous que je radote mais nous voulons être sûrs qu'il n'aura pas de retard.

Et il s'éloigna, laissant le courtier maritime et sa fille à leur propre impatience, sur la véranda. Ils comptaient les secondes et jetaient de temps à autre un coup d'œil en direction de la petite chambre du fond, dont ne provenait pas le moindre son. Bientôt, un second bateau arriva, avec un messager de Funashima, envoyé pour presser Musashi. Au bruit du shoji qui s'écartait, Musashi ouvrit les yeux. Otsuru n'eut pas besoin d'annoncer sa présence. Lorsqu'elle lui parla du bateau de Funashima, il acquiesça de la tête et sourit avec affabilité.

– Je vois, dit-il, et il quitta la pièce.

Otsuru jeta un coup d'œil à terre, là où il s'était assis. La feuille de papier était maintenant couverte d'encre. Au premier regard, l'image avait l'air d'un nuage indistinct, mais la jeune fille s'aperçut bientôt qu'il s'agissait d'un paysage. Il était encore humide.

– ... Veuillez donner cette image à votre père ! cria Musashi pour dominer le bruit d'éclaboussement d'eau. Et l'autre à Sasuke.

– Merci. Vous n'auriez vraiment pas dû.

– Je regrette de n'avoir rien de mieux à vous offrir après tout le mal que vous vous êtes donné, mais j'espère que votre père l'acceptera en souvenir.

Otsuru répondit gravement :

– Ce soir, je vous en prie, revenez vous asseoir auprès du feu avec mon père, comme vous l'avez fait hier.

La jeune fille fut contente d'entendre un froissement de vêtements dans la pièce voisine. Il s'habillait enfin. Puis, nouveau silence, et elle entendit Musashi parler à son père. La conversation fut très courte, à peine quelques mots rapides. En traversant la pièce voisine, Otsuru remarqua qu'il avait plié avec soin ses vieux vêtements avant de les ranger dans un coffre. Un inexprimable sentiment de solitude s'empara d'elle. Elle se baissa pour enfouir son visage dans le kimono encore tiède.

– Otsuru ! appela son père. Que fais-tu ? Il part !

– Oui, père.

Elle s'essuya des doigts les joues et les paupières et courut le rejoindre. Musashi se trouvait déjà à la porte du jardin, qu'il avait choisie afin de passer inaperçu. Le père, la fille, quatre ou cinq autres personnes de la maison et de la boutique, l'accompagnèrent jusqu'à cette porte. Otsuru se trouvait trop accablée pour prononcer une parole. Quand les yeux de Musashi se tournèrent vers elle, elle s'inclina comme les autres.

– Adieu, dit Musashi.

Il franchit la porte basse en herbe tressée, la referma derrière lui et ajouta :

– ... Prenez bien soin de vous-mêmes.

Quand ils relevèrent la tête, il s'éloignait à grands pas. Ils eurent beau le fixer des yeux, il ne se retourna pas. Otsuru disparut aussitôt. Quelques secondes plus tard, son père se retira dans la maison.

Le pin de Heike se dressait, solitaire, à près de deux cents mètres de la plage. Musashi marcha vers lui, l'esprit tout à fait en paix. Il avait mis toutes ses pensées dans l'encre noire du paysage. Il avait éprouvé du bonheur à peindre et il jugeait qu'il avait réussi.

Et maintenant, à Funashima. Il partait avec calme, comme pour un voyage quelconque. Il n'avait aucun moyen de savoir s'il en reviendrait jamais, mais il avait cessé d'y penser. Des années plus tôt, quand à l'âge de vingt-deux ans il s'était approché du pin parasol d'Ichijōji, il était fort tendu, assombri par le sentiment de la tragédie imminente. Il avait empoigné son sabre solitaire avec une intense détermination. A présent, il n'éprouvait rien.

Non que l'ennemi d'aujourd'hui fût moins redoutable que les cent hommes qu'il avait affrontés alors. Loin de là. Kojirō, en se battant seul, était un plus formidable adversaire qu'aucune armée de l'école Yoshioka aurait pu lever contre Musashi. Celui-ci ne doutait pas un seul instant qu'il se rendait au combat de sa vie.

– *Sensei !*

– Musashi !

Ce bruit de voix et la vue de deux personnes qui accouraient vers lui firent sursauter Musashi. Il eut un instant d'hébétude.

– Gonnosuke ! s'exclama-t-il. Et grand-mère ! Que faites-vous là tous les deux ?

L'un et l'autre, salis par le voyage, s'agenouillèrent devant lui dans le sable.

– Nous ne pouvions pas ne pas venir, dit Gonnosuke.

– Nous sommes venus te voir partir, dit Osugi. Et je suis là pour te présenter mes excuses.

– Vos excuses ? A moi ?

– Oui. Pour tout. Je dois te demander pardon.

Il la considéra d'un air interrogateur. Ces mots lui paraissaient irréels.

– Pourquoi dites-vous ça, grand-mère ? Est-il arrivé quelque chose ?

Debout, elle joignait des mains suppliantes.

– Que dire ? J'ai commis tant de méfaits que je ne puis espérer me les faire pardonner tous. Tout cela n'était... qu'une horrible méprise. Mon amour pour mon fils m'aveuglait, mais je sais aujourd'hui la vérité. Je t'en prie, pardonne-moi.

Il la regarda un moment, puis s'agenouilla et lui prit la main. Il n'osait lever les yeux de crainte qu'elle ne pût y voir briller des larmes. Voir la vieille femme aussi contrite lui donnait un sentiment de culpabilité. Mais il éprouvait aussi de la reconnaissance. La main d'Osugi tremblait ; la propre main de Musashi frémissait légèrement. Il lui fallut un instant pour se ressaisir.

– Je vous crois, grand-mère, et je vous sais gré d'être venue. Je puis sans regret affronter la mort, et aller au combat l'esprit libre et le cœur sans trouble.

– Alors, me pardonneras-tu ?

– Bien sûr, si vous me pardonnez tous les ennuis que je vous ai causés depuis l'enfance.

– Naturellement ; mais assez parlé de moi. Quelqu'un d'autre a besoin de ton aide. Quelqu'un d'infiniment triste.

Elle se retourna, l'invitant à regarder. Sous le pin de Heike, le visage pâle et emperlé par l'attente, se tenait Otsū qui les considérait avec timidité.

– Otsū ! cria-t-il.

En une seconde, il fut devant elle, sans savoir lui-même comment ses pieds l'avaient porté jusque-là. Gonnosuke et Osugi demeuraient en arrière, souhaitant se fondre dans l'air pour laisser le rivage au seul couple.

– ... Otsū, tu es venue.

Il n'existait pas de mots pour combler le gouffre béant des années passées, pour exprimer le monde de sentiments dont Musashi débordait.

– ... Tu n'as pas l'air bien. Serais-tu malade ?

Il murmurait ces mots comme le vers isolé d'un long poème.

– Un peu.

Les yeux baissés, elle s'efforçait de rester calme, de ne pas perdre la tête. Il ne fallait pas gâcher ces instants... peut-être les derniers.

– N'est-ce qu'un rhume ? demanda-t-il. Ou quelque chose de grave ? Qu'est-ce qui ne va pas ? Où étais-tu, ces derniers mois ?

– A l'automne dernier, je suis retournée au Shippōji.

– Retournée au pays ?

– Oui.

Elle le regardait bien en face ; dans ses efforts pour retenir ses larmes, ses yeux devenaient plus limpides que les profondeurs de l'océan.

– ... Mais il n'existe pas de véritable pays pour une orpheline telle que moi. Seulement le pays qui se trouve en moi-même.

– Ne parle pas ainsi. Voyons ! Osugi t'a ouvert son cœur. Cela me rend très heureux. Tu dois guérir et apprendre le bonheur. Pour moi.

– Je suis heureuse en ce moment.

– Vraiment ? Si oui, j'en suis heureux aussi... Otsū...

Il se pencha vers elle. Elle se tenait raide, consciente de la présence d'Osugi et Gonnosuke. Musashi, qui les avait oubliés, l'entoura de son bras et frotta sa joue contre la sienne.

– ... Tu es si menue... si fine !

Il avait une conscience aiguë de son souffle fiévreux.

– ... Otsū, je t'en prie, pardonne-moi. Je peux paraître sans cœur, mais je ne le suis pas, pas en ce qui te concerne.

– Je... je le sais.

– Tu le sais ? Vraiment ?

– Oui, mais je t'en supplie, dis-moi un mot. Un seul mot. Dis-moi que je suis ton épouse.

– Nous gâcherions tout si je te disais ce que tu sais déjà.

– Pourtant... pourtant...

Elle sanglotait de tout son corps mais, dans une explosion d'énergie, elle lui saisit la main et cria :

– ... Dis-le ! Dis que je suis ton épouse pour toute cette existence.

Lentement, silencieusement, il fit oui de la tête. Puis, un par un, il écarta de son bras les doigts délicats de la jeune fille et se redressa.

– L'épouse d'un samouraï ne doit pas pleurer ni se mettre dans tous ses états quand il part pour la guerre. Ris pour moi, Otsū. Envoie-moi là-bas avec un sourire. C'est peut-être le dernier départ de ton mari.

Tous deux savaient que l'heure était venue. Il la regarda quelques instants et sourit. Puis il dit :

– ... Au revoir.

– Oui. Au revoir.

Elle voulut lui rendre son sourire mais ne parvint qu'à refouler ses larmes.

– Adieu.

Il se détourna et gagna d'un pas ferme le bord de l'eau. Un mot d'adieu monta aux lèvres d'Otsū mais refusa de sortir. Ses larmes jaillissaient, irrépressibles. Elle ne le voyait plus.

Le fort vent salin rebroussait les favoris de Musashi. Son kimono claquait.

– ... Sasuke ! Rapprochez le bateau.

Bien qu'il attendît depuis plus de deux heures et sût que Musashi se trouvait sur la plage, Sasuke avait pris soin de détourner les yeux. Maintenant, il regarda Musashi et répondit :

– Tout de suite, monsieur.

En quelques coups de perche puissants et rapides, il amena le bateau. Lorsqu'il eut touché le rivage, Musashi sauta légèrement à l'avant et ils gagnèrent le large.

– Otsū ! Arrêtez !

C'était Jōtarō qui criait. Otsū courait droit vers

l'eau. Il courut après elle. Saisis, Gonnosuke et Osugi se joignirent à la poursuite.

– Otsū, arrêtez ! Que faites-vous ?

– Vous êtes folle !

Ils l'atteignirent ensemble, l'entourèrent de leurs bras et la retinrent.

– Non, non, protesta-t-elle en secouant lentement la tête. Vous ne comprenez pas.

– Que... qu'essayez-vous de faire ?

– Laissez-moi m'asseoir seule, répondit-elle d'une voix calme.

Ils la relâchèrent ; elle marcha d'un pas digne vers un endroit situé à quelques mètres, où elle s'agenouilla dans le sable, apparemment épuisée. Mais elle avait retrouvé ses forces. Elle redressa son col, lissa ses cheveux, s'inclina vers la petite embarcation de Musashi.

– ... Va sans regret, dit-elle.

Osugi s'agenouilla et s'inclina. Puis ce fut le tour de Gonnosuke et de Jōtarō. Après avoir fait tout le chemin depuis Himeji, Jōtarō avait manqué sa chance de parler à Musashi, malgré son désir intense de lui dire un mot d'adieu. Sa déception fut adoucie à l'idée qu'Otsū avait bénéficié de ces quelques instants.

L'âme des profondeurs

A marée haute, le courant traversait le détroit comme un torrent en crue dans un ravin étroit. Ils avaient le vent en poupe et le bateau volait sur les vagues. Sasuke se montrait fier ; ce jour-là, il entendait qu'on le félicitât pour son maniement de la rame. Musashi était assis au milieu de la barque, les genoux largement écartés.

– Combien cela prend-il de temps pour aller là-bas ? demanda-t-il.

– Pas très longtemps avec la marée mais nous sommes en retard.

– Hum...

– Il est plus de huit heures.

– Oui. A quelle heure croyez-vous que nous arriverons ?

– Il sera probablement dix heures ou davantage.

– Parfait.

Le ciel que Musashi regardait ce jour-là – le ciel que Ganryū regardait – était d'un azur profond. La neige qui couvrait la chaîne des monts Nagato ressemblait à une banderole blanche flottant à travers le ciel sans nuages. Les maisons de la ville de Mojigasaki, les rides et les crevasses du mont Kazashi se distinguaient clairement. Aux flancs des montagnes, la foule écarquillait les yeux en direction des îles.

– ... Sasuke, puis-je avoir ceci ?

– Qu'est-ce que c'est ?

– Cette rame cassée au fond du bateau.

– Je n'en ai pas besoin. Que voulez-vous en faire ?

– Elle a à peu près la bonne dimension, répondit mystérieusement Musashi.

Il ramassa d'une main la rame imbibée d'eau et vérifia qu'elle était droite. Un bord du plat se trouvait arraché. Musashi posa la rame sur son genou et, totalement absorbé, se mit à la tailler avec son sabre court. Plusieurs fois, Sasuke jeta des coups d'œil en arrière vers Shimonoseki, mais Musashi paraissait avoir oublié les gens qu'il venait de quitter. Etait-ce ainsi qu'un samouraï abordait un combat à mort ? Pour un bourgeois tel que Sasuke, cela paraissait un comportement froid et sans cœur. Musashi termina son ouvrage et épousseta les copeaux de son *hakama*.

– ... Avez-vous quelque chose dont je pourrais m'envelopper ? demanda-t-il.

– Avez-vous froid ?

– Non, mais il y a des embruns.

– Il devrait y avoir un manteau molletonné sous le banc.

Musashi prit le vêtement et le jeta sur ses épaules. Puis il tira du papier de son kimono et se mit à rouler et tordre chaque feuille à la façon d'une ficelle. Quand il en eut accumulé plus de vingt, il les attacha ensemble bout à bout pour faire deux cordes, qu'ensuite il tressa de manière à fabriquer un *tasuki*, le lien qui sert à retrousser les manches au combat. Sasuke avait ouï dire que la fabrication des *tasukis* en papier était un art secret, transmis de génération en génération ; pourtant, entre les mains de Musashi, l'opération semblait facile. Sasuke admira l'adresse de ses doigts et la grâce avec laquelle il glissait les *tasukis* sur ses bras.

– C'est Funashima ? demanda Musashi, l'index tendu.

– Non. C'est Hikojima, une île qui fait partie de l'archipel Hahajima. Funashima se trouve à un kilomètre environ au nord-est. Elle est facile à reconnaître parce qu'elle est plate et ressemble à un long banc de sable. Là, entre Hikojima et Izaki, se trouve le détroit d'Ondo. Vous avez dû en entendre parler.

– A l'ouest, alors, ce doit être Dainoura, dans la province de Buzen.

– C'est bien cela.

– Maintenant, je me souviens. C'est dans ces criques et dans ces îles que Yoshitsune a gagné la dernière bataille contre les Heike.

La nervosité de Sasuke augmentait à chaque coup de rame. Il avait des sueurs froides et des battements de cœur. Il lui paraissait étrange de parler ainsi de choses et d'autres. Comment un homme qui allait se battre pouvait-il être aussi calme ?

Ce serait un combat à mort ; cela ne faisait aucun doute. Sasuke ramènerait-il un passager sur la côte, plus tard ? Ou un cadavre cruellement mutilé ? Impossible de le savoir. Musashi, songeait Sasuke, ressemblait à un nuage blanc qui flotte dans le ciel.

De la part de Musashi ce n'était pas une pose ; en réalité, il ne pensait à rien. Pour autant qu'il éprouvât quelque chose, il s'ennuyait un peu.

Par-dessus bord, il regardait tourbillonner l'eau bleue. Elle était profonde à cet endroit, infiniment profonde, et animée de ce qui semblait être la vie éternelle. Mais l'eau n'a pas de forme fixe et déterminée. N'est-ce pas parce que l'homme a une forme fixe et déterminée qu'il ne peut posséder la vie éternelle ? La vraie vie ne commence-t-elle pas seulement lorsque la forme tangible a été perdue ?

Aux yeux de Musashi, la vie et la mort n'étaient qu'écume. Il avait la chair de poule, non pas à cause de l'eau froide mais parce que son corps éprouvait une prémonition. Son esprit avait beau s'être élevé au-dessus de la vie et de la mort, le corps et l'esprit ne s'accordaient pas. Quand chaque fibre de son corps aurait oublié, il ne resterait au sein de son être que l'eau, et les nuages.

Ils doublaient l'anse de Teshimachi, à Hikojima. A leur insu, une quarantaine de samouraïs faisaient le guet sur le rivage. Tous étaient des partisans de Ganryū et la plupart se trouvaient au service de la Maison de Hosokawa. En violation des ordres de Tadatoshi, l'avant-veille, ils avaient fait la traversée de Funashima. Dans le cas où Ganryū serait vaincu, ils étaient prêts à le venger.

Ce matin-là, quand Nagaoka Sado, Iwama Kakubei et les gardes arrivèrent à Funashima, ils y trouvèrent le groupe des samouraïs, les tancèrent vertement et leur donnèrent l'ordre de retourner à Hikojima. Pourtant, comme la plupart des personnalités sympathisaient avec eux, ils demeurèrent impunis. Une fois hors de Funashima, ce qu'ils feraient n'était plus de la responsabilité des officiels.

– Tu es bien certain qu'il s'agit de Musashi ? demandait l'un d'eux.

– Qui veux-tu que ce soit ?

– Il est seul ?

– On dirait. Il a sur les épaules un manteau ou quelque chose de ce genre.

– Il doit porter une armure légère, qu'il veut cacher.

– Allons.

Assoiffés de combat, ils s'entassèrent dans leurs bateaux, à l'affût. Tous étaient armés de sabres mais il y avait une longue lance au fond de chaque bateau.

– Voilà Musashi !

Ce nom retentit comme un cri dans tout Funashima quelques instants plus tard.

Le bruit des vagues, la voix des pins et le froissement des bambous se mêlaient doucement. Depuis le début de la matinée, la petite île avait gardé un aspect désolé malgré la présence des personnalités officielles. Un nuage blanc, en s'élevant du côté de Nagato, effleura le soleil et assombrit les feuilles. La clarté revint sitôt qu'il fut passé.

L'île était fort petite. L'extrémité nord comportait une colline basse, couverte de pins. Au sud, le terrain était plat à mi-hauteur de la colline, jusqu'à ce que l'île sombrât vers les hauts-fonds.

Très loin du rivage, on avait tendu un dais entre des arbres. Les officiels et leur escorte attendaient en silence et avec discrétion : ils ne souhaitaient pas donner à Musashi l'impression qu'ils cherchaient à ajouter à la dignité du champion local.

Deux heures après l'heure fixée, ils commençaient à manifester leur anxiété et leur ressentiment. A deux reprises, ils avaient envoyé des bateaux rapides pour presser Musashi.

Le guetteur du récif monta en courant vers les officiels et leur dit :

– C'est lui ! Aucun doute là-dessus.

– Il est vraiment venu ? demanda Kakubei qui se leva sans le vouloir.

Ce faisant, il commettait une grave entorse à l'étiquette. En sa qualité de témoin officiel, il était censé garder une froide réserve. Pourtant, son excitation bien naturelle fut partagée par d'autres membres de son groupe qui se levèrent à leur tour. Considérant son erreur, Kakubei se ressaisit et fit signe à ses compagnons de se rasseoir. Il était essentiel qu'ils ne permissent pas à leur préférence personnelle pour Ganryū de colorer leurs actions ou leur décision. Kakubei jeta un coup d'œil vers l'endroit où Ganryū attendait. Tatsunosuke avait pendu un rideau, à l'emblème de la gentiane, à des pêchers sauvages. A côté du rideau se trouvait un seau de bois neuf avec une louche à poignée de bambou. Ganryū, impatienté par sa longue attente, avait demandé à boire de l'eau et se reposait maintenant à l'ombre du rideau.

Nagaoka Sado se tenait plus loin et un peu plus haut que Ganryū. Il était environné de gardes et de serviteurs, Iori à son côté. Quand le guetteur arriva avec sa nouvelle, le visage du garçon et jusqu'à ses lèvres pâlirent. Sado était assis de façon protocolaire, droit et immobile. Son casque s'inclina légèrement à droite, comme s'il eût regardé sa manche de kimono. A voix basse, il appela Iori.

– Oui, monsieur.

Iori s'inclina jusqu'à terre avant de lever les yeux vers Sado qu'il regardait par-dessous son casque. Incapable de maîtriser son excitation, il tremblait de la tête aux pieds.

– Iori... dit Sado en considérant le garçon droit dans les yeux. Regarde tout ce qui se passe. Ne laisse pas échapper la moindre chose. N'oublie pas que Musashi a mis sa vie en jeu pour t'enseigner ce que tu vas voir.

Iori fit oui de la tête. Ses yeux, qui fixaient le récif,

étincelaient. La blanche écume des vagues qui se brisaient au bord éblouissait le garçon. Le récif était à quelque deux cents mètres de distance ; aussi, Iori ne pourrait-il distinguer le détail des mouvements ni la respiration des combattants. Mais ce n'étaient pas les aspects techniques que Sado voulait lui faire observer. C'était l'instant dramatique où un samouraï se lance dans une lutte à mort. Voilà qui survivrait dans l'esprit de Iori, et l'influencerait toute son existence.

L'herbe ondoyait. Un petit papillon gracile voleta de brin d'herbe en brin d'herbe avant de disparaître.

– Il approche, haletait Iori.

Le bateau de Musashi approchait lentement du récif. Il était presque dix heures juste.

Ganryū se leva et descendit sans hâte le tertre. Il salua les officiels, à sa droite et à sa gauche, et foula sans bruit l'herbe jusqu'au rivage. On accédait à l'île par une espèce de crique où les vagues devenaient des vaguelettes, puis de simples rides. Musashi voyait le fond à travers l'eau bleue, transparente.

– Où faut-il accoster ? demanda Sasuke, qui avait ralenti son rythme et scrutait le rivage.

– Allez tout droit, répondit Musashi en rejetant le manteau molletonné.

La proue filait très lentement. Sasuke ne pouvait se résoudre à ramer avec vigueur. On entendait chanter les bulbuls.

– ... Sasuke...

– Monsieur ?

– L'eau est assez peu profonde ici. Inutile de trop se rapprocher. Vous ne voudriez pas endommager votre bateau. En outre, nous sommes à peu près à l'heure où la marée va redescendre.

En silence, Sasuke fixait des yeux un grand pin élancé qui se dressait, solitaire. Au-dessous, le vent jouait avec un manteau rouge vif.

Sasuke était sur le point de le désigner lorsqu'il se

rendit compte que Musashi avait déjà vu son adversaire. Les yeux fixés sur Ganryū, Musashi sortit de son obi un mouchoir de couleur fauve, le plia en quatre dans le sens de la longueur et le noua autour de ses cheveux qu'ébouriffait le vent. Puis il glissa son sabre court sur le devant de son obi. Il ôta son sabre long, le déposa au fond du bateau et le couvrit d'une natte de roseau. Dans la main droite, il tenait le sabre de bois qu'il s'était fabriqué avec la rame brisée.

– ... C'est assez loin, dit-il à Sasuke.

Ils étaient à près de soixante mètres du bord. Sasuke donna deux longs coups de rame. Le bateau bondit en avant et s'échoua sur un haut-fond ; la quille frémit.

En cet instant, Musashi, son *hakama* retroussé haut des deux côtés, sauta légèrement dans la mer, si légèrement que c'est à peine s'il éclaboussa. Il gagna rapidement le bord, son sabre de bois fendant l'écume.

Cinq pas. Dix pas. Sasuke lâcha sa rame de stupeur. Il ne savait plus où il était ni ce qu'il faisait.

Tandis que Ganryū s'éloignait du pin comme une oriflamme rouge, son fourreau poli étincela au soleil.

Il évoquait à Sasuke une queue de renard argenté. « Dépêchez-vous ! » Ces mots lui jaillirent à l'esprit mais Ganryū se trouvait déjà au bord de l'eau. Sasuke, certain que Musashi était perdu, n'osa plus regarder. Il tomba, la face contre le fond du bateau, glacé, tremblant, se cachant le visage comme si c'était lui qui eût risqué à tout instant d'être fendu en deux.

– Musashi !

Ganryū planta résolument ses pieds dans le sable, refusant de céder un seul pouce de terrain.

Musashi s'arrêta et se tint immobile, exposé à l'eau et au vent. Sur son visage apparut l'ombre d'un sourire.

– Kojirō, dit-il avec douceur.

Il avait dans les yeux une férocité inhumaine, une force si irrésistible qu'elle menaçait d'entraîner inexorablement Kojirō vers le péril et la destruction. Les vagues baignaient son sabre de bois. Les yeux de Ganryū lançaient des flammes, s'efforçaient de terrifier, d'affaiblir.

– Musashi !

Pas de réponse.

– Musashi !

Au loin, la mer grondait, menaçante ; la marée clapotait et murmurait aux pieds des deux hommes.

– ... Encore en retard, hein ? C'est donc là votre stratégie ? Je la trouve lâche. Vous êtes en retard de deux heures. J'étais ici à huit heures, comme je l'avais promis. Je vous ai attendu.

Musashi ne répondit pas.

– ... Vous avez fait la même chose à Ichijōji, et avant cela au Rengeōin. Votre méthode consiste à démoraliser votre adversaire en le faisant attendre. Avec Ganryū, cette ruse sera inutile. Et maintenant, avancez bravement pour que les générations futures ne se moquent pas de vous. En avant au combat, Musashi !

L'extrémité de son fourreau se dressa haut derrière lui tandis qu'il tirait la grande « Perche à sécher ». De la main gauche, il se débarrassa du fourreau qu'il jeta à l'eau. Musashi attendit juste le temps qu'une vague battît le récif et se retirât pour déclarer soudain d'une voix douce :

– Tu as perdu, Kojirō.

– Quoi ? fit Ganryū, ébranlé au plus profond de lui-même.

– Le combat est terminé. Je te dis que tu es vaincu.

– Qu'est-ce que tu racontes ?

– Si tu devais gagner, tu ne jetterais pas ton fourreau. C'est ton avenir et ta vie que tu as rejetés.

– Des mots ! Des sottises !

– Dommage, Kojirō. Prêt à tomber ? Veux-tu en terminer si vite ?

– Viens donc... avance, coquin !

– Ho-o-o-o !

Le cri de Musashi et le mugissement des vagues allèrent ensemble crescendo. S'avançant dans l'eau, la « Perche à sécher » brandie au-dessus de sa tête, Ganryū affrontait Musashi bravement. Tandis que ce dernier montait en courant sur le rivage, à la gauche de son adversaire, un mince filet d'écume troubla la surface. Ganryū se lança à la poursuite de Musashi.

Ses pieds quittèrent l'eau et touchèrent le sable presque à l'instant même où l'épée de Ganryū – tout son corps – se jeta sur lui comme un poisson volant. Quand Musashi sentit s'approcher la « Perche à sécher », son corps en était à la fin du mouvement qui l'avait amené hors de l'eau, légèrement penché en avant.

Il tenait à deux mains le sabre de bois, tendu vers la droite, derrière lui, en partie caché. Satisfait de sa position, il émit un grognement presque imperceptible. La « Perche à sécher » avait paru sur le point de s'abattre mais elle eut une hésitation légère, puis s'arrêta. A moins de trois mètres de Musashi, Ganryū changea de direction d'un bond agile vers la droite.

Les deux hommes se fixaient. Musashi, à deux ou trois pas de l'eau, avait la mer dans son dos. Ganryū lui faisait face, l'épée brandie à deux mains.

D'innombrables spectateurs retenaient leur souffle.

Au-dessus de Ganryū planaient les prières et les espoirs de ceux qui croyaient en lui et voulaient qu'il vécût ; au-dessus de Musashi, les prières et les espoirs de ses partisans.

De Sado et de Iori, dans l'île.

D'Otsū, d'Osugi et de Gonnosuke, sur la plage de Shimonoseki.

D'Akemi et de Matahachi, sur la colline à Kokura.

Toutes leurs prières s'adressaient au Ciel.

Mais, sur le lieu du combat, espoirs, prières et dieux n'étaient d'aucun secours, non plus que la chance. Il n'y avait qu'un vide, impersonnel et parfaitement impartial.

Ce vide, si difficile à réaliser par un être doué de vie, était-il la parfaite expression de l'esprit qui s'élève au-dessus de la pensée et transcende les idées ?

Les deux hommes parlaient sans parler.

Muscles, chair, ongles, cheveux, sourcils – tous éléments corporels qui participent de la vie –, s'unissaient contre l'ennemi en une force unique, défendant l'organisme vivant tout entier dont ils faisaient partie. L'esprit seul ne faisait qu'un avec l'univers, clair et serein, pareil au reflet de la lune dans l'étang lorsque le typhon fait rage. Atteindre cette immobilité sublime est le suprême accomplissement.

Des âges parurent s'écouler ; en réalité, l'intervalle fut bref : le temps nécessaire aux vagues pour s'approcher et se retirer une demi-douzaine de fois.

Alors, une grande clameur – plus que de la gorge, elle venait des profondeurs des êtres – fracassa le temps. Elle émanait de Ganryū et fut suivie aussitôt par la clameur de Musashi.

Ces deux cris, pareils à des vagues furieuses qui fouettent un rivage rocheux, lancèrent leurs esprits vers le ciel. L'épée de l'assaillant, si haut brandie qu'elle semblait défier le soleil, stria l'air pareille à un arc-en-ciel.

Musashi projeta l'épaule gauche en avant, recula le pied droit et présenta la partie supérieure de son corps de trois quarts à son adversaire. Son épée de bois, qu'il tenait à deux mains, fendit l'air à l'instant même où la pointe de la « Perche à sécher » s'abattait en plein devant son nez.

Désormais, le souffle des deux combattants couvrit le bruit des vagues. Le sabre de bois était maintenant tendu à hauteur de l'œil, et la « Perche à sécher » brandie au-dessus de la tête de celui qui la tenait. Ganryū avait bondi à quelque dix pas de distance ; la mer s'étendait de ce côté. Bien qu'il n'eût pas réussi à toucher Musashi lors de son premier assaut, il s'était placé dans une meilleure position. Fût-il resté où il se trouvait, avec dans les yeux les reflets du soleil dans l'eau, sa vision n'eût pas tardé à se troubler, puis son esprit, et il fût tombé à la merci de Musashi.

Avec une confiance renouvelée, Ganryū commença à avancer centimètre par centimètre en guettant une brèche dans la défense de son adversaire, totalement concentré sur le coup décisif à porter.

Musashi fit ce à quoi nul ne s'attendait. Au lieu de s'avancer lentement, prudemment, il marcha hardiment sur Ganryū, son sabre pointé devant lui, prêt à crever les yeux de l'ennemi. La rudesse de cette approche immobilisa Ganryū. Le sabre de bois se dressa dans l'air. D'un puissant coup de pied, Musashi sauta haut et, pliant les jambes, réduisit ses un mètre quatre-vingts à un mètre vingt tout au plus.

« Ya-a-ah ! » L'épée de Ganryū déchira l'espace au-dessus de lui. Le coup manqua son but, mais l'extrémité de la « Perche à sécher » trancha le serre-tête de Musashi, qui vola dans les airs.

Ganryū prit à tort le serre-tête pour la tête même de son adversaire, et un sourire fugitif erra sur son visage. L'instant d'après, son crâne éclatait comme un caillou sous le coup du sabre de Musashi.

Tandis que Ganryū gisait à l'endroit où le sable rencontrait l'herbe, son visage ne trahissait aucune conscience de la défaite. Le sang lui jaillissait de la bouche mais ses lèvres formaient un sourire de triomphe.

– Oh ! non !

– Ganryū !

Iwama Kakubei s'oublia au point de se lever d'un

bond, et avec lui toute son escorte ; le choc les faisait grimacer. Alors, ils virent Nagaoka Sado et Iori, assis, calmes et maîtres d'eux-mêmes, sur leurs bancs. Honteux, ils parvinrent à s'abstenir de courir. Ils tentèrent de retrouver une certaine dignité mais il leur était impossible de cacher leur chagrin et leur déception. Certains avaient du mal à avaler leur salive ; ils se refusaient à croire ce qu'ils venaient de voir et demeuraient hébétés.

En un instant, l'île fut calme et silencieuse comme elle ne l'avait jamais été. Seuls, le froissement des pins et le balancement des herbes se moquaient de la fragilité humaine et de sa non-permanence.

Musashi regardait un petit nuage au ciel. Cependant, son âme revenait à son corps et il lui devenait possible de faire à nouveau la distinction entre le nuage et lui-même, entre son corps et l'univers.

Sasaki Kojirō Ganryū ne revint pas au monde des vivants. Couché face contre terre, il tenait encore son épée. Sa ténacité était encore visible. Sur son visage, il n'y avait aucune trace d'angoisse. Seulement la satisfaction de s'être bien battu, pas l'ombre d'un regret.

La vue de son propre serre-tête jeté à terre donna des frissons dans le dos à Musashi. Jamais de sa vie, songeait-il, il ne rencontrerait pareil adversaire. Une vague d'admiration et de respect le parcourut. Il était reconnaissant à Kojirō de ce que cet homme lui avait apporté. En force et en volonté de se battre, il dépassait Musashi ; voilà pourquoi ce dernier avait pu se dépasser lui-même.

Qu'est-ce qui lui avait permis de vaincre Kojirō ? L'adresse ? Le secours des dieux ? Tout en sachant que ce n'était ni l'un ni l'autre, Musashi ne put jamais exprimer de raison avec des mots. A coup sûr, il s'agissait de quelque chose de plus important que la force ou la providence divine.

Kojirō avait placé sa confiance dans le sabre de la

force et de l'adresse. Musashi, dans le sabre de l'esprit. C'était toute la différence entre eux.

En silence, Musashi parcourut les dix pas qui le séparaient de Kojirō et s'agenouilla à côté de lui. Il approcha sa main gauche des narines de Kojirō et constata qu'une trace de souffle subsistait. Avec un traitement approprié, il s'en remettra peut-être, se dit Musashi. Il voulait le croire ; il voulait croire que cet adversaire, le plus vaillant de tous, serait épargné.

Mais le combat était fini. Il était temps de partir.

– Adieu, dit-il à Kojirō, puis aux officiels, sur leurs bancs.

S'étant prosterné, il courut au récif et sauta dans le bateau. Sur son épée de bois, il n'y avait pas une goutte de sang.

La minuscule embarcation s'éloigna du rivage. Qui peut dire où elle alla ? Aucun document ne rapporte si les partisans de Ganryū, à Hikojima, tentèrent de le venger.

Jusqu'à leur dernier souffle, les gens ne renoncent ni à leurs amours ni à leurs haines. Des vagues de sentiment vont et viennent avec le temps qui passe. Toute la vie de Musashi fut comme accompagnée par ceux qui lui en voulurent de sa victoire et critiquèrent sa conduite en cette occasion. S'il était parti précipitamment, disait-on, c'était qu'il craignait les représailles. Il fallait qu'il fût troublé car il avait négligé même d'administrer le coup de grâce.

Le monde est toujours plein du bruit des vagues.

Les poissons qui s'abandonnent aux vagues savent danser, chanter, jouer, mais qui connaît le cœur de la mer, cent pieds plus bas ? Qui connaît ses profondeurs ?

Achevé d'imprimer sur les presses de l'imprimerie Brodard et Taupin
58, rue Jean Bleuzen, Vanves. Usine de La Flèche,
le 10 janvier 1986
1171-5 Dépôt légal janvier 1986. ISBN : 2 - 277 - 21938 - X
Imprimé en France

1938
★★★★

Editions J'ai Lu
27, rue Cassette, 75006 Paris
diffusion France et étranger : Flammarion